国家出版基金项目

"十二五"国家重点图书出版规划项目

中國京劇流派劇目集成

启功题签

《中国京剧流派剧目集成》编委会　编

第　拾捌　集

學苑出版社

图书在版编目（CIP）数据

中国京剧流派剧目集成．第18集 /《中国京剧流派剧目集成》编委会编．—北京 ：学苑出版社，2014.1
ISBN 978-7-5077-4456-9

Ⅰ．①中… Ⅱ．①中… Ⅲ．①京剧－剧本－作品集－中国 Ⅳ．① I232

中国版本图书馆CIP数据核字(2013)第304586号

出 版 人：孟　白
责任编辑：潘占伟
装帧设计：徐道会
出版发行：学苑出版社
社　　址：北京市丰台区南方庄2号院1号楼
邮政编码：100079
网　　址：www.book001.com
电子信箱：xueyuan@public.bta.net.cn
销售电话：010-67675512　67678944　67601101（邮购）
经　　销：新华书店
印 刷 厂：北京信彩瑞禾印刷厂
开本尺寸：889×1194　1/16
印　　张：16.875
字　　数：410千字
版　　次：2014年5月第1版
印　　次：2014年5月第1次印刷
定　　价：230.00元（精装）

《中国京剧流派剧目集成》学术顾问

《中国京剧流派剧目集成》编委会

序言

◎黄克

京剧向称国粹艺术，内容博大精深，剧目十分丰富，人们常以“汉唐三千宋明八百”形容其浩瀚。其中流派剧目又以演员表演的鲜明个性使剧目显得更为多彩多姿，充满魅力，既被专业人员钻研承继，也为广大戏迷喜闻乐见，遂成为京剧舞台上一大亮点。

流派

举凡表演艺术，原本就无不带有表演者的个人色彩。京剧表演艺术因其唱念做打诸多方面功夫的综合性和繁难性，表演的个性化尤为突出；加以行当的粗分、剧目的雷同，于大致相同的条件下尽显各自的千姿百态、千变万化；一招一式、一腔一韵之中可以体现不同的特色，同样一出戏，甚至同样一个戏中人物也完全可以演出不同的风采，这种充满个性化的表演，遂成为京剧竞技场上最是为人乐道而又情趣无穷的审美内涵。倘若这种富于个性化的表演为受众所认可，且代有传人，形为规范，即可自成一家，成为迥异于他人的艺术流派。以“四大名旦”（梅兰芳、程砚秋、荀慧生、尚小云）为例，虽皆工旦行，却又各有千秋。京剧大师王瑶卿就曾这样分析这四位后起之秀的独到之处：“梅兰芳的样儿，程砚秋的唱儿，尚小云的棒儿，荀慧生的浪儿。”所谓“样儿”，指梅的艺术造诣全面，要什么有什么；所谓“唱儿”，指程以行腔之新颖动听为能；所谓“棒儿”，指尚的刀马功底深厚；所谓“浪儿”，指荀的柔媚多姿、风情万种。寸长尺短，一语道破各有专擅的各家流派特点。如此成就固然来自自己的勤学苦练、苦心孤诣，更少不了观众的知音捧场、鼓励有加。因此，一个艺术流派的形成，对于创始人来说，无疑是开拓了审美追求的新境界；对于受众戏迷来讲，则更是得到了多样化审美需求的新满足。梨园行有云：唱戏的是疯子——指其追求的执着，听戏的是傻子——指其享受的痴迷。二者相得益彰、相映成趣，或许正道出京剧流派形成之三昧。

流派剧目

在京剧传承的一二百年间，随着历史的变迁、社会的发展，以及新人辈出、师承转换，荡涤旧物、崇尚新声，传统剧目中的绝大部分早已绝迹于舞台，然而，其精华部分（包括剧目中表现出来的唱念做打等程式体系）还是被完好地保存了下来，并得到长足的发展。其间，流派创始人于剧目的推陈出新做出了不可磨灭的贡献。基于对剧目乃至剧中人物的理解和认识，以及更便于发挥自己技艺特长的需要，流派创始人对浩如烟海的传统剧目进行了严格的筛选，经过了整理加工再创作，使之又焕发出崭新的韵味和光彩；随着这样剧目的增多，最终形成了自己流派所特有的剧目系列。而另外的流派又在另外的剧目系列中发挥着自己的优势，即或剧目相同，不同流派依然可以于演出中表现出自己的独特风格。总之，在其演出的剧目中，无不打上自己表演风格的鲜明烙印。京剧舞台上一度出现的这种百花齐放、争芳斗艳的盛况，实由自丰富多彩的流派剧目，这在京剧发展史上已是不争的事实。

但也应看到，如今京剧流派剧目相对于京剧的鼎盛时期，已是光景不再。个中原因很复杂，就客观因素而言，新兴的艺术形式的多种多样，人们的欣赏习惯和娱乐方式已经有了更广泛的选择余地，因而完全可以去旁骛；此外，就京剧本身而言，演出剧目之贫乏不能不说是观众锐减的重要原因之一。本来演出场所和演出场次就不多，翻来覆去又只是那几出骨子老戏，怎么能吸引观众，特别是年轻观众呢？——连那些老戏迷们也都听腻歪了。

回过头来看，今日演出剧目的贫乏和流派创始人晚年艺术景况也不无关系。他们在艺术的巅峰期——集中在上个世纪二三十年代，创作或改编了一出出新戏，直令观众赏心悦目，目不暇接。当其时，除了富连成科班或游动的散班演出些大路戏外，北京的京剧舞台几乎就是流派剧目的天下。据1932年商务印书馆出版的《五十年来北平戏剧史材》的记载，自民国十二年（1923）至十八年（1929）这六七年间，以梅派剧目为例，只“初演”的剧目——也就是自家独创的新戏或整理改编的传统戏，就有前后本《西施》、《洛神》、《廉锦风》、头二三四本《太真外传》、《俊袭人》、全本《宇宙锋》、《凤还巢》、《春灯谜》等12出戏（其中前后四本《太真外传》这四出戏是在一年多时间里陆续完成的）；同一时间段，马派“初演”的剧目也有《化外奇缘》、全本《玉镯记》、《秋灯泪》、《战宛城》、全本《火牛阵》、《鸿门宴》、全部《临江馆（“馆”应作“关”）》、全部《浣纱溪》、《范仲禹》、全本《清风亭》、头二三四本《大红袍》、全本《天启传》、《许田射鹿》、全本《十道本》等15出戏（其中《大红袍》分头二和三四本两次演出），当然，其中还不包括“初演”以外的经常性的大量的传统戏演出。试问，这些曾经轰动一时的流派创始人编创的新剧目于今又有多少出传承下来了呢？个中主要原因就在于流派创始人到了晚年一些唱做吃重的剧目已难胜任，只有将其已臻于炉火纯青的技艺凝炼到少数剧目之中，或演出或教习也只拘囿于这少数几个剧目了。而其传人也就将这几出戏奉为圭臬，全不知其鼎盛时期的所谓“文武双全”、所谓“昆乱不挡”为何事，致使一些当年的热门戏几近失传，这不能不说是梨园一件憾事。记得梅兰芳先生曾撰文论述学艺过程中的“少、多、少”，大意是初学时会的戏（包括技艺）自然是少的。随着所学剧目的增多，技艺的增长，激发起拓宽其艺术驰骋领域的热情，兼收并蓄，从而极大地丰富了自己。进而又随着审美取向的定型，艺术见识的提高，势必要对自己所学所用下一番去芜存精的工夫，扬长避短，使自己的独特技艺集中在少数几个代表剧目之中。表面看来演出的剧目是少了，但炉火纯青，在艺术创新上却达到了新境界。从少到多，从多而少，贯穿着的是继承与发展的艺术成熟的过程，也闯出了一条攀升艺术高峰的必由之路。后学者以为，学会了几出流派代表剧目便可以薪尽火传，得到了真经，孰不料缺少广博的根基，既影响个人的发展，也造成了剧目越传越少的现实。这难道不是应该汲取的教训吗？

有道是“礼失求诸野”。由于流派剧目的独特韵味及其所富有的艺术魅力，由于京剧作为自娱自乐的审美取向已深入人心，更由于迷恋传统演唱艺术者的大有人在，京剧传统剧目——包括一些已经消失于舞台的流派剧目，至今仍在京剧爱好者中间传唱不息。我们不妨到公园里看一看那一圈圈围着的戏迷，他们来自四面八方，或许彼此并不相识，只凭一把胡琴就将大家凝聚在一起，有滋有味地互相欣赏着一段段流派唱腔。更不用说那遍布全国各地乃至国外华人聚居区的票房，他们还时不时地粉墨登场，过一把戏瘾呢！这种自拉自唱、自娱自乐的红火场面，充分显示了京剧流派剧目的深厚群众基础和顽强的生命力，对于相对落寞的京剧舞台不啻一种发人深省的挑战。然而，这又何尝不是对京剧振兴的潜在的呼唤和有力的支持呢！

流派剧目集成

正鉴于其强大的生命力和深厚的群众基础，“振兴京剧”作为文化建设的国策的提出可谓正得其时。而振兴之务，首要的是挖掘和继承优秀传统剧目，以之作为发展和创新的基础和借鉴。我们编纂《中国京剧流派剧目集成》的初衷正在于此：将流派剧目演出的精彩瞬间记录于永恒，将构成流派剧目的诸多元素一一记录在案。诸如每剧的剧情本事、创始人表演特点的提要，剧中人物行当归属、服装扮相，剧本曲文、唱腔谱、伴奏谱、锣鼓经，以及身段谱等得以再现流派表演风格的内容，都力图完整地记录整理出来，为流派艺术的教学和研究提供文字的基础资料。持此，内行自可作为表演的参考，京剧爱好者也可以作为演习的蓝本。

这一工作，对于京剧剧目的基本建设虽然可谓之善举，但具体做起来却困难多多。首当其冲的就是剧目的选定。京剧剧目虽称汗牛充栋，但保存下来的资料却十分有限。京剧形成初期，以“老生三杰”又称“前三鼎甲”的程长庚、余三胜、张二奎为代表的一代固然没有留下什么音像文字资料；即或以“老生新三杰”又称“后三鼎甲”的谭鑫培、孙菊仙、汪桂芬为代表的一代除了少量的唱片外也没有完整的剧目传下来，所以我们的剧目整理工作只能从民国初年以降的“四大须生”、“四大名旦”开始。他们受熏陶于前辈艺术家，可谓传统的集大成而又能创新的一代，整理剧目以他们为重点自然最合适不过。遗憾的是这些艺术大师大都已经作古，得到他们指点和首肯已不可能，为此，我们只能通过其亲传或再传弟子来进行流派剧目的整理工作。从中我们更深地体会到抢救要及时，当初未能抢救下来现在也不要嫌晚而不为，抢救一点是一点，否则能够保存下来的精华越来越少，越加难向历史向后人交代了。

更难的则是遴选整理者。剧目的全面整理需要全面的人才。我们在组织稿件的过程中却发现这样的人手颇不易得。如果流派创始人或其传人曾在戏校任教，且有较为完整的教案保存下来，今日稍加整理即可选用，自然不是难事。不过这样的情况并不多，大量的剧目尚需要对当年的演出本进行追忆记录，加工整理。曾经受业于流派创始人或其传人的京剧工作者虽然是整理演出本的合适人选，但是他们大都是单位的骨干，忙于演出，忙于剧务，或居于领导职位，很难分出身来。即或肯于应承下一两出戏，也常有如下的情况：能演不能说，能说不能写，能写又不能打谱。因此，完成一个剧目经常需由记录者、整理者和打谱人联袂而行，倘再加上剧目的传授者和提要的撰写人，则非四五人鼎力不可。《中国京剧流派剧目集成》收入二百多出戏，每出戏即使平均两三人参加，也要组织四五百人次。其繁难可以想见，其壮观亦可以想见。当然，这还仅就整理者的数量而言，更为难能可贵的还在于参与者的无私奉献。试想，跟演一出戏或教一出戏相比，以文字整理出一出戏，不仅费时而且费力，无疑是一桩一般人不肯为也不屑为的苦差事，而我们的整理者却能甘之如饴，乐此不疲，没有为京剧事业的传承而不计个人得失的宝贵情操，是难有这种积极性的。不仅如此，随着岁月流逝，整理流派剧日益困难，更需要求助一些老专家，他们或是资深艺员、教师，或是资深票友、戏迷，而今已是硕果仅存的京剧艺术的专家、流派历史的见证人。在他们身上洋溢着一种传承京剧流派的使命感，和对振兴京剧的期待。他们热情地参加到这项工作中来，或亲自动手，为我们整理剧目；或答惑解疑，给我们工作以指导。使我们在受教于他们的同时，油然而生一种深深的敬意。

克服了上述困难，《中国京剧流派剧目集成》终于呈现在读者面前。书中，除了囊括主要流派的主要代表剧目，试图反映京剧鼎盛时期的大致面貌而外，尚有可说道者。

首先是挖掘整理出一批流派剧目，其中不乏已近失传的流派艺术精品。其中共收流派五十余家、剧目二百多出，不仅是从装扮到曲谱俱全，而且半数以上不曾整理出版过，可算是京剧剧目建设的一个不小的工程。下列剧目可为佐证。如王（瑶卿）派名剧《南天门》（今能见到的只剩下王和老谭合拍的剧照）、余（叔岩）派名剧《太平桥》（据说是老谭给余说的开蒙戏）、马派名剧《白蟒台》（写王莽被俘后向旧臣一一乞命事，老生扮演反面人物堪称奇特）、麒派名剧《斩经堂》（其中吴汉的悲剧性格曾引起过热烈争论）、荀派名剧《鱼藻宫》（写吕后残害戚姬事，乃荀派悲剧剧目之一），以及汪（笑侬）派名剧《哭祖庙》、龚（云甫）派名剧《徐母骂曹》、徐（碧云）派名剧《绿珠坠楼》、裘（盛戎）派名剧《打銮驾》等，都是难得一见的流派剧目之珍品。而以“关外唐”名世的唐（韵笙）派名剧经其家人和传人的努力竟整理出其代表作《驱车战将》、《闹朝击犬》、《好鹤失政》、《绝龙岭》、《未央宫斩韩信》、《刀劈三关》等七出之多，堪称流派剧目建设的新收获。除此之外，《中国京剧流派剧目集成》还特别着力于武戏的挖掘整理。较之文戏，武戏更难整理，需要将演员在台上的动作招式一一准确地反映出来，没有深入的钻研领会、亲身体验，很难下笔。众所周知，杨小楼作为一代武生宗师，其“武戏文唱”乃武生的不二法门，也是令人神往的一种表演境界，在武戏剧目整理中理应得到体现。资深票友朱家溍先生得其真传，整理了杨派名剧《麒麟阁》，并详细记述了前后六次观剧的心得，惜乎不及将其用工尺谱记下的昆曲吹腔翻为简谱便溘然而逝了。另一出杨派名剧《镇潭州》则是根据京剧耆儒刘曾复先生的讲授整理出来的，其中杨再兴上场的“蝴蝶霸”、和岳飞对打的“枪架子”，皆独得杨派之秘，给人以再闻《广陵散》般的惊喜。此外，高盛麟的《长坂坡》、《走麦城》，王金璐的《落马湖》、《蚆蜡庙》也都走的杨派的路子，有的就是直接跟杨宗师学的。南派大武生盖叫天武功盖世，他的剧目身后却乏人整理，多亏移居上海的原中国戏校武功教师赵雅枫先生以耄耋之年勉力整出《一箭仇》，也算保存了盖派一脉。还值得一提的是收获了一批武丑戏。叶盛章当年是以武丑戏挂头牌演大轴的第一人，勇于创新，能戏甚伙，现将其创作的名剧《酒丐》、《祥梅寺》、《打瓜园》、《徐良出世》、《三盗九龙杯》、《铜网阵》等七出代表作一并推出，既再现了叶氏当年神勇，也为乏人承继的武丑行当提供一些演习之本。尤为可喜的是我们也挖掘整理出富连成科班总教习、文丑“萧派”创始人萧长华老先生的《选元戎》、《荡湖船》、《变羊记》等已近绝迹舞台的拿手剧目。凡此，整理者挖掘流派剧目的辛勤劳作成果，均为我们编纂“集成”增添了光彩。

为了方便读者翻检使用，本书采取四五出戏合编一册的形式，这样全书约有五十册之多，并拟分三批推出。第一批为老生行的余派，以及号称“南麒、北马、关外唐”的三派，和武丑行的叶（盛章）派，计五家八册。第二批则以旦行“梅、尚、程、荀”为代表，包括老旦、刀马旦等流派。第三批是老生、小生、武生、净、丑等其他流派。

预期一两年内出齐。倘若其中有重要疏漏，又得人整理，亦可考虑编辑出版“集外集”，以满足读者的需求，也使这部“集成”更为名副其实。

当然，《中国京剧流派剧目集成》的编纂，其目的只在提供流派剧目作为研究家和后学者的参考借鉴。而流派、流派，意重在“流”。所谓流，指流行和流变。流派艺术正是在流行、流变中最终形成的，即或在最终形成之后，也还是靠流行、流变而发展的，倘若泥古不化，抱残守缺，就会失掉其鲜活的生命力，艺苑奇葩也会枯萎，这已为京剧发展史所证明。不过，流派艺术发展也需要有个前提，那就是首先要掌握渗透在表演程式唱念做打、手眼身发步中的艺术个性，而流派剧目就是其艺术个性展现的载体。继承流派艺术，不能只满足于模拟外在的“体”，更要在剧目演练中去体味其艺术个性的“魂”，这样才能促使京剧流派艺术从剧目建设到表演个性都得到发扬光大。此乃传承流派剧目的题内之义，自毋庸赘言。

目录

王瑶卿

吕兆芳 记录 整理

虹霓关

程玉菁教学本

京剧《虹霓关》取材于《隋唐演义》第三十八回，此剧又叫《东方夫人》、《伯党招亲》或《替夫报仇》。内容如下：瓦岗寨元帅秦琼领兵攻打虹霓关，隋朝守将辛文礼出战，瓦岗众英雄不敌。恰值王伯党押解粮草回营，搭救了众英雄，并一箭射死辛文礼。辛妻东方氏为夫报仇，上阵擒获王伯党，慕其美俊，促丫环做说客，愿意改嫁王伯党，归顺瓦岗。伯党假意应允，实欲洞房杀之，以图后计。

《虹霓关》是京剧前辈表演艺术家王瑶卿先生的代表剧目。我老师程玉菁先生作为王派的掌门弟子，第一次受业也是这出戏。程玉菁先生在学了这出戏的第二年，于开明戏院演出此戏，在头本里饰演东方氏，二本里饰演丫环；王又荃饰王伯党，诸如香饰二本里的东方氏。据程先生讲，由一个演员前演东方氏，后演丫环的路子，始自梅兰芳先生，而梅先生的二本《虹霓关》也是王瑶卿先生亲授的。王老曾说："我送了兰芳两出戏，一出二本《虹霓关》，一出《樊江关》。"从此，王老也就不再唱《虹霓关》了。

这是一出很有特色的旦角戏，戏分头本、二本，头本以"刀马旦"应工的东方氏为主要角色，有与王伯党的持枪大战；二本以"花衫"应工的丫环为主要角色，违心地与夫人说亲，有大段的唱腔，各有吃重的表演。而王瑶卿先生接触此剧的时间则要追溯到光绪二十年(1894)，那时他只有14岁，与同龄人裘桂仙、鲍吉祥、时慧宝等同搭陈丹仙创办的"小鸿奎"科班，边演出，边学戏。为了保障演出的正常，陈班主请来名角加盟，李紫珊（艺名万盏灯）、刘春喜（李洪春之师）、黄润甫（侯喜瑞之师）等名家皆一时之选。其中李紫珊先生在江南一带已久负盛名，"刀马"、"花旦"兼演，能戏甚多，尤以《虹霓关》中东方氏这一角色最为拿手。此次搭班，就打算以《虹》剧打炮，可是，在"小鸿奎"班里却没有能演二本里丫环的演员。原来，当时演二本里丫环一角的是余紫云先生的"一招鲜"，没人能唱得过他，别人也不敢动这个角色。时年只有14岁的王瑶卿向李紫珊先生请教二本丫环的表演，同时又请他的师父谢双寿先生说唱腔。他本就聪慧过人，边学习边潜心琢磨，不断融入自己的体会和创造，终于把这角色拿了下来。公开演出仅仅两场，便获得了出乎意料的成功，从此一炮而红，二本《虹霓关》也就成了超越前人的王派的看家戏。

程玉菁先生曾对我说："老师（指王瑶卿先生）教我这出戏时，还谆谆告诫我：'这出戏里的丫环不像东方氏，是个正派角色，要演的活泼、娇憨、可爱，不能演出轻浮、油滑的样子来。演春香、红娘也是一样，不然就把人和戏给糟蹋了。'"为此，王老对东方氏和丫环的服装做了大胆的改革。按余紫云先生演出的路子，丫环是穿袄子、裤子、坎肩。王老则根据人物在戏里的分量，改为上穿袄子、坎肩，下穿裙子，不踩跷而改穿彩鞋。他认为："戏里的丫环有大丫环与小丫环之分，像《虹霓关》、《春香闹学》、《佳期》、《拷红》这类戏里的丫环就是大丫环，不能单穿袄裤，而应穿上袄子、裙子、坎肩。"另外，二本里的东方氏也从原来的穿花褶子改成穿袄子、裙子，因为这样才更符合人物身份和剧情要求。

一个剧目得以流传，必有其艺术魅力所在。京剧《虹霓关》正是经过几代艺术家长期舞台实践，不断完善而传承下来的艺术珍品。剧中将精彩而细腻的表演、丰富而适度的武打以及板式多样的唱腔熔为一炉，可以全面展示“刀马”、“花衫”行当演员的功底，实为难得的好戏。在京剧舞台上，旦角主演的亦文亦武的剧目本不少，如《棋盘山》、《穆柯寨》、《珍珠烈火旗》、《金猛关》、《银空山》均是，但一个演员兼演文武两个角色的剧目如《虹霓关》者却不多。近年来，该剧虽也偶有演出，大多也只演头本的“替夫报仇”，前边的几场文戏，二本的“说亲”就很少见了。应该说，这是不够完整的。

王派传人程玉菁先生“文革”后重返中国戏曲学院执教。当年我作为程老师的助教，协助整理剧本、授前备课和教学实践，保留下来当时所做的教学笔记以及《虹霓关》全剧的彩排录音。现在整理出来，算是较为完整的王派《虹霓关》的表演资料，供大家演习参考。

吕兆芳

人物行当

东方氏	前刀马旦、后花衫	尤俊达	净
王伯党	小生	二探子	丑
丫　环	花衫	四官兵	杂
辛文礼	净	八男兵士	杂
秦　琼	老生	四白龙套	杂
中　军	丑	四蓝龙套	杂
单雄信	净	四红龙套	杂
程咬金	丑	四白袍将	杂
齐国远	老生		

服装扮相

东方氏　“头本”俊扮。梳大头、线尾子、水钻头面，穿红帔、白绣花边裙，彩鞋。“灵堂”头扎白彩球、白绸条，白素裙子、白素褶子，白彩鞋。“会阵”加白色面牌，改穿白色战衣、战裙，白彩裤，白薄底。“二本”改穿素色裙、袄，彩鞋。

王伯党　俊扮。扎巾、面牌，穿粉或淡青花箭衣、粉或白褶子，苫肩、绦子、大带，胸前系彩球，粉彩裤，厚底。

丫　环　俊扮。梳大头、线尾子、抓髻、水钻头面。“头本”穿花裤、袄，长坎肩，系腰巾，彩鞋。“二本”改穿裙、袄，短坎肩，系腰巾。(均为素色)

辛文礼　勾黑碎脸。戴倒缨盔、黑扎、耳毛子，扎黑硬靠、黑蟒、苫肩、玉带，红彩裤，厚底。

秦　琼　俊扮。帅盔、黑三，穿红蟒、苫肩，红彩裤，厚底。

中　军　丑扮。戴大板巾、王八须，穿绿箭衣、系大带、黑马褂，青彩裤，薄底。“灵堂”白孝袍、孝帽、孝带。

单雄信　勾绿碎脸。戴扎巾盔、红扎、耳毛子，扎蓝硬靠、苫肩，红彩裤，厚底。

程咬金　丑扮。戴狮子盔、黑四喜，扎绿硬靠、苫肩，红彩裤，朝方。

齐国远　俊扮。戴扎巾盔、黑三，扎红硬靠、苫肩，红彩裤，厚底。

尤俊达　勾紫三块瓦。戴扎巾盔、黑满，扎紫硬靠、苫肩，红彩裤，厚底。

二探子　丑扮。毡帽头，素箭衣、卒坎，黑彩裤，薄底。

四官兵　俊扮。黄小倒缨盔或茨菇叶、牵巾、蓝风帽，穿黄兵套服或蓝箭衣、绦子、大带，红彩裤，薄底。(灵堂一场应换白色服装)

八男兵士　俊扮。戴蓝小倒缨盔，穿蓝兵套服，薄底。

四白龙套　俊扮。白色小板巾，白龙套服，红彩裤，薄底。

四蓝龙套　俊扮。蓝色小板巾，蓝龙套服，红彩裤，薄底。

四红龙套　俊扮。红色小板巾，红龙套服，红彩裤，薄底。

四白袍将　揉老脸。戴白大板巾、白满、白五嘴、白八字吊牟、白四喜，穿白孝袍子，系白布带，黑薄底。

道具

小高台	一份	**桌子**	一张
灵堂帐子（含香、香炉）	一份	**椅子**	二把
高椅	一把	**红桌椅披**	一份
素桌椅披	一份	**马鞭**	七根（白色一根）
单枪	六杆	**双枪**	二杆（白色）
单刀	五把（女刀一把）	**哭丧棒**	一根
大板斧	一把	**大刀**	二把
军旗	四副	**令旗**	二面
印	一方	**文房四宝**	一份
惊堂木	一块	**手铐**	一副
家法板子	一把	**红灯**	一盏
城墙片	一份	**大纛旗**	一面(上写“替夫报仇”)
滚木礌石	若干	**龙套标帜**	三堂（红、白、蓝）
帅帐	一份	**茶杯、盘**	一份
灵堂牌位	一个	**绊马绳索**	一条
蓝桌椅披	一份	**堂板**	一副

第一场

〔幕启：三军司命大帐、“大座”，【冲头】四红龙套、四男兵。四将“站门”。【四击头】秦琼上场、至“九龙口”处一亮，整冠、抖袖，【一锤锣】走至正中台口处。【大锣归位】

秦　琼　（念引子）奉王命，【小锣二击】统貔貅（大 大）

1 2 | 3 2 - ³2 ³2 ∨ | 6̣ 7̣ ²7̣ ²7̣ - 6̣ - ‖

剿　灭　　　虹　　　霓。

（左手翻袖，右手指出）

〔【一锤锣】（右转身归“大座”）【大锣归位】

（念诗）威风凛凛镇瓦岗，

马壮兵精个个强。【小锣二击】

将令一出山摇动，

扶保李密西魏王。【大锣归位】（抖袖、翻袖报名）

本帅，【撕边一击】秦琼。【大锣住头】李密驾下为臣。可恨辛文礼每日操兵练将，要剿灭瓦岗；西魏王拜我为帅，领兵对敌。今乃黄道吉日，正好发兵。众位贤弟！人马可齐？

齐国远
尤俊达
程咬金
单雄信　（四人合念）俱已齐备。

秦　琼　兵发虹霓关！

众　啊！

〔奏唢呐曲牌〈小玉芙蓉〉四兵士带马，“插门”向“下场门”方向扯成“斜胡同”，秦琼加鞭“下场门”下，其他人紧随其后一对对下。关二幕。

第二场

〔探子内白：“马来！”

〔二幕外，探子上场，【撕边一击】举鞭一亮。【水底鱼】走至正中台口处，勒马报名。

探　子　俺！【大锣一击】能行探子是也。（嘟 仓大）（放下马鞭）奉了元帅之命，打探瓦岗之事，就此马上加鞭。

〔【撕边一击】打马加鞭一亮。接【冲头】“下场门”下。

第 三 场

「场上摆高台。吹奏唢呐曲牌〈水龙吟〉四蓝龙套、四官兵“站门”，乐止。**【四击头】**辛文礼上场“九龙口”处站亮，整冠，**【一锤锣】**慢步向前走至正中台口处翻袖遮面。**【大锣归位】**

<点绛唇>

辛文礼 6. i̇ 5 4 3 5 2 **【小锣二击】** 2 2 1 2 6 1 5 **【小锣三击】**

统 领 貔 貅 儿 郎 虎 豹

5 5 4 3 5 2 **【小锣二击】** 3 1 2 3 5 6 i̇ 5 **【小锣三击】**

威 风 浩， 地 动 山 摇

（6 5 6 i̇ 5）（八 大 仓）2 2 1 2 6 i̇ 5 ‖

（念）要 把 瓦 岗 扫。

（左手翻袖，右手指出一亮）

「奏唢呐曲牌<水龙吟·合头>。在曲牌中，辛文礼整冠左、右各一望，双手撩蟒向右转身亮相。上高台。乐止。

辛文礼 （念诗）镇守虹霓威四方，

贼寇不敢犯边疆。**【小锣二击】**

隋主驾前为上将，

率领精兵（八大台 空 匡）（左手翻袖一亮）定家邦。

「**【大锣归位】**两边龙套、官兵往里归成八字。

本帅，**【撕边一击】**辛文礼。**【大锣住头】**隋帝驾前为臣，官拜虹霓关总镇。可恨瓦岗作乱，本帅日夜操练兵马，定要剿灭贼寇，保我隋朝天下。为此今日全身披挂，看看有何军情。来！

众 有。

辛文礼 伺候了。

「**【水底鱼】**探子“上场门”上场举鞭一亮，加鞭快步走至右台口；缓鞭勒马一亮。

探 子 （念）上马銮铃响，

下马报军情。**【冲头】**（下马举令旗报进）报！探子告进！**【冲头】**（进门）

帅爷在上，探子叩头**【软二击】**（走一蹦子转身，跪亮）

辛文礼 打探哪路军情，起来讲！

探 子 帅爷容禀：**【大锣归位】**（起身，归右边站）

（念诗）打探瓦岗事，

贼寇发来兵。**【小锣二击】**（右手向外一指）

秦琼拜帅印，

伯党为先行。**【大锣住头】**

辛文礼 他的兵势如何？

探　子 帅爷容禀！

「唢呐奏<急三枪>“云手”拉开“山膀”，左指、右指回身跪亮。

辛文礼 赏尔银牌一面，再去打探！

探　子 谢帅爷！**【冲头】**（探子“下场门”下）

辛文礼 **【叫头】**且住！瓦岗拜秦琼为帅，我想此人攻无不取，战无不胜，只恐此关难保。**【撕边一击】**我自有道理。转堂！

「**【大锣原场】**辛文礼下高台，关二幕，撤掉高台，摆成“八字座”。同时两边龙套、官兵向外双翻，两边下。中军站左边，辛文礼“大边”座坐下。

辛文礼 来！

中　军 有！

辛文礼 请夫人出堂。

中　军 有请夫人！（“下场门”下）

「**【小锣旦上场】**丫环“上场门”“一条鞭”上。东方氏上场至“九龙口”处站亮，东方氏整鬓，抖袖。向前走至右台口处，抖袖站亮。

东方氏 （念）夫乃隋朝将，

皇家一栋梁。

「**【一锤锣】**辛文礼站起身，出门，迎接。**【慢冲头】**二人进门，让座。

辛文礼 夫人！

东方氏 老爷！

辛文礼 请坐。

东方氏 有坐。（二人入座）

辛文礼 **【大锣叫头】**可恼哇！可恼！**【撕边一击】**

东方氏 老爷今日为何烦恼？

辛文礼 夫人哪里知道，今有瓦岗拜秦琼为帅，前来攻打虹霓，此人攻无不取，战无不胜，只恐此关难保。**【撕边一击】**

东方氏 （略思索）既是瓦岗贼子兴兵前来，老爷就该领兵对敌才是。

辛文礼 本当领兵对敌，又恐关中之事无人照管。**【撕边一击】**

东方氏 老爷出兵，鞍前马后多要小心；关中之事有妾身管理，料然无事。

辛文礼 这……**【撕边一击】**只是本帅放心不下。（用眼打量东方氏）**【撕边一击】**〔亮弦〕

（4 3. 2 3 6 5 -）

「东方氏站起右手扶鬓一亮，向前略走几步，思索，抖袖。

东方氏 呀！

〔西皮摇板〕

【大锣闪锤】（ 6 6 5 5 5 3 6 5 5 3 2 1 2 6 5 5 5 ） i 3

老 爷

3 6 5 5 6. i 3 5 6（过门）i 5 6 6 i 6 5
把 话 错 来 讲， 羞 得 奴 家 脸
（“背供”唱，位于坐椅正前方）

5 3 5 3 5（6 5 3 6 5 5 3 2 1 2 6 5 5 5）i i
无 光。 将 身
（遮面羞） （左手提

3 6 5 5 6 i 3 5 6 5 3 5 6 i 6 3 5. i 6 5
跌 跪 大 堂 上， 过 往 的 神 灵 听 端
裙，右袖上翻，跪在中间） （拱手式）

3 5 3 5（6 5 3 6 5 6 3 2 1 2 6 5 5 5）i i
祥， 夫 死

3 6 5 7 6 3 5 5 4. 6 3 3 2
我 若 良 心 丧，
（身体向后坐，回看辛文礼）

〔【一锣】〔行弦〕中加【滚锤】东方氏摸鬓左思右想，欲言又止，〔行弦〕止。

辛文礼 （站起走向前来急问）怎么样？

东方氏 唉！

【大锣凤点头】（过门同前）i 5 6 6 i 5 3 5 6 i 6 5 -（仓）
三 尺 龙 泉 一 命 亡。（发誓向外一指）

辛文礼 言重了！（右手示意搀扶）

【凤点头】（过门略）5 3 3 1 3 2 2 1 3 2 - |
夫 人 请 起 后 堂 上。

〔【扫头】东方氏站起拱手，双翻袖，面向“上场门”亮相，丫环随之“上场门”下。【大锣原锣】四龙套、四官兵两边上，给辛文礼带马后“插门”、“下场门”下，辛文礼加鞭一亮，下。关二幕，撤掉桌、椅。

第四场

〔台上空场。【快冲头】急收住。

〔秦琼内唱。

〔西皮小导板〕

【大锣导板头】（3. 5 6 6 - 6 5 - i 3. 1 2 - 6 2 2

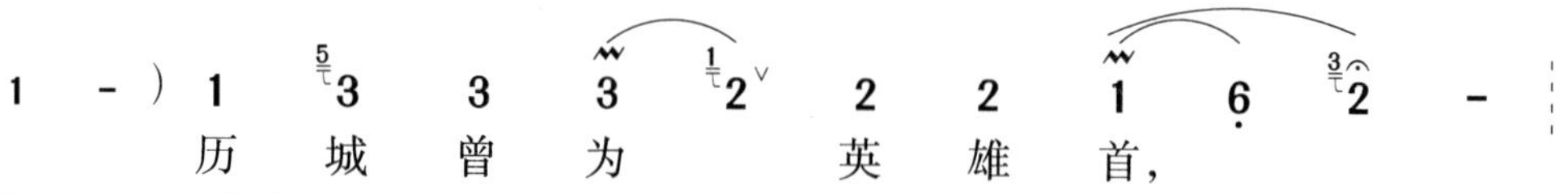

「【快长锤】秦琼原班人马“上场门”上“站门”，秦琼上场一亮，抖袖开唱。

〔西皮流水〕

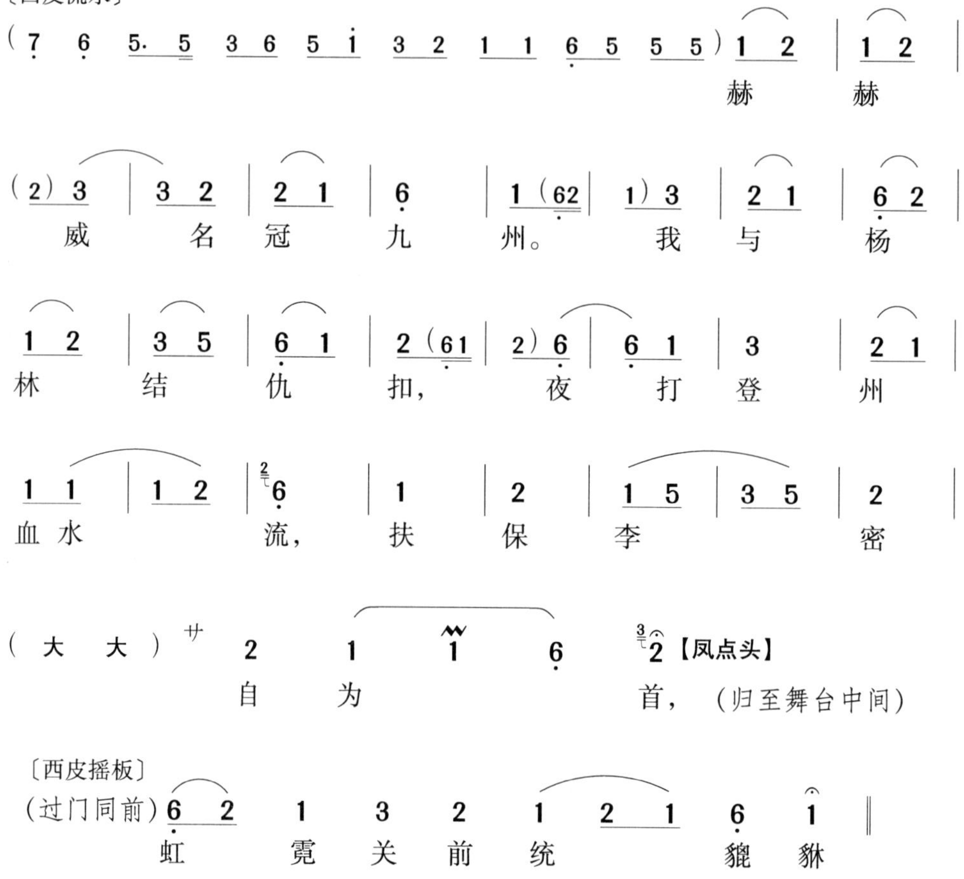

报　子　（内）报！（【冲头】“上场门”上）辛文礼讨战！

秦　琼　再探！

报　子　啊！【冲头】（“下场门”下）

秦　琼　【叫头】且住！辛文礼讨战，岂肯容他猖狂，众位贤弟杀上前去。

齐国远
尤俊达
程咬金
单雄信　啊！

「【急急风】秦琼“下场门”下。众领圆场至“下场门”处，辛文礼原班人马“上场门”上，当场会阵。四将与辛文礼“一扯、两扯”，“过合”辛文礼打四将“鼻子”、“削头”，四将“下场门”下。辛文礼原班人马追下。辛走一“小下场”追下。

第五场

〔【快长锤】四兵士带弓、箭，四兵士推粮草车“上场门”“斜一字”站。王伯党上场举鞭一亮，向前走几步勒马，抖袖开唱。

〔西皮摇板〕

王伯党 （过门同前）1̇ 5 57 6 6 56 7 ⁶7 ²̇6 ⁷6 【凤点头】
山 寨 领 了 魏 王 令，

（过门同前）36 5 53 7 6 ˇ 1̇ 5 6 ³5 ‖【住头】
解 押 粮 草 回 大 营。

俺！【撕边一击】王伯党！【住头】奉了魏王将令，押解粮草，军前听用。众军士！

众 啊！【撕边一击】

王伯党 趱行者！

【闪锤】（过门略）3. 6 5 7 6 6 56 7 ⁶7 ²̇6
豪 杰 催 马 往 前 进，

〔【长锤】众领起来往左走圆场，分两边站。王伯党原地加鞭勒马。

（过门）3. 6 5 1̇ 6 5 6 ¹̇6 5 ‖
何 处 人 马 乱 纷 纷。

【叫头】且住！何处人马呐喊？众军士！

众 有！

王伯党 高坡一望。

众 啊。

〔【急急风】王伯党率众向里归，齐、尤、程、单四将败上，过场“下场门”下。辛文礼追下。

王伯党 啊！（向“下场门”一望）【撕边一击】前面败的众家英雄，后面追的辛文礼，待俺向前搭救！众军士！【一击】

众 啊！

王伯党 将粮草推过一旁，弓箭伺候。

众 啊！

〔【急急风】四粮车“下场门”下，一兵士带过弓箭，王伯党脱掉褶子，将褶子、马鞭交兵士，拿弓箭。兵士“下场门”下。转【乱锤】齐国远等四将败上，向王伯党拱手过场。

〔辛文礼内白:“哪里走!”

〔【急急风】辛文礼追上，王伯党紧随其后，王伯党调至舞台中间偏右前位置搭好弓箭。

王伯党 看箭！

「辛文礼位于“下场门”处回身，被箭射中，四龙套“下场门”上，搀辛文礼下。同时，中军“上场门”暗溜上，看见辛被射死。

中　军 我家老爷被王伯党一箭射死，速速报与夫人知道便了。（“上场门”下）

王伯党 **【冲头、叫头】**哈哈！哈哈！啊……哈哈……

「**【四击头】**持弓踢右腿，右转身亮相，**【快原场】**“下场门”下。

第　六　场

「接上场关二幕，摆一桌、一椅，“小座”。**【小锣帽子头】**丫环引东方氏“上场门”上，**【小锣单点·归位】**走至中前场抖袖站。

东方氏 （念）旌旗不住空中扬，
　　不知谁胜哪家强。

「**【冲头】**东方氏转身归“小座”，丫环随之归于右边站。中军“上场门”急上，进门站左边。

中　军 启禀夫人，大事不好了！

东方氏 何事惊慌？

中　军 我家老爷被王伯党一箭射死了。**【大锣一击】**

东方氏 你待怎讲？

中　军 被王伯党一箭射死了！

东方氏 哎呀…… **【撕边一击】**（右手翻袖“气椅”坐下，左袖遮面，**【冲头】**丫环在右边用手遮挡）

中　军
丫　环 夫人醒来。**【大锣导板头】**

〔西皮导板〕

东方氏 （7 6 - 5 - i - 3. 1 2 - 7 6 2 1 - ）

i 5 7 7 5. 6 2 i 6 i - 2 - 2 2 i
听 说 儿 夫 把 命 丧，

「接**【冲头】**醒来，快步向前场走、双翻袖。

【双叫头】老爷！我夫！（拱手）喂呀老爷吓……（跺脚，双抖袖）

〔西皮散板〕

【纽丝】（过门） 3. 6 5 5 i 6 5 6 5 3 5 -（2 3 6 5 -）
万 把 钢 刀 刺 胸 膛，（仓）

3 5 3 6 5 5 6 i 3 5 6（仓 匝 匝 匝…）
指 定 战 场 骂 伯 党，（翻袖念）

贼子呀！贼子——　**【凤点头】**（跺脚抖袖）

（过门）3　6 5　6　^{7}6　5　$^{\dot{1}}$6. 5　3　5 3　^{3}5　-　‖

定　要　擒　尔　祭　夫　郎。

喂呀……　**【住头】**

丫　环　夫人不必啼哭，与我家老爷报仇才是。

东方氏　言得有理。（回身取令旗）中军过来，传令下去，大小三军均穿孝服，齐集大堂听点。（令旗扔给中军）

中　军　得令。（站在一旁）

〔**【冲头】**东方氏向“下场门”方向走，随之复回身翻袖，拱手。

东方氏　**【叫头】**老爷，我夫！喂呀……　（哭、抖袖、搌泪）罢！**【软四击】**（向外双翻袖，右袖背于肩上，左袖位于胸前翻袖；转身面向“下场门”方向亮相）

〔起**【冲头】**丫环随东方氏“下场门”下。中军走至台口。随之关二幕。

中　军　下面听者，夫人有令，满营大小将官均穿孝服，齐集大堂听点啦……

〔（**八大仓**）“单山膀”一亮，**【冲头】**“下场门”下。

第　七　场

〔开二幕，灵堂帐子、白色桌、椅披。桌上放香炉、惊堂木。

〔四白袍将上，**【急急风】**上“站门”，向外翻成“横一字”，锣鼓停，站亮。

白袍甲　凛凛威风勇，

白袍乙　腾腾杀气高。

白袍丙　玲珑护心镜，

白袍丁　日照白罗袍。**【住头】**

白袍甲　请了！

众　请了。

白袍甲　夫人点兵，在此伺候。

〔四白袍将归灵堂两边站好。奏胡琴<哭皇天>曲牌。四官兵上“站门”，中军上来两边观望。

中　军　有请夫人。

〔东方氏头扎白彩球、系白绸子条，身穿白褶子、白裙子、白彩鞋。曲牌中丫环在右边搀夫人“上场门”上，走至右前台口处，**【撕边一击】**左手拿绸子一看，哭泣，搌泪。走至中间进门上香，向外转身抖袖，整冠，再转身向里跪，三拜；起身向外转身，然后向两边行礼，拜谢，再回到灵堂右边跪灵。丫环随夫人跪下。中军上香、行礼。拜灵后归左边站。四白袍将行礼，拜灵。四官兵行礼、拜灵毕。乐止。起**【冲头】**丫环随东方氏站起，东方氏面向灵堂双翻袖。

东方氏　**【叫头】**老爷！我夫！喂呀老爷吓……　（站在桌子左边）**【大锣导板头】**

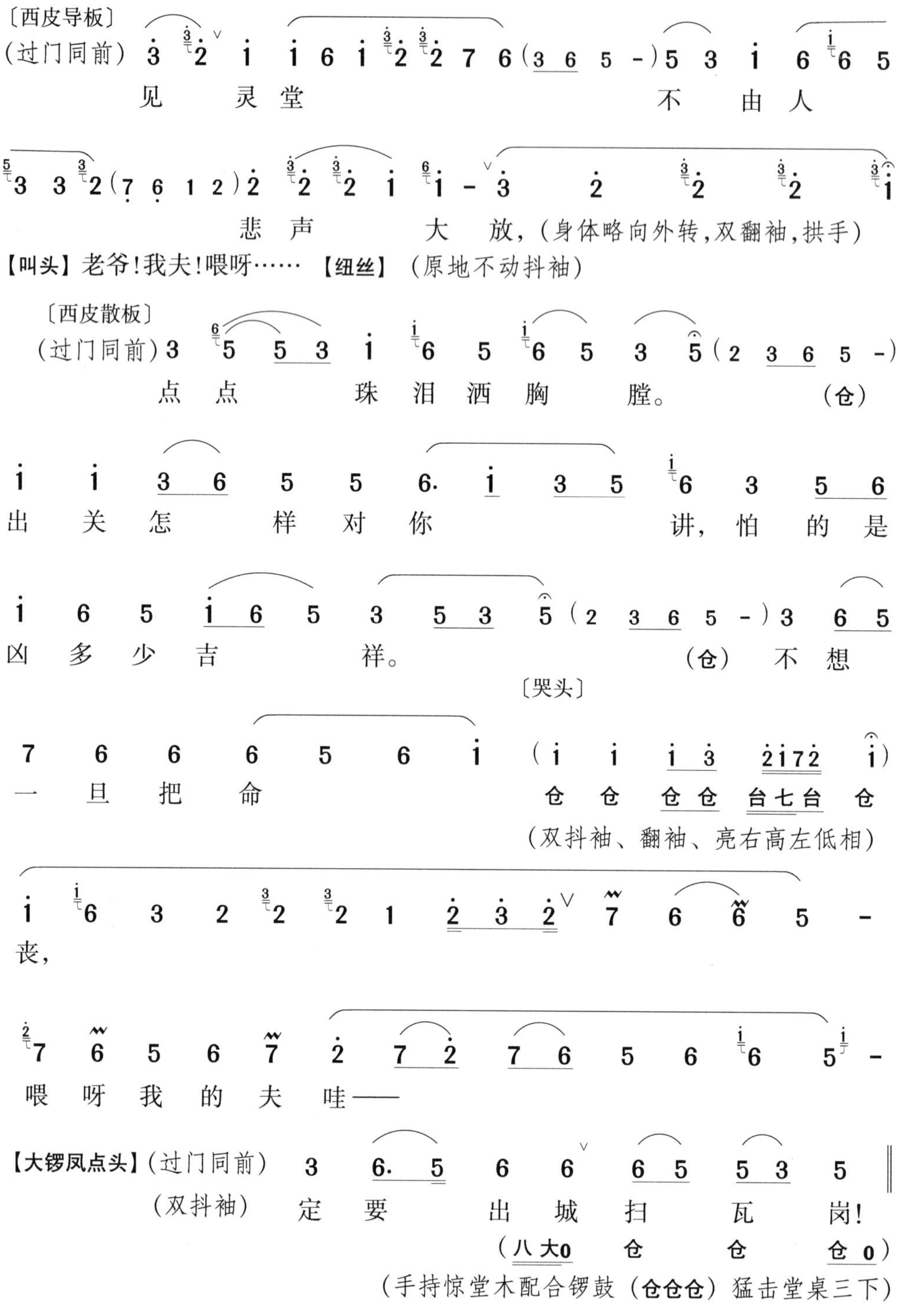

〔【冲头】双抖袖，走至正中场，同时丫环“下场门”下，准备带马。

东方氏 【叫头】众位将军！今日出兵，人人奋勇当先，请上受我一拜。（双翻袖拱手蹲拜）

〔【扫头】先略往后退，双袖向外翻出，趋步向右前角处，右袖上翻，左袖置于胸前亮相。【急急风】“下场门”急下。幕内脱掉褶子，换白色战衣、战裙、白薄底，疾步上场，出门。丫环持双头枪带马，【软四击】持枪上马一亮。【急急风】众

“插门”领起来，与“上场门”出来的瓦岗四兵士“二龙出水”会阵，众下。齐国远上与东方氏“单过合”，东方氏位于右边面向里拧枪式“架住”锣鼓停。

东方氏 来将通名？

齐国远 齐国远！

东方氏 看枪！

〔（**嘟－八大仓**）“一盖腰封”，齐国远败下。**【急急风】**单雄信、尤俊达“上场门”上，东方氏向左前角缓枪与单、尤二人斜场“过合”，面向外位于右边拧枪式“架住”锣鼓停。

东方氏 你们哪个是王伯党？

单雄信 单雄信。

尤俊达 尤俊达。

东方氏 看枪！

〔**【急急风】**打第一个人“腰封”，刺第二个人“上、下”，二人“下场门”下。东方氏向左前缓枪，程咬金持斧“上场门”上，与东方氏斜场砍过去，东方氏调至右边拧枪式“架住”。锣鼓停。

东方氏 来将可是王伯党？

程咬金 你老爷程咬金，吃俺三斧。

东方氏 看枪！（向前一刺）

〔**【急急风】**程咬金砍三斧，东方氏三盖，程咬金用斧子压东方氏的枪，东方氏挑起，**【撕边一击】**亮相。程咬金后退不抵，随即“下场门”下。转**【急急风】**东方氏耍“枪下场”后追下。

第　八　场

〔**【急急风】**四兵士上“站门”，王伯党“上场门”上，举枪一亮，走至中间，四将“上场门”上，向王伯党拱手过场下。四兵士“插门”领起来至“下场门”处，四白龙套“上场门”上，两边“二龙出水”会阵；（丫环上举“替夫报仇”字样的白色大旗站后边不动）东方氏上场与王伯党“一扯两扯”。“单过合”面向后架住。锣鼓停。

东方氏 来将可是王伯党？

王伯党 正是你老爷。

东方氏 **【撕边一击】**（绕下来，压住王伯党的枪，一亮）射死我夫可是你么？

王伯党 各为其主。

东方氏 看枪！

〔（**八大仓**）反盖，打“腰封”。接**【急急风】**“单过合”东方氏位于右边，先向外三绕枪，再向里三绕枪，然后四盖枪，向里转身，再向外转身，东方氏打王伯党“一盖腰封”，起**【四击头】**紧接王伯党左转身枪刺出，东方氏左手推枪转身，同时右手枪漫头压住王伯党的枪，二枪搭成十字，东方氏左手反把握枪，右手“单山膀”亮相，王伯党右手反把握枪，左手“单山膀”二人并肩亮相，静场。稍后，丫环右手提旗子向前走到夫人跟前提醒夫人。

丫　环　夫人杀呀！夫人杀呀！（东方氏不理）夫人不杀呀，我也不干了。（拉着大旗“下场门”下）

〔【大锣导板头】随锣鼓缓二人同时缓“山膀”，复原姿势亮相。

〔西皮导板〕

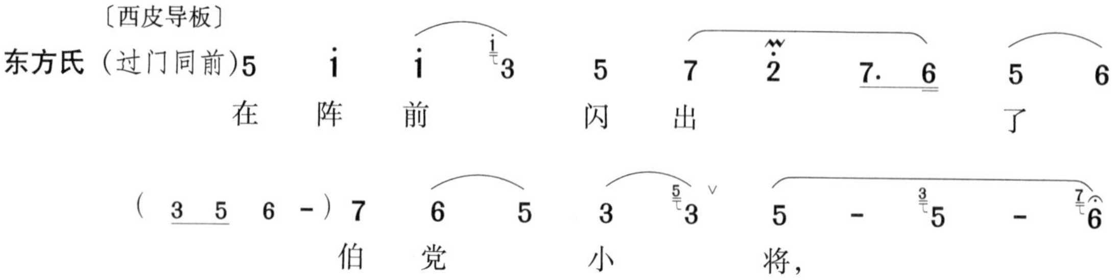

（目光转向王伯党）

〔【一锤锣】东方氏用左肩抗碰王伯党，二人对视，互相打量，同时，慢慢后退几步，再缓枪“上搭、下搭”，撞马头勒马一亮，二人再次对视，东方氏羞，退至“九龙口”前，看彩绸，搌泪，跺脚。【撕边】二人同时缓枪对刺，回到原位，起【四击头】

（二人“上搭，下搭”，东方氏向外转身，枪交左手，反把握枪，右手上托掌，王伯党同时撤至左前，右手握枪，左手山膀弓箭步二人“斜一字”亮相）

〔西皮原板〕

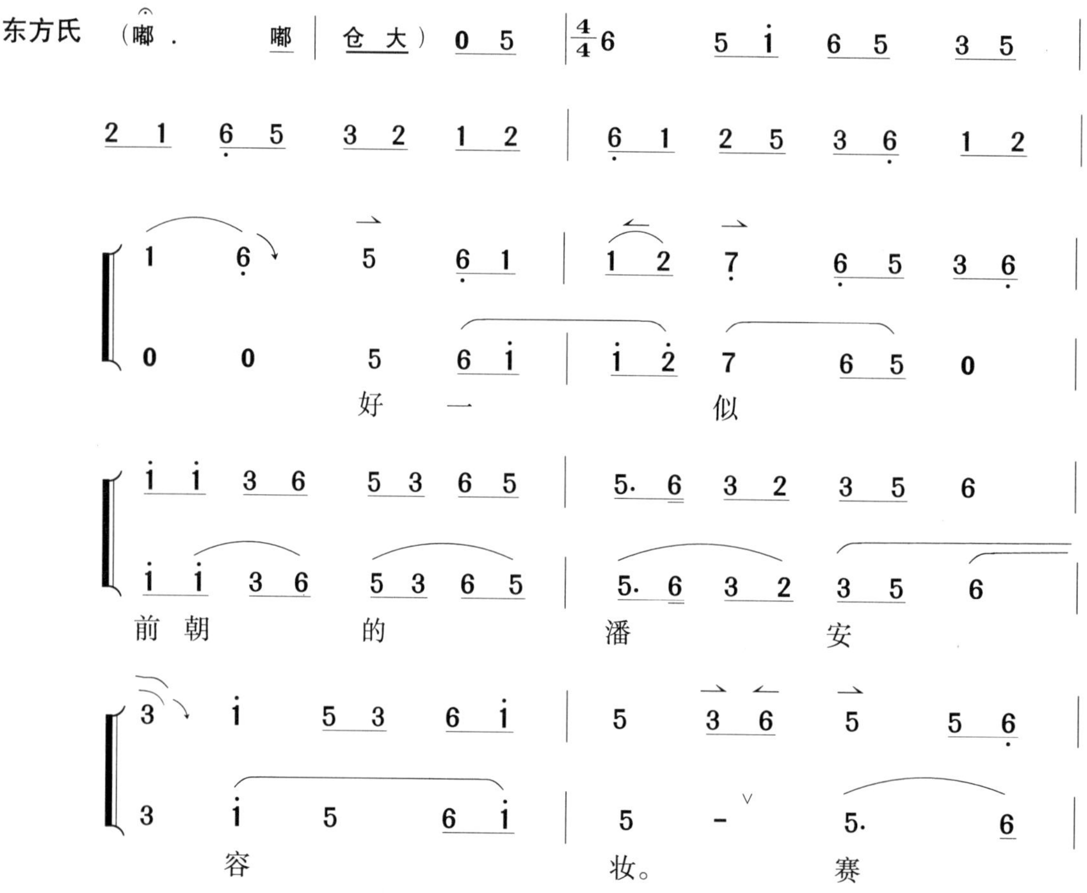

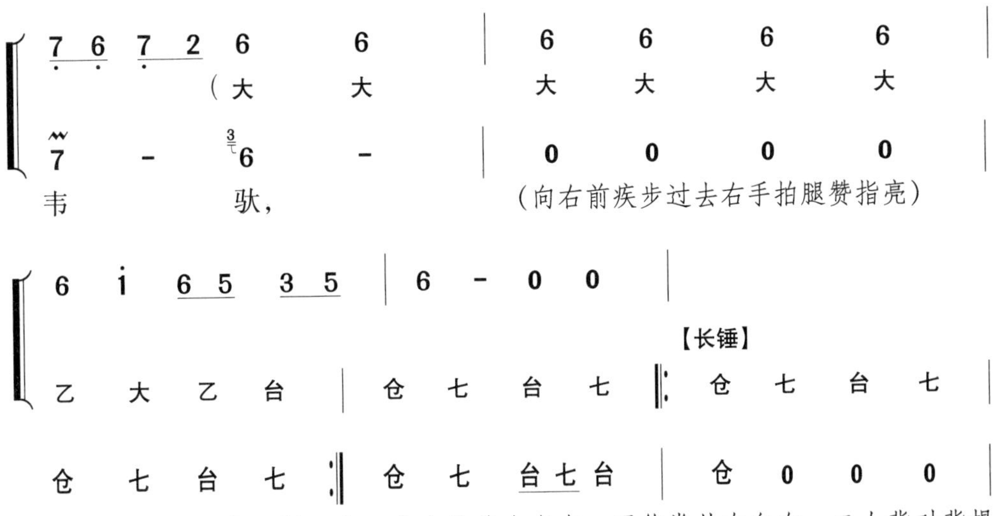

〔连打【长锤】二人正场一兜，东方氏从右向左，王伯党从左向右，二人背对背提枪花，走到对方的位置上，东方氏枪上右膀，王伯党枪上左膀。锣切住。单起【夺头】二人同时合扇转身并肩一字、正场抱枪，佛手相亮相。

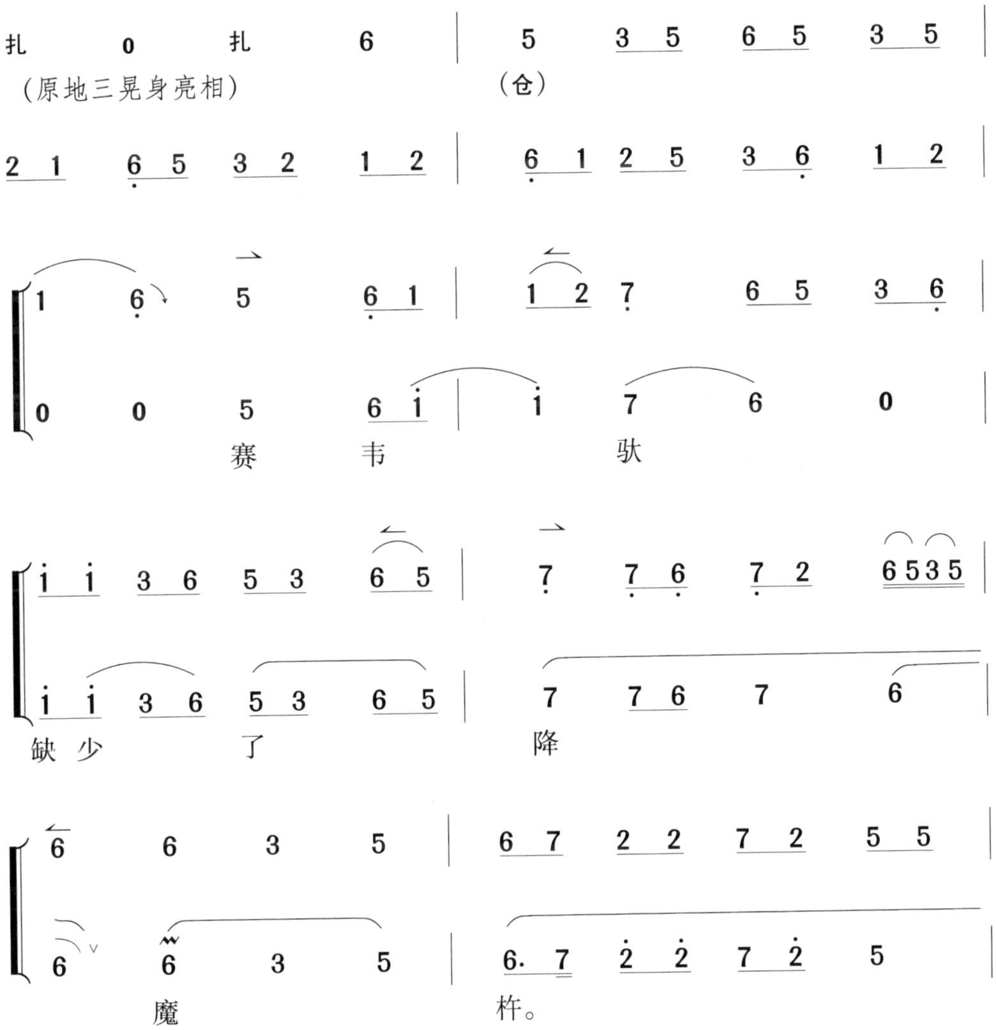

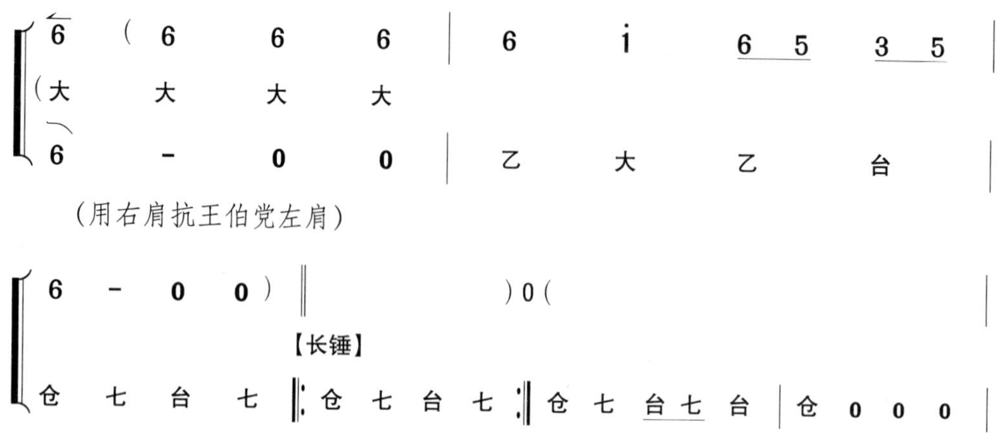

「在【长锤】中二人同时抽枪，缓枪“过合”，“幺、二、三”一绕，同时向里盖枪走至中场，再向外翻，东方氏右手背枪，王伯党左手背枪。锣住。单起【夺头】二人同时疾步向前，正场、背枪、上搭十字亮相。

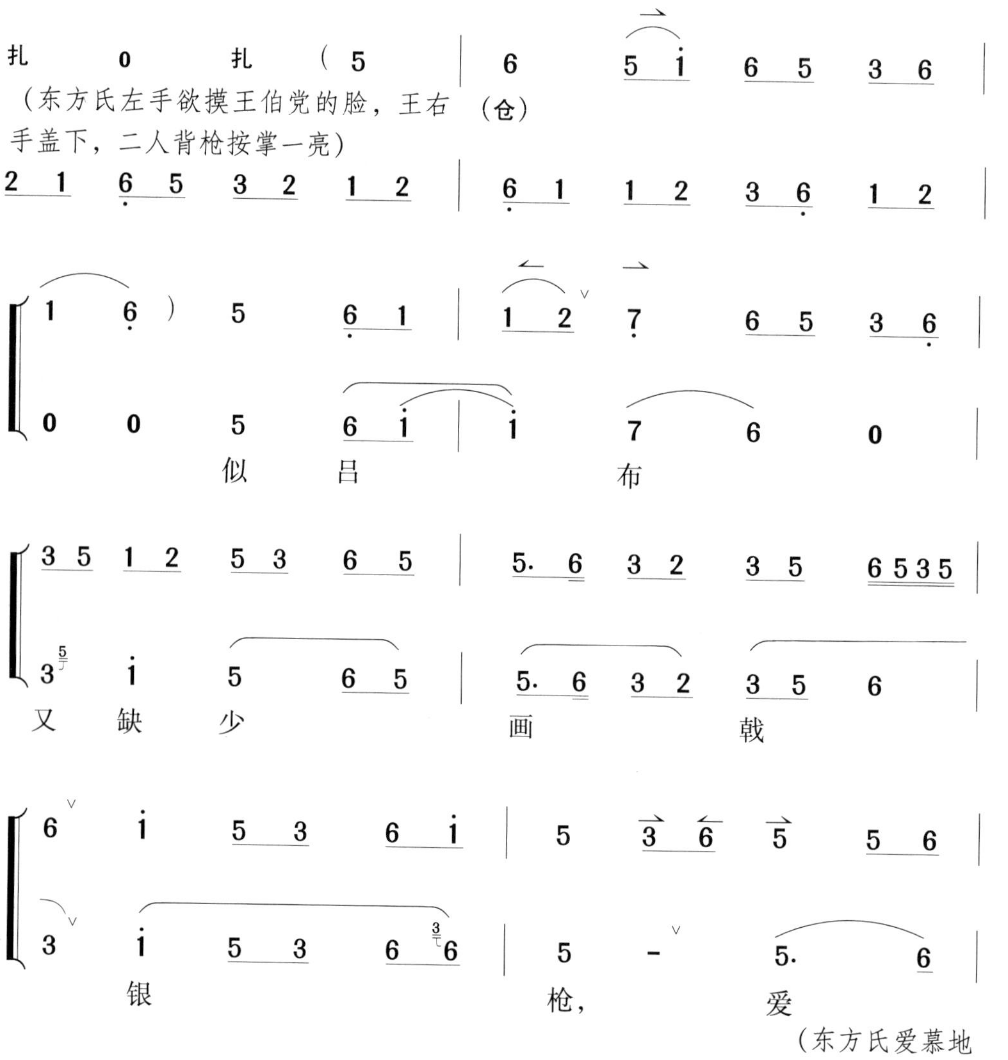

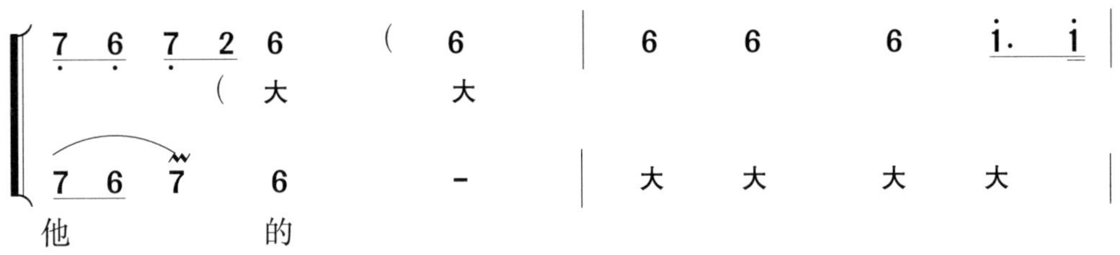

用左手拧王的脸，王伯党躲闪，踢右脚，东方氏撤身，左手接一腿，

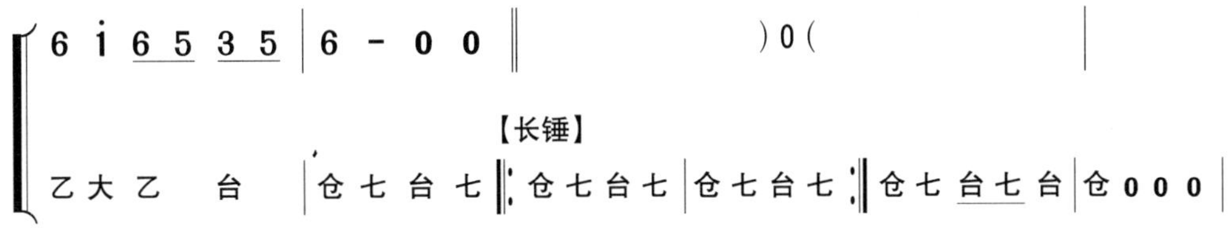

然后左手指出一亮）

〔连打【长锤】中二人同时往后撤一兜转身，东方氏横场出枪“漫头”过去，王伯党回身甩枪打腰，东方氏左手接王伯党的枪，同时右手枪“剪腕”欲打王伯党，王伯党左脚一踢，东方氏顺势右手颠枪。单起【夺头】二人同时斜场向前走几步，王伯党弓箭步，左手反把握枪、右手“单山膀”，东方氏右手举枪亮相。

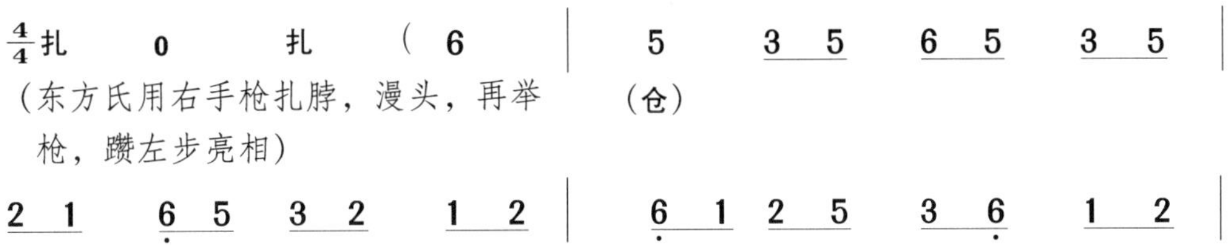

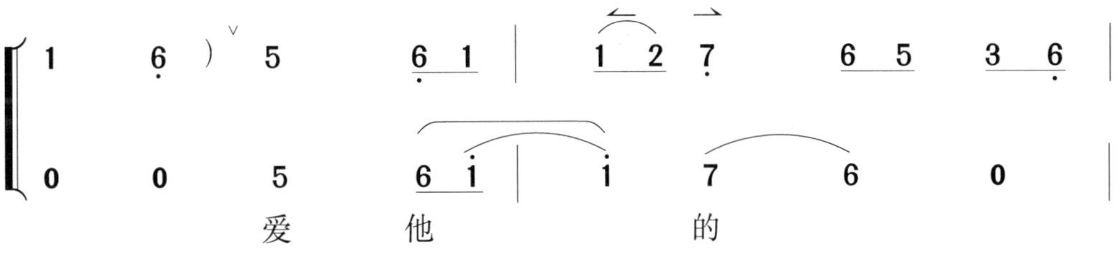

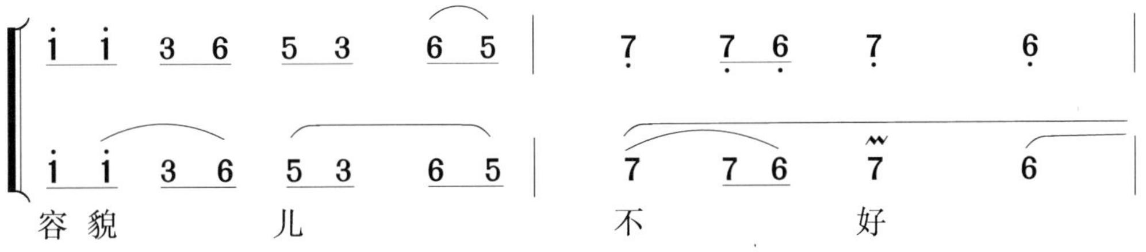

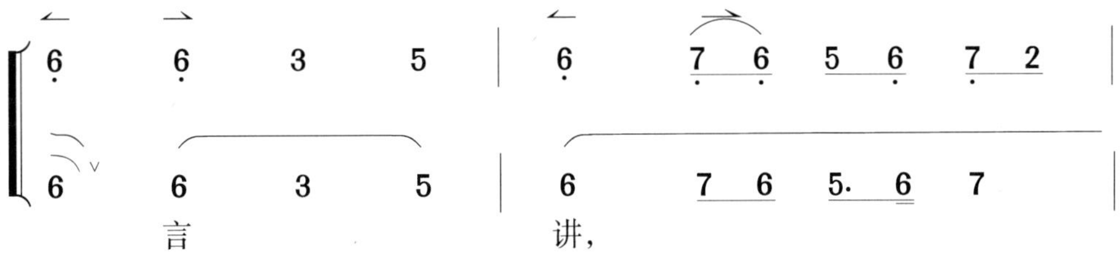

6 6 6 6 | 6 i 6 5 3 5 |
（大 大 大 大
6 - 0 0 | 乙 大 乙 台 |

（将军推开王伯党）

6 - 0 0 ‖ ）0（ |
【长锤】
仓 七 台 七 ‖: 仓 七 台 七 :‖ 仓 七 台 七 台 | 仓 0 0 0 |

（二人同时缓枪一亮）

〔连打【长锤】中二人“半过合”，东方氏位于右边，打“幺、二、三”，一兜转身，再同时往里边盖枪，边盖边往里走，转过身来，互相打腰，抓住对方的枪。单起【夺头】二人同时向外翻身，位于正中场，二人扯枪两晃随下边的节奏做以下的动作。

扎 0 扎 （5 | 6 5 i 6 5 3 6 |
（二人扯枪两晃，杆枪抱于胸前，另一杆（仓）
横枪托举于头上，并肩侧视对方一亮）

2 1 6 5 3 2 1 2 | 6 1 2 5 3 6 1 2 |

1 6 ） 5 6 1 | 1 2 7 6 5 3 6 |
0 0 5 6 i | i 7 6 0 |
有 一 句

i i 3 6 5 3 6 5 | 3 5 3 6 1 2 3 |
i i 3 6 5 3 6 5 | 0 0 0 0 |
衷 肠 话

（左手抽上面的枪向右转身，山膀拉开一亮）

转〔二六〕
2/4 3 3 2 3 5 | 6.i 6 5 4 3 | 3 2 2 3 5 i 3 6 | 5 5 6 1 1 2 |
2/4 3. 2 3 5 | 6. 5 4 3 | 3 2 3 5 | 0 i. 2 |
与 你 商 量。 你

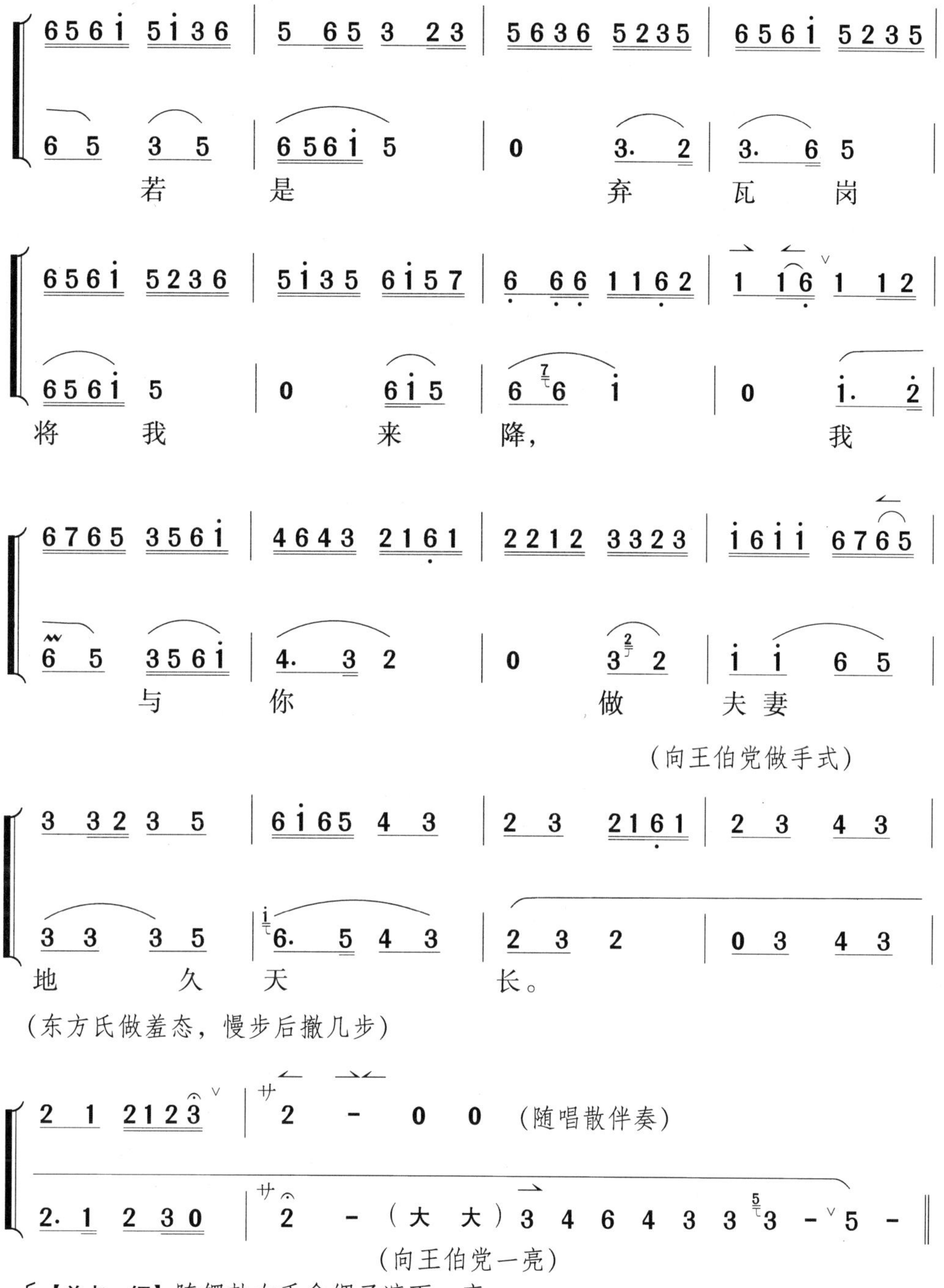

〔【单点一锣】随锣鼓右手拿绸子遮面一亮。

王伯党 住口！【快纽丝】（“山膀”拉开一亮）

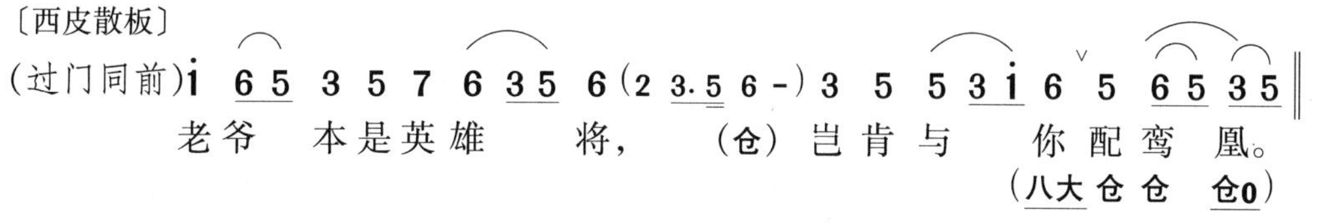

（右手端枪，二人同时指对方）

〔【扫头】二人“剜罗卜”“过合”回到原位，上搭枪、下搭枪亮相。【急急风】两边兵士、龙套“钻烟筒”分下。二人一磕、一扯、“双过合”，开始打“大快枪”，最后东方氏位于右边刺王伯党，“老虎枪”、“滚肚”至台口处，东方氏打王伯党“一盖腰封”，【四击头】东方氏将枪交于右手，二人同时“串腕”，左臂盖王伯党右臂，缓下来，东方氏右手横背枪，王伯党左手横背枪式，二人“横一字”亮相。

〔【走马锣鼓】二人开始“枪架子”：略向后退，王伯党缓枪刺，东方氏挑枪刺肚，二人合扇向里圆场再向外翻回到台口处缓枪一亮。互相打量，夸将、再互相对视片刻，慢慢撤至中场举枪一亮，慢步向前走至台口处，二人向外翻圆场，对面拉开，稍亮，二人“漫头”一别，东方氏向右前角方向甩枪翻身，右手背枪，左手按掌蹲亮。王伯党向左后斜场甩枪转身、端枪站亮。二人向前一欺，再撤原位。东方氏向右后角提枪花，搭枪式站亮。王伯党向左前角提枪花，弓箭步斜垂枪式一亮。二人对视一亮，撤回原位，横场举枪慢跨三步，再疾步圆场交换方位，甩枪回身打马，然后托枪原地翻身，二人斜场对亮。退至原位，托枪式慢跨三步，再疾步圆场走至对方位置，横场提枪花。东方氏位于外边，从右向左走至中间，王伯党位于里边，从左向右走至中间，二人面对面要三个“皮猴”同时向右原地转身，面对面站，横场出枪一亮（仓），再原地拧身背对背搭枪一亮（才），再转回原位，提枪打脚三下（仓、仓、仓），然后转【马腿儿】二人面对面横场提枪花，东方氏向左边、王伯党向右边左手背枪一亮，再从左至右反把抱枪蹲亮，二人斜场同时右手接枪、剪腕打地、颠枪接中间，原地要三个“皮猴”背枪，左手左肩上接枪、上左步、向右转身，再将枪交于右手，二人同时上步归中间，对面“山膀”拉开一亮。然后相同套路、相反方向重复一遍。东方氏归于右边，王伯党归于左边，二人对指，【硬三锣】【急急风】二人打“幺、二、三”，一兜，接四冲（四冲即向四个斜角方向“过合”）。最后东方氏落于左边，王伯党于右边，二人打“一刺封头、刺肚”，重复做五次，第五次王伯党转身撤枪漫东方氏头，东方氏不转身，上步贴近王伯党急蹲、低头、用嘴叨下王伯党的彩球。【四击头】向里盖枪，二人“合扇”转身，王伯党打东方氏上、下，王伯党面向外护腰式亮相。东方氏位于左后、左手背枪亮相。锣鼓切住片刻，东方氏从嘴上取下彩球看，【阴锣】走至王伯党面前，王伯党索要，二人逗要片刻。东方氏退回原位，【硬三锣】三招手。【四击头】东方氏走站翻身，左手横枪式，右手高举彩球亮于左前位。王伯党缓枪、踢右腿、转身，右手横枪、左手勒马式亮于右前位。二人双收亮相。【急急风】东方氏招手，“下场门”下。王伯党要枪下场，然后“下场门”追下。

第九场

〔【大锣回头】东方氏“上场门”上，“九龙口”处举枪一亮，横枪式向左圆场至中间方位向“上场门”方向。

东方氏 【叫头】且住！（左手“贴腰式”站亮）伯党杀法厉害，众兵丁！【撕边】

四官兵 有。【一锣】（众兵士手持单刀“下场门”上，分两边“斜胡同”站）

东方氏 绊马索伺候。

四官兵 啊。

〔**【急急风】**王伯党“上场门”上，举枪一亮，与东方氏斜场“过合”，二人回身一磕，各自向右转身，东方氏位于右前角，面向外场横枪式站亮。王伯党位于左后角，面向里场横枪式站亮。二人同时圆场，东方氏绕至中场，王伯党紧随其后甩枪打腰，东方氏夺枪，将王伯党一盖、推出，王伯党跪地被擒。四官兵将其押下。同时齐、尤、程、单四将从“上场门”上，与东方氏横场“单过合”，四将归左边一竖排，东方氏将一、四交叉带过，与中间两个正场“单过合”，四人归右边一排，东方氏接“封头”推开，**【四击头】**东方氏位于左边将一双枪抛至空中，左手背枪接枪、左转身、蹚右步、缓右手、单山膀、背枪式亮相。四将位于右边、四人同时右转身、四人竖排亮相。**【急急风】**众两边分下。东方氏“下场门”下。

第十场

〔“下场门”处摆城片，城门打开。奏唢呐曲牌 <小傍妆台> 四白袍将，中军出场迎接，分两边站。四官兵押王伯党从“上场门”上场，直接进城，下。东方氏左手抱双枪、右手持马鞭在**【急急风】**中准备上场。（曲牌弱音而止）**【软四击】**疾步上场，“九龙口”前举鞭一亮。**【急急风】**随鼓点慢步撤至“九龙口”处横出鞭一亮，顺式向左边圆场，走至右前角处加鞭，再涮马鞭，同时原地转半身，右手反鞭，面向里亮相。稍停片刻，圆场绕至舞台中心，右手缓马鞭向斜后伸出，左手抱双枪不变，位于中场稍亮，**【四击头】**向外场做两个翻身，然后向左前大幅缓鞭、再疾步冲向舞台正中场，面向里，勒马亮相。接**【急急风】**原地慢撤三步，渐快，撤至左前角处，勒马一亮，双手向前缓，同时，右腿跪地，双手向后分开，同时，向后闪身，稍亮，收腿，别右步、半蹲式、向左边回身打马亮，然后将右步上前，别左步、半蹲式，向右边回身打马一亮，站起身，原地向后出马鞭，**【四击头】**向外场缓鞭翻身，面向外场蹚右步，反鞭勒马式、位左前台口处亮相。接**【急急风】**由慢渐快向右边圆场一周，走至左前左前台口处举鞭一亮，向“上场门”方向斜场走蹉步，然后向右边转身，举鞭一亮、再加鞭、直向前走至中场勒马见中军。乐队接奏曲牌 <吹打>，二人对视、放下马鞭，二人相对表示哭、搌泪。然后，随节奏抓马鞭指城门三下，**（仓仓仓）**指后将缰绳扔给中军，**【撕边】（八大仓）**中军接缰绳亮相，东方氏抱鞭勒马亮相。**【急急风】**中军拉马、东方氏加鞭、进城门，疾步下去。白袍将随之进城、下。

〔闭二幕，撤掉城片。同时，摆大帐、“大座”、堂桌、帅印、惊堂木。乐队继续奏唢呐曲牌 <小傍妆台>，白袍将等原人“上场门”上，“挖门”、进帐两边站，四官兵押王伯党上场，归于左前位站。中军引东方氏上场，东方氏上场举马鞭一亮、走至台口处回身下马，中军接马鞭、拴马，然后站原位不动。东方氏左手抱双枪、右手拿彩球一看、跺脚扔球。乐止。东方氏举双枪向王伯党刺“漫头”、扎脚下、**【撕边一击】**王伯党踩抢一亮，转**【阴锣】**东方氏左手拉枪欲走、闪腰、回身示意王伯党让开，二人逗耍片刻，推开王伯党，退至中场，将双枪扔给中军，**【阴**

锣】切住。在【软四击】节奏中整冠、扔彩球、右转身、面向后“单山膀”亮相。起【冲头】入大座。官兵押王伯党进帐仍站在左前台口位置。中军进帐归右边站。锣鼓停。

中　军　胆大的王伯党，见了我家夫人为何不跪？

王伯党　住了！【一击】俺乃瓦岗好汉，岂能下跪！

中　军　【叫头】哦呵夫人哪！快快将王伯党斩了吧！

东方氏　尔等休得多言，将王伯党（拖长声音念）【撕边一击】（犹豫地指王一亮）押了下去！（随念词击惊堂木）

中　军　【叫头】夫人哪！王伯党既已被擒，为何不杀？为何不斩啊？（大声地、边跺脚边质问）

东方氏　嗯……【撕边一击】夫人用兵如神，尔等不必多问。掩门！【大锣一击】（用惊堂木一击，“单山膀”向“下场门”方向亮相）【冲头】（直奔“下场门”下）

众　这是怎么回事呀？这是怎么回事呀？（非常混乱地向中军发问）

中　军　你们问我呀？我问谁去呀？（边说边往中间走，然后向两边打手式）散！

〔【大锣原场】众分两边下。闭大幕。

第十一场（二本《虹霓关》）

〔摆大帐、堂桌、“大座”。秦琼的原班人马“上场门”上，“站门”。【快长锤】秦琼上场，走至舞台正中抖袖，起【凤点头】

〔西皮摇板〕

秦　琼　（过门同前）1 2 1 3 2 2 1 1 3 ^{3}2（0 3 2 1
将 身 且 坐 宝 帐 等，

6 1 2 1 6 5 5 5）6 2 1 1 3 2 1 ^{3}2 1 6 1 ‖
（入座） 等 候 众 将 报 军 情。

〔【乱锤】齐国远、尤俊达、程咬金、单雄信同上，进帐报信。

齐国远
尤俊达
程咬金
单雄信　启禀无帅，王贤弟被擒。

秦　琼　哎呀不好了！（焦急、双抖袖）

〔西皮散板〕

【快纽丝】（过门同前）3 3 3 4 3 3 1 2 ^{5}3（6 1 2 3 -）^{5}3 2 1 2
听 说 擒 去 王 伯 党，（仓） 不 由 本 帅

3 1 2 1（7 6 2 1 -）2 2 1 2 2 1 1 3 2 -
着 了 慌。（仓） 众 位 贤 弟 把 马 上，

众　啊！

〔【**快纽丝**】秦琼离位出帐，众“合龙口”带马、秦琼上马，众“插门”下，秦琼打马、加鞭，回身开唱。

(过门同前) 2 1 1 3 2 1 2 1 6 1 ‖
有 何 脸 面 见 魏 王。

〔【**大锣原场**】秦琼打马、加鞭，“下场门”下。闭二幕。

第十二场

〔“下场门”摆放城片，【**快长锤**】四下手从城门出来，分两边站，中军上。

〔西皮流水〕

中　军　(过门同前)| 3 | 3 (12 | 3) 3 | 3 2 | 3 5 | 3 2 | 3 (12 |
老 爷 阵 前 把 命 丧，

3) 3 | 2 3 | 1 | 2 | 3 | 1 2 | 1 (62 | 1) 3 |
夫 人 领 兵 到 战 场。 阵

2 1 | 6 2 | 1 (62 | 1) 6 | 6 1 | 2 | 6 1 | 2 1 |
前 擒 来 王 伯 党， 他 也 不 杀

6 1 | 2 1 | 6 1 | 2 1 | 2 3 | 6 1 | 6 1 | 2 35 |
他 也 不 斩， 他 也 不 放， 不 杀 不 斩 不 放 所为

21 6 | 1 2 | 2 2 | 1 5 | 3 5 | 2 | (大 大) |
哪 一 桩？三 军 带 路

サ 5 5 3 2 1 2 3 5 3 2 2 1 2
敌 楼 (哇) 上，

〔【**快长锤**】四下手、中军进城，站城上观望。

〔散板〕

(过门同前) 3 2 1 1 2 3. 2 1 2 1 6 1 – ‖
观 看 瓦 岗 众 儿 郎。

〔【**快长锤**】秦琼原班人马“上场门”站“一条鞭”，秦琼上场，走至台口处勒马一亮。

〔西皮流水〕

秦 琼 （过门同前）| 1 | 3（12 | 3）3 | 3 2 | 3 5 | 3 2 | 3（12 | 3）1 |

来 在 城 下 勒 系 缰， 城

1 2 | 1 2 | 1 2 | 3 2 | 1（62 | 1）3 | 2 1 | 3 | 2 1 |

上 儿郎 听 端 详。 你 若 杀 了

6 1 | 6 1 | 2 | 6 2 | 1 | 1 3 | 2 サ 1 2 1 6 1 ‖

王 伯 党， 将 尔 城 池 踏 平 阳。

〔西皮散板〕

中 军 【大锣凤点头】（过门同前）5 3 3 3 1 2 3 3（6 1 2 3 -）3 3

贼 子 说 话 忒 猖 狂， （仓） 哪 有

1 2 3 1 2 1（7 6 2 1 -）5 3 3 2 2 2 1 3 2（招呼两边兵士）

闲 言 对 你 讲。 （仓） 滚 木 礌 石 朝 下 打，

「【乱锤】往城下扔礌石，秦等“上场门”急退下。

【凤点头】（过门同前） 3 3 5 3 3 3 1 - ‖

管 叫…………

（做出使劲唱的样子，但不唱。向城下观望）

（念）哟，都跑了，我也快跑吧……

「【冲头】中军下城，闭二幕，撤城片。

第十三场

「【乱锤】秦琼原班人马“上场门”“挖门”，秦琼归中间站。

秦 琼 【叫头】哎呀且住！不想那贼将滚水礌石打将下来，不是本帅马走如飞，险遭不测，这便如何是好？

程咬金 元帅不必惊慌，小弟有计献上。

秦 琼 有何妙计快快讲来？

程咬金 元帅传令，将他城池团团围住，叫他们不能出入，饿也饿死那些囚囊养的！

秦 琼 此计甚好，照计而行！

众 啊！

「【急急风】众两边交叉抄“过合”下。表示围城，秦琼暗下。闭二幕。

第十四场

〖【撤锣】摆大帐、桌、“小座”，桌后备一把椅子，素色桌椅披，桌上放印匣、惊堂木。东方氏身穿白色袄、裙，头上仍扎白彩绸。将王伯党的彩球置放在桌前的椅垫下面，稍偏右侧。

〖【小锣打上】东方氏走上“九龙口”处一亮，整冠，向前走至中场台口处。

东方氏 (念)阵前擒来王伯党，

怎不叫人挂心肠。【小锣归位】(左转身归“小座”)

奴家，东方氏，老爷不幸在阵前丧命。昨日在阵前擒来王伯党，我见他少年英俊，武艺超群，有意将终身托付与他，怎奈难以启齿，思想起来好不烦闷人也！

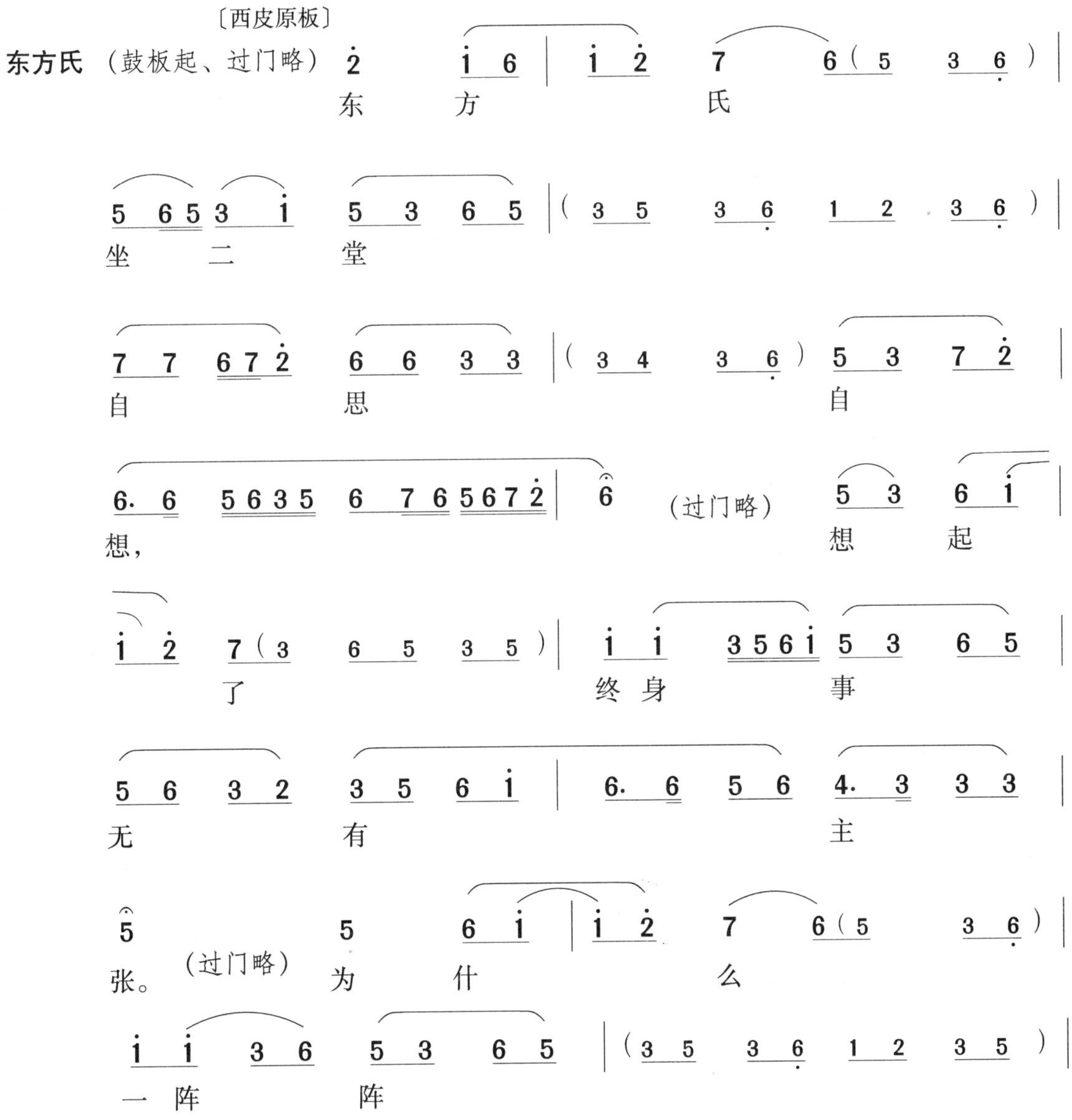

7. 6 ⁲7 6 | (6. i 4643) 2. 1 2 3 |
心　　神　　　　不

5 - - ⁶5 | 4. 6 3. 2 3 5 |
爽，

2 - (2 3 4 3 |: 2 3 2 1 6 5 6 1 |

〔行弦〕

2 1 2 0 3 | 2 1 2 0 3 |

2 1 6 1 | 2 3 4 3 :|)

〔在〔行弦〕中东方氏思春，赞美阵前擒来的小将王伯党。想起夺来的彩球哪儿去了呢？坐在椅子上左边找，表示没有，再右边找，右手从椅垫下抽出彩球一亮。**【小锣一击】**忽然警觉，向外一指，将彩球放在椅子上，起身走至门前，手扶门槛向外两望，表示没有人，再回到椅子上，拿起彩球坐下来玩弄，左看、右看，非常喜爱的样子。但又怕别人看到，速起身走出门外，此时左手将彩球藏于背后，向右边望，正好丫环托茶盘上场，**【小锣一击】**见夫人向外观望，速退回。东方氏转向左边将彩球交右手藏于背后，丫环上场正好看到东方氏藏于背后的彩球，**【小锣一击】**丫环紧随其身后偷偷进屋速躲藏于桌后。东方氏进门归中场，双手耍彩球左转身一亮，**【小锣一击】**同时丫环在右边桌角一亮；东方氏再向右边转身、耍球一亮，**【小锣一击】**同时丫环在左边桌角一亮，二人错落有致。东方氏归座叹气，〔行弦〕止。

〔西皮摇板〕

【小锣凤点头】（过门同前）3 3. 6 5 ⁵3. 5 6 6 （6 5 3 5 6）
怎　能　够 与　伯 党

3 5 6 5 3 5 ³5 （5 5 3 6 5 -）
匹　配　鸾　　凰。

（念）好一个王伯党！好一个王……

〔东方氏边念边看彩球，丫环忽然从右边端着茶盘出来，东方氏速将彩球藏于椅垫下边。

丫　环　夫人请茶。

〔东方氏不高兴地拿起茶杯饮。丫环匆忙将茶盘反扣于桌上，趁东主氏喝茶，丫环乱找乱翻。

东方氏　打杯！

丫　环　啊？（由于惊慌没听清）

东方氏　（大声地）打杯！

丫　环　哦，打杯。（惊慌地拿盘底面接杯）

东方氏　（欲放，生气）反了！

丫　环　啊！（不解的样子）

东方氏　（不耐烦地指盘子）反了！

丫　环　哦，反了，反了。（速将盘子翻过来接杯放于桌上）**【小锣一击】**啊……夫人，昨日阵前擒来的王伯党……？

东方氏　（速接念）王伯党便怎么样啊？

丫　环　不知夫人将他怎样发落？

东方氏　（假意地转向丫环）哎呀呀！不是你提起我倒忘怀了。

丫　环　（打背供）哎呀呀！她倒忘怀了。

东方氏　传令下去，将王伯党押上堂来。

丫　环　是！（出门，向“上场门”方向）下面听者，夫人有令，将王伯党**【撕边一击】**押上堂来。

〔**【快长锤】**丫环进门归右边站，“四下手”押王伯党“上场门”上。王伯党带手肘。

〔西皮摇板〕

王伯党　**【凤点头】**（过门同前）　3 5　5 7　6　5 6　3　5　³5　6　⁷6 -

迈　步　且　把　二　堂　进，

〔**【长锤】**进门归左前角站，四下手“上场门”下。

【凤点头】（过门同前）3 5　6 6　i6　i　5　3　i　6　6　i5 ‖**【住头】**

看　他　把　我　怎　样　行。

丫　环　哇！（非常气愤地指王）胆大的王伯党，见了我家夫人为何不跪？**【撕边一击】**

王伯党　住了！**【快五击】**俺乃瓦岗好汉，岂能跪你。**【撕边一击】**

丫　环　**【叫头】**哎呀夫人哪！不如将他斩首，与我家老爷报仇。

东方氏　你家老爷他……（丫环紧接）

丫　环　他便怎样啊？

东方氏　他……他是命该如此啊！

丫　环　（背供，指夫人）哎呀呀呀，她倒说我家老爷命该如此哟！**【叫头】**夫人哪！快快将王伯党杀了吧！**【撕边一击】**

东方氏　（不耐烦地）夫人的闲事，你要少管。

丫　环　（咿咿呀呀地学夫人说话，并做鬼脸）

东方氏　（起身向王伯党走去）啊……王——（拱手。丫环使劲咳嗽一声）

丫　环　嗯！

〔东方氏一惊，回身指丫环，做哑语，让丫环出去。丫环假装向外出门，夫人紧跟上前欲关门，丫环迅速退回，二人相撞，丫环偷笑，东方氏生气。然后，东方氏向右边缓手指门，丫环点头假装明白，原地向右边转一小圈，（**大大……台**）东方氏再向左边缓手指门，丫环再向左边转一小圈，（**大大……台**）东方氏无奈，招手叫丫环过来，然后顺势将其推出门外。

东方氏　（边推边念）出去！**【小锣一击】**（丫环偷笑，出门。东方氏整理一下衣服，走向王伯党）啊……王将军！今已被擒，若能归顺于我，愿将虹霓印信付你执掌，不知你意下如何？

王伯党　住了！【大锣五击】俺乃瓦岗好汉，岂能要你这贱婢！【撕边一击】

〔东方氏羞退到椅前，丫环进门看夫人被辱非常气愤。

丫　环　【叫头】夫人哪！快快将他杀了吧！

东方氏　杀了他！（有点犹豫）

丫　环　杀了他！【大锣一击】（二人同时指王伯党，丫环位于夫人右边站）

东方氏　如此，刀来！

〔【摇板长锤】丫环回身下去拿刀，上来后用腰巾试刀，然后又在地上磨磨刀，欲交给夫人。东方氏先未接刀表示仍犹豫地不忍杀之。

〔西皮散板〕

东方氏　（过门同前）

〔在〔行弦〕中东方氏不忍杀王，慢慢后退至丫环跟前，松手刀柄，正好掉在丫环面前，丫环捡起刀做一"剪腕"，起【凤点头】在节奏中二人"合扇"向里转身，丫环举刀、东方氏阻拦亮相。

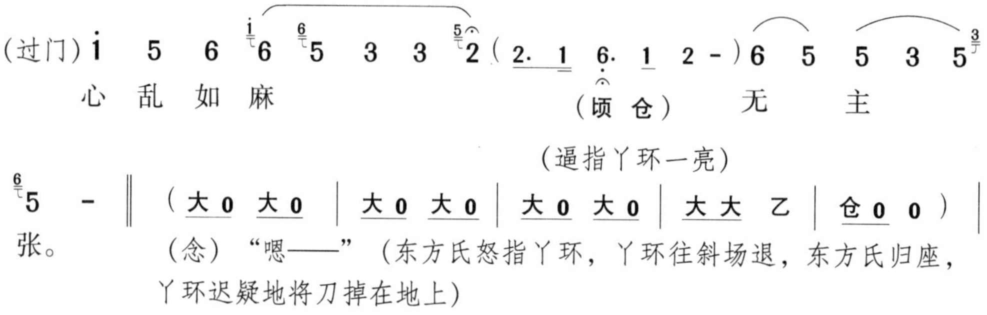

丫　环　呀……！（慢退几步）

王伯党　（不解地看看二人）这两个妇人有什么毛病？

〔西皮二六〕

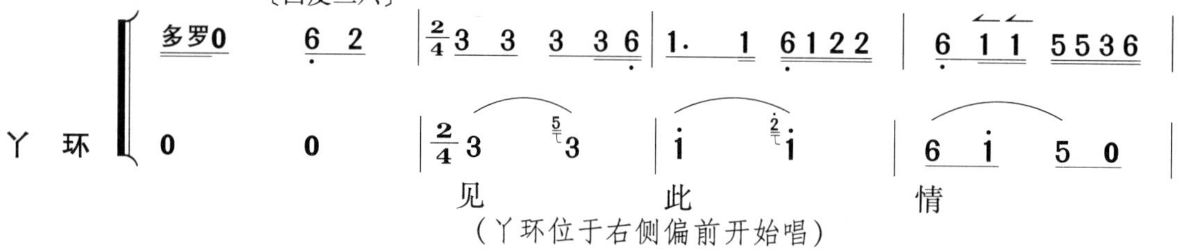

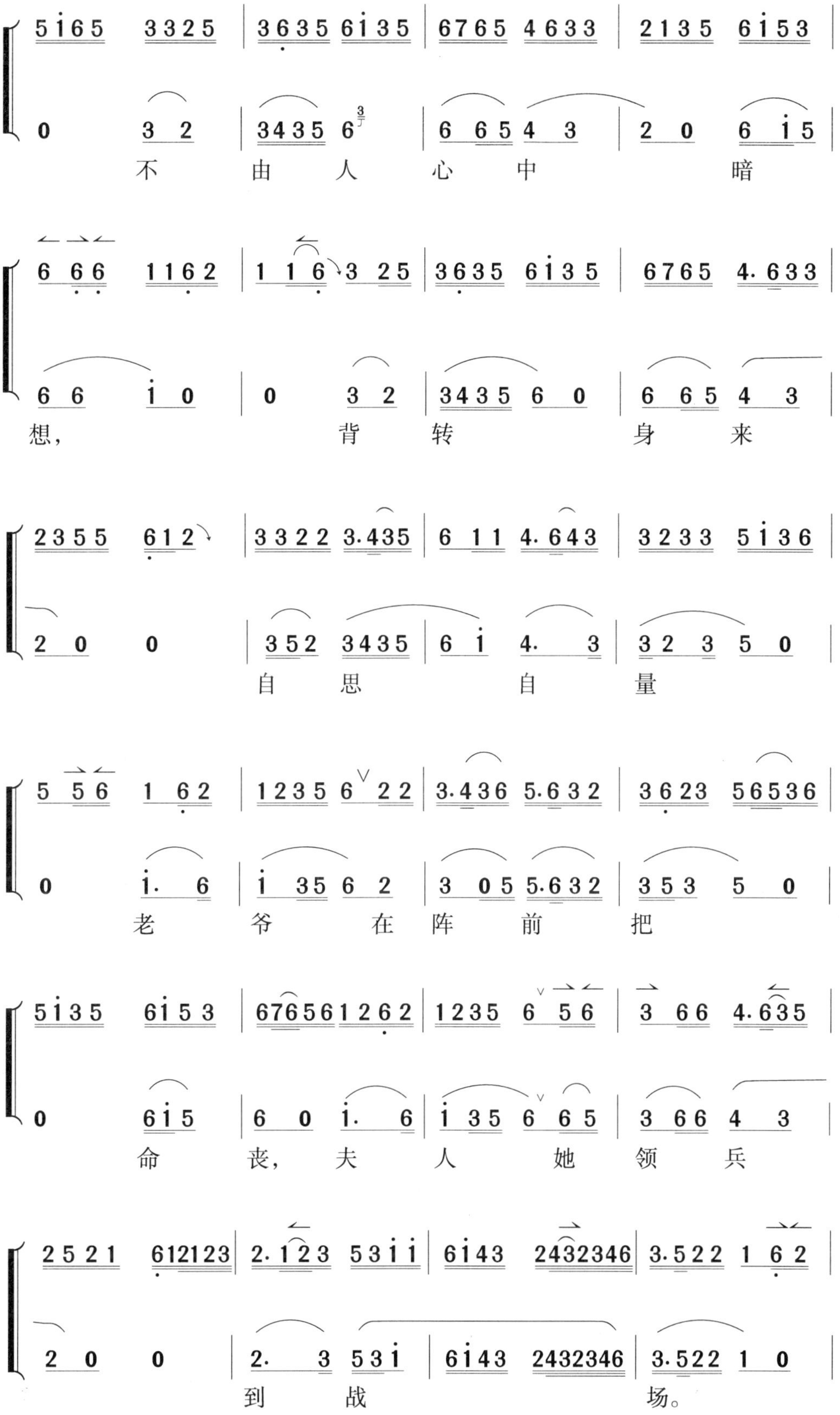
不由人心中暗
想，背转身来
自思自量
老爷在阵前把
命丧，夫人她领兵
到战场。

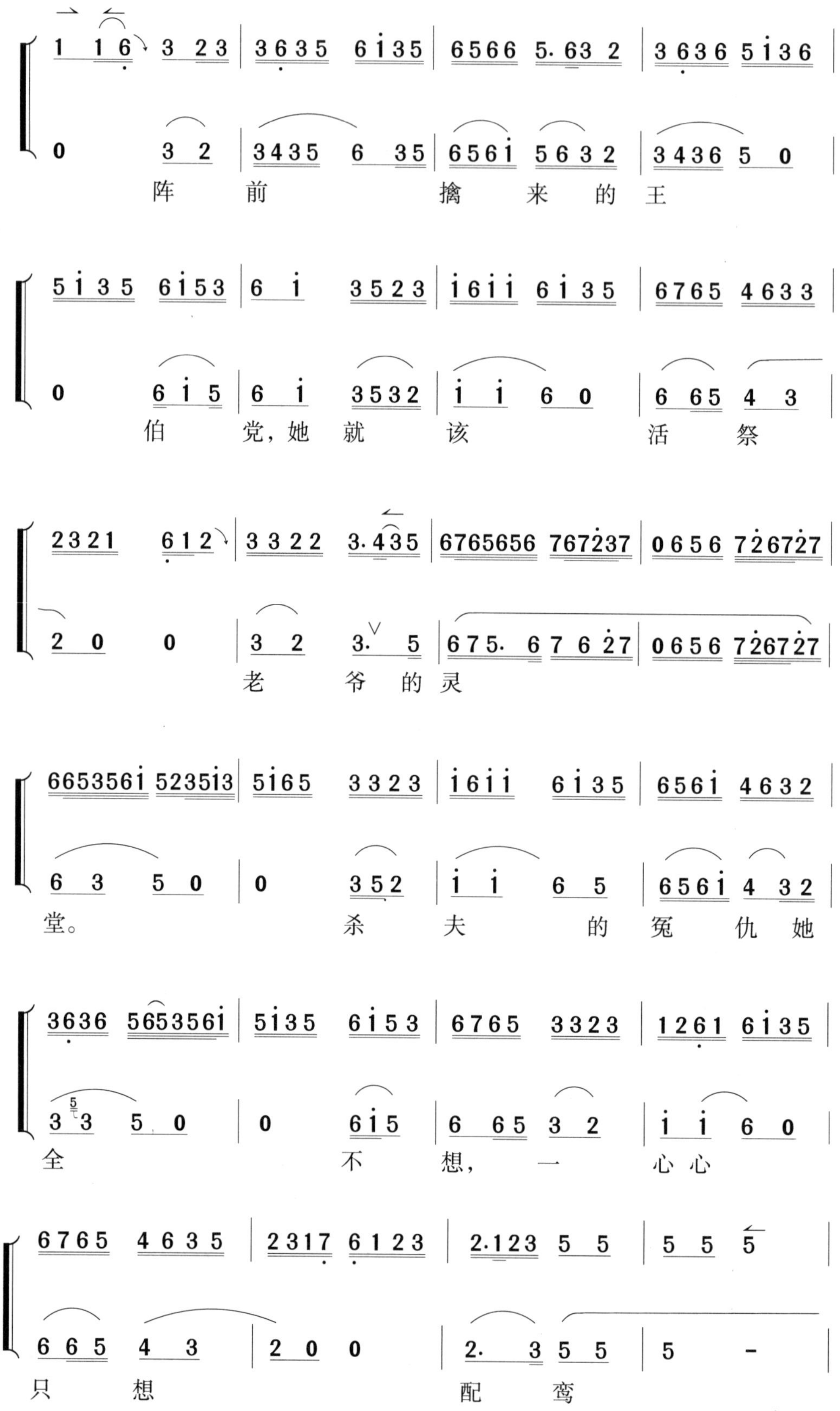
阵 前 擒 来 的 王
伯 党，她 就 该 活 祭
老 爷 的 灵
堂。杀 夫 的 冤 仇 她
全 不 想，一 心 心
只 想 配 鸾

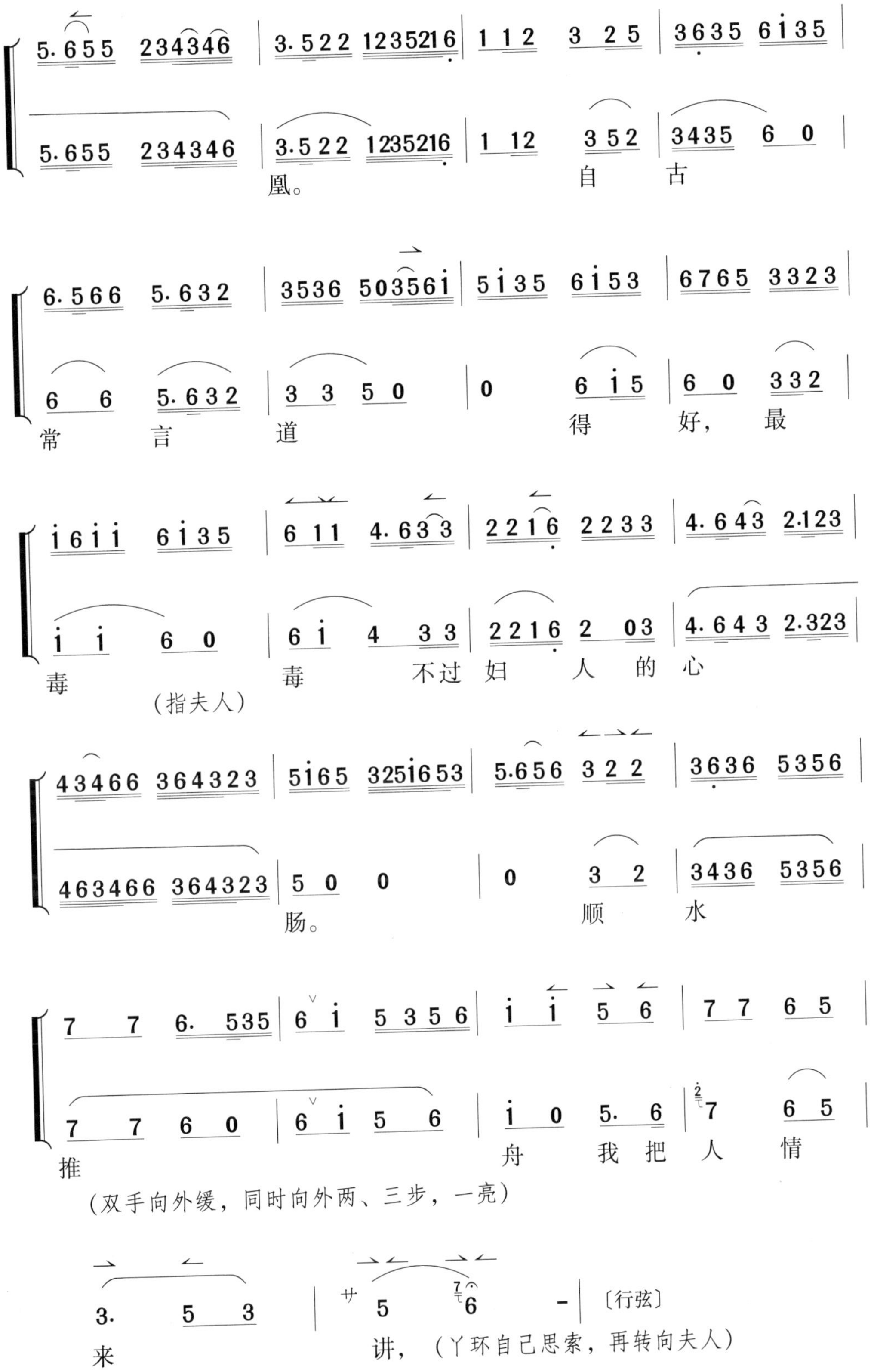
凰。 自 古
常 言 道 得 好， 最
毒 （指夫人） 毒 不过 妇 人 的 心
肠。 顺 水
推 舟 我 把 人 情
（双手向外缓，同时向外两、三步，一亮）
来 讲，（丫环自己思索，再转向夫人）
〔行弦〕

（念白）夫人！夫人！夫人哪！

「在〔行弦〕中边念词边用手推揉夫人。然后直接转入〔流水板〕

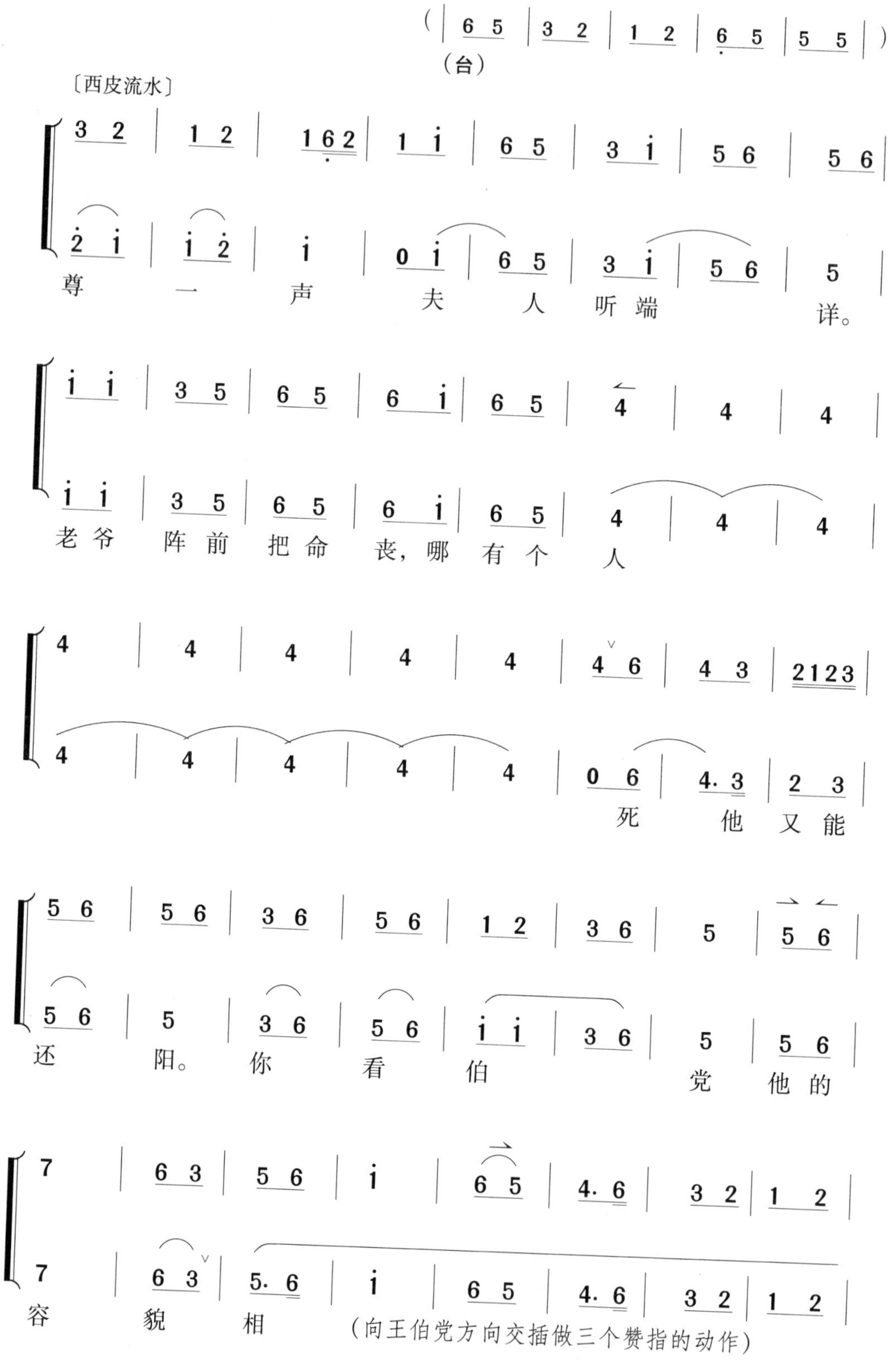

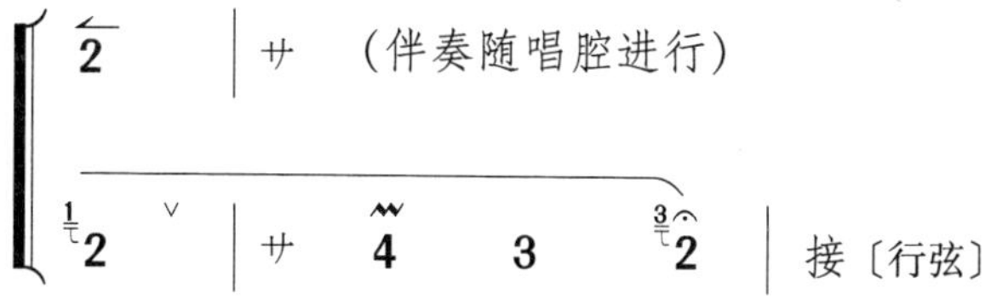

（念白）夫人！夫人！夫人哪！

「在〔行弦〕中回到夫人面前，推揉夫人的肩膀。起【凤点头】

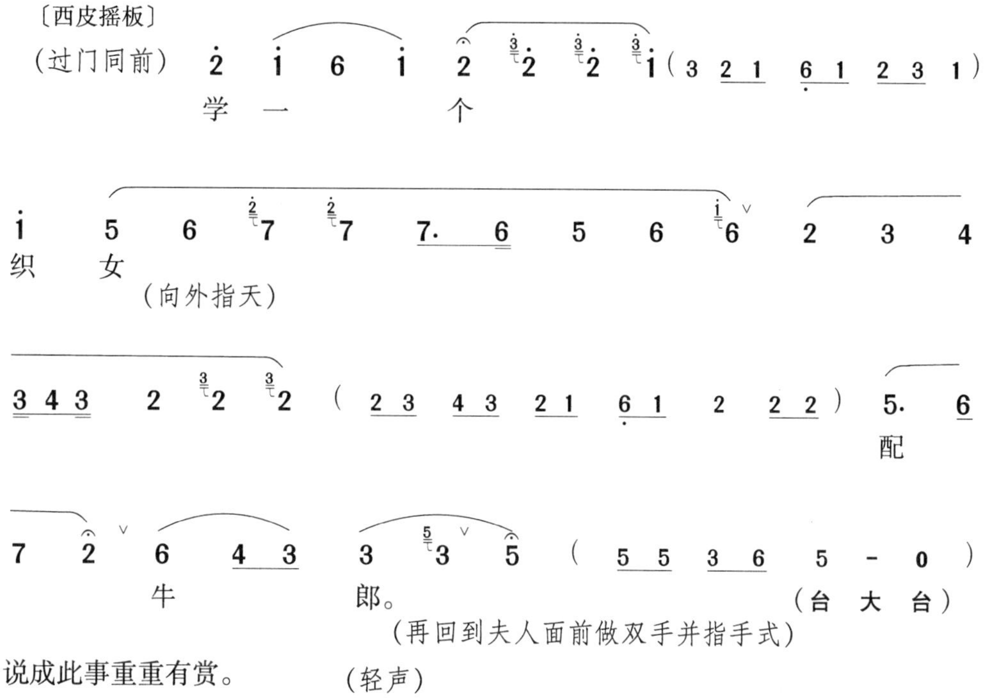

东方氏 说成此事重重有赏。

丫　环 （故意捣乱的样子）啊……王“八”将军……

东方氏 （急忙拦阻）哎！要叫王将军。

丫　环 噢，王将军。（向前走到王伯党面前）王将军，既已被擒，若能归顺我家夫人，愿将虹霓印信付你执掌；你若不允，将你一刀两断岂不可惜？将军，你要再思啊再想。

东方氏 （走过来推开丫环）是啊，你要再思啊再想。

丫　环 （向夫人）他知道了哇！（两人对视片刻，再分别一笑）【小锣一击】

东方氏 知道了就好哇。（归座，丫环回到夫人右边位置）

王伯党 （思索）【大锣一击】呀！

3. 5 3 5（6 5 3 6 5 6 3 2 1 2 6 5 5 5）i
张。 低

5 5 3 i 6 6 5 3 3 2 - 5 1 2
下 头 来 心 暗

慢
3 5 2 1 6 1 2 3 4 3 5 3 2 1 6 2〔行弦〕
想，（思索）

【凤点头】（过门同前）3. 6 5 5 3 i 6 5 6 i 4 3 3 5 - ‖【住头】
假 意 应允再做 商 量。（回身招手叫丫环）

丫 环　（走到王伯党跟前）何事？
王伯党　若叫俺归降却也不难，要依俺三件大事。（丫环速回到夫人身边）
丫 环　啊！夫人，要他依从却也不难，要依他三件大事。
东方氏　夫人件件依从，问他这头一件？
丫 环　（不高兴地、慢慢走到王伯党面前）夫人问你这头一件？
王伯党　这头一件……城楼之上俱插降旗。
丫 环　【撕边一击】（丫环惊谎地急回身向夫人）啊夫人，使不得！使不得！
东方氏　唉！（对丫环责怪的语气）使得！使得！问他第二件？
丫 环　（很不高兴地走到王伯党面前）夫人问你这第二件？
王伯党　大开城门迎接瓦岗好汉进城。
丫 环　（气急地转向夫人）越发地使不得！
东方氏　唉，使得的！
丫 环　（垂头丧气地不看夫人）夫人说使得就使得！使得！（不高兴地使劲点头）
东方氏　问他这第三？
丫 环　（很生气地大声说）问你这第三？
王伯党　这第三么……【撕边一击】脱了孝服三日后方可成亲。
丫 环　（速转向夫人）啊夫人，这倒使得。（有意地气夫人）
东方氏　（假装羞色）将就了吧。
丫 环　（边走边念）待我与将军松梆。
东方氏　（急忙上来推开丫环）待我与将军松梆。

〔【一锤锣】东方氏取下王伯党的手肘，交给丫环。丫环“上场门”下，放下手肘速上来将椅子并排摆在桌后。东方氏、王伯党二人相让“下场门”下，换服装。东方氏摘掉白彩绸，换上红褶子，王伯党外边罩上一褶子，二人上场坐在桌子后面。

〔中军内：“报！”“上场门”上，进门站中间。

中 军　启禀夫人，今有瓦岗贼……
东方氏　哇！今乃大喜之日，在此胡言、推出斩了。【撕边一击】
丫 环　（急速地）新姑老爷讲情。（中军速跪地上）

王伯党 啊夫人，斩了此人于花烛不利。
丫　环 新姑老爷讲情是要准的。
东方氏 谢过新姑老爷讲情。
中　军 多谢新姑老爷讲情。
东方氏 死罪已免，活罪难容，丫环——
丫　环 有！
东方氏 重责四十！（拍惊堂木）
丫　环 遵命。（丫环“上场门”下去拿家法，中军跪地莫明其妙。丫环拿板子上来站在右边）趴下！
中　军 叫谁趴下？（念京白）
丫　环 叫你趴下！
中　军 叫我趴下？（不解地，边说边趴下）
丫　环 （打四下）一十、二十、三十、四十打完。（边数边打。回身放下板子）
东方氏 轰了出去。
丫　环 出去！
〔中军出门，不解，招手叫丫环，丫环出门，不耐烦地问。
丫　环 何事？
中　军 这是怎么回事呀？（念京白）
丫　环 你问我呀，我问谁去！（念京白，回身进门，归左边）
中　军 （京白）为了小白脸儿，打了我四十板儿。嘻！（生气地，跺脚、做痛状）哎哟……。**【乱锤】**（中军捂着屁股走拐步“下场门”下）
东方氏 今有虹霓印信在此，付与将军执掌。
王伯党 多谢夫人！
东方氏 丫环！
丫　环 有。
东方氏 掌灯！
丫　环 是。（ “下场门”拿灯，站左边）
东方氏 请！（向王伯党拱手请）
王伯党 请！
〔**【一锤锣】**接**【大锣原场】**二人拱手请，出座位向前走至中场，再拱手请。丫环手持灯，搀扶夫人先下，王伯党面向外场做“杀”的手势，(八 **仓0**)快起奏唢呐曲牌<尾声>后半段，随后“下场门”下。

——剧　终

程玉菁 口述　　吕兆芳 整理

棋盘山

王瑶卿授课本

京剧《棋盘山》取材于民间流传的薛家将征西的故事。叙述唐太宗李世民和元帅薛仁贵被困锁阳之后，太子命薛仁贵之子薛丁山为二路元帅，领兵解救。途经棋盘山被占山为王的窦氏兄妹将粮草劫走。交锋中窦仙童爱慕薛丁山，窦一虎又看上了丁山之妹薛金莲。窦仙童将丁山擒回山寨，又假借为窦一虎提亲将程咬金请上山寨，示意程咬金出面撮合她与丁山的婚姻。事成后，窦氏兄妹一同降唐，合力同往锁阳解救危难。

早在清末民初，王瑶卿先生已在“福寿班”、“小鸿奎班”、“四喜班”中演出《棋盘山》一剧了。1909年，王瑶卿独自挑班于丹桂圆演出，创作、重新改编了《穆天王》、《十三妹》、《金猛关》、《万里缘》等一大批剧目，改变了当时京剧界以“生”领衔挑班的一统局面，形成了标新立异独具一格的“王派”。王瑶卿被誉为“非青衣、非花旦，卓然自成一宗”，为旦角表演开拓了广阔的空间。《棋盘山》就是在他的表演艺术已臻炉火纯青时对该剧进行的再创作。他从生活出发，根据人物的性格、身份、思想情感，调动一切艺术手段，经过长期的舞台实践与不断修改，终于成功地塑造了窦仙童、薛金莲这两个栩栩如生的人物形象。一时间，王派《棋盘山》称盛京城舞台，梨园后生接踵传习，如今《棋盘山》已成为学习刀马旦之必修教材。当初有很多著名的京剧演员与王瑶卿合作演出此剧。王瑶卿饰演窦仙童，而薛金莲则由当时的著名花旦、刀马旦演员王蕙芳、荣蝶仙扮演。当时的著名京剧小生演员陆华云、朱素云、程继仙、金仲仁、王又荃等皆在与王老合作中扮演过薛丁山。小花脸程咬金的扮演者是张文斌或慈瑞泉。罗福山扮演剧中老旦柳迎春。由王瑶卿领衔主演，又兼有诸多不同行当的表演艺术家们的鼎力配合，使得《棋盘山》的演出获得满台生辉的艺术效果。从清朝末年一直到1926年（这一年王老因嗓音“塌中”而息影舞台），《棋盘山》之所以能雄踞舞台，除去王瑶卿深厚的表演艺术功力和诸位著名演员的默契配合这两个因素之外，那就是王老那种终生执著追求的、并使他自已终于成为京剧表演艺术大师的法宝——锐意革新、标新立异的进取精神。

早先戏中窦仙童头上只戴一般的盔头。王老为突出她那武艺高强的山寨女头领的形象，改戴蝴蝶盔，插翎子狐尾。又将薛金莲由原来穿软靠改为穿玻璃肚子。头饰与服装上的改变，更加符合人物身份，取得了更好的舞台效果。窦仙童和薛金莲使用的雁翎双刀上挂的排穗也是王老的创造。早先戏里两个旦角使用的都是普通的女双刀，王老觉得这样不足以表现人物在舞台上的分量和动作的优美，便把《珍珠烈火旗》一戏中狄青使用的大刀背上挂的一串红穗子移到旦角使用的雁翎双刀上，这样既美观又增加了双刀在使用上的功夫与技巧。直到今天看起来仍显得十分别致。

在第八场戏里，窦仙童和薛丁山初次交锋，窦仙童一眼看上年轻英俊的薛丁山，在这里有段〔西皮二六〕，早先只是站着干唱，王老觉得这样不能表现窦仙童对薛丁山产生的爱慕之情，便巧妙地运用“四门斗”，重新设计了一套表演性很强又很优美的舞蹈动作，边舞边唱。如“面泛桃花难把话云”的行腔中，一个“云手”，将右刀夹在左腋下，下边呈右腿别步，再用右手掏翎子同时站起身来又换成左腿别步亮相；为了表现窦仙童少女特有的羞涩之态，所以要稳住节奏，慢走小三步，然后随着流畅而又欢快的“话”字拖腔快步小圆场，正好在“云”字上用翎子梢在薛丁山的脸上轻轻地抹过；又利用胡琴过门的稍一停顿，别右步回觑丁山，并撒翎子。这一段表演既将窦仙童此时此地的心态表现得淋漓尽致，又在词、曲、动作及眼神交流的协调上编排得严丝合缝。下边一场窦仙童诈败，引薛丁山至无人之处倾诉肺腑衷言，其中〔西皮快板〕唱段也是王老独创。它突出地表现了窦仙童身在山寨却胸怀朝廷，肯于为国排忧、深明大义。人物的内心境界得到了进一步的升华。这段〔西皮快板〕流畅华美，恰如其分地表现了窦仙童真诚、直率、大方、稳重的性格特点。

第十场，薛金莲败回报信这场戏是王瑶卿后来加进去的，也是薛金莲在剧中以京白为主的最重要的一场戏。他从剧情需要和人物性格出发，不拘行当限制，巧妙地运用花旦的表演特点，创造性地用“挤着说，催着念”的艺术手法将喜剧性的表演推向了一个高潮，使之成为名副其实的对儿戏。

行文至此，不禁联想起他经常和弟子们讲的几句话：“要演好一个戏，首先要研究戏里说的是什么事儿，什么人儿，还要‘琢磨心里劲儿，找窍门儿’”。《棋盘山》的改编和创造，正是他艺术思想的生动体现。

吕兆芳

人物行当

窦仙童	刀马旦	报　子	杂
薛金莲	刀马旦或花旦	大　纛	杂
薛丁山	小生	车　夫	杂
窦一虎	净	女大纛	杂
程咬金	丑	女　兵	旦
柳迎春	老旦	兵　士	武行
罗　通	武生	长枪手	武行
程千忠	丑	龙　套	杂
罗　章	小生	喽　兵	杂
尉迟青山	净	报　子	杂

服装扮相

窦仙童 俊扮。蝴蝶盔、翎子、狐尾、排穗，改良靠，绣花彩裤，快靴。

薛金莲 俊扮。小额子、翎子、排穗，玻璃肚子，披斗篷（“开打”脱斗篷），绣花彩裤，快靴。

薛丁山 俊扮。紫金冠、翎子（被擒后用甩发），白靠、头场褶蟒，粉彩裤，厚底靴。

窦一虎 勾绿脸。黑贼盔，黑打衣打裤、背绦子、系大带，黑快靴；扮新郎外罩花褶子。

程咬金 白老脸。双龙鞑帽、白五撮，箭衣、黄马褂，青彩裤，朝方靴。

柳迎春 俊扮。黪发髻，香色官衣、紫色裙子、玉带，白布袜、福字履。

罗　通 俊扮。扎巾盔，白硬靠、苫肩，红彩裤，厚底靴。

程千忠 丑脸。虎头壳，黄靠，红彩裤，朝方靴。

罗　章 俊扮。荷叶盔，浅色靠，淡青彩裤，厚底靴。

尉迟青山 黑碎脸。虎头壳，黑靠，红彩裤，厚底靴。

报　子 俊扮。毡帽，黑箭衣，大带、卒坎儿，青彩裤，黑快靴。

大　纛 俊扮。毡帽，黑箭衣，青彩裤，黑快靴。

车　夫 俊扮。毡帽，黑箭衣，青彩裤，黑快靴。

女大纛 俊扮。梳大头、面牌，战衣、战裙、腰巾子，快靴。

女　兵 俊扮。头布，小额子，一色战衣、战裙，快靴。

兵　士 俊扮。兵士服装。

长枪手 俊扮。头布，紫色侉衣、侉裤，快靴。

龙　套 俊扮。龙套服装。

喽　兵 揉脸。黑头布，黑侉衣、侉裤，快靴。

报　子　丑扮。毡帽、黑箭衣、黑快靴。

道具

红帅帐	一份	**堂桌**	一张（带桌围）
椅子	五把（带椅披）	**报子令旗**	一面
大纛旗	二面	**门枪旗**	四面
马鞭	七根	**素条单枪**	四杆
单刀	十二把	**白杆单枪**	二杆
雁翎双刀	两对	**宝剑**	二口
车旗	五副	**手铐**	一副
棍	一根	**板斧**	一把
钢鞭	一根		

第 一 场

〔四将——·起霸·——舞台上空场。

〔【冲头】罗通幕内提甲准备。【四击头】缓步上场至"九龙口"处，成丁字步提甲式亮相。【慢冲头】从左步起向前三骗腿，落地向前趋步，位于左前场提甲式亮相。【长尖】接【冲头】向前起"云手"，然后向后慢撤三步，再疾步撤至"九龙口"处，拉开"山膀"站亮。（八大仓）向右双缓手，戳左腿一亮。【四击头】跨右腿，同时缓左手踢左腿，向前趋步，推出左掌成弓箭步，起"云手"同时跨右腿转身，盘左腿，双缓手，面向"上场门"方向，"骑马式"亮相。原地起"云手"，向后撤至左前角，面向"上场门"拉开"山膀"一亮，跨右腿向左转身，盘左腿"栽锤式"一亮。（八大仓）双手向左缓，同时骗左腿，双手再向外推出，【四击头】双手右缓，趋右步，趋"云手"向右拧身盘左腿，"顺风旗"一亮；回身起"云手"，跨右腿，向左转身，双缓手，面向左前，"骑马式"位于中场亮相。【慢冲头】向后撤至"九龙口"拉开"山膀"，【撕边一击】左紧甲一亮，【撕边一击】右紧甲一亮，【四击头】整冠，弹靠绸，双紧甲一亮。【慢原场】送靠绸，向左转身，提甲式"九龙口"站亮，向前圆场至中场翻下甲一亮，【冲头】向左转身，正场"云手"，【归位】拉开"山膀"，整袖站亮。

罗　通　（念）簪缨世代在朝堂。（念毕往里归到中后位置，面向后站于左）

〔【四击头】尉迟青山上，锣鼓同前只起"半霸"。【归位】归中前站亮。

尉迟青山　（念）竹节钢鞭保君王。（念毕往里归到中后位置，面向后站于右）

〔【急急风】程千忠从"上场门"上场，罗章从"下场门"上场。二人走圆场至中场一亮，【回头】转【归位】拉开"山膀"整袖站亮。

程千忠　（念）板斧家传无人挡。

罗　章　（念）齐心救驾破锁阳。

〔【夺头】前两人向外转身，四人一横排拱手报名。

罗　通
尉迟青山
程千忠
罗　章
俺——【撕边一击】

罗　通　罗通。

尉迟青山　尉迟青山。

程千忠　程千忠。

罗　章　罗章。【大锣住头】

〔随锣鼓四人左右分开，扯成"小八字"。同时闭二幕，摆大帐。

罗　通　请了。

众　请了。

罗　通　只因圣上被困锁阳关，程千岁奉了元帅之命，单人独骑闯出番营，回朝搬兵，太子命薛丁山为二路元帅。今日发兵，我等两厢伺候。

〔拉开二幕。奏唢呐曲牌<水龙吟>。曲牌中，四将原地紧甲，互相恭请，然后分两边下。四龙套、四兵士“站门”上，乐止。**【四击头】**薛丁山上场“九龙口”端带站亮，**【一锤锣】**抖袖、整冠、左手抓袖、端带向前走至中间台口站亮，**【大锣归位】**抖袖。

<点绛唇>

薛丁山

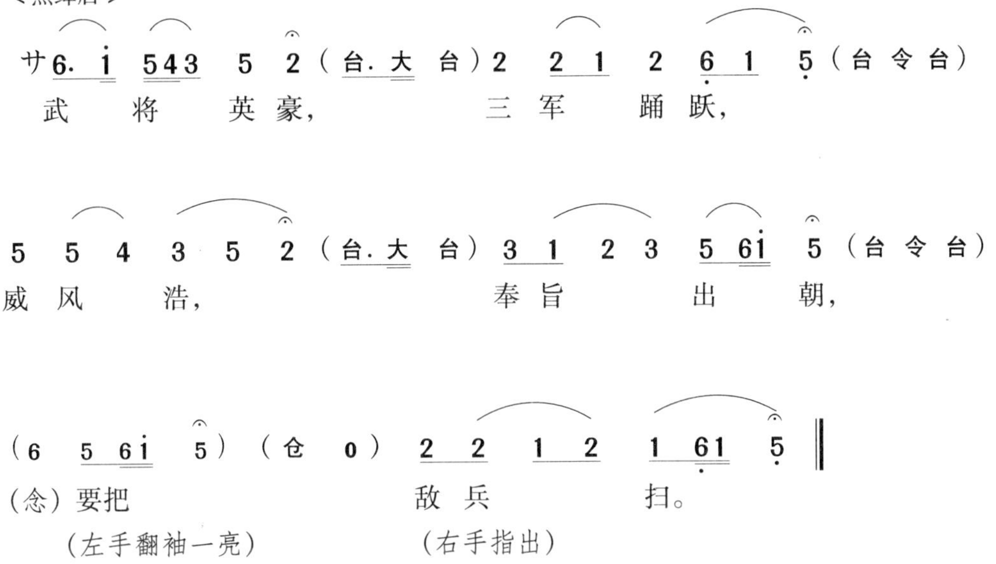

〔奏唢呐曲牌<水龙吟·合头>。在曲牌中，薛丁山抖袖、整冠，翻袖左、右两边各一望，双手撩蟒向右转身亮相，归“大座”。同时四将各从“上场门”、“下场门”分上，进帐面向里一排拱手施礼。乐止。

众　将　参见元帅。

薛丁山　众位将军少礼。

众　将　啊！**【大锣归位】**（四将分两边，提甲站）

薛丁山　（念诗）自幼学艺在山林，

精通兵法武艺能。**【小锣二击】**

二路元帅掌符印，

锁阳救驾立功勋。**【大锣归位】**（抖袖，翻袖）

本帅**【撕边一击】**薛丁山。**【大锣住头】**只因圣上被困锁阳，太子挂我为二路元帅，带领雄兵十万，前去救驾解围，程老千岁随军以为监军之职。今日乃发兵之期，程老千岁上朝辞行去了，不知还有何旨。来，伺候了。

〔程咬金内：“嗯哼！”

〔**【小锣五击】**“上场门”上，站右前台口。

程咬金　只因君遭困，回朝搬救兵。**【小锣二击】**（“挖门”进去）参见元帅。

薛丁山　公公少礼，请坐。

程咬金　谢坐！**【大锣住头】**（在“大边”归座）

薛丁山　啊公公，太子有何圣谕？

程咬金　太子言道，元帅年幼，老程的年纪又太大了，军中之事犹恐照料不及啦。可巧令堂太夫人和令妹薛金莲，押解粮草一同前往。时辰已到，请元帅起兵就是啦。

薛丁山 既然如此，烦劳公公前去，随同我母及妹子金莲，押解粮草先行一步。

程咬金 得令。（站起，走到中间）来啊！带马。

〔**【大锣原场】**兵士带马，程咬金上马，“下场门”下。

薛丁山 罗通听令！

罗　通 在。**【撕边一击】**

薛丁山 命你们为前站先行，逢山开路，遇水搭桥，一路之上不许扰害百姓。

罗　通 得令。**【大锣住头】**（原地不动）

薛丁山 众将官！起兵前往！

〔奏唢呐曲牌<泣颜回>，曲牌中大纛旗上。四兵士带马，然后扯成“斜胡同”，曲牌锣鼓转**【抽头】**，一对对下。薛丁山台口一亮加鞭下。

第　二　场

〔**【大锣快原场】【大锣导板头】**

〔薛金莲内唱。

〔西皮导板〕

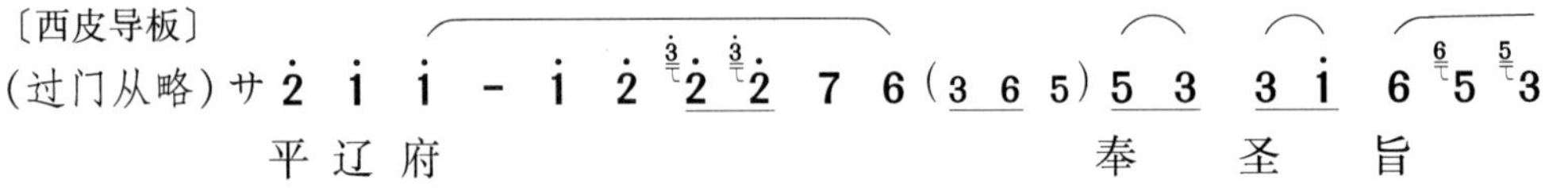

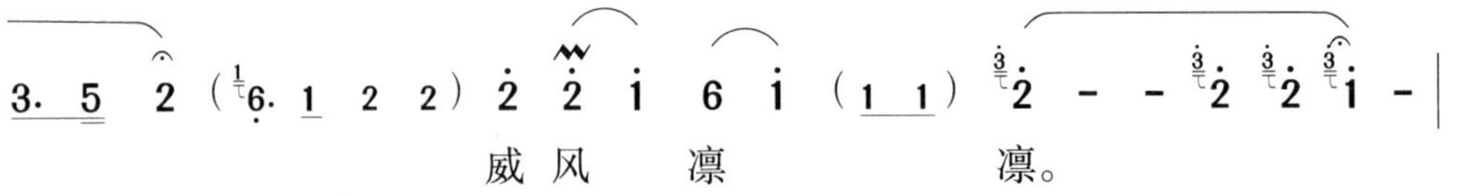

〔——·趟马·——**【软四击头】**幕内提鞭准备。**【撕边】**疾步出场，(八大台 顷仓)顺势右手举鞭，左手掏翎子齐胸亮相。紧接**【快串子】【急急风】**慢撤二、三步，横出鞭，左手撒翎，抓斗篷一亮，顺势向左边圆场至右前角处，涮鞭同时原地向左转半身，右手反鞭，左手拎斗篷单“山膀”式，面向后亮相。圆场绕至台中心，顺一下马鞭，右手向斜后伸出，左手指前，**【四击头】**向左前方向翻身，缓鞭，打马，再疾步冲向舞台中场勒马亮相。**【急急风】**原地慢撤三步，再碎步撤至左前角，向后闪腰，原地向左、向右回身打马，然后起身向后出鞭，向外场翻身，右步，反鞭勒马式位于左前台口处亮相。向右边走一整圆场，回到原位，向“上场门”方向走碎步至“九龙口”处，向右转身举鞭勒马一亮，然后横场出鞭向左边圆场至中间台口处，向右转身横鞭，“顺风旗”式一亮。**【纽丝】**正场向里“大刀劈花”，位于中前位置，向前直鞭，勒马式亮相。

〔西皮散板〕

薛金莲

3 3 6 5 i 5 6.（5 3 5 6）3 6 5 6 5 3 5.（2
同老 母押粮草 不 敢稍 停。

3 6 5 5 5）i i 3 5 7 7. 6 5 6（3 5 6）5
【大锣一击】 适才 间家丁 们 来
（放下马鞭）

6 6 3 5 6（6 5 3 3 5 6）5 i 6 5 5 3 3 5
报一 （呀）信，【大锣一击】 程千岁 奉 将

6.（5 3 5 6）i 5 － 6 5 3. 5 3 5 － ‖【大锣住头】
令 一路 同 行。
（右手拿鞭指出） （勒马亮相）

我[1]【大锣一击】薛金莲。【住头】我哥哥挂帅去解锁阳之危，太子命我母女押解粮草。适才家丁来报，程公公奉了我哥哥的将令，前来护送同往。母亲命我出府迎接，为此单人独骑在此等候。【撕边一击】（右手抓鞭，掏“云手”向“上场门”望）远远望见母亲、程公公来也。

〔【一锤锣】薛金莲走到左边下马。四长枪手推粮车从“上场门”“站门”上，程咬金骑马、柳迎春坐车二人并排上，待走至中场三人成品字形，柳迎春在中间，程咬金在左边、薛金莲在右边。锣鼓止。

薛金莲 参见母亲。
柳迎春 程公公在此。
薛金莲 参见程公公。（原地不动）
程咬金 罢了。
柳迎春 有劳程伯伯远路护送，诸事还仗多加照应。
程咬金 此乃国家大事，太夫人何出此言哪?
柳迎春 粮草已齐，就请程伯伯传令起行。
程咬金 吩咐粮草车辆起行啊!
薛金莲 遵命。众兵丁，趱行者!

〔【纽丝】“云手”，拉开“山膀”，整袖。

〔西皮散板〕
（过门同前）サ i 5 7 7 5 6（3 5 6）5 6 3 5 － 5 － 6 －
吩咐车辆 往前 进，

---

① 薛金莲的念白，均用京白。

〔【纽丝】程咬金、薛金莲上马，四兵、四车“插门”下，车夫推柳迎春下，程咬金随下。薛金莲拉马至中场上马，向右前加鞭，然后向“下场门”方向走过中场，回身反鞭勒马、左手单“山膀”亮相。

（过门同前）サ 3 6 5 5 3 i 6 （3 5 6） 5 6 5
锁 阳 救 驾 立 功

6 – $^{\dot{1}}$6 5 ^{6}5 4 5 6 5 4 5 6 – ^{7}6 – $^{\dot{1}}$5 ‖
勋。

〔接“趟马”【软四击】右手抓鞭，原地向左翻身，抱鞭，双手勒马式亮相。【急急风】向“上场门”方向走三至五步趟马步，再疾步走至“九龙口”加鞭，向正场举鞭一亮；再横出鞭，左手抓斗篷向左边圆场，走至右前台口处，向右原地转身横鞭勒马一亮，【撕边一击】向“下场门”方向三个平转，然后挥鞭，打马，跳“卧鱼”勒马式亮相。【冲头】站起，向右边圆场至舞台中间偏右侧，重复三次（八大 仓 0）走三次加鞭的动作，【四击头】向左边上步出鞭，左手指右前，斜场一字稍亮，向右翻身，抱鞭，双手勒马式位于中间偏右，踏右步，半蹲式勒马亮相。【撕边】用马鞭掏“云手”，落鞭打右脚，立即向上返回，（八大 仓 0）用腕子抖动马鞭一周，同时右脚落地，左手向左前伸出，右手握鞭于胸前，急上左步，面向“下场门”方向右手横鞭伸出，左手勒马亮相。【急急风】“下场门”下。

第　三　场

〔报子内白：“马来！”

〔【大锣水底鱼】报子左手执令旗，右手拿马鞭，“上场门”上，“九龙口”处举鞭一亮，然后向前走至舞台中前场勒马式亮相。

报　子　俺，【大锣一击】棋盘山窦一虎大王帐下探子是也。【大锣住头】今有唐营军粮打此经过，不免报与大王、小姐知道便了。

〔【撕边一击】向右台口处加鞭一亮，【冲头】“下场门”下。

第　四　场

〔窦仙童——·起霸·——【缓锣】左手按宝剑准备。【四击头】右手掏翎子疾步至“九龙口”右手向外缓翎，趱右步，上左步，同时将右手翎子立即抬于额头右上角，右手翻腕推翎，左手按剑柄，别右步，位于“九龙口”前亮相。【慢冲头】眼送右手，将翎子撒开，左手反握剑柄，提至左腰侧，右手向外缓一周，同时右步上前，踏左步，右手按剑柄式一亮。向左前慢步，渐快，再疾步走至左前位，左手将剑穗向里缓一周，右步，然后左手按剑，右手向外缓成单“山膀”相一亮。（八 大 仓）双手向左划一周，同时后撤右步，双手向后指，成半蹲相中场一亮。【四击头】双手向前缓，同时向前趋步，成双推掌，踏右步半蹲一亮，起“小五花云手”，同时上右步，踏左步“栽锤”式一亮，向外缓手，翻身，然后向“上场门”方向拧身，同时起“云手”，面向“上场门”方向，位于“九龙口”前，左单“山膀”按掌一亮。【慢冲头】向前上步缓“云手”，慢步后撤，渐快，撤至左前台口处，拉开“山膀”一亮。（嘟 － 仓 0）上右步双手掏翎，吸左腿落于右脚前，双翎下划踏右步，成右“顺风旗”式半蹲一亮。（嘟 － 仓 0）原地向右边拧身，成左“顺风旗”式半蹲一亮。【四击头】双手撒翎，收步，站直身体，由左向右斜场双缓手翻身，然后向左边拧身。向前上步，向外场起“云手”，左单“山膀”，右手按掌，位于左前台口处亮相。【慢冲头】向前重复“云手”，再往后撤，由慢而快，撤至“九龙口”前拉开“山膀”一亮。（嘟 － 仓 0）左紧甲一亮，（嘟 － 仓 0）右紧甲一亮，【四击头】双手整冠，弹靠绸，双紧甲亮相。【撤锣】接【冲头】原地向左转一小圆场，位于“九龙口”向正前方向亮相；缓步走至右前角回身“云手”按剑，蹚左步，面后亮相；然后向左边圆场，走至中前偏右原地向右边转身，左“顺风旗”式站亮。向左边圆场，归中间“云手”拉开“山膀”【大锣归位】左手按剑，右手缓手上托掌式，踏右步站亮。

（按节奏念）：

窦仙童 X X X | X X· X | X X － | X X 0 | X X X |

气 昂昂 巾 帼中 脂 粉 钗 裙， 名 赫赫

（双手掌心向上，身体向前、向下躬）

X X X | X· X X X 0 0 | X X X | X X X· |

仗 武艺 啸 聚 山 林。 光 闪闪 桃 花 马

（起身，双手头上双托掌）（左手按剑，右手赞指一亮）【小锣二击】（拉开山膀一亮）（左、右缓手，同时撤步，左手插腰，右手勒马式，左、右摆动腰身）

X X X X 0 | X － X· X （八 大 仓 0） 接【冲头】

如 风 似 电， 冷 飕 飕

（右手指出，然后双手反腕，左手攥拳，右手拍左手拳，放于左侧腰位，踏右步一亮）（向右边“云手”转身，位于中间偏右，左边“顺风旗”式站亮）（四女兵分两边上场）（向左边圆场，绕到中间拉开“山膀”站亮）

X X· X X· X X － X 0 ‖

绣 鸾 刀 摄 魄 追 魂。

（托刀式一亮）（双缓手，然后左手按剑，右手向正前指出）【大锣归位】（拉开“山膀”，拱手报名）

俺，【撕边一击】窦仙童。【大锣住头】兄长窦一虎。我兄妹自幼习就全身武艺，只为严亲被谗臣所害，是俺同定兄长带了部下亲兵，就反——（右指，【撕边一击】向右前转身，双手掏翎“顺风旗”式亮相。【冲头】向左边圆场绕至左后位置，放开翎子站亮）反在这棋盘山，落草为王。【大锣住头】（向中场上步，出左臂、盖右臂、向右边转身归中场“山膀”拉开，整袖站亮）兄妹二人倒也逍遥自在。今日早间，我兄长带了部下喽啰下山操演去了，就便打探买卖。看——（右手拉开单“山膀”，【撕边一击】）天已近午，怎么还不见归来，是何意也？（双摊手后撤，起“云手”向左边圆场，走至左前角处，向“上场门”方向，“顺风旗”式一亮。）

〔窦一虎内:“呔！众喽啰的，【大锣一击】回山哪！”

〔窦仙童打背供。【冲头】奏唢呐曲牌<风入松·前半段>四喽兵“上场门”“一条鞭”，头一个喽兵扛棍，窦一虎左手拿褶子上场，向妹子一亮。曲牌止。

窦一虎 啊——妹子，哈哈哈……【冲头】（将褶子交喽兵，然后“挖门”进去，窦仙童随其后挖进去，喽兵也挖进去分两边站，窦一虎归“大边”，窦仙童归“小边”）

窦仙童 兄长回来了。

窦一虎 回来了，哈哈哈……（窦仙童做惊讶手势）

窦仙童 啊兄长，今日归来，为何这等欢喜？

窦一虎 贤妹你哪里知道，今有唐王被困锁阳，着人回朝搬兵，新挂印二路元帅薛丁山的军粮不日打此经过，我等若能将这宗粮草劫上山来，岂不是件好买卖，你道喜是不喜？

窦仙童 既然如此，速速着人前去打探要紧。

窦一虎 俺也曾命人打探去了，候他回来便知分晓。

报　子 （内）报！（【冲头】“上场门”上）启大王、小姐，唐营的军粮离此不远。

窦一虎
窦仙童 知道了。【冲头】（报子“下场门”下）

窦一虎 贤妹，你我一同下山劫粮去者。

窦仙童 待小妹与你压阵便了。

窦一虎 言得有理。——众喽兵！【撕边一击】

众喽兵 有！

窦一虎 带马下山。

众喽兵 啊。

〔奏<风入松·合头>四喽兵带棍，然后“插门”“下场门”下，窦一虎拿棍向“下场门”一亮下去。转【急急风】女兵一排带马鞭，然后“插门”“下场门”下。【四击头】窦仙童上马，疾步走向左前位置，同时左手掏翎子，右手向外加鞭，面向“上场门”方向，左手按翎在前，右手持鞭向后伸出，踏右步亮相。【急急风】圆场走至“九龙口”面向外场，右手马鞭直向上举，同时左手翎子向下压，大踏右步，上身向前倾成半蹲式稍亮。然后站起身，缓下马鞭横出鞭式一亮，向左边圆场至右前角加鞭，【撕边】再疾步冲向“下场门”方向，走至中场急趋右步，撤左手翎子，同时身体重心向后，闪身（八大 仓 0）右手用腕缓鞭向后伸出，同时蹧右步，左手急收勒马式面向“下场门”方向亮相。【急急风】“下场门”下。

第五场

〔【快长锤】四长枪手、四粮车上“站门”。程咬金在左边、薛金莲在右边二人骑马上场，柳迎春在中间车夫推上。头两名长枪手拿雁翎双刀。

柳迎春

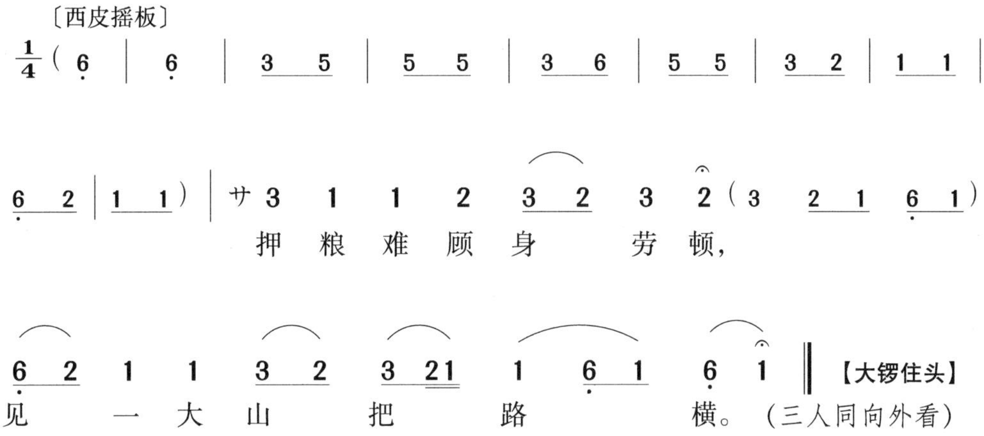

啊——程伯伯，我等行了数日，路上倒也安静。看前面这座大山十分凶险，大家须要留心在意。

程咬金 太夫人言得有理。——我说车夫们哪，多留点神哪！

薛金莲 我说程公公，您可太小心啦！别说不定准有强人没有，即便是有强人，就凭我这对雁翎刀，稍微的动这么几动，就得叫他们死个千八百的。哎！可惜您还是久经大敌的老手哪，得啦，别叫我们笑话您啦。（左手提斗篷遮面一笑）

柳迎春 女儿不可胡说。

程咬金 哎姑娘，我看你呀，有点初生的牛犊不怕虎哇。我老程年轻的时候，比你还来得冲哪，先别笑话我胆小，终究吃上亏，姑娘你就信服我啦。实话告诉你说吧，我如今活了八十多岁，那大小的钉子，我碰了九千九百九十九个啦。

薛金莲 程公公放心，有我在此，绝无妨碍。

〔内喊声。

程咬金 姑娘，你听这呼喊声，必有强人下山劫抢来了。

薛金莲 程公公吩咐粮车同我母亲在松林等候，待我杀退了这伙强人再走吧！

程咬金 要多留点神。——车夫们！松林等候便了。

〔【冲头】四粮车随程咬金、柳迎春“下场门”下去。薛金莲将斗篷、马鞭交给车夫带下去。四长枪手留下不动。

薛金莲 众兵丁！【撕边一击】

众 有。

薛金莲 迎上前去！

〔【急急风】四长枪手“合龙口”带双刀。长枪手“插门”走到“下场门”处与“上场门”出来的四喽兵相遇，双方走“二龙出水”分下。薛金莲、窦一虎二人见面。

二人架住。

薛金莲 【大锣叫头】呔！何处强盗，难道你是瞎子吗？这是唐营二路元帅的军粮，你竟敢劫抢，你叫什么名字？难道你不知道薛金莲姑娘的厉害吗？【大锣一击】（右手剪腕，横刀式一亮）

窦一虎 怎么讲？【冲头】（原位走一小圆场横棍近前看薛金莲）【大锣叫头】哈哈！哈哈！啊哈哈……【冲头】（三笑中二人依次三扯互相观看）【叫头】薛金莲！你大王名唤窦一虎，看你一个小小的女子，岂是大王爷①的对手？快将粮草留下，免得大王爷动手。【大锣一击】

薛金莲 你是不知道我的厉害。看刀！【撕边一击】（二人砍"过合"，回身，窦一虎用棍一绕双刀压住）

窦一虎 薛金莲！我看你年轻貌美，武艺超群，与我结为夫妇，你意如何？

薛金莲 满口胡说，看刀！【撕边一击】（双刀砍头，棍一绕压刀）

窦一虎 你的年纪，我的岁数，你的能耐，我的本事，你的模样，我的长相，哪点配不上你呀？

薛金莲 哎哟，可气死我啦！（边念边跺脚）看刀！

〔【急急风】二人单"过合"，薛金莲在左边。双刀接上、下，分刀左、右，棍探把"漫薛金莲头"，双刀刺棍腿一、二原地往里转身，三、四右手刀挑起棍面向里，左刀盖棍，右刀打"腰封"反复两次，棍盖下双刀，原地向外转身，棍打，双刀接"鼻子"，棍再将双刀盖下来，双刀向里转身打棍背供，棍原地上步接背供，棍回身"漫头"，双刀低头然后用刀刺棍腿，二人边打边交换位置，薛金莲落到右边，挑棍二人"合扇"向里边盖边转身，然后再向外盖，转身，双刀打棍"鼻子"，再原地向外转身"削头"，【软四击】分刀式向外场亮相。窦一虎低头后退，提棍败亮相。"下场门"下。【急急风】四长枪手追下。薛金莲要双刀"下场"，"下场门"下。

第 六 场②

〔【快长锤】四女兵"站门"，前两个女兵抱雁翎刀。窦仙童上"单山膀""九龙口"一亮，"云手"拉开，整袖，原位开唱。

〔西皮摇板〕

窦仙童 （过门同前）サ 365 5 7 76 5 6 （5 35 6）56
为 劫 军 粮 下

72̇ 6 3 5 - 5 - 6 【闪锤】
山 岭，（缓步走至中间"云手"拉开、整袖）

---

① 大王爷的"大"字在此读"代"音。

② 窦仙童从第六场后均念京白。

棋盘山

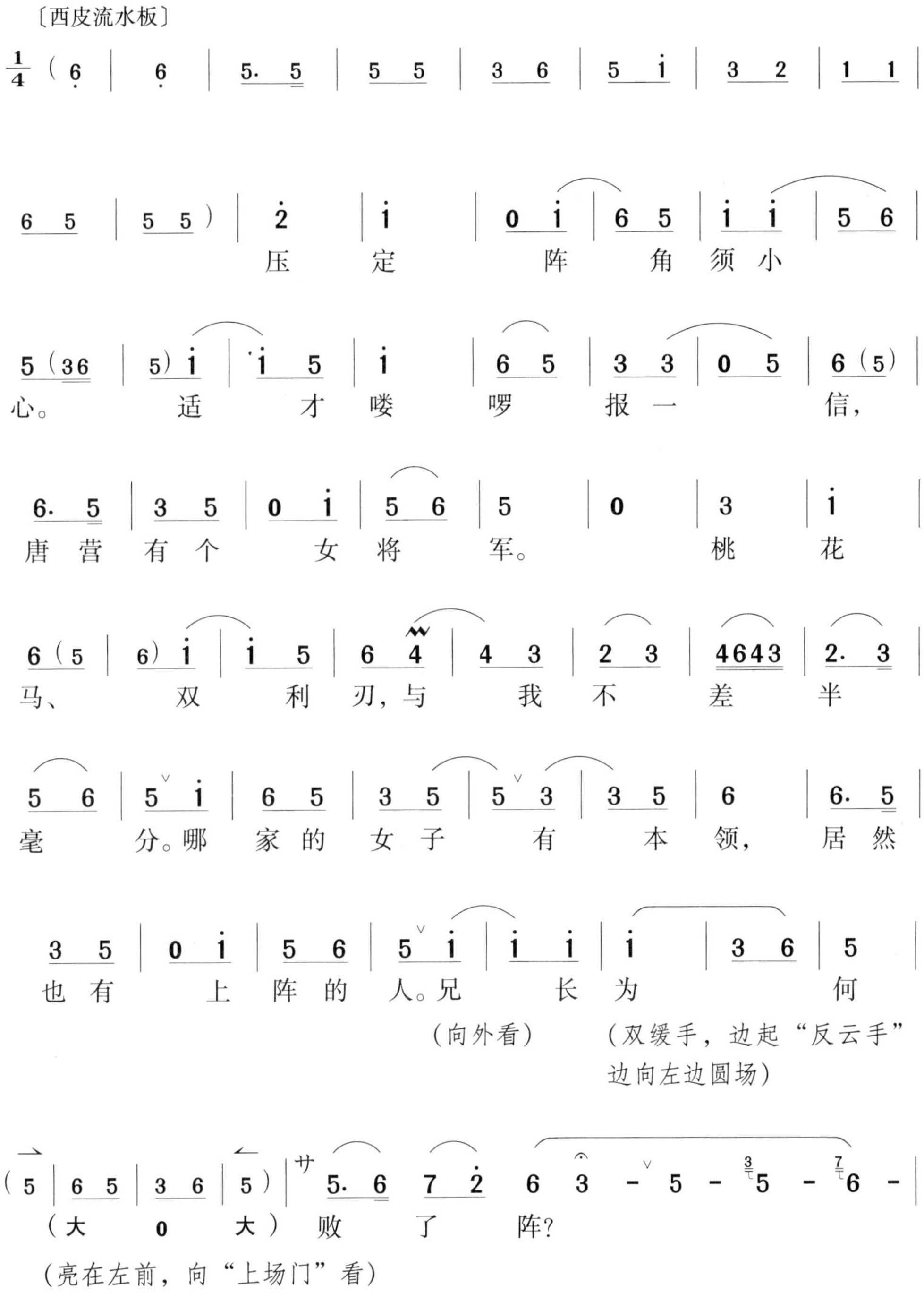

〔【扫头】窦一虎败上，见窦仙童两人拱手让进，窦仙童跟着“挖门”站右边，四喽兵“挖门”分两边站，窦一虎站左边。

窦仙童 哥哥回来了！劫粮的事怎么样了？

窦一虎 妹子！押粮的女将乃是薛丁山之妹，她叫薛金莲，长得十分美貌，愚兄向她提亲事她不允，一刀、两刀可就把我给刀回来啦。①

---

① 此段最后一句念京白。

窦仙童 你瞧，你我既是下山劫粮，你又张罗着提亲，这粮草哇是一定劫不成了，我回去啦！（边说边向“上场门”走）

窦一虎 妹妹！别走别走，（着急地把窦仙童拉回来）依你说可怎么办哪？①

窦仙童 依我之见，我去与那女子交锋，用飞抓把她的兵器锁住，趁这个时候你快到松林抢她的粮车去。

窦一虎 就这么办。你得便可想着给我提提亲事啊。②

窦仙童 你快抢粮车去吧！

窦一虎 喽啰的，跟我抢粮车去！③

〔**【冲头】**四喽兵“插门”，“下场门”下。窦一虎下。

窦仙童 众喽啰！迎上前去！

〔**【急急风】**女兵“合龙口”带双刀，然后“插门”走至“下场门”，此时，与“上场门”出来的薛金莲四兵士同走“二龙出水”，分两边站。薛金莲在右边面向里，窦仙童在左边面向外二人架住。**【大锣叫头】**

薛金莲 呔！那一女子，挡住我的去路，敢是与贼寇助战的吗？你叫什么名字？

窦仙童 听者！**【大锣五击头】**（将刀磕出去，右手横刀式亮相）棋盘山的二寨主你姑娘窦仙童，特来劫你的粮草。

薛金莲 一派胡言！看刀！

〔**【急急风】**四女兵、四兵士分两边下。窦、薛二人一磕双“过合”。打双刀“九刀半”全套。最后窦仙童落左边、薛金莲落右边，二人“合扇”往里“一盖、两盖”，再向外盖，同时起双刀劈花，窦仙童“削薛金莲头”，**【四击头】**二人同时原地“合扇”翻身，掖刀、半蹲式、八字形对称亮相。

〔**【急急风】**窦仙童领圆场，绕场一周走到“下场门”时将右手刀夹于左腋下，从“下场门”幕边拿飞抓。薛金莲走至右前角向“下场门”窦仙童处起大刀花，窦仙童向前一步用飞抓索住双刀继续扯着走。**【乱锤】**四喽兵押粮车从“上场门”押至“下场门”过场。窦一虎上场后切住。**【乱锤】**窦氏兄妹目光交流，窦一虎走到“下场门”转回身。

窦一虎 粮草到手啦④！（示意后“下场门”下）

窦仙童 交给我啦！（与薛位于中场扯住）

薛金莲 哎呀！（与窦仙童同时念）

〔**【硬三锣】**窦仙童、薛金莲向“下场门”斜场三扯。**【撕边……八大仓 0】**窦仙童将薛金莲甩出，薛金莲借势向右前角走一跳坐出去。**【叫头】**窦仙童边往后撤，边收起飞抓、右手接左腋下刀，剪腕一亮。

窦仙童 薛姑娘！粮草已归我手，快对令兄去说，将姑娘送与我哥哥以为压寨夫人，前来抵换粮草，如不依从，这粮草哇我就多谢啦！（边念边回到中场）**【三叫头】**（先向左侧外场举刀笑）哈哈！（右刀落下向薛金莲）哈哈！啊——哈哈……（边后退，边笑，退至中场，**【四击头】**向外翻身，用双刀压翎子、双刀尖往里绕，分刀

① 此段念京白。

② 此段念京白。

③ 最后一句念京白。

④ 此句念京白。

式亮相）我走喽！【冲头】（从薛金莲身边走过“下场门”下）

薛金莲 （窦仙童三笑时，始终坐地不动，双刀尖戳地，低头发抖直至窦仙童下场止。（八大仓0）抬起头，双刀交左手，右手“单山膀”，【撕边一击】向“下场门”望，站起来）哎哟！真气死我啦！【乱锤】（四兵士上来在左边“一条鞭”站，程咬金上场归左边，柳迎春上场归中间。上场后锣鼓切住）

薛金莲 哎呀母亲，程公公！（做哭态）

程咬金 你瞧瞧，我说什么来着！不听话！这还是小钉子哪，大钉子还在后头哪！

柳迎春 【大锣叫头】哎呀儿呀！你今失了粮草，有何面目去见你兄长啊！

薛金莲 这个……【大锣一击】哎哟，我可真没栽过这跟头！——带马我上山找强盗拼命去！（往中场走招呼人带马）

程咬金 慢着，慢着！（上前拦阻）你别又犯小孩儿脾气。依我的主意咱们同太夫人去到元帅大营请罪，请求元帅调动大兵洗山，抢回粮草要紧。

柳迎春 程伯伯言得有理，快随为娘一同前去。

薛金莲 哎哟！我可真没受过这个！（撒娇跺脚）

程咬金 别死心眼儿啦。——众兵丁！

众 有。

程咬金 带马往大营去者！

〔【大锣原场】众人当场绕圆场。四长枪手左边“一条鞭”，程咬金、薛金莲一排，柳迎春偏中间站。罗通带四兵士“上场门”上，右边“一条鞭”站。罗通手持白缨枪。

罗　通 参见太夫人。

柳迎春 罢了。

程咬金 哎呀罗先锋，大事不好啦！

罗　通 何事惊慌？

程咬金 我同太夫人，小姐押定粮草，打从棋盘山经过，被男、女二寇给劫去啦。我们要到元帅大营请罪去，正遇着罗先行大队至此，快给我们想个主意才好哇。

罗　通 他二人叫什么名字？

薛金莲 （抢上前一步）男名窦一虎、女名窦仙童。

罗　通 老伯、太夫人、小姐先请至大营等候，俺去追回粮草便了。

程咬金 有劳了。带马！

〔【大锣圆场】程、柳、薛、四长枪手“下场门”下。

罗　通 杀上前去！

〔【急急风】四兵士绕至“下场门”与从“上场门”上场的四女兵“二龙出水”，分两边下，窦仙童上场与罗通架住。

罗　通 【大锣叫头】呔！女寇快将粮草交还，罗先锋在此。

窦仙童 一派胡言看刀！

〔【急急风】大刀花双“过合”，勾“走马腰封”向外转身，挑枪一压往里转身，“一盖、两盖”卸枪、左手将罗通一推，罗通“抢背”。“上场门”上四个女兵将罗通押在右前角。

女　兵 敌将被擒。

窦仙童 绑回去!

〔【大锣原场】女兵押罗通“下场门”下,窦仙童向右前顺刀“下场门”下。

第 七 场

〔【快长锤】四红龙套、四兵士、程千忠、尉迟青山、罗章“站门”。薛丁山上“九龙口”前一亮。

〔西皮摇板〕

薛丁山 (过门同前) サ 3 5 5 7 6 (6 3 5 6) 6 3. 5 3 5

大 队 离 京 威

7 - 7 7 6 -【闪锤】(走至中间台口) 3 6 5 6 6 i

风 凛, 要 把 敌 兵 一

5 3 i 6 5 (5 3 6 5) i 5 5 7 6 (3 5 6)

鼓 擒。 中 军 宝 帐

6 3 5 6 7 7 7 6 - | (急转身)

来 坐 定——

〔【扫头】薛丁山归中间“小座”。柳迎春、程咬金、薛金莲“上场门”上来“挖门”进去。薛丁山给柳迎春让座,长枪手搬椅子,薛丁山、程咬金二人各坐“左跨椅”,薛金莲坐“右跨椅”。

薛丁山 啊母亲,随同公公、妹子押粮先行,为何又转回大营?

程咬金 启禀元帅,老程随同太夫人、小姐押解粮草,路过前面棋盘山,被山大王窦一虎兄妹二人将粮草抢上山去啦!

薛金莲 这是我不听程公公之言,失了粮草,请按军法施行就是啦。那两个强盗还说了好些个不是人说的话呢。

薛丁山 他讲些什么?

薛金莲 哥哥不用问了,快按军规传令,把我斩了吧!(站起往前上步,程咬金上前拦阻)

程咬金 姑娘你别又犯小孩子脾气,不是罗先锋要军粮去了吗,你等他个回信再说呀!

薛丁山 程公公言之有理,既是罗先锋去了,且候回音再做道理。

〔程咬金、薛金莲归座。报子内喊:“报——!”【冲头】上。

报 子 报!罗先锋被擒!

薛丁山 再探!(报子下)不好了!(奏唢呐曲牌<急三枪>)【大锣叫头】且住,女寇如此

厉害，待本帅亲自会她一阵。【大锣一击】（往前上步一亮，金莲上前一拦）

薛金莲 哥哥，我跟您再走一趟，非把那小子逮住我才出气呢！

薛丁山 母亲与程公公大营等候便了。——众将官！【大锣一击】

众 有！

薛丁山 好好保护太夫人。

众 得令。

程咬金 你兄妹多加小心啊！

〔【冲头】柳迎春、程咬金、程千忠、尉迟青山、罗章“下场门”下。

薛丁山 贤妹此去不可鲁莽，在高坡之上为兄压阵要紧。

薛金莲 我知道啦。

薛丁山 抬枪带马！

众兵士 啊。

〔【急急风】兵士“合龙口”大纛旗手举旗暗上。薛丁山脱蟒，然后两人出门，上马，薛丁山用白单枪，薛金莲仍用双刀。四龙套、四兵士，“插门”“下场门”下。薛金莲顺刀下，薛丁山“捋”枪下，大纛旗随薛丁山下。

第 八 场①

〔【冲头】四喽兵、四女兵“站门”【大锣水底鱼】窦仙童抱双刀、窦一虎提棍在“大边”二人同时上场。

窦一虎 妹子，咱们得了唐营的粮草，又擒来先行罗通，适才探子报道，薛丁山兄妹二人带领大队人马前来讨战，单要妹子你出马，这是怎么回事啊？

窦仙童 一定是我用飞抓打败了薛金莲，那个丫头回去一说我的武艺高强，故此才单要会会我哪。

窦一虎 不对，不对，一定是薛金莲看上我啦，跟她哥哥一说，薛丁山把他妹妹送来兑换粮草跟罗先锋来啦。

窦仙童 嗯，（瞥兄一眼）也许是吧。哥哥你在高坡之上与我压阵，我去会会他就明白是怎么回事啦。

窦一虎 有理，有理，我压阵去了。

〔【冲头】窦仙童往里归，面向里站，四喽兵、窦一虎“下场门”下。

窦仙童 众喽啰！

众 有！

窦仙童 杀上前去！

〔【急急风】窦仙童手持双刀上马，大纛旗上来，女兵“插门”向左边绕至“下场门”与“上场门”出来薛丁山方面的四龙套、四兵士、罗章、尉迟青山、程千忠、薛金莲和薛丁山“鹞子头”会阵。薛方人马落左边，窦方人马落右边，两边排成大八字，薛金莲左角出头站。窦、薛二人见面。

---

① 此场窦一虎全部念京白。

薛金莲 就是她！（指窦仙童）

薛丁山 （与窦两架住）【叫头】呔！窦仙童！本帅到此，快把军粮献出，放了我家先锋，如若不然，将你等巢穴踏为平地。

〔【撕边一击】薛丁山刺枪，窦仙童用刀挑枪一绕压住。

窦仙童 怎么着，你就是薛丁山吗？

薛丁山 正是。

窦仙童 薛元帅！【大锣住头】（将枪磕出去）闻得你家父子兄妹武艺高强。姑娘我也并非无名之辈，如今你手下带的是全军大队，（双缓刀向左拧身，边用刀指对方人马，边向外走）姑娘我只有五百名喽兵（再回身指自己人马）就是把我杀败了，我也不作情你呀！（藐视的眼神）你忘了把奶妈子也给带出来，那不就更热闹了吗！【撕边一击】（面向外，左横刀式一亮）

薛丁山 窦仙童！休得出口伤人，你我今日交锋，各自吩咐人马，只许压阵，不许助战，将你擒住，方知元帅我的手段。【撕边一击】

窦仙童 好极了！要是这么着啊，我若被你战败了，我兄妹放了罗先锋，送还粮草，自绑去到唐营，任凭发落，你瞧怎么样呢？

薛丁山 如此各传一令。【冲头】（二人分别转向自己人马的方向，同时传令）

薛丁山 （同）众将官！

窦仙童 （同）众喽兵！

众 有。

薛丁山 今日交锋，只许压阵，不许助我，违令者斩！

窦仙童 （同时与薛丁山念一样台词）

众 啊。

〔【冲头】二人同时往里归。【大锣导板头】两人一磕，薛丁山右手反握枪柄左手“单山膀”、骑马式亮相。窦仙童右手举刀，左手横刀，分刀式站亮。

〔西皮导板〕

薛丁山 （通常导板过门）サ 3 6 5 7 6 6 3. 5 3 5 0 5 6

众 将 压 队 莫 助

7 - 7 7 6 （八大仓）

阵， （两人向里顺刀、枪，面向里亮相）

〔起堂鼓。【急急风】众“钻烟筒”两边分下，薛金莲下。两人一磕，“一扯两扯”，“剜萝卜双过合”，然后转【闪锤】。两人打上下、左右，一磕对面拉开“山膀”。

〔西皮摇板〕

薛丁山 （过门同前）3 6 5 6 6 （5 3 5 6）5 i 5 6 5 -

马 上 打 量 女 钗 裙。

5　3 7　6【闪锤】(二人一磕，窦仙童向外转身，归右前台口处，半蹲，
蝴　　蝶，　　右高左低分刀式亮相)
(薛丁山往里转身，归左后位，左手背枪，右手掏翎指出，二人斜场对亮)

(过门同前) 3 5　5　7　6　7　6　3　5　6 -
蝴　　蝶　金　盔　头　戴　　　　定，

(念) 玲珑——【闪锤】(窦仙童大刀花向里转身，归右后位，双刀“云手”掖左刀式)
(薛丁山向外提枪花，转身，右手反握枪柄，左手“山膀”，两斜场对亮)

i　5　5　6　6. 5　5 - 3. 5　3　5〔行弦〕(曲谱略)
玲　珑　铠　甲　穿　　在　　　　　　身。
(两人一兜对面拉开)

3 6　5　7　6　7　6　3　5　6〔行弦〕i　5　6　6
雁　　翎　双　刀　威　风　　　　凛，　　交　锋　须　要

【大锣夺头】
(6 5　3 5　6) 5　6 6　5 ┆ 2/4 龙　冬 | 大大　大台 |
细　留　　神。
(八大　台　仓　仓　　仓)
(转过身来)　　(打上下、左右)　　(枪刺面，双刀盖下来，剪腕，向

仓个　令才 | 乙个台　仓 | 大扑　台 | 仓　0 |
里“串肚”然后打丁山“鼻子削头”，再砍靴底，然后在右前位，双刀“云手”，别右步，掖左刀，半蹲式亮相。薛丁山在左前位，右手斜提枪，左手“山膀”二人外八字亮相)

〔西皮二六〕
2/4 多罗0　6 2 | 1.111　6.122 | 7 66　5536 | 55i35　i.656 |
窦仙童 2/4 0　0 | i. i　6i2 | 7 66　5 0 | 0　i. i |
丁　　山　　　生

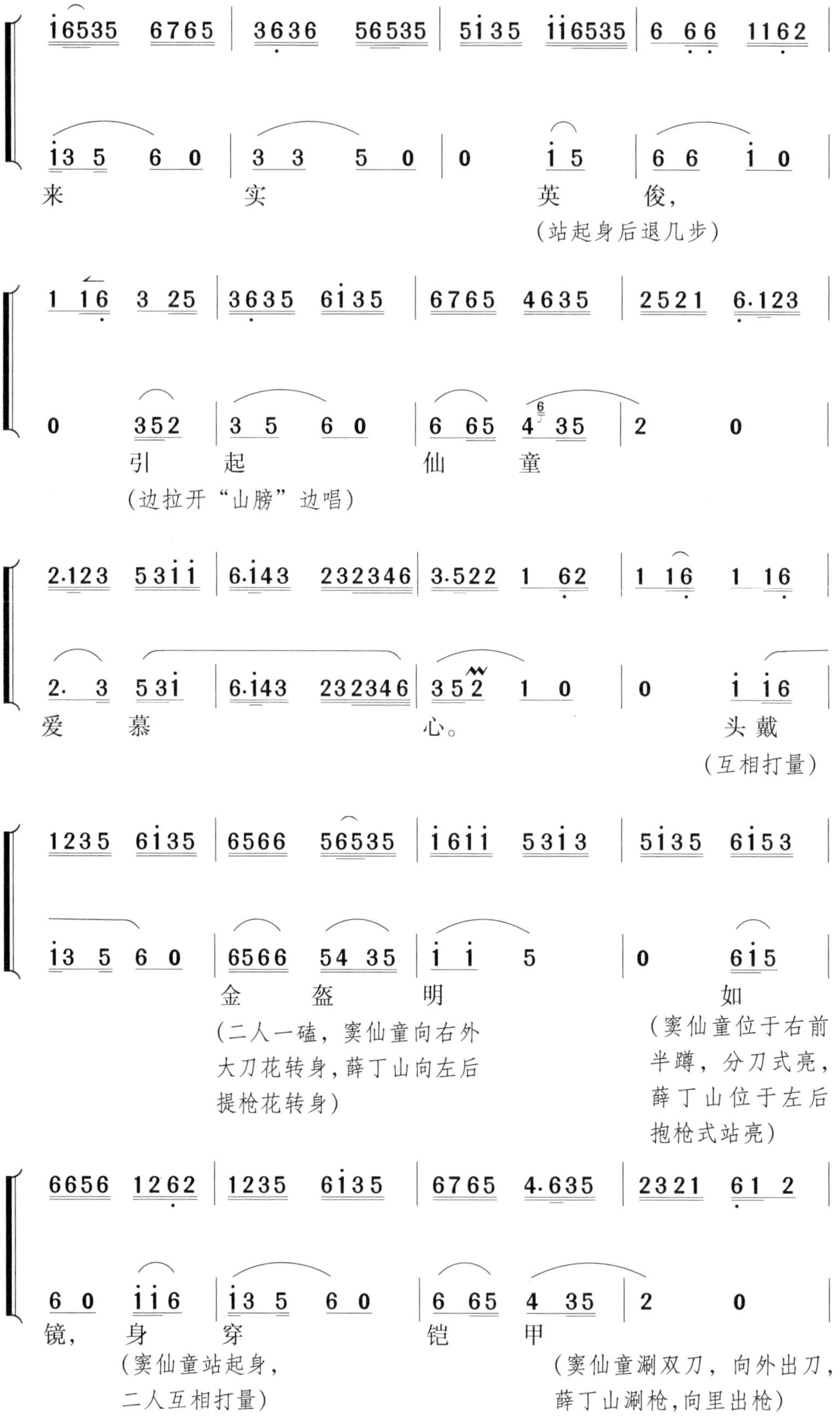
来 实 英 俊，
（站起身后退几步）
引 起 仙 童
（边拉开“山膀”边唱）
爱 慕 心。 头戴
（互相打量）
金 盔 明 如
（二人一磕，窦仙童向右外大刀花转身，薛丁山向左后提枪花转身）
（窦仙童位于右前半蹲，分刀式亮，薛丁山位于左后抱枪式站亮）
镜，身 穿 铠 甲
（窦仙童站起身，二人互相打量）
（窦仙童涮双刀，向外出刀，薛丁山涮枪，向里出枪）

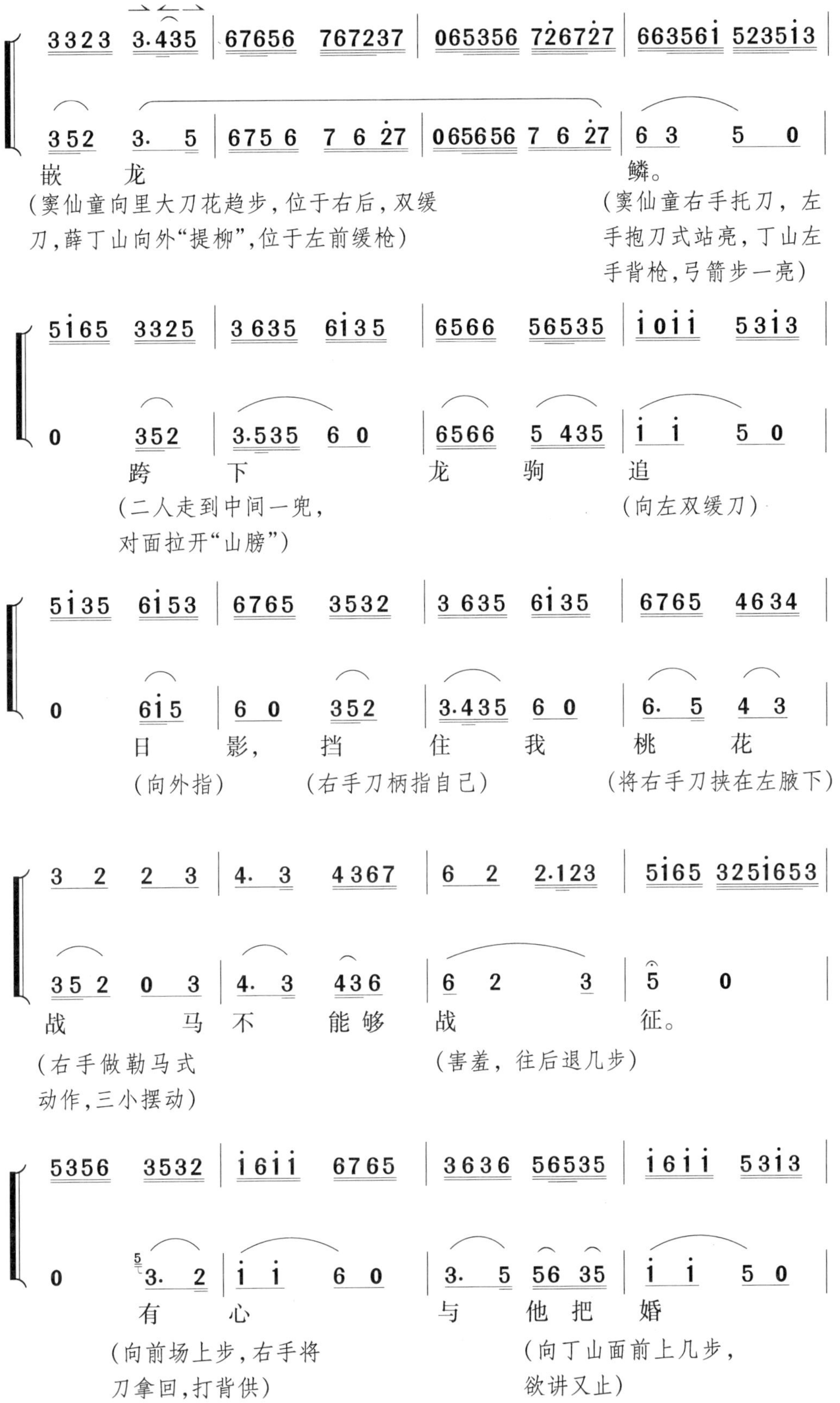
嵌 龙 鳞。
（窦仙童向里大刀花趋步，位于右后，双缓刀，薛丁山向外“提柳”，位于左前缓枪）
（窦仙童右手托刀，左手抱刀式站亮，丁山左手背枪，弓箭步一亮）
跨 下 龙 驹 追
（二人走到中间一兜，对面拉开“山膀”）
（向左双缓刀）
日 影， 挡 住 我 桃 花
（向外指）
（右手刀柄指自己）
（将右手刀挟在左腋下）
战 马 不 能 够 战 征。
（右手做勒马式动作，三小摆动）
（害羞，往后退几步）
有 心 与 他 把 婚
（向前场上步，右手将刀拿回，打背供）
（向丁山面前上几步，欲讲又止）

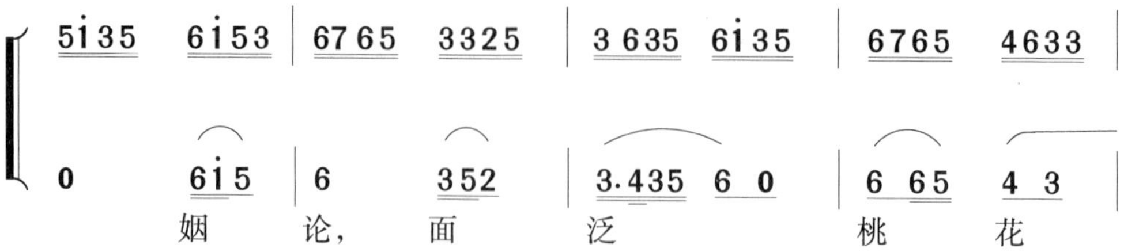

（双缓刀，看丁山，立即用双刀遮面，羞退） （将右刀夹于左腋下，右手扶面）

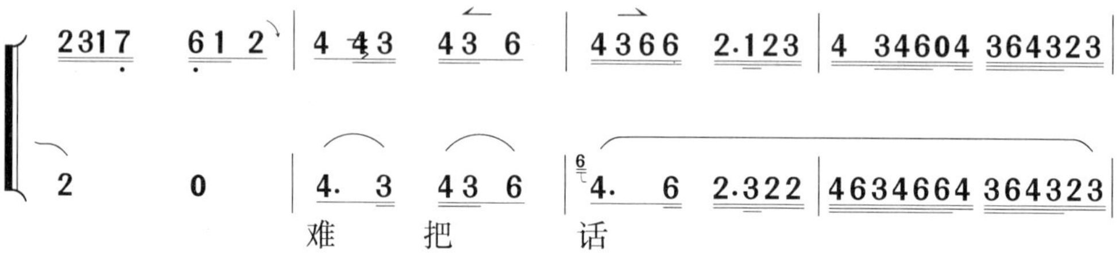

（右手掏翎，别左步，右台口一亮） （原地慢三步，再圆场步，走向丁山，用翎子尖扫丁山的脸。转过身去回到原位，大别右腿）

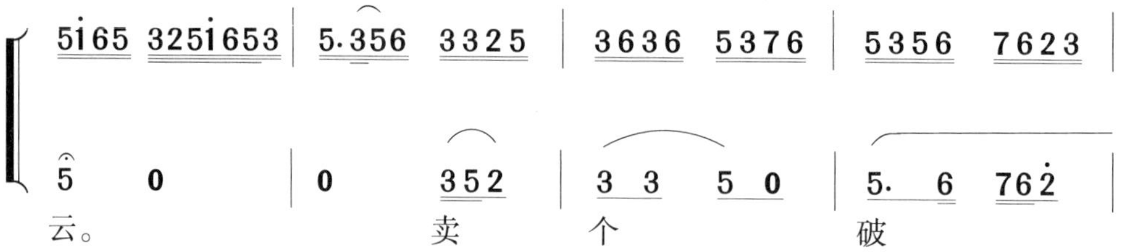

（“云”字回看丁山，“过门”里撒掉翎子） （右手取回双刀，向外场打背供）

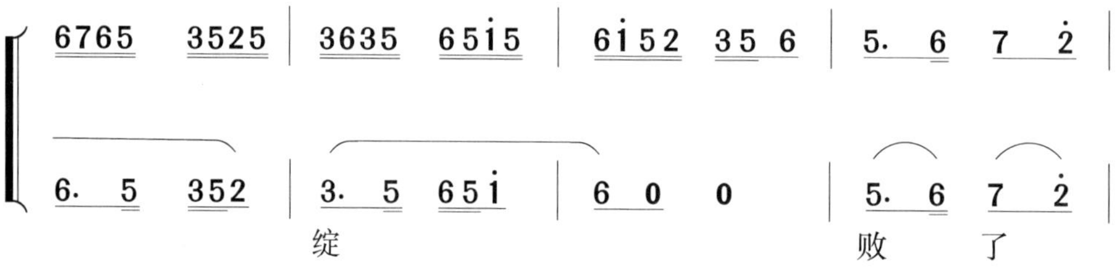

（向后退） （仙童面里亮，丁山面向外亮） （仙童圆场走到左后位，丁山走到右前偏中）

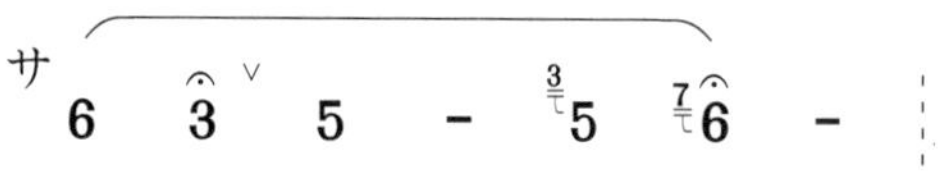

阵—— （薛金莲从“下场门”溜上高台）

薛丁山 看枪！（枪刺窦仙童）**【撕边一击】**（原地挑枪压住一亮）

窦仙童 公子！**【大锣凤点头】**（窦仙童用刀压住枪，向前快步挤过去一亮）

〔摇板〕

(过门同前) i i ²i 6 5 5. 6 3 5 6 (6 5 3 5 6)

山 后 对 你

(向“下场门”指)

3 5 5 - 3 5 6 - ⁶5 - ‖ (八 大 大 仓)

有 话 云 (哪)。 (薛丁山用枪“横刺鼻”，仙童用双刀磕出去)

(推出去)

〔【四击头】窦仙童将右手刀夹于左肘间，右手掏翎，同时向外转身，至左台口处右手上推翎、左肘夹刀亮相。同时薛丁山将枪收回，踢右旁腿，背枪，向外转身，左手掏翎，右手横枪“骑马式”亮相。【急急风】窦仙童抢先一步“下场门”下。

薛金莲 哥哥留神，她可会使飞抓呀！

薛丁山 知道了！【急急风】（追下）

〔薛丁山下场后锣鼓停，冷场，窦一虎拿棍从“上场门”暗上。四处寻找，看到高坡上的薛金莲。

窦一虎 （京白）哈哈！原来薛金莲在山坡上观阵哪，我把她叫下来。——呔！薛金莲你下来，我有话跟你说！

薛金莲 好你窦一虎，我非把你逮住不可！（跳下高台，金莲在左边见面一磕）

窦一虎 姑娘别生气，咱们把亲事订下来好不好？

薛金莲 胡说？快快还我粮草，不然叫你性命不保。【撕边一击】（右手剪腕一亮）

窦一虎 你怎么那么糊涂，成了夫妻，粮草可算得了什么呢？

薛金莲 胡说八道！看刀！

〔薛金莲双刀砍过去，窦一虎低头过来，回身拍薛金莲的肩，薛金莲原地右转身，“漫头”。【冷锤】薛金莲向外分刀亮相。同时窦一虎往后蹲身一跳，右手拿棍，左手捂头一亮。

窦一虎 没逮着！【冲头】（跑下，金莲向“下场门”方向追看）

薛金莲 【叫头】哎呀不好！我哥哥被那女子引进山去，别被她们暗算，待我急急赶上要紧。

〔【四击头】薛金莲向后出刀，向左前翻身，右手扔“钓鱼”再接刀翻身，位于左前台口处，分刀式亮相。【急急风】“下场门”下。

第 九 场

〔【快纽丝】窦仙童上场。“九龙口”举刀一亮，后撤两步，分刀式向左边圆场，到右前台口转身向外场一亮，再回身向左边圆场回来，到左前位分刀式一亮，走到中场向里出刀，再向外趋步，缓刀，双刀护腰式亮住。

〔西皮散板〕

窦仙童　（过门同前）

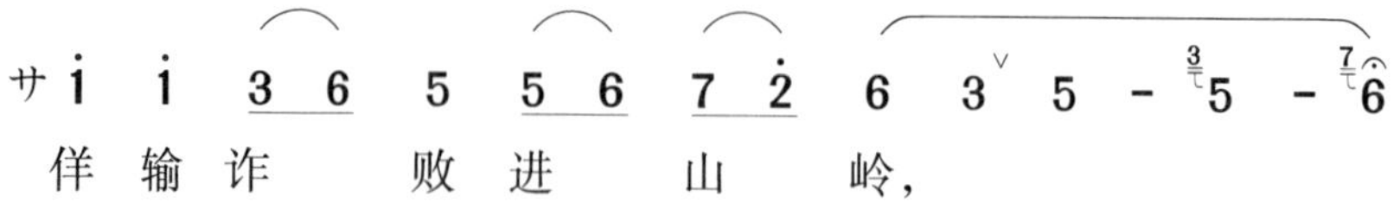

（撤到右侧分刀式，将丁山勾上，仙童边唱边向左圆场，走到左后，薛丁山上来走到偏中场，缓枪刺向仙童）

薛丁山　哪里走？**【大锣凤点头】**（窦仙童挑枪压住向外挤到台口亮住）

【大锣住头】

（仙童用刀磕开枪）

窦仙童　薛元帅请慢动手，我有一言相告。

薛丁山　有话快些讲来！**【大锣住头】**

窦仙童　我兄妹身怀绝技，慢说你这个元帅，就是你们唐营的大小将官一齐出马，也未必是我的对手吧！**【大锣一击】**

薛丁山　休得口出大言，本帅定要擒你！看枪（欲刺）**【大锣一击】**

窦仙童　等等！你先别生气，我还没说完哪！

薛丁山　讲！**【大锣住头】**

窦仙童　闻听公子奉旨去往锁阳救驾，我今意欲同公子结为百年姻好，再劝我哥哥降唐，同解锁阳之危，不知公子意下如何哪？

薛丁山　这个……（一愣）

窦仙童　公子呀！

〔西皮快板〕

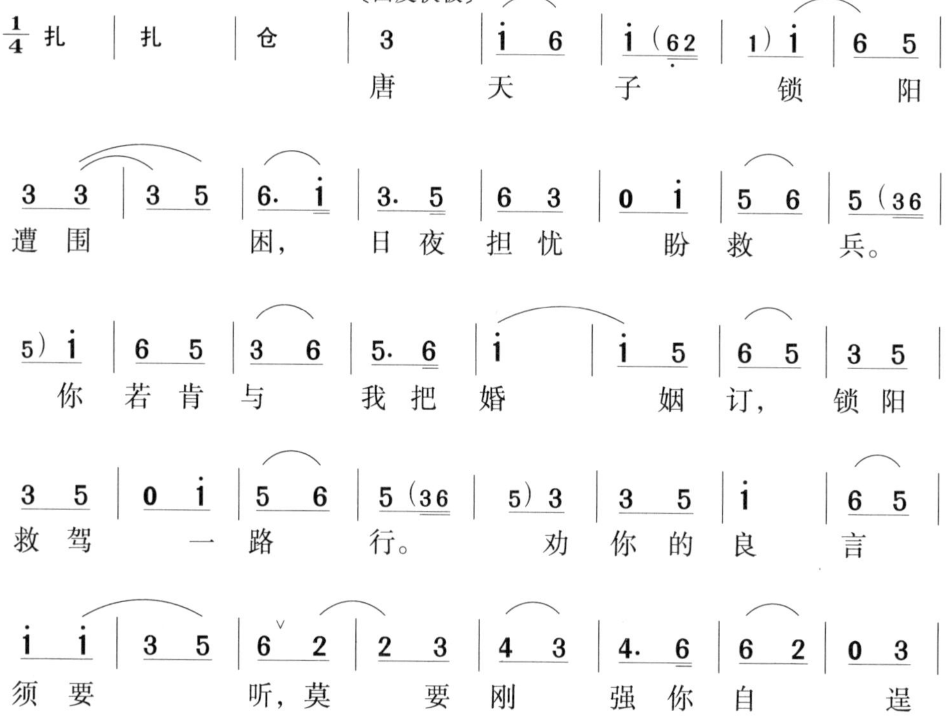

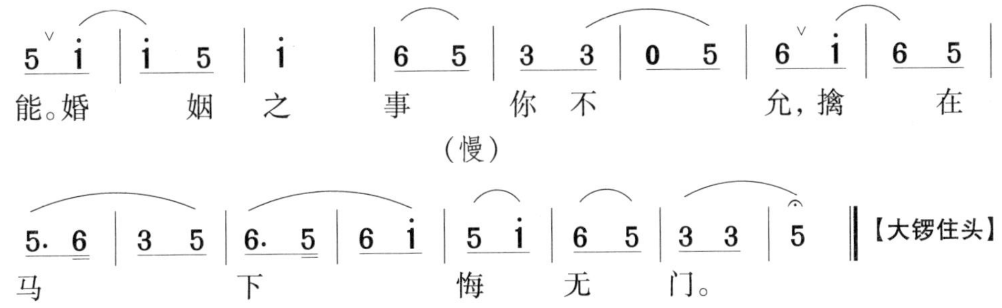

薛丁山 休得花言巧语，看枪！（刺枪，窦仙童双刀压住枪）【大锣一击】

窦仙童 公子如此固执，少时被擒悔之晚矣！

薛丁山 放马过来！

〔【急急风】二人双“过合”，打上、下，二人面对面“跺泥”一亮。窦仙童将右手刀夹于左腋下，三招手。【四击头】窦仙童用双刀“漫薛丁山头”，薛丁山再“反漫窦仙童头”，向右外出枪，左手接枪柄，背枪，骗右腿，骑马式亮相。窦仙童向里出刀，翻身，右手端刀式，右手“山膀”位于左后蹚步亮相。【急急风】窦仙童“下场门”下。薛丁山耍“枪下场”后追下。

第十场

〔【一锤锣】窦仙童上，举刀“九龙口”一亮，分刀式向左边走圆场，直至中场回身向“上场门”。

窦仙童 【叫头】且住！（归正站亮）丁山赶上山来，众喽啰！

四女兵 （内）有！【冲头】（“下场门”上四女兵，“斜胡同”站）

窦仙童 绊马索伺候。

四女兵 啊。

〔薛丁山内白：“哪里走！”

〔【急急风】薛丁山“上场门”上，向薛“漫头”过到左边，二人一磕扯圆场，窦仙童回身一“扫”将薛丁山绊倒，左手将薛丁山推向“下场门”方向“抢背”，女兵将薛丁山绑住“下场门”押下。同时薛金莲“上场门”向窦仙童“漫头”过到左边，二人单“过合”架住。

薛金莲 【大锣叫头】呔！好贱人，擒我兄长，姑娘与你决一死战！【撕边一击】（窦仙童一绕压住薛金莲的刀）

窦仙童 姑娘不必着急，回去对令堂去说，我这里决无伤害令兄之意，请令堂求程老千岁与我们两家作主。我说这话姑娘你明白不明白？

薛金莲 我一点都不明白，看刀！

〔【急急风】两人双“过合”，“合扇”往里“一盖、二盖”，二人同时向外大刀花转身，窦仙童削头，反把打“鼻子”，薛金莲低头接“鼻子”，【软四击】窦仙童位于中场，右手掖刀，别左步半蹲式向“上场门”方向亮相，薛金莲接“鼻子”后立即撤至“九龙口”前分刀式亮相，急速向“上场门”跑下。【冲头】窦仙童站起向前走两步。

窦仙童　【叫头】呔！姑娘慢走，我不来赶你。

〔（八　大大　仓）窦仙童向里出刀，【四击头】向外场大刀花，背双刀，右手掏翎子，位于左前台口处亮相。【急急风】撒开翎子，按掌一亮，向右边圆场，“下场门”下。

第十一场

〔【快长锤】“上场门”四兵士、程千忠、尉迟青山、罗章等上“站门”；随后程咬金在左边，柳迎春在中间，上场。

〔西皮摇板〕

柳迎春　（过门同前）サ 6 2　1　3　2　2· 1　1 3　2【闪锤】（向前走至中间台口处）
我　儿　出　兵　去　对　阵，
（“九龙口”前唱头句）

6 2　1　1　2　3　2 1　6　1（3　2 1　6 2　1）3　2　2 6
倒　叫　老　身　挂　在　心。　中　军　宝

1 2（3　2 1　6 1　2）2　2· 1　1　2 -【闪锤】（归“小座”程咬金左边“跨椅”）
帐　来　坐　定，

6 2　1　3　1　2　2（3　2 1　6 1　2）1　2· 1　6　1 ‖
剿　灭　山　寇　好　起　行。

〔【一锤锣】四兵士“上场门”上站“一条鞭”，薛金莲左手提双刀，右手“山膀”一亮，下马，将双刀交给兵士，兵士下去，金莲“进门”归到右边。

薛金莲　参见母亲，大事不好了！【大锣一击】

柳迎春　何事惊慌？

程咬金　姑娘有话坐下说。（右边兵士搬椅子）

薛金莲　我哥哥也被那女寇给擒上山去啦！【大锣一击】

柳迎春　哎呀！这便如何是好呢？

程咬金　太夫人先别着急。我说姑娘，元帅是怎么被擒的，你喘喘气说给我听听。

薛金莲　哎哟，把我都给气糊涂啦！（边说边坐下）

程咬金　别着急，你喘喘气。

薛金莲　您等我喘喘气，我慢慢的跟您说。（稍歇喘气）程公公您听我说，我同我哥哥去至

山下，与那窦仙童会阵，我哥哥命我在高坡压阵，听那窦仙童与我哥哥说了好些个话，又定了两家兵将一概不许助战，等他二人动起手来，未战几合，那窦仙童就败下阵去，我哥哥就赶下去啦。是我高声叫喊说："哥哥留神，她可会使飞抓呀！"

柳迎春 哦，她还有暗器，你就该赶上前去才是啊！

薛金莲 您听我说呀。忽然窦一虎那小子（站起来讲）也不知道从哪儿钻出来了，（向前移动）说了好些个不是人说的话，被我一刀，他可就跑了。（回身坐到椅子上）

程咬金 呵！这小子比"起花"还快呢。（北京话"起花"念成"齐化"）

薛金莲 是我撇下了他，赶至山下，我哥哥被那女寇给擒上山去啦，我与她未战几合不是她的对手。请程公公调齐众将，带领全军大队，我要与她决一死战！【**撕边一击**】（站起向前上步一亮）

柳迎春 只是你兄长已被擒去，只怕性命难保。

程咬金 慢着！慢着！（站起来拦住金莲）太夫人、姑娘先别着急，这件事我老程有点明白了。

柳迎春 明白什么哇？

薛金莲 是呀，您明白什么啦？

程咬金 请问姑娘，那窦仙童跟你说什么话没有？

薛金莲 她说……（想）哦，她说她决无伤害我哥哥之心，叫我母亲求程老千岁与我们俩家做主。

程咬金 得了，我更明白了。这一定是窦仙童看见薛元帅，才貌双全，叫我老程做大媒呀！现在元帅还没有家室，若能收了窦氏兄妹，倒是两个好膀臂，不知太夫人意下如何呢？

柳迎春 我家岂能与那山寇结亲。

程咬金 我老程已然打听过了，那窦氏兄妹也是宦门之后，又有绝技在身，据我老程想，不如成就这门亲事，使他兄妹归顺，同解锁阳之危，倒是一件两全其美的事情。太夫人若是乐意，我就闯山去说亲，如若不然咱们破不了棋盘山，元帅可是叫他们给擒去啦，粮草也丢啦，这国家大事可就都耽误啦！

柳迎春 好！既然如此，请程老伯前去就是。

程咬金 是啦。（站起来向外走）

薛金莲 （急忙上前拦住）别忙，别忙！您猜的不对吧！

程咬金 怎么不对啦？（停住）

薛金莲 那窦一虎还说了好些个话呢。

程咬金 你怕他不愿意吗？他妹妹愿意了，他也没法子。（欲走，金莲急拦）

薛金莲 （很着急地）不是那么回事，那窦仙童劫粮车的时候，她还说那几句话来着呢。依我的主意还是带兵去洗山，救回我哥哥和罗先锋，没别的说的。（着急地跺脚）真的把我要憋死啦！

程咬金 姑娘，到底是怎么回事呀？你说我猜的不对，你说出来我好明白呀；也犯不上气的脸都白啦。

薛金莲 （又急又不好意思）这……唉，那小子他说……（欲说又止）

程咬金 他说什么来着？

薛金莲 （着急地说不出口）嗯……他妹妹也跟他说的一样的话。

程咬金 他妹妹又说什么来着？（向前追问，金莲着急不好意思说出口）你瞧这到底是怎么回事？这不是急人吗！

薛金莲 他妹妹……他妹妹……（仍犹豫不好意思）

柳迎春 我儿快快告诉程公公。

薛金莲 唉！您猜是怎么回事吧？

程咬金 我猜是窦仙童看上你哥哥啦。

薛金莲 哎哟，（着急跺脚）不对，不对！您把这件事情翻一个过儿再想想——真气死我啦。（金莲用手比画手心、手背。程咬金跟着比画，金莲羞，捂脸不好意思）

程咬金 翻一个过儿……（边做手势边想）哦……哦我明白啦。他既有这个念头，我此去给他个将计就计，变个戏法儿，（跟金莲说）我保管叫他钓鱼的掉在我的网兜里头。（转向柳迎春）太夫人，您在营中听我的喜信就得了。——带马呀！

〔西皮快板〕

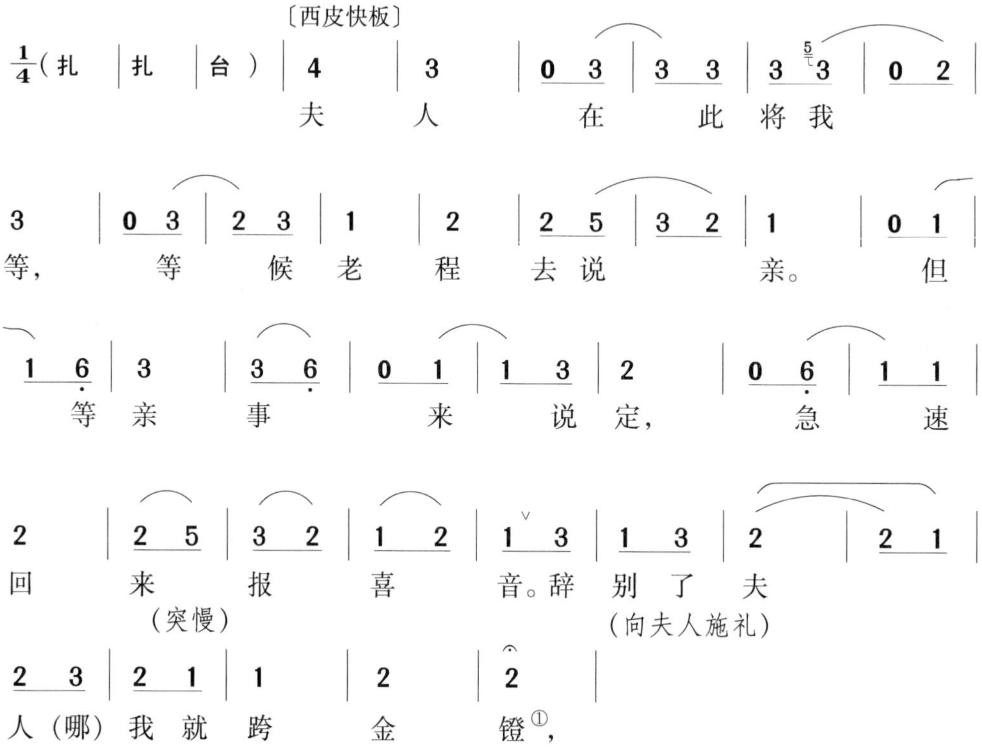

〔【快长锤】士兵带马，程上马，走至左前角回身。

〔摇板〕

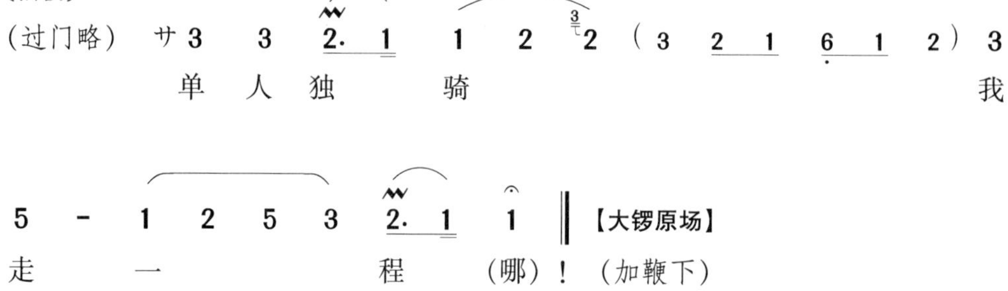

① 此句“镫”字可唱幽默性的花腔。

柳迎春 好好看守大营，我儿快来！（起身，抬手）

薛金莲 可气死我啦！（有意地又做撒娇）

〔**【大锣打下】**柳迎春手拉薛金莲“下场门”下。

第十二场

〔**【冲头】**四女兵“上场门”上，站“一条鞭”**【水底鱼】**窦仙童上场举刀一亮，走台口处下马，刀交女兵，女兵“挖门”进去成“小八字”站好。窦仙童“进门”归中间“小座”。

窦仙童 来呀！把薛丁山押上来！

〔**【快长锤】**四喽兵押薛丁山“上场门”上。薛丁山戴手铐链条、甩发。台口处一亮。

〔西皮摇板〕

薛丁山（过门略）サ 3 6 5 7 6 6 5 5 6 7 - 7 7 6

将 身 且 把 山 寨 进，

〔**【快长锤】**“挖门”进去，站左前位置。喽兵归两边。薛丁山回头看窦仙童，窦用手遮面。

〔摇板〕

3 5 5 6 6 （6 5 3 5 6）i 5 - 3 i 6 3. 5

看 她 把 我 怎 样 行。

3 5 ‖ **【大锣住头】**（窦仙童走至中场）

窦仙童 我说公子，方才在山下对公子所提之事，若肯应允，我能劝我哥哥降唐，帮助公子锁阳救驾，岂不是一件两全其美的事情吗？公子须要三思。

薛丁山（一想）**【大锣一击】**呀！

〔**【闪锤】**窦仙童观察薛丁山，“背供”暗示。

〔摇板〕

薛丁山（过门略）サ i 5 7 6 5 6 3 5 6（6 5 3 5 6）i 5

仙 童 她 把 好 言 论， 丁 山

6 6 5 i - 5. 6 5（6 5 3 6 5）3. 6 5

心 中 自 思 忖。 本 当

5 3 7 6 (6 5 3 5 6) 6 5 5 6 7 - 7 7 6 -

向　前　　把　婚　允——（两人同时上前欲语，丁山一想）

【大锣一击】不可呀不可！（丁山退回）

【单楗凤点头】（窦仙童回身搓手想）

3 3 6 5 5 3 i 6 (6 5 3 5 6) 5 6 6 5 - ‖

为 元　帅 岂　可　　乱 胡　行。

〔【冲头】窦一虎上，窦仙童着急搓手，回身正好与窦一虎相碰。

窦一虎 啊妹子！① （进门归右边。锣鼓止）

窦仙童 哥哥回来啦，妹妹与他交锋，你上哪去了？

窦一虎 唉！我又瞧见那薛金莲啦，战她不过我就溜啦。我说妹子，如今薛丁山既已被擒，你给我跟他提……（仙童急捂窦一虎的嘴）

窦仙童 住口！——来呀，将薛丁山押在廊下。

众喽兵 啊！【冲头】（四喽兵押薛丁山到"下场门"，面向里站，锣鼓打住）

窦一虎 哎妹子，你怎么不让我说话呀？

窦仙童 你呀真是个冒失鬼！这提亲的事我没忘了，我这儿正跟他说哪，他一死儿不答应。这么一会儿工夫你回来了，当着人家面儿就问我，人家能愿意吗？

窦一虎 依你怎么样？

窦仙童 依我的主意，你先在后寨（向"上场门"指）躲躲，我慢慢给你说去。

窦一虎 （极力摇手）那不成，非当着我的面儿跟他说我才放心哪。

窦仙童 这个……（转眼珠想）也好吧。你听着，来呀，将薛丁山押过来！

四喽兵 啊！【冲头】（喽兵将薛丁山押进归原位）

窦仙童 我说公子，这不是我哥哥也回来了吗，方才所提的事情你倒是（使眼神，暗示薛丁山不愿意）愿意不愿意呀？

薛丁山 【大锣叫头】住了！俺乃堂堂元帅，岂肯与你们山寇结亲！（抖手链）

窦一虎 我宰了你！（夺过女兵的刀，往前上步，窦仙童急忙拦住）

窦仙童 把他囚在后山。

众喽兵 啊！

〔【冲头】喽兵押薛丁山"下场门"下。兄妹二人向里归，"上场门"上一报子。

报　子 启大王，唐营鲁国公程咬金要见姑娘，说是做大媒来了。

窦仙童 知道了！【大锣五击头】（报子下）

窦一虎 好！我迎接大媒去。（往外走，仙童急忙拦阻）

窦仙童 慢着，慢着！你呀真是个冒失鬼！人家等着要见我，你要一见他，这提亲事的人家是一个女家儿就不好说话啦。

---

① 窦一虎全场念京白。

窦一虎 依你怎么样呢？

窦仙童 还得依我那个主意，你在后寨躲躲，等我给你办个十样齐八样整的，你净等着做新郎官儿，你瞧好不好？

窦一虎 妹妹，你可别冤我呀！（怀疑地）

窦仙童 哎！咱们是亲哥俩，我还能给你瞎马骑吗？

窦一虎 得，咱们心里分。（窦仙童遮面笑）

窦仙童 得了，交给我了，你去吧。

窦一虎 我净等着做新郎啦！

〔**【大锣五击头】**窦一虎"下场门"下。窦仙童归到中间。

窦仙童 来呀！吩咐大开寨门，有请程老千岁。

众女兵 有请程老千岁！

〔奏唢呐曲牌<小傍妆台>程咬金"上场门"上，窦仙童出门迎接。程咬金勒马向窦仙童一亮。

程咬金 啊——小姐！（回身下马，将马鞭扔进二幕内）

窦仙童 老千岁，请！（让进程咬金）

程咬金 请！（进门归"大边"）

窦仙童 老千岁请坐。

程咬金 坐着！坐着！（二人落座，曲牌止）

窦仙童 老千岁驾临，未能远迎，望乞恕罪呀！

程咬金 岂敢！岂敢！老程来得冒昧，小姐海涵！

窦仙童 请问老千岁，来到敝山要面见我，有何见教呢？

程咬金 小姐，叫喽啰们退下，我有几句话说。

窦仙童 是！喽啰们退下。

女　兵 是！**【大锣住头】**（女兵分下）

窦仙童 老千岁有话请讲。

程咬金 老程到此，非为别事，是特地与姑娘做大媒来啦。就是平辽王的世子丁山（两人对眼光，仙童遮面做羞态）——被姑娘擒来的那个人，与姑娘年纪也相仿佛，可称得起是一对玉人呀！休得错过这段姻缘，姑娘意下如何呢？

窦仙童 这个……（以手略遮面）

程咬金 姑娘不必害羞，此乃是终身大事，老程说的可都是老实话，姑娘你就答应了吧！

窦仙童 多蒙老千岁光临做媒，只是这婚姻大事非同儿戏，我父母虽已去世，还有我哥哥哪，老千岁可以问问我哥哥，随他做主就是啦。

程咬金 （不解的样子）哎呀姑娘，昨日你擒住薛公子的时候曾对金莲姑娘说，叫老程与你们两家作主，她回去一说这档子事儿我就明白了，怎么我亲自来作大媒，姑娘你倒"做工"起来啦？

窦仙童 有道是无父从兄，不能不请我哥哥做主，老千岁休得见罪呀！（站起来施礼，回身搭腿坐下，将右臂搭在椅背上向外一亮）（**大　台**）

程咬金 （打"背供"）这丫头片子，跟我使这个假客礼呀！我这个老家雀儿能让小家雀儿给赚（读"攥"）了吗！（转向仙童）姑娘既然要请令兄作主，就赶快请令兄出来，待老程与他面谈就是啦。（站起来喊叫）喽啰们！请你家寨主爷……

窦仙童　（仙童急忙站起来拦程）这个……老千岁，是这么回事……（表示为难的样子）是那么回事……（又表示很难出口的样子）

程咬金　是哪么回事呀？

窦仙童　我实在有件为难的事情，求您给想个主意，并非往我哥哥身上推呀！

程咬金　什么事呀？小姐，你坐下说吧。**【大锣住头】**（二人归座）

窦仙童　只因我哥哥在阵上看上了薛姑娘，他叫我给他提亲，如今我要应允公子的亲事，倒没给他办好，他能答应我吗？只要您能有个主意叫我哥哥愿意，我的事但凭您老人家做主，（拱手害羞）还回粮草，同我哥哥降唐就是了。

程咬金　哈哈……不要紧，全有我呢。

窦仙童　那么，我哥哥的亲事呢？

程咬金　也交给我啦，赶快把元帅放出来吧！

窦仙童　遵命！（站起来）来呀！（念完回身坐下）

〔四女兵内："啊！"**【冲头】**四女兵不拿刀，两边上。

窦仙童　把薛元帅放出来！

〔**【快长锤】**薛丁山去掉手铐，戴上紫金冠。"下场门"上站右角。

〔西皮摇板〕

薛丁山　（过门略）サ 3 6　5　5 3 7　6（6 5　3 5　6）6· 5　5 6 | 7 - 7 7 6 **【闪锤】**（挖进去看见程，打"背供"）

被因放转神不定，

（过门略）サ i　5　5　3　i　6　5　6　6　5　- ‖

千岁在此为何情？

〔**【大锣住头】**三人让座位，丁山坐"大边"，程咬金转到"上跨椅"，仙童坐"小边"。

薛丁山　啊，程公公因何至此？

程咬金　老程是特来与你跟仙童姑娘做媒来啦。

薛丁山　蒙公公美意，奈今国难未安，君父遭困，如何私自招亲，落得不忠不孝？

程咬金　此事乃是太夫人托我来的，老元帅面前有我担待，绝没有错儿。再者一说仙童姑娘都已经答应了，像仙童姑娘（仙童与丁山对眼光，不好意思）这样的人才，你还有什么不乐意的吗？

薛丁山　如此多谢公公！

程咬金　我说姑娘，你让他们把罗先锋也放出来吧！

窦仙童　把罗先锋放出来。

四女兵　把罗先锋放出来。**【冲头】**（罗通上，挖进去归右前站，"背供"，表示见情景不解其意）

罗　通　啊！元帅，老千岁因何在此？——参见元帅、程伯父。

程咬金　罗先锋，你赶快回营对太夫人去说，元帅的亲事已然说妥了，窦氏兄妹也降唐了，请太夫人、小姐上山相会。

罗　通　有何为证?

程咬金　元帅，你赶快写封亲笔书信，叫太夫人好放心。

薛丁山　遵命！（奏唢呐曲牌<急三枪>，薛提笔写信）将军速速前去。（信递给罗通）

罗　通　遵命！**【冲头】**（上前接信，“下场门”下）

程咬金　我说小姐，先对喽啰们说明降唐之事，有愿同去锁阳者随去，不愿者听其自便。

窦仙童　老千岁，那件事情可全仗您老人家啦。

程咬金　小姐放心，全有我啦。

窦仙童　（站起来“出门”面向“上场门”）众喽啰听着！

众女兵
众喽啰　啊！

窦仙童　如今姑娘我同你家大王爷均已降唐，尔等如愿同去锁阳者，一同前往，不愿去者听其自便哪！

众女兵
众喽啰　我等均愿降唐。**【大锣住头】**（窦仙童“进门”）

窦仙童　喽啰们均愿降唐。（归座）

程咬金　姑娘，少时太夫人到此，先把山寨的兵丁粮草册子呈上，再请令兄出来，老程自有主意安排。

窦仙童　遵命！

〔内白：“太夫人到。”

窦仙童　有请！

〔**【大锣五击头】**三人站起来出门迎接，程左一、丁山左二，窦仙童出头站。同时，罗通、柳迎春、薛金莲扶母亲“上场门”上场。

柳迎春　罗通来送信，（窦仙童向柳迎春拱手让进）

薛金莲　母女入山林。（窦仙童向前让，金莲不理甩斗篷进）

程咬金　太夫人！

薛丁山　母亲！

〔**【一锤锣】**归进去，柳迎春中间“小座”，“上跨椅”薛丁山，“二跨椅”程咬金，“三跨椅”薛金莲。“下跨椅”窦仙童，罗通站右前。

程咬金　恭喜太夫人！老程奉命把元帅的婚事说妥了。窦氏兄妹已然降唐了，小姐过来见过你婆婆。

窦仙童　这个……（遮面羞）

程咬金　哎哟，我也老糊涂了！姑娘与公子尚未完婚，先以伯母称呼是了。

窦仙童　是，（站起跪拜）伯母请上，侄女拜见。

柳迎春　小姐免礼。

窦仙童　多谢伯母。**【大锣五击头】**（回身拿花名册）现有山寨兵丁、粮草花名册呈上。

柳迎春　我儿收下。（接过交丁山）快快拜谢程公公大媒。

薛丁山　遵命！多谢程公公。（拜完再坐下）

程咬金　哎呀，不敢当，不敢当！（站起来）来、来、来，你们姐俩也见见啊！（叫金莲、

仙童二人，金莲站起不动，仙童走过去，向金莲赔礼）

窦仙童 贤妹，山下多有冒犯，望乞妹妹恕罪。

薛金莲 （站过来）哪儿的话呀，从今往后咱们就是一家人了，哎哟我的嫂子！（拍仙童的肩膀）

程咬金 大家有话坐下说。**【大锣住头】**（众归座）

薛丁山 啊程公公，他兄妹既已降唐，为何不见窦一虎来见？

程咬金 此中有一段情由，太夫人、姑娘全都明白，是老程同窦姑娘变的一个戏法儿，元帅附耳上来。（两人耳语）

薛丁山 哦、哦、哦知道了。

薛金莲 （急向程）我说程公公，您变戏法儿只管变，要是胡变乱变那我可不答应您哪！（站起来）

程咬金 嗳！没你什么事。——窦小姐，请你兄长出来吧！

窦仙童 老千岁，我哥哥要是出来，可全仗着您啦！（说完出门）来呀！有请你家大王爷！

众喽啰
众女兵 有请大王爷！

窦一虎 （内）啊嘿！**【大锣五击头】**（窦一虎头上插花，身穿花褶子，披红绸子上念韵白）打扮亮堂堂，准备做新郎。（窦仙童见状暗笑；窦一虎向里边望念京白）他们全来了。——妹妹，亲事说妥了没有？

窦仙童 说妥了。快来见过程千岁。（边念边进门）程千岁，我哥哥来了。（向程使眼色，进门后归到金莲外边站。窦一虎进门归右边）

程咬金 （立即站起）窦将军！

窦一虎 程千岁，俺这儿多谢大媒了。（向程拱手）

程咬金 好说，好说！不敢当，不敢当！随我见过太夫人同元帅。（程回原位）

窦一虎 是啦。（站右前位整冠、整衣，然后中间施礼，念韵白）——啊，岳母在上，待小婿大礼参拜。

薛金莲 啊！（气急地站起，欲打窦一虎，被窦仙童拦住）

柳迎春 啊？这是怎样的讲话呀？

薛丁山 嘟！窦一虎，既将你妹许配与我，连个礼法称呼全都不晓，罗先锋，将他绑了！**【大锣一击】**（罗通上前绑窦一虎）

窦一虎 哎呀！岂有此理，怎么绑起姑老爷来了？（京白）

薛金莲 这小子还敢胡说，我非揍你不可！（举手往前上）

窦一虎 哎哟呵……（急躲开）

窦仙童 妹妹别生气。（拉回金莲）

程咬金 哎、哎、哎别捣乱，（向金莲）别捣乱，待老程去问问他。（走过去）我说窦将军，你怎么胡说起来啦？

窦一虎 （京白）我怎么胡说啦？

程咬金 你怎么不胡说，你明明是舅老爷，怎么管太夫人叫起岳母来了？

窦一虎 （京白）我怎么会是舅老爷了？

程咬金 你妹妹是我做媒许配薛元帅，如今把山寨粮草、兵丁册子都呈与元帅了，你妹妹是元帅的夫人了，你不就是舅老爷吗？

窦一虎 （稍做“背供”，京白）哎，这个碴儿不对呀！是我在阵上看上了薛小姐，托我妹妹给我提亲，如今她自己反倒许配给薛丁山为妻了——（一想，转身）哈哈，好妹子，你怎么冤起哥哥来了，我跟你没完。（向仙童撞头过去）

窦仙童 哥哥……（窦仙童往后退，薛金莲上前挡）

程咬金 （忙上前拦窦一虎）你先别生气，听我说，你妹妹许配了薛元帅也是一件好事。

窦一虎 怎么呢？

程咬金 你想想，如今你们做了亲，一同去到锁阳解围，你再立点功劳，何愁金莲姑娘不许配与你哪？这个大媒还是包在我老程身上，你还不放心吗？

窦一虎 怎么着，都有您哪？

程咬金 全有我哪！我这么大岁数还能冤你，你先当几天舅老爷。——来，松绑，松绑！（罗通上前松绑）跟我去见太夫人、元帅，赔个礼去。（程归位，窦一虎见礼，念韵白）

窦一虎 老伯母在上，小侄言语冒犯，望乞恕罪！

柳迎春 贤侄免礼。

窦一虎 多谢伯母。

程咬金 来来来见过你妹丈。

窦一虎 啊妹丈，不要见罪于俺，这厢赔礼了。

薛丁山 （立即站起搀扶）哎呀舅兄，这就不敢。

窦一虎 （京白）得，我这个大舅子算是当磁实了！（向外场示意）

柳迎春 此番锁阳解围，还要借你兄妹之力。

窦仙童 为国效力，理所应当。

窦一虎 （韵白）山寨摆宴，大家同庆，明日起兵同去锁阳便了。

程咬金 请啦！

窦一虎 请啊！哈哈哈……

〔唢呐奏整段<尾声>，众人扯成“斜胡同”，柳迎春、程咬金、薛丁山、罗通顺序“下场门”下。——窦一虎向薛金莲抢上前一步，薛不理，窦仙童过来和金莲手拉手二人同下。窦一虎向外场摊开双手做无奈相，最后走下场去。

——剧　终

吕兆芳 整理

樊江关

王瑶卿授课本

《樊江关》亦名《姑嫂英雄》，又名《定阳关》。取材于小说《薛丁山征西》。唐太宗李世民御驾亲征，不幸被围白虎关，亟待救援。薛仁贵之妻柳迎春奉旨到樊江关调儿媳樊梨花挂帅，发兵解救。樊梨花接旨后正欲发兵，忽闻小姑子薛金莲押粮到此，由于只顾忙于接待薛金莲的到来而没有及时拆看公公薛仁贵催兵的书信，姑嫂二人发生误会，言语失和，以至动武。柳迎春闻知立即劝止，并对金莲说明真相。薛金莲遂向嫂子赔礼认错，姑嫂二人和好如初，一同发兵解救边关之危。秦腔、豫剧、汉剧、滇剧、川剧、赣剧、婺剧、泗洲戏、淮海戏、河北梆子、吉剧、龙江剧都有这一剧目。

京剧《樊江关》原是一出普通的小戏，经王瑶卿先生改编演出后才成为一出观众喜欢的流派剧目。王瑶卿一生演过许多剧目，其中尤以“三关”即《樊江关》、《金猛关》、《雁门关》最为精彩。在一个老生行统领京剧的时代得到了观众的称赞，可见非同一般。1920年，王瑶卿经余玉琴介绍进宫去补去世的时小福的差，当了供奉（有了固定的钱粮）。在宫中他改编加工了这出《樊江关》，首次和杨小朵合演，便得到了慈禧的称赞与赏赐。以后又多次与王惠芳联袂演出，传给梅兰芳后则再不动此戏了。

《樊江关》最初以樊梨花为主演，后又以薛金莲为主演，其中有一个演变过程。初，王瑶卿自己饰演樊梨花，杨小朵、王惠芳饰演薛金莲。后王惠芳与梅兰芳合演，王惠芳饰演樊梨花，梅兰芳饰演薛金莲。由于当时梅兰芳已大红大紫，在台上无论演什么角色观众都认可，所以薛金莲便成为主角了。在合作义务戏中，尚小云与荀慧生曾联袂演过此剧，尚饰樊梨花，荀饰薛金莲，技艺各有千秋，难分伯仲。

《樊江关》和《穆天王》、《棋盘山》、《破洪州》一样，都属刀马旦行。王瑶卿的高明之处就在于演人物而不演行当，决不千人一面。他曾说过樊梨花、穆桂英她们各有各的身份，樊梨花是唐室的大元帅，统领三军威镇雄关，她的官大气魄大，举止大度，迈步不能小，要靠近小生的步子；而穆桂英是山大王出身，来去自由，无拘无束，又是少女，要用小碎步，要在英武中见婀娜。《樊江关》中的樊梨花原扮相是头戴七星额子、插双翎、身扎硬靠。王瑶卿认为此时的樊梨花已被御封为“威宁侯”，身居帅位，便改成了头戴女夫子盔，身穿软靠、披蟒的扮相，一直沿袭至今。

京剧表演艺术是以唱念做打舞等手段来刻画人物性格的，在《樊江关》剧中念、做、舞、打都有出彩的地方。京剧的念有韵白、京白之分，《樊》剧的特色是京白，特别是对小字眼的使用，如“哈、吧、嘛、呢、哪、阿、呀、啦、哦、哎、咳、哟”运用自如、传神如化。例如：“樊：‘我说妹妹，你一个人在这儿观看书信，跟谁生这么大气呀？’薛：‘你问我呀？我就跟你！我就跟你！我呀，简直的就跟你嘛！’樊：‘哟，我怎么招你生气啦？’”这类富于生活气息的装饰字，加强了语气的渲染，从而给人带来真实、质朴、自然之美感。古人评：“以意趣科白胜。意趣则流丽大方，了无俗韵；科白则简洁、清脆，浑无点尘。”

“做”即表演，王瑶卿特别强调演员“脸上要会做戏”。在该剧中樊梨花与薛金莲的戏可谓做到了极致，俩人从初见面时的热情笑脸到产生误会开始争吵、翻脸、双目圆睁、柳眉倒竖、拔剑互斗；薛金莲打不过樊梨花又认错；一个满脸赔笑，一个佯装不理；最后又和好如初，这些过程进展得自然、有趣，脸上生动、身段协调，有强烈的剧场效果。

说到“舞”就不能不提薛金莲上场后的那组“趟马”。这是靠演员马上的形体动作与变幻舞姿来表现薛金莲的骄纵性格和豪放相。要求演员一要有圆场功，二要熟练掌握马鞭技巧，三要掌握好斗篷的运用要领。斗篷飞飘，战马奔腾。“趟马”中有“垂”、“拎”、“抓”等不同的斗篷动作；有“提鞭”、“涮鞭”、“顺鞭”、“缓鞭”、“扬鞭”、“加鞭”等多种马鞭技巧；有“掏翎”、“撒翎”、“按翎”等不同的亮相组合。此剧中的“趟马”在其他剧中是难得一见的，如今这一组“趟马”已成为戏曲教材。

此剧中的“打”是对剑一场。这趟对剑十分严谨，真是人随剑锋，气度和招数咄咄逼人。这趟对剑又不单是卖弄技巧，而是在斗杀中处处体现着薛金莲的“逼”和“欺”，樊梨花的“忍”和“让”。

王瑶卿是一位承前启后的艺术家，向他问艺受惠者有四百多人，而立雪王门的男女弟子计有五十六人之多。他的弟子基本分三个类型：一是成名型。他点石成金，如梅兰芳等四大名旦，经他点拨艺精业进，声名大振。二是“吃饭”型。向他学艺的目的为谋生，如王玉蓉、芙蓉草、华慧林等。三是传艺型。有些弟子虽学艺认真，深得王氏三昧，但因种种原因不能在舞台上大放光彩，却能把王门艺术不走样地传给下一代，如程玉菁、于玉蘅等。本剧本整理者吕兆芳老师便是王氏掌门大弟子程玉菁的得意学生，她跟随程师十几年，曾作为助教，教过王派戏。

常立胜

人物行当

樊梨花	刀马旦	中军乙	丑
薛金莲	花旦	旗　牌	丑
柳迎春	老旦	四绿文堂	杂
女　官	旦	四红文堂	杂
中军甲	丑	四蓝文堂	杂

服装扮相

樊梨花 俊扮。贴片子、戴网子包头（不梳大发）、水钻泡子、女夫子盔或女帅盔、排穗，红色软靠，绣花白裙子，彩裤，快靴。（头场褶蟒）

薛金莲 俊扮。贴片子、网子包头（不梳大发）、水钻泡子、蝴蝶盔、翎子、排穗，粉或湖色改良靠，披斗篷，彩裤，快靴。

柳迎春 俊扮。戴黪网子、黪鬏发、香色绸条、老旦冠、勒子，香色官衣，系小绦子，绿素裙子，素彩裤，白布袜、福字履。

女　官 俊扮。贴片子、梳大头、水钻泡子、七星额子或小额子，绣花箭衣、黑花马褂、云肩，绣花彩裤，下甲，快靴。

中军甲 丑扮。大板巾，蓝箭衣、大带、黑马褂，红彩裤，黑朝方。

中军乙 丑扮。大板巾，绿箭衣、大带、黑马褂，黑彩裤，黑朝方。

旗　牌 丑扮。大板巾，绣花箭衣、大带、黑马褂，红彩裤，黑朝方。

四绿文堂 绿大板巾，绿色龙套服，黑薄底。

四红文堂 红大板巾，红色龙套服，黑薄底。

四蓝文堂 蓝大板巾，蓝色龙套服，黑薄底。

道具

红色帅帐	一份	堂桌	一张
椅子	三把	宝剑	三口
马鞭	三根	腰刀	二把
茶杯、盘	一份	文房四宝	一份
印信	一方	圣旨	一份
书信	一封	膏药	一贴
令旗	一面	红桌围椅披	一份
标子	红、绿、蓝各一堂		

第 一 场

〔二道幕外。起【冲头】四绿文堂“站门”。奏唢呐曲牌<六幺令>，柳迎春从“上场门”二道幕外上场，右手举马鞭，左手托圣旨。走至中场前位勒马一亮，乐止。

【大锣住头】

柳迎春 (念)奉了万岁旨，

去调威宁侯。【大锣住头】(放下马鞭)

今有番邦苏宝童兴兵入境，圣上御驾亲征。不料，圣上在锁阳关遭困，我夫薛元帅在白虎关被围，是我奉了圣旨，去到樊江关调取威宁侯，救驾解围。军士们!

众 有。

柳迎春 趱行者!

众 啊。

〔接奏曲牌<六幺令·合头>，四绿文堂“插门”领起，【大锣原场】“下场门”下。柳迎春加鞭随后下。

第 二 场

〔帅帐、“大座”，后面再备一把椅子。

〔吹奏曲牌<水龙吟>开二幕，四红文堂“站门”。女官“单山膀”上场，“九龙口”处一亮，向前走至中间台口两边望，然后站“大边”。乐止。【四击头】樊梨花褶蟒。端带稳步上场，走至“九龙口”处站亮，【大锣回头】抖袖，整冠，左手抓袖，端带向前走至中间台口处，【大锣归位】抖袖、端带站亮。

<点绛唇>

樊梨花 サ 6 543 5 2 (台.大 台) 2 21 2 61 5 (台 令 台)

女 将 英 豪， 兵 机 奥 妙。

5 54 3 5 2 (台.大 台) 31 23 5 6i

威 风 浩， 扶 保 唐

5 (台 令 台) 65 6i 5 (仓) 22 12(1) 6i 5 ‖

朝， 要 把 强 敌 扫。

(左手翻袖，右手按掌一亮) (右手指出)

〔【冲头】奏唢呐曲牌<水龙吟·合头>在曲牌中樊梨花抖袖、整冠，右手“单山膀”向左边一望，然后左手翻袖向右边一望，然后归正、抖袖，（**八大仓**）抓袖，向右转身，面向里端带亮背相，原地慢压两三步，走向军帐内归“大座”，抖袖。乐止。

樊梨花 （念诗）杀气腾腾透九霄，
战鼓咚咚称英豪。（台．大台）
威名赫赫谁不晓，
夫妻双双挂紫袍。（翻左手袖，右手指出）

〔【**大锣归位**】龙套、女官往里归成八字。樊梨花抖袖、翻左手水袖。

樊梨花 本爵，【**撕边一击**】樊梨花。【**大锣住头**】（将右手袖收起）平西有功，圣上封我为威宁侯之职，镇守樊江关一带等处。前者闻报，圣上在锁阳关遭困，老元戎白虎关被围，为此朝朝操演人马，准备对敌。女官！

女　官 有。

樊梨花 伺候了。

女　官 是。

〔中军甲内白：“报！”【**冲头**】“上场门”上，进门归“小边”。

中军甲 启禀侯爷，圣旨下。

樊梨花 哦！【**大锣一击**】圣旨到了？

中军甲 正是。

樊梨花 但不知何人押旨？

中军甲 太夫人押旨，罗将军护送。

樊梨花 吩咐罗将军帐外歇息，香案接旨。

中军甲 香案接旨呀。（站中间念，然后“下场门”下）

〔奏曲牌<吹打>樊梨花出位，出门站“大边”。四红文堂“上场门”“一条鞭”站，柳迎春上场举鞭一亮，左手托圣旨，见樊梨花，勒马一亮，樊梨花忙向前略施一礼，柳迎春回身下马，四文堂接马鞭“上场门”下。柳迎春手托圣旨“挖门”进去，归正中间面向外站。樊梨花随之进门，面向里站。乐止。

柳迎春 圣旨下！

樊梨花 万岁！（双膝跪地）

柳迎春 跪听宣读。诏曰：今有番邦苏宝童兴兵入境，圣上御驾亲征。圣驾在锁阳关遭困，薛元帅在白虎关被围。特命柳迎春前来调取儿媳威宁侯救驾解围。圣旨读罢望诏谢恩。

樊梨花 万万岁！（站起来。女官回身搬椅子，摆“小座”）

柳迎春 请过圣旨。

樊梨花 （接过圣旨，回身交给女官）香案供奉。

女　官 是。

〔女官托圣旨“下场门”二道幕下，柳迎春回身落座，女官放下圣旨上来站“大边”。

樊梨花 婆婆请上，待媳妇大礼参拜。

柳迎春 不必拜了。

樊梨花 焉有不拜之礼。（奏<吹打>向前上步抖袖、整冠回身拜。乐止）

柳迎春 一旁坐下。（女官将另一把椅子搬到“大边”摆“跨椅”）

樊梨花 告座。【大锣五击】（站起身右手“单山膀”一亮，走至座前向外转身落座）婆婆一路押旨前来，多受风霜之苦。

柳迎春 为国勤劳，何言辛苦。媳妇可好？

樊梨花 有劳婆婆挂念。

柳迎春 这里有你公爹书信一封拿去观看。（从袖口中取出信）

樊梨花 待媳妇观看。（接信）婆婆鞍马劳顿，请至后帐歇息。

柳迎春 正是。【大锣住头】（两人站起同时向前上步，走至中场偏前向樊梨花）
（念）边关军情紧，
　　即刻发救兵。（右手一指，左转身上步）

樊梨花 送婆婆。（向“下场门”方向端带施礼）

柳迎春 （回身）免！（左转身【大锣五击】“下场门”下。同时，樊梨花归中间站）

樊梨花 我公爹有书信到来，待我拆开一观。（回身撕信，刚刚抽出一半，内报）
〔中军甲内白：“报！”【冲头】“上场门”上，进门站“大边”。

中军甲 启禀侯爷，铁门关的薛侯爷押粮到此交纳。

樊梨花 哦！【撕边一击】薛侯爷来了。

中军甲 正是。

樊梨花 哎呀且住，【小锣一击】（向前走打“背供”）想我金莲妹子，平日性情高傲，今日押粮到此，必须赏他个全脸。（回身把信放在右边桌角，边念词边坐下）来！

中军甲 有。

樊梨花 吩咐摆队相迎。

中军甲 摆队相迎啊。

众 啊！

樊梨花 带马。

〔奏唢呐曲牌<小傍妆台>龙套一对对归中间面向里拜帅，然后向外转身，两人一齐走向“大边”前角，再同时转身直向“上场门”走下，中军依次走下。同时，女官到“下场门”拿马鞭，待中军走下后，女官从“下场门”拉马上，正场带马。樊梨花起身，出门，原地转身接马鞭，起【四击头】樊梨花上马向左外加鞭，然后面向“上场门”方向勒马亮相。女官同时撒缰绳反回身，与樊梨花交换位置，双手勒马半蹲式，面向外亮相。然后一齐缓缓向“上场门”走下。

第　三　场

〔在<小傍妆台>曲牌中起【急急风】锣鼓，四蓝文堂、中军乙从“上场门”上，然后依次中速向“下场门”走下。锣鼓切住。紧接薛金莲“趟马”。——【软四击】幕内提鞭准备。【大撕边二击】薛金莲右手提鞭，疾步出场，顺式右手举鞭，左手掏翎子齐胸亮相。紧接【急急风】随鼓点慢撤二、三步，撤至“九龙口”处左手撒翎子、抓斗篷、横出鞭一亮，向左边圆场。走至右前角处加鞭，再涮鞭，同时原地向左转半身，反鞭勒马，左手拎斗篷“单山膀”面向里亮相。绕至舞台中心，顺下马鞭，向“上场门”方向伸出，左手向外指出，形成右高左低一字相，在【四击头】

中向外场做两个翻身，然后向左前角处缓鞭加马，面向里疾步冲向舞台中间勒马亮相。**【快串子】**原地慢撤三步，渐快，撤至左前角，双手分开闪腰，然后原地收腿，起**【搜场】**半蹲式先向左边打马，再回身向右边打马，起身向后场出鞭，在**【四击头】**中向外做一翻身，然后趱步，涮鞭，位于中间偏左台口处勒马亮相。接**【快串子】**向右边圆场一周，走至左前角处，加鞭、举鞭勒马一亮，（锣鼓加强）向“上场门”方向斜场走蹉步，走至“九龙口”处向右原地转身，向正前稍亮，再双手缓鞭、出鞭、左手“单山膀”一亮，向左边圆场，走至中间偏右台口处转身勒马，左手护住排穗，起**【大撕边】**向“下场门”方向走三个连续平转，（**八大仓**）打马、“跳卧鱼”、勒马一亮，接**【冲头】**迅速起身勒马反圆场回至舞台中间。锣鼓切住，然后随着（$\overbrace{\textbf{八 大 仓}}^{3}$）的锣鼓原地做三次加鞭的动作，起**【四击头】**向外翻身、抱鞭双手勒马式亮相。**【撕边一击】**掏“云手”、打马、面向“下场门”方向勒马站亮。随**【急急风】**锣鼓直奔“下场门”疾步下。<吹打>连续。

第　四　场

〔接前场连奏<小傍妆台>四红文堂、女官、中军从“下场门”上场“一条鞭”站。樊梨花上场举鞭一亮，然后走到左前台口处勒马一亮，下马，女官接马鞭。樊梨花向“上场门”方向翻袖一望，示意，薛金莲已经到来，然后回到原来位置上。**【急急风】**“上场门”上四蓝文堂、中军乙“一条鞭”站。薛金莲上场举鞭一亮，走至台口处，二人同时向前上步，勒马一亮。

薛金莲　嫂子①。（在以下二人对话中<吹打>轻奏似断似续）

樊梨花　妹妹②。（薛金莲回身下马）贤妹来了，妹妹请进关。（一让）

薛金莲　不敢，嫂子请。（一让）

樊梨花　还是贤妹请。（再一让）

薛金莲　不敢，还是嫂子请。（再一让）

樊梨花　如此，你我挽手而行。

〔随锣鼓（**八大仓**）樊梨花右手挽薛金莲左腕，左手翻袖站亮，薛金莲同时向斜前上步，右手掏翎，半蹲式面向樊梨花亮相。接奏强音<吹打>二人“合扇”挽手“下场门”下，女官拉马下，中军甲、乙恭请同下。两边文堂依次一对对下。（音乐不断）闭二幕，摆一桌二椅。

---

① 全剧薛金莲均念京白。

② 从第四场开始樊梨花改念京白。

第五场

［连奏 <小傍妆台> 开二幕，两边文堂茬着从“上场门”上，“挖门”进去，薛方站“小边”，樊方站“大边”。中军甲、乙分两边站。樊、薛挽手上场，樊梨花走在左边，走到台口处先请薛金莲进门，薛金莲“挖门”进去归“小边”，樊梨花“挖门”进去归“大边”，二人一让归座，乐止。

樊梨花 贤妹一路押粮而来，多受风霜之苦！

薛金莲 为国勤劳，何言风霜二字哪。

樊梨花 来呀（向中军甲）

中军甲 有。

樊梨花 问问薛侯爷，带来有多少人马，咱们这儿有赏啊！

中军甲 是啦！（出门向中军乙示意）嘘——（中军乙出门，二人在门外对话）

中军乙 什么事呀？

中军甲 我们侯爷问你们侯爷带来有多少人马？

中军乙 哦，你们侯爷问我们侯爷带来有多少人马呀。

中军甲 不错。

中军乙 不多，不多，三千零一个。（用手比画）

中军甲 三千就得了，干吗还零一个呀？

中军乙 总得有个带队官哪。（很得意地）

中军甲 这个带队官是谁呀？

中军乙 您远瞧。（向外指）

中军甲 没人哪。（向外看）

中军乙 您再近觑哪。（双手扶腰刀站立）

中军甲 （上下打量乙）哦，就是您哪。

中军乙 唉！

中军甲 您候一候，我给您回一声。（两人同时进门归原位）启禀侯爷，薛侯爷的人马有三千零一个。

樊梨花 怎么着，带兵还有单蹦儿的吗？

中军甲 总得有个带队官哪。

樊梨花 好！赏他们每人五两银子。

中军甲 是。（出门向中军乙示意）嘘——

中军乙 （出门）又什么事呀？

中军甲 我们侯爷赏下来了。

中军乙 赏什么啦？

中军甲 每人五两银子。

中军乙 呵！真大方呀！您候着，我给您回一声去。（两人进门归原位）启禀侯爷，樊侯爷有赏。

薛金莲 赏你们什么啦？

中军乙 每人五两银子。
薛金莲 呵？真大方啊！
中军乙 是够大方的。
薛金莲 带他们谢赏去。（右手提斗篷，左手暗指樊梨花）
中军乙 是。来来来跟我谢赏去。（招呼四龙套，面向樊梨花站成“斜一字”）
众 谢侯爷赏。（跪拜）
樊梨花 罢了。**【大锣住头】**（中军乙、龙套归原位）
薛金莲 我说来呀！（将左腿搭在右腿上，双手护膝）
中军乙 喳……有。
薛金莲 问问樊江关有多少人马，咱们这儿也有赏啊！（非常傲慢的样子）
中军乙 是啦。（出门）嘘……（向中军甲示意，中军甲出门）
中军甲 什么事呀？
中军乙 我们侯爷问你们樊江关有多少人马，我们侯爷也有赏。
中军甲 你们侯爷问我们樊江关有多少人马？
中军乙 不错。
中军甲 不多不多，十万零一个。
中军乙 哟，十万就得了，干吗也有个零呀？
中军甲 啊，我们这儿也有个带队官哪。
中军乙 （上下打量中军甲）不用说就是您啦。
中军甲 唉，算你猜着了。
中军乙 您候一候，我给您回一声。（两人进门归回原位）启禀侯爷，我给您问来了。
薛金莲 有多少？（傲慢而不精心地）
中军乙 十万零一个。（高声地说）
薛金莲 怎么着，**（大台）**（吃惊地将搭着的腿放下）十万有余吗。
中军乙 对啦。
薛金莲 **【小锣一击】**（站起来右手拿斗篷遮挡往前走至左前台口向中军说）哎哟，这下子咱们可赔大发了。（着急地）
中军乙 谁说不是呢。
薛金莲 这可怎么好呢？（搓手想）
中军乙 您得想个主意。
薛金莲 哎，有啦，你告诉他们来个照样。（得意地）
中军乙 （非常不解地）也是每人五两吗？
薛金莲 咳，（将中军乙的手盖下来）原赏退回。（双手推出，然后立即扯斗篷遮面左转身归回原位坐下）
中军乙 嘿，高！高！（边摇头）得，连我那份也吹啦。（出门）嘘……
中军甲 （出门）又什么事呀？
中军乙 我们侯爷也有赏。
中军甲 赏多少？
中军乙 照样儿。
中军甲 也是每人五两？

中军乙　哪儿呀，原赏退回。（学薛金莲的样子）

中军甲　呵……把我们那份又给端回来啦！（两人同时进门）启禀侯爷，薛侯爷有赏。

樊梨花　赏你们什么呢？

中军甲　照样儿。

樊梨花　不用说，也是每人五两啊？（试探的口气）

中军甲　哪儿呀，原赏退回。

樊梨花　怎么着，原赏退回吗？（惊奇地）哎哟，（打“背拱”，暗笑）我妹妹在外头别的没学会，倒学会了啬刻子啦！带他们谢赏去。

中军甲　是。走，跟我谢赏去。

［面向薛金莲，中军甲在前，四龙套站成“斜一字”。

众　谢侯爷赏。

薛金莲　得了，得了，免了，免了吧！（不好意思地用斗篷遮住脸）

［**【大锣住头】**中军、龙套归原位。

樊梨花　来呀！

中军甲　有。

樊梨花　赏薛侯爷的人马，每四个人一桌，校场去饮。

中军甲　是。（出门）嘘……（中军乙出门）

中军乙　又什么事呀？

中军甲　我们侯爷又赏下来了。

中军乙　又赏什么啦？

中军甲　赏你们每四人一桌，校场聚饮。

中军乙　怎么着，有酒吗？

中军甲　有的是，敞开儿喝。

中军乙　好！（边说边进门归原位）启禀侯爷，樊侯爷又有赏。

薛金莲　又赏你们什么啦？

中军乙　每四个人一桌,校场聚饮。

薛金莲　去吧，可别喝醉了。

中军乙　是啦。

［中军甲、中军乙招呼两边龙套在**【大锣冲头】**中依次“插门”“下场门”下。锣鼓止。

薛金莲　嫂子可好呀？

樊梨花　我好，贤妹你可好？

薛金莲　我也好，适才圣旨到来有什么军情大事吗？

樊梨花　适才婆婆押旨前来，圣上在锁阳关遭困，老元戎白虎关被围，圣旨到来叫我跟你哥哥前去领兵救驾，还有我公爹的书信一封呢。（从桌角将信拿出）

薛金莲　嫂子瞧了没有？（急问，二人站起来，边说边向前移动）

樊梨花　我打开了还没有看哪，妹妹请看。

薛金莲　待我来观看。（接信）

樊梨花　贤妹在此观看书信，我到后面陪伴婆婆，少时再来陪伴贤妹。（用手拍薛金莲肩膀）

薛金莲　见了我娘先替我问个好。

樊梨花　好，咱们回头见。**【大锣五击头】**

〔樊梨花三招手后端带右转身，“上场门”下。薛金莲随之向前略上一、两步，将樊梨花送下。然后回身归中场。

薛金莲 我爹爹有书信到来，待我拜书观看便了。

〔**【慢长锤】**随锣鼓向后转身，走至桌前将信放桌上，脱掉斗篷搭在自己的背椅上，拿起信向外转身走至中场起〔西皮原板〕过门，在过门中将信抽出复在信封上面，仔细观看书信。

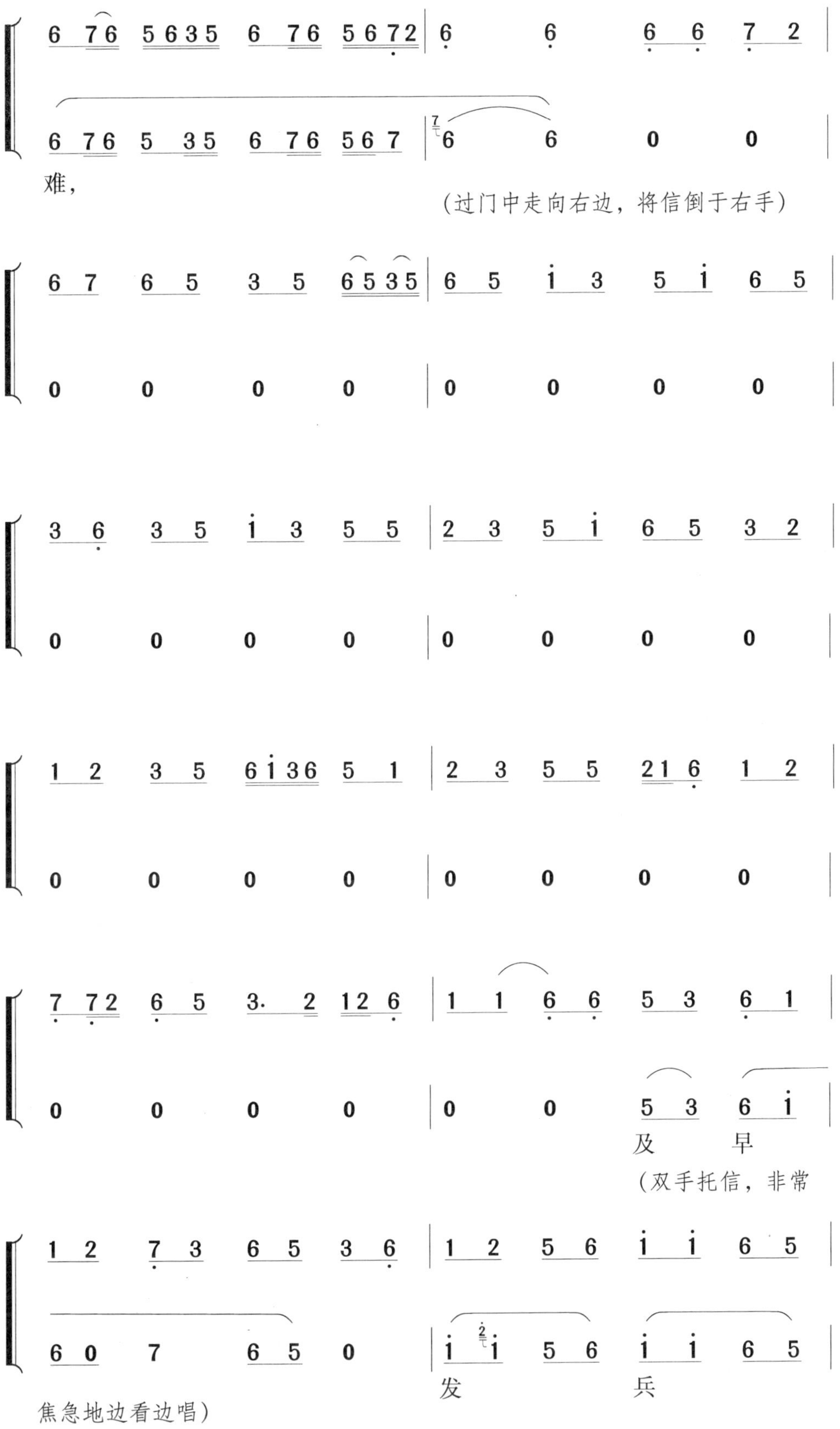
难，
（过门中走向右边，将信倒于右手）
及　早
（双手托信，非常
焦急地边看边唱）
发　兵

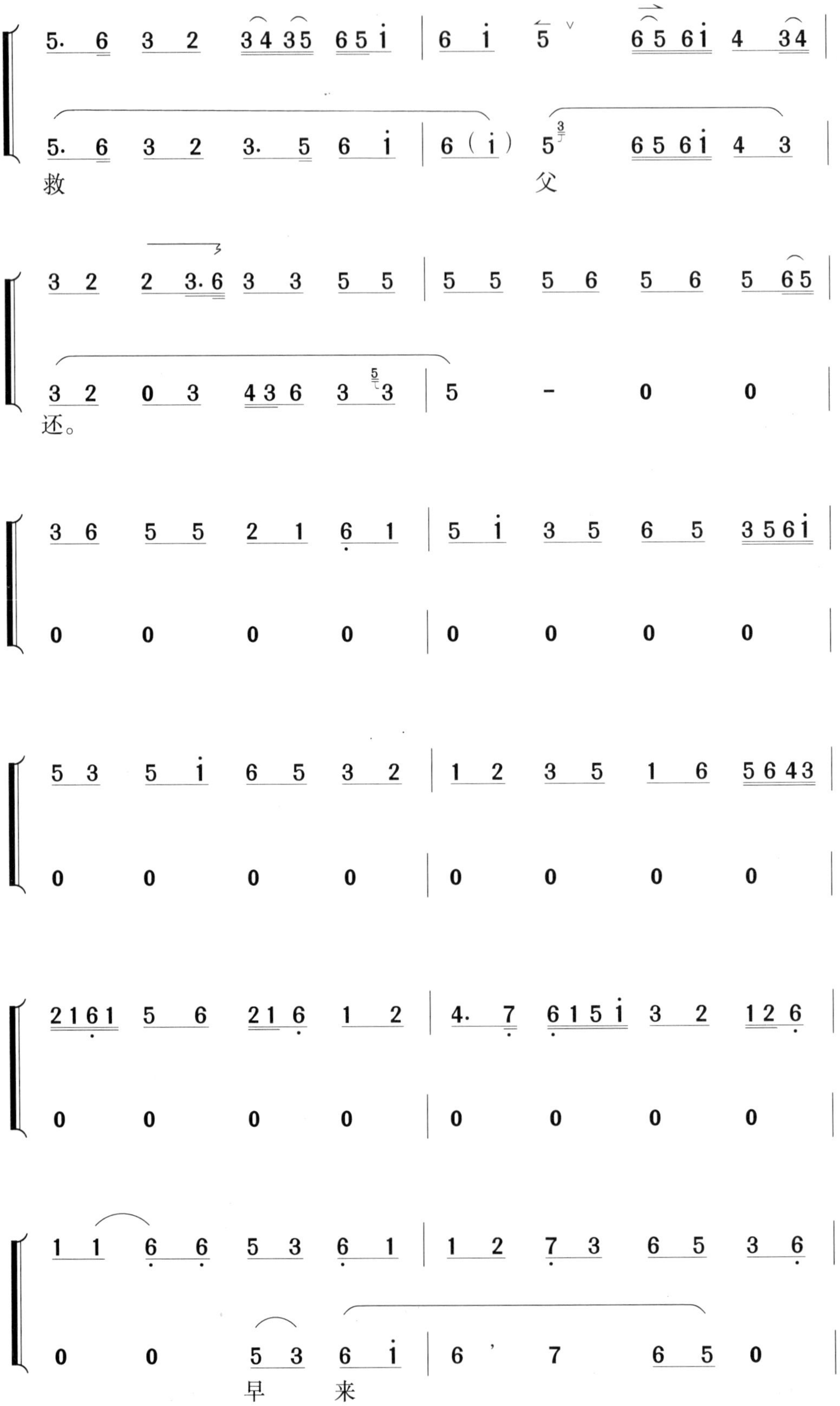
救
父
还。
早
来

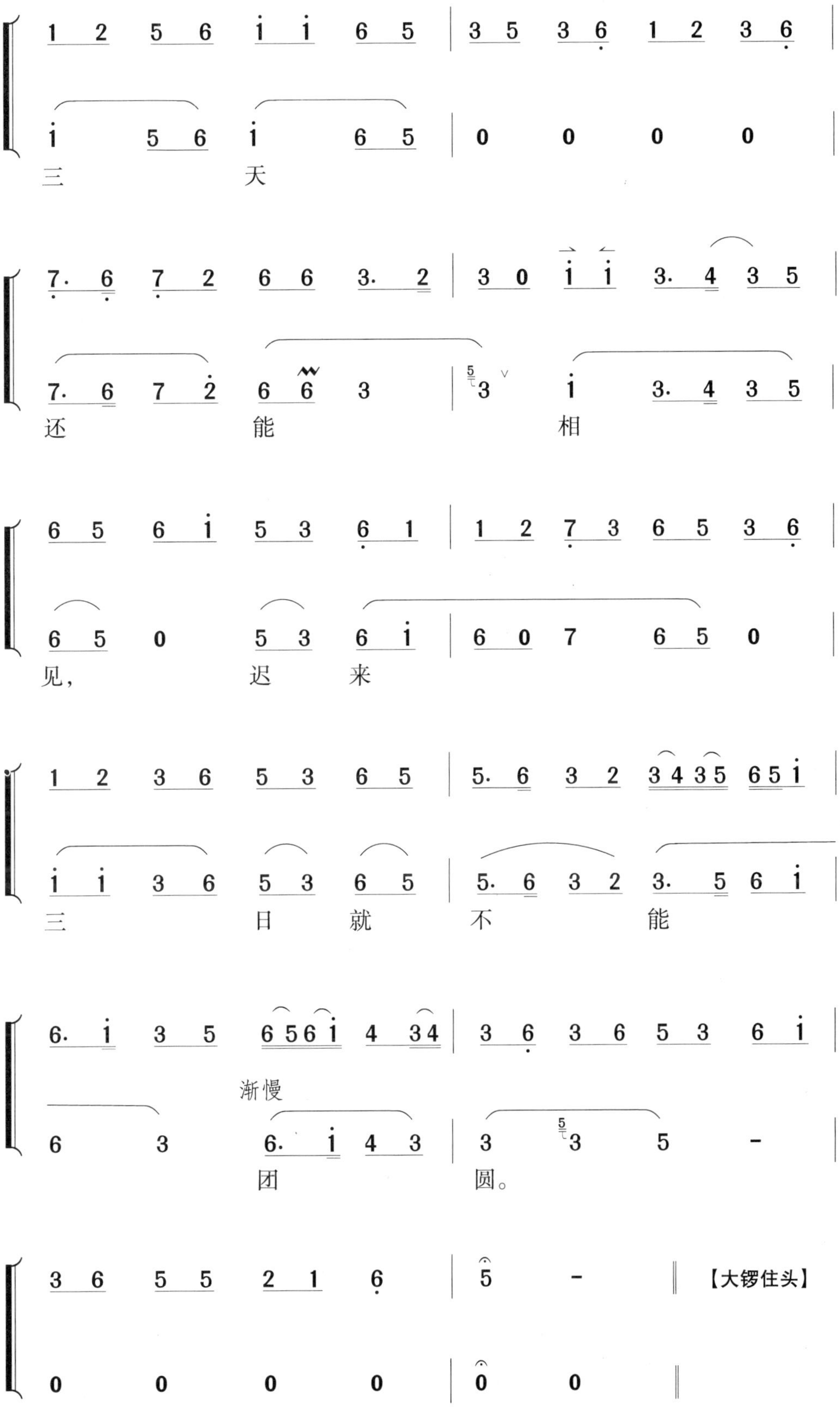
三 天
还 能 相
见，迟 来
三 日 就 不 能
渐慢
团 圆。
【大锣住头】

这样紧急的军情，她故意的不发兵。樊梨花呀，樊梨花！你可气死我了！（气愤地向“上场门”方向指去。起【快纽丝】将信放于桌上，然后回身向正前场上步，“云手”拉开一亮）

〔西皮散板〕

薛金莲 サ（7 6 6 5 5 3 1 2 2 6 2 1 1 1）

3. 6 5 7 7 5 6 5 6 3 5 6
看 罢 书 信 怒 冲 冠，

（仓）3 6 5 6 6 i 6 5 5 3 5（仓）3 6
骂 声 梨 花、兄 丁 山。不

5 7 7 5 6 6（6 3 5 6）2 i. i 6
去 勤 王 解 危

i 2 - 2 2 1 -【撕边一击】
难，
（右手向外指出）

〔亮弦〕用眼神左、右看，然后转向“上场门”方向。
樊梨花！你给我走出来吧！

【大锣凤点头】（过门同前）3. 6 5 5 6 5 3 5 6 6. 5
（左转身面向外“云手”拉开站相）等 她 到 来 问

5 3. 5 7. 6 5 6 6 6 5 ‖（薛金莲随向里走至桌前站）
一 番。

〔樊梨花内唱。

〔西皮导板〕

【大锣导板头】（过门从略）サ i i - 6 5 3 6 5（5
梨 花 后 帐

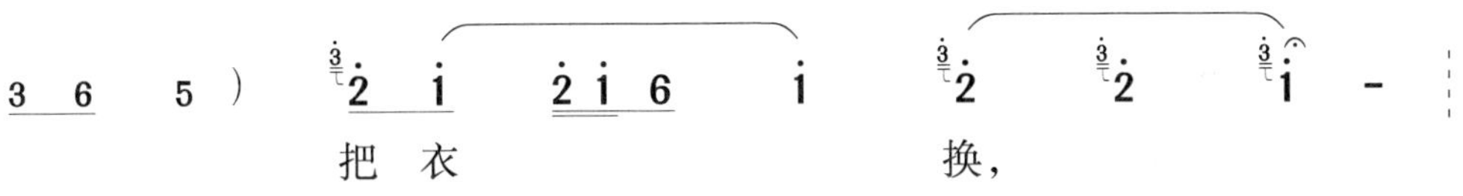

〔【快长锤】樊梨花脱掉蟒，挎宝剑。从“上场门”走出，左手握宝剑，右手“单山膀”一亮，继续向前走至“小边”台口。同时薛金莲向外转身，走至“大边”前台口站亮。

〔西皮摇板〕

樊梨花

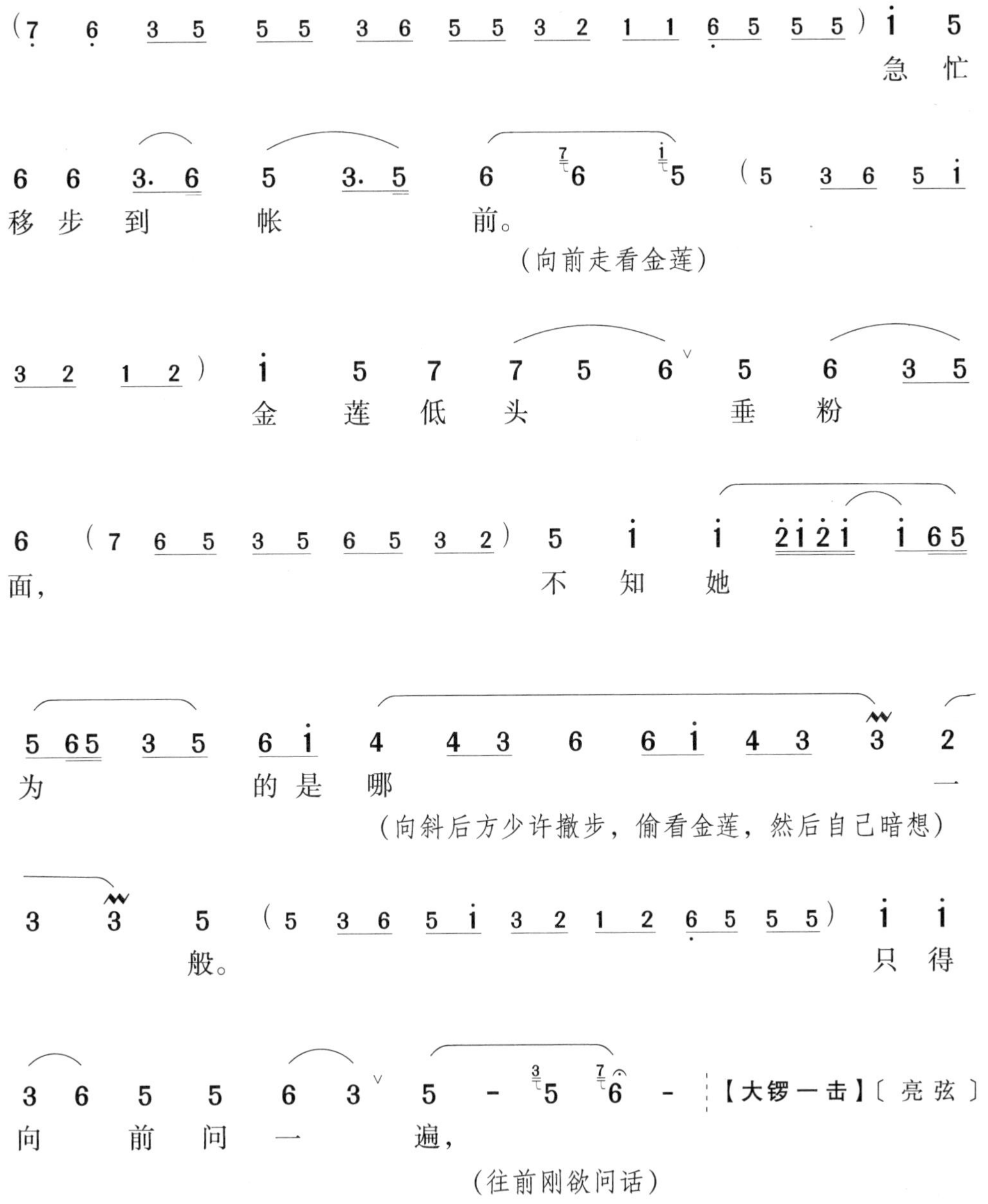

薛金莲 可气死我了！

樊梨花 呀！（一惊，不解其意看薛）

【大锣凤点头】（过门同前） 3 6　5 5 3　1̇　6　5　6 5　3 5　3　5̂　–　‖【住头】

贤　妹　因何锁愁　颜？

（不解地走向前去）

我说贤妹，你一个人在这儿观看书信，跟谁生这么大气呀？

薛金莲　（板起面孔）你问我呀？我就跟你！【大锣一击】（右手指向樊梨花的脸，并向前逼近。梨花后撤一步）我就跟你！【大锣一击】（左手指向梨花的脸，并向前逼近。梨花后撤一步）我呀，简直的就跟你嘛！【撕边一击】（向前逼近，左手翻腕叉腰，右手指樊梨花的脸一亮。樊梨花仍不解的向斜后撤步站亮。薛撤回原位。樊勉强微笑地追上来，不解地问）

樊梨花　哟！我怎么招你生气啦？（薛金莲不理）

薛金莲　（上步，非常气愤地）我来问你，圣上在锁阳关遭困，老元戎白虎关被围，圣旨到来，叫你跟我哥哥前去领兵救驾，他是盼兵如同救火，（焦急的双手合掌）你按兵不动是什么道理哪？【撕边一击】（向樊梨花逼问）

樊梨花　哦，就为这个呀？（耐心和蔼地解释）圣上在锁阳关遭困，老元戎白虎关被围，圣旨到来，叫我跟你哥哥前去领兵救驾，我还没来得及发兵，怎么见得我是按兵不动哪？（向前回问）

薛金莲　（更加气急地）哟，难道说我爹爹的书信你就没瞧？你就没瞧？你就没瞧吗？！（向"上场门"方向三欺身。梨花退让，面带无可奈何的神情指一指薛金莲）

樊梨花　你呀可真矫情！（薛金莲不服气地扭头回到原位，樊梨花边念边往前走）我正要观看书信，听说贤妹你来了，我只顾迎接你所以还没瞧呢，不知上面都写的是什么？

薛金莲　上面写的是早来三天还能相见，迟来三日就不能团圆了。你呀，只顾的这么佯佯哼儿不睬的……（摆架子晃动身体）

樊梨花　哟，我又多咱佯佯不睬了。（无可奈何地自言自语）

薛金莲　樊梨花呀樊梨花！你那心眼里头我早就明白了。（左手点指樊梨花）

樊梨花　你明白什么了？

薛金莲　想当初程老千岁三请于你，把你惯成这大模大样儿的，如今你的官大了，这架子吗可也就大了。（边念边做出傲慢的样子，轻轻晃动身体）

樊梨花　哟，我的架子又大了。（仍无奈地自言自语）

薛金莲　（厉声地）樊梨花！想当初都由着你一个人的性儿，今儿个有你姑奶奶在这儿，（右手拍自己的腰）只怕由得了我，哼哼，【大锣一击】就由不得你了！【撕边一击】

〔薛金莲随锣鼓碎步向斜后逼进，右手指向樊梨花站亮。樊梨花随之斜场后退扶剑、按掌、欲急，目光盯住薛金莲一亮。〔亮弦〕薛金莲返回原位，樊梨花原地不动。

樊梨花　呀！（【闪锤】抑制自己的感情，向前走几步"云手"拉开一亮）

〔西皮摇板〕

（过门同前）1̇　5　7　7　5　6 ∨　5　6　3 5　6̂

金　莲　说　话　　无　情　　面，

(7 65 35 65 32) i 5 6 6 65 53
出 口 伤 人 理 不

5 (5 35 65 32 12) 36 5 77 5
端。 本 当 与 她

6 7 63 5 5 6 - 【大锣一击】
把 脸 变，
(向前上步，右手举拳欲打)

〔行弦〕(藐视的眼神，上、下打量樊梨花)

薛金莲 嗬，干吗呀，你还要打我呀？给你打！给你打！(向前两欺)你也得敢哪！(用傲慢的眼神打量樊梨花，然后再扭头回到原来的位置)

樊梨花 唉！(放下拳头，忍耐并克制自己的感情)

【凤点头】(过门同前) i i. 65 5 65 35 6i 4. 6 43
婆 婆 待 我 恩

2 353 5 - (过门略) i i 36 5 7 63 5. 65 4.6
如 山。 只得 向 前 赔 笑 脸，

3 5 1 2 32 1 2 32 1 3 2 2 3 2

〔行弦〕(走到金莲身边，双手欲拍肩，又收回双手)

贤妹呀！(再次伸手拍金莲的肩膀)

【凤点头】(过门同前) 3. 6 5 6 6 i 5 65
奉 劝 贤 妹 你 少 胡

3 53 5 - 【大锣住头】(态度严肃地向外站亮)
言。

薛金莲 樊梨花，樊梨花！你那心眼里头放明白点，别净跟我这儿装湖涂。(向樊梨花逼近)

樊梨花 哈哈！【大锣一击】这可真是小姑子的脾气呀！张口樊梨花，闭口樊梨花，难道你叫我，我就叫不得你了吗？（边念边向前上步）

薛金莲 你叫我什么？

樊梨花 我叫你薛——（脱口而出，立即收回）

薛金莲 薛什么？薛什么？薛什么？（向樊梨花三欺，樊梨花再次忍耐，边后撤边满脸赔笑地退让）

樊梨花 得！得！得！（双手摇动，后退几步）我惹不起你，（薛金莲归回原位，樊梨花随之走上前）你是我一个人的薛大姑娘这该成了吧。（走到薛金莲的身边用手拍金莲肩膀）

薛金莲 （闪躲）这不是瞎扯臊吗。

樊梨花 哟，我又瞎扯臊了。（向外自语）

薛金莲 当今圣上叫我姑娘，堂上父母也叫我姑娘，满营大小将官他们谁不叫我一声姑娘，单要你这臭奉承。（再向前一欺）

樊梨花 哈哈！【大锣一击】真是逼得哑巴都要说话了，你当我真的不敢叫你吗？（气愤的向前上两步）

薛金莲 你叫我什么？

樊梨花 你听着，我叫你薛金莲！【大锣一击】（左手指出，欺近一步）薛金莲！【大锣一击】（右手指出，欺近一步）薛金莲！【撕边一击】（左手指出，欺近一步。右手翻腕叉腰站亮）我呀，连叫了你三声，你敢把太爷我嘚儿怎么样吧！【大锣一击】（边说边撤回原位左手按剑，右手叉腰正场站亮）

薛金莲 哈哈！【大锣一击】（惊呆的样子）你是个什么东西，愣敢叫老爷我的官印吗？

樊梨花 闹了半天，你还不知道我是怎么回事情吗？

薛金莲 我知道你怎么回事情啊？你说吧！

樊梨花 你听着吧你！（向薛金莲逼近一步）【大锣归位】（"云手"拉开一亮）我师父黎山老母，教我兵法武艺。我平西有功，圣上封我为威宁侯之职，镇守樊江关，天下督招讨，兵马大元帅。你呀（上下打量薛金莲）又算得了是个什嘛（读成 mǎ）东西。（什、嘛、东、西，四个字顿开念，同时右手翻腕叉腰，左手反指薛金莲，面向正场亮相）

薛金莲 好说什么东西。（气急地）

樊梨花 你说呀。（不理睬的样子）

薛金莲 你听着。

樊梨花 你说呀。

薛金莲 你听着吧你！【大锣归位】（"云手"拉开一亮）我师父王禅老祖，教我兵法武艺。我平西有功，圣上封我为平西侯之职。镇守铁门关的……（脱口而出，右手向前指出）

樊梨花 （用左手抓住薛金莲的右手腕逼问）铁门关的什么，往下说呀？

薛金莲 嗐，（用力甩掉樊梨花的手）别管怎么说，我师父是公的，你师父还是母的哪。（无理取闹的样子）

樊梨花 师父还分起公、母来了。

薛金莲 啊，那倒是差点儿，别管怎么说我也不能怕你呀。

樊梨花 我也不能怕你呀。
薛金莲 你敢过来吗？（气急败坏地）
樊梨花 过来就过来。（边念边往前走）
薛金莲 我揍你。（突然抢上一步打樊梨花一嘴巴）**【大锣一击】**（樊梨花惊呆，用手捂脸）
樊梨花 好，你打我，有话咱们外头说去。
薛金莲 走！

〔起**【急急风】**薛金莲先出门，樊梨花随后出门，绕圆场一周，二人交手，平转数圈，**【撕边】**待薛金莲落在“大边”，樊梨花落在“小边”，两人磕开双手，起**【四击头】**二人同时向外转身，位于台口处，站成“八字”形，“合扇”“顺风旗”式亮相。再起**【急急风】**薛金莲先行一步，从“下场门”下，樊梨花追下。闭二幕撤去桌、椅。

第六场

〔缓锣，上场之前二人摘掉剑鞘，收起剑穗。

〔紧起**【急急风】**薛金莲从“上场门”上场，走至“九龙口”处举剑一亮。然后回身后看，樊梨花追上举剑一亮，然后“漫头”过去，二人“一磕”、“大刀花”“过合”，樊梨花落于“大边”，薛金莲落于“小边”，二人对打“单刀九刀半”，打完原地“大刀花”转身，起**【四击头】**樊梨花削头，金莲低头抽身“刺鼻子”，樊梨花用剑磕开，二人同时缓剑藏于腋下“八字形”半蹲式亮相。

〔起**【走马锣鼓】**二人略向后撤，松开剑穗，同时向前上步，薛金莲刺剑、樊梨花挑剑“刺肚”，二人同时向外翻半个圆场，然后对面一亮，对峙片刻，慢慢后撤，互相“夸将”，薛金莲突然向樊梨花膝部刺去，樊梨花用剑磕开，二人同时后撤至中场，举剑站亮。二人慢步向前走至台口处向外翻圆场，然后二人横场对面拉开“山膀”稍亮，二人同时左手抓剑穗，右手握剑一磕，同时向相反方向转身，薛金莲位于右前斜角、右手提剑“山膀式”、别右腿、半蹲式亮相。樊梨花位于左后斜角，左手拿剑穗“山膀式”、右手握剑藏于左腋下站亮。二人同时抖动剑穗，薛金莲向里，樊梨花向外耍三个“皮猴”，边走边上步，薛金莲走至右后，“抱剑式”站亮。樊梨花走至左前，“横剑式”、别左腿、半蹲式回看薛金莲对亮。二人同时上步对视一亮，然后用剑“一兜”各自向左转身，归正场，樊梨花在前面向外“卧鱼儿”、托剑式亮相，薛金莲在后举剑面向外站亮。

〔薛金莲“漫头”出去二人交换位置，薛金莲面向里“卧鱼儿”“捧月式”亮相，樊梨花低头进去，右手举剑、左手指薛金莲站亮。二人用剑一磕，同时向相反方向右转身，横场面对面“山膀”拉开一亮。

〔二人位置已交换，将前边动作、位置重复一遍。待最后，正场拉开、收起剑穗、互指对方，**【硬三锣】**然后“单过合”薛金莲落于“大边”，樊梨花落于“小边”，二人同时原地大刀花转身举剑架住。

〔起**【乱锤】**二人向里场三绕剑，樊梨花压住薛金莲的剑，薛金莲三挑剑（$\overset{3}{\underline{\text{八 大 仓}}}$）

重复三次接**【乱锤】**再向外三绕，薛金莲压住樊梨花的剑，樊梨花三挑剑（$\overset{3}{\underline{\text{八 大 仓}}}$）

重复三次。薛金莲自以为得意，樊梨花迅速撤剑，“挑剑刺肚”二人同时“合扇”往里转身，起【软四击】樊梨花打“鼻子、削头”向外出剑，左手指向薛金莲亮相。（与樊的动作同时）薛金莲接“鼻子、低头”急向“下场门”方向撤，剑交左手、反握剑柄，右手按掌、蹚右步回看樊梨花亮相。

薛金莲 哎哟，嫂子，你怎么真砍呀！（迅速从“下场门”跑下）

樊梨花 哪儿跑！【急急风】（追下）

第七场

「空场。接上场转【大撤锣】

「旗牌内白：“啊哈！”【小锣五锤】从“上场门”上，走至中间台口处。

旗　牌 （念）侯爷把脸变，
二人动宝剑。
报与太夫人，
急忙来相劝。
可了不得了，两位侯爷也不知道为了什么打起来啦，我快点报与太夫人知道便了。（欲走）

「二位中军互相揪扭着从“上场门”边吵边上。

中军乙 走……走，找……你们侯爷去。（用含糊的醉语念词）

中军甲 走，找你们侯爷去。

旗　牌 唉……唉，（立即上前拦阻）你们俩是怎么回事呀？这么拉拉扯扯的，不让人家笑话吗？

中军乙 你管不了。（醉语）

中军甲 你管不了。

中军乙 他……欺侮我，不……成。

旗　牌 先撒开手，先撒开手。（将二人分开，乙在“大边”，甲　在“小边”）你们俩到底为什么呀？

中军甲 你听我说。（上前拉旗牌）

中军乙 你……你听我说。（将旗牌拉回）

中军甲
中军乙 听我说。（相互拉扯数次）

旗　牌 咳！（将两人甩开，然后转向中军甲）人家是客，让他先说。

中军甲 好。（无可奈何地）

旗　牌 你说吧。（向中军乙）

中军乙 是这么档子事儿，今儿个不是我们侯爷押解粮草到你们这儿来了吗？

旗　牌 不错呀。

中军乙 你们侯爷赏我们每人五两银子，这小子他克扣我们。

中军甲 我也没得着呀。

中军乙 你们侯爷又赏我们每四人一桌，校场聚饮，这小子他让我们坐十六个人。

中军甲 那坐得开吗！（气愤的向前上步）

旗　牌　（推开甲）你先别说，让他说。
中军乙　这还不说，讲的是有酒，这小子他不给我们喝。（大声地叫嚷）
中军甲　不给你喝，你就成这德行啦。
旗　牌　（再拦甲）你先让他说。
中军乙　这还不算，这小子他瞧不起我们侯爷。
中军甲　他还瞧不起咱们侯爷呢！
中军乙　他说“我们侯爷不如你们侯爷。”
中军甲　他说“他们侯爷胜似咱们侯爷。”
中军乙　他说“没有他们侯爷不能救驾解围。”
中军甲　他说“没有他们侯爷不能救驾解围。”
旗　牌　二位侯爷本来都是一样嘛。
中军乙　那不成，你们樊侯爷比不了我们薛侯爷。
中军甲　你们薛侯爷比不了我们樊侯爷。
「二人频频争吵，旗牌再次解劝。
旗　牌　唉……别吵了……。得了二位，你也不是薛侯爷，你也不是樊侯爷，人家打架你们帮什么喘呐？
中军乙　那不成，他要是骂了我，就如同骂了我们侯爷一样。
中军甲　你也配。
中军乙　我得替你们侯爷管教管教你！
中军甲　我得替你们侯爷管教管教你！
中军乙　小子，你敢打薛侯爷？
中军甲　小子，你敢打樊侯爷？（两人又欲扭打）
旗　牌　嘿！（推开二人）算了吧！他为他们侯爷，你为你们侯爷，他说“他们侯爷胜似你们侯爷”，你说“你们侯爷胜似他们侯爷”，你也不是薛侯爷，你也不是樊侯爷，你们都忘了，二位侯爷还有侯爷的侯爷哪。得了，冲我啦！冲我啦！
中军乙　冲你啦，那他得依我三件大事。
旗　牌　怎么，还得依你三件大事？这头一件？
中军乙　头一件，我骂他不许他还口。
中军甲　那我骂你。
中军乙　你瞧瞧他又骂人。
旗　牌　你就少说一句。（向中军甲）
中军甲　好，我不言语。
旗　牌　这第二件？
中军乙　我打他，不许他还手。
中军甲　那我打你。
旗　牌　你就少说一句成不成。（向中军甲）
中军甲　好……我不说。
旗　牌　这第三件呢？
中军乙　我拔刀把他给杀了，不准他流血。
中军甲　瞧他这不讲理劲儿。（向旗牌）

中军乙 不行，不行，这完不了。（推开旗牌）

中军甲 那是，这完不了。

中军乙 走，咱们找侯爷评理去。（揪住中军甲两人扭住，向“下场门”方向边走边念下去）

旗　牌 瞧这两人这份儿的德行，哎哟，我净顾了劝他们啦，二位侯爷还打着哪，快给太夫人送个信去吧。**【大锣原场】**（“下场门”下）

第　八　场

〔闭二幕。摆一堂桌，一把椅子摆“小座”。

〔**【纽丝】**柳迎春从“上场门”上，走至“九龙口”处抖袖。

〔西皮散板〕

柳迎春（过门同前） 3 3 4 3 3 2 3 4. 6 3 2 ³2
奉 旨 前 来 把 兵 搬，（继续向

3 （过门略） 6 2 1 3 2 3 2 1. 6 1 ‖**【大锣住头】**
等 候 发 兵 心 不 安。
前走至台口处）（唱完后归“小座”）

〔旗牌内白：“报！”**【冲头】**从“上场门”上场，进门锣鼓停。

旗　牌 启禀太夫人，大事不好了！**【大锣一击】**

柳迎春（一愣）何事惊慌？

旗　牌 二位侯爷不知为什么事打起来了。

柳迎春 啊！这还了得，带路，带路！

〔柳迎春立即站起**【大锣原场】**随旗牌出门，“下场门”下。闭二幕，撤掉桌椅。

第　九　场

〔缓锣，薛金莲、樊梨花上场前先将剑鞘挎上。

〔起**【急急风】**薛金莲急步从“上场门”跑出，双摊手，着急、为难的样子回看“上场门”。樊梨花追上，一指薛金莲，“漫头”出去，单“过合”，樊梨花归右边，薛金莲归左边，二人原地起“大刀花”双手架住。**【乱锤】**二人原地推磨，推到原来位置。旗牌扶柳迎春从“上场门”上场 ，立即从中间将二人冲开，姑嫂二人翻到里边，柳迎春再转到里边将二人冲开，二人再翻到外边，同时举剑，柳迎春站中间斥责二人。旗牌上场后站在右边。

柳迎春 嘟！**【撕边一击】**（二人立即放下剑，然后将剑入鞘）你二人为何争斗起来？

薛金莲 妈呀，我说。（拉柳迎春）

樊梨花 婆婆，我说。（将柳迎春拉回）

薛金莲
樊梨花 我说，我说。（二人反复扯拉）

柳迎春 哎！**【大锣一击】**（甩开二人）一个讲完，一个再讲。

薛金莲 妈呀，我先说。（抢上一步拉住柳迎春）

柳迎春 （暗指责薛金莲，然后转向樊梨花）啊……媳妇，让她先说。

樊梨花 好，让她先说。

薛金莲 妈呀，您这来。（拉过柳迎春）我嫂子她不好，我说她，她也说我。我骂她，她也骂我。妈呀，（撒娇地）我打她来着，她……也打我……。（边说边做哭态）

柳迎春 哼！岂有此理！（转向樊梨花）啊媳妇，你姑嫂吵闹，就不怕三军耻笑吗？

樊梨花 婆婆呀！

〔**【单楗凤点头】**樊梨花委屈地揾泪。薛金莲上前将柳迎春拉到自己一边。

薛金莲 妈呀！您别听她拉老婆舌头。

柳迎春 多口！

〔西皮摇板〕

樊梨花 （过门同前）サ i i 3 6 5 5 6 3 5 6 （过门略）3. 6
金 莲 做 事 理 不 端， 恶

5 5 3 5 6 6 5 5 3 5 （过门略）i i 3. 6
言 恶 语 实 难 堪。 因 此 二

5 7 6 3 5 6 5 3. 6 5 6 6 6 5 5. 3 5 ‖
人 把 脸 变， 怎 生 为 人 在 世 间。（揾泪）

柳迎春 **【一锣凤点头】**（过门略）3 3 4 3 1 2 3 3 （过门略）3 2 1 1
金 莲 年 幼 见 识 浅， 说 出 的 话

6 2 1 2 1 3 2. 1 6 1 （过门略）3 2 6 2 1 2 1
儿 不 周 全。 今 日 且 看 为

6 1 2 （过门略）6 1 3 2 （过门略）1 - 2 2 1 ‖ **【大锣住头】**
娘 面， 媳 妇 发 兵 莫 迟 延。

啊媳妇，发兵的才是。（边说边欲下跪）

薛金莲 妈呀，您干吗给她下跪呀。（立即上前阻拦）

柳迎春 多口！（斥退薛金莲）

樊梨花 婆婆不必如此，待媳妇发兵就是。

柳迎春 这便才是。

樊梨花 中军听令！【大锣一击】

旗　牌 在。

樊梨花 吩咐大小将官全身披挂，校场听点。

旗　牌 得令！

薛金莲 慢着！【大锣一击】（高声，急切地向前拦阻）

樊梨花 （立即制止中军）别忙，听信儿！

薛金莲 妈呀，您这来。（上前拉柳迎春，骄横的样子）若论提兵调将，我也能提兵调将。领兵救驾，我也能领兵救驾。我去，您干吗让她去呀？

樊梨花 你去呀，那我就不去了。来呀，原令追回！

柳迎春 你这个丫头！（指薛金莲）不顾国家安危，你嫂嫂正要发兵，你又来打搅，如今你嫂嫂将令追回，如何是好？也罢！为娘拼着老命不要，我要闯回白虎关去了。（边说边向“下场门”走去，薛金莲急忙向前拉住柳迎春）

薛金莲 妈呀，您可别走，您可别走！

柳迎春 我哇，我是走定了。

薛金莲 您可别走，您可别走！

柳迎春 哼！【小锣一击】可恶的丫头。（用力甩掉薛金莲气愤地向“下场门”走下）

薛金莲 （焦急地回头喊叫）哎哟！你们倒是拉着点呀！

樊梨花 这营里头都是我的人，我瞧谁敢拉着。【大锣一击】（双手叉腰站亮）

薛金莲 （原地后撤一愣）干啦！（一直向外走几步自语）我倒成了猪八戒照镜子里外不是人了。（稍顿）别管怎么说，她是个领兵的大元帅，我呢，是个小小的督粮官，她要是不发兵，我可一点主意也没有，这可怎么好呢？（搓手）哎，有了！我们姐俩就是那么回事，过去一抹稀泥就完了。（转向樊梨花，态度和缓地）我说嫂子，嫂子，哎哟，我的嫂子！（子读 zēi，同时用手拍樊梨花的左肩）

樊梨花 少拍！（冷淡地将金莲手推下）

薛金莲 得了嫂子，刚才我们不会说话，把您给得罪了，您别生气了，我们这儿给您……（欲跪，女官手托茶盘悄悄的从“下场门”上来，将茶盘放到薛金莲的面前）

女　官 侯爷请茶。【小锣一击】（薛金莲速将女官推到左边）

薛金莲 不喝！

女　官 喝一点。

薛金莲 一点也不喝！（不耐烦地）

女　官 喝一丢丢儿。

薛金莲 咳！再若打扰，提头来见！（拔剑吓唬女官，女官有意大声喊叫）

女　官 哎哟！侯爷，薛侯爷要杀我。

樊梨花 等等儿，这女官是圣上赐给我的，谁要杀，你就让她杀。（向女官使眼色）

女　官 对了，侯爷您不是要杀我吗，我也不想活了，给您杀！给您杀！（边向前挤边念，

薛金莲无奈后退）

薛金莲 杀你呀！你也不打听打听，我有那么大工夫儿吗？（说着收起剑）

女 官 你也得敢哪？

薛金莲 滚下去吧！（女官暗笑向“下场门”退下。薛金莲向“下场门”追看。**【小锣一击】**转身又返回来向樊说）嫂子，我本来要给您磕个头，今儿早上起来，髁膝盖上长了一个小疙瘩儿，倘若是跪破了，您就不心疼了吗？（用手推揉樊梨花。女官手拿一贴膏药从“下场门”暗上）

女 官 侯爷，我这儿有贴膏药。（送到薛金莲面前，薛金莲气急败坏地抢过膏药）

薛金莲 留着给你贴嘴去吧！（贴在女官的嘴上，将女官原路推下）滚下去吧！**【小锣一击】**（随锣鼓回看樊梨花，走过去扯住樊梨花衣襟）嫂子！嫂子！哎呀嫂嫂啊……

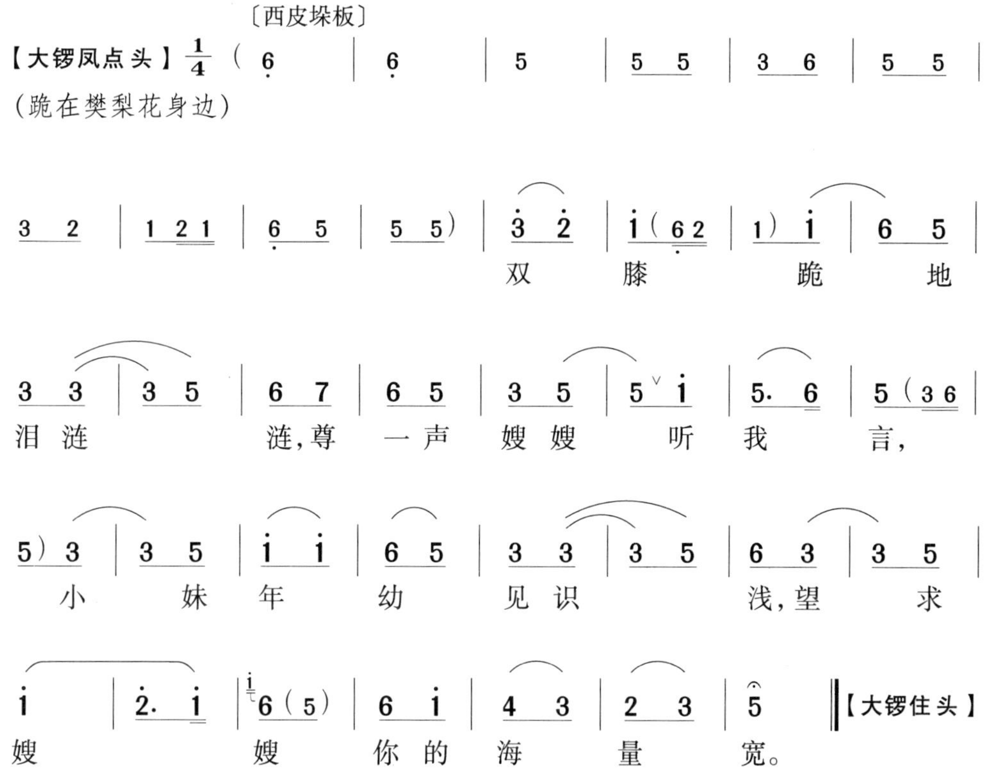

樊梨花 哟，这不是薛侯爷吗？（故意戏弄地）

薛金莲 可不是我吗。（不好意思地）

樊梨花 刚才还那么横呢，怎么一会儿的功夫就入地三尺了？（讽刺口吻）

薛金莲 哪儿呀，我们这儿给您跪着哪。（无可奈何的样子）

樊梨花 跪在我这儿干什么呀？

薛金莲 求嫂子发兵救驾呀。

樊梨花 我不成呀。

薛金莲 怎么？

樊梨花 你的能耐比我大。（故意讽刺的语气）

薛金莲 谁说的？（装作认真的样子）

樊梨花 你的武艺比我强。（假意赞扬）
薛金莲 没那么回事。（赶快摇手）
樊梨花 你能提兵调将。（有意赞指）
薛金莲 胡说八道。（假装气愤的样子）
樊梨花 你还能领兵救驾。
薛金莲 哎哟，那是我吹哪。（很不好意思的）
樊梨花 你还用的着我吗？
薛金莲 得了嫂子，您别生气了。（无奈地用手拉樊梨花的衣襟央求）
樊梨花 咳！**【大锣一击】**（甩开薛金莲的手）跟我来这个硬打软揉合，这不成了笑话儿了吗？！
薛金莲 （惊呆地向后坐在腿上）哎！（站起身来）

〔西皮散板〕
【散板凤点头】（过门同前）i i 3. 6 5 5 6 3 5 5 6 - **【一锣】**〔亮弦〕
嫂 嫂 果 然 变 了 脸，
夹白："罢！"（拔出宝剑横着一亮）**【单楗凤点头】**（过门略）3 6 5 5 3 5 6 - 5 i 6 5 3 5 3 5 **【大锣住头】**（走到樊梨花面前）
不 如 一 死 丧 黄 泉。

嫂子，您要是不发兵我也不活着了，您可别拉着我，（偷看樊梨花）我可要死！（将宝剑突然伸到樊梨花的面前）我可要死！（樊梨花立即上前拉住薛金莲的手臂）
樊梨花 妹妹你可别死……
薛金莲 我要死……（两人拉扯）
樊梨花 咳！刚才我跟你闹着玩哪。
薛金莲 （立即停止）怎么着，您不生气啦？
樊梨花 我不生气啦。
薛金莲 您发兵啦？
樊梨花 我发兵啦。
薛金莲 那……（松弛下来说）我也别装着玩儿了。（将宝剑入鞘）**【小锣一击】**
樊梨花 瞧你这块骨头。（用手一指，两人对笑）
薛金莲 哟，咱俩只顾捣乱了，我妈还在后边生气哪，咱们快瞧瞧去吧。
樊梨花 对，快瞧瞧去吧。
〔**【大锣原场】**樊梨花、薛金莲拉手"下场门"下。

第十场

〔一桌、一椅，摆“小座”。【纽丝】柳迎春“上场门”上场。走至中前位抖袖唱。

〔西皮散板〕

柳迎春　（过门略）3　3　4.　3　3　1　2　3　3.　（6　1 2　3）　3

奉　旨　来　到　樊　　　江　关，　（仓）　　她

2　1　3 2　1　2 3　2　1　‖【大锣住头】（左转身归座）

姑　嫂　吵闹　我　心　　　烦。

〔薛金莲、樊梨花踩锣鼓点从“上场门”上场，走至右前台口处二人打手势，樊梨花原地不动，薛金莲“挖门”进屋，【小锣一击】站在左前角。

薛金莲　妈呀！妈呀！（音 yēi）您别生气了，我们这儿给您跪下了。【小锣一击】（跪在左前角，柳迎春不理睬）妈呀，您瞧过拿髁膝盖走道的吗？我走一个给您瞧瞧。【扎扎……才】（随锣鼓双手提甲式，跪步走到柳迎春跟前，趴在柳迎春的腿上，柳迎春推开薛金莲，仍不理睬）妈呀，您别生气了，您瞧您那个帘子脸又呱哒下来了。【小锣一击】（柳迎春将脸扭过去。薛金莲无奈，向门外的樊梨花示意进屋）我说嘿！你倒是进来呀。

樊梨花　唉，我进来了。（扎　多罗　才）（慢慢地走进来，挖到“小边”站，看着薛）干什么呀？

薛金莲　得了嫂子，您替我们央告央告吧！（读京白：“央个、央个”）

樊梨花　不成，妈是你得罪的，我呀管不着。

薛金莲　我还不用你呢。（又转向柳迎春）真格的妈呀，您听见过鸡打鸣儿没有？我学一个给您听听。抖落抖落我的膀子，（双臂挽回，上下抖动）抻抻我的嗓子，（用手抻嗓子）咯咯咯——（学鸡叫偷看柳迎春，三人同笑）

柳迎春　哈哈哈……真真地岂有此理！

樊梨花　婆婆，看在媳妇的份儿上您就饶了她吧。

柳迎春　看在你嫂嫂的份儿上饶恕于你，还不起来。（向金莲抖袖）

薛金莲　谢谢您啦！（赶快站起来）

柳迎春　（【小锣一击】也站起来走到樊梨花面前）啊媳妇，发兵的才是。

樊梨花　待媳妇传令。

〔【冲头】旗牌“上场门”走上，进门报信。

旗　牌　启禀侯爷，两个中军官打起来啦，眼看就打到这儿来啦。（归“小边”站）

樊梨花　你听听。（向薛金莲）

薛金莲　想必是铁门关的人不好，传我将令提头来见！（拔剑）

樊梨花　等等，你还要杀人家哪，他们还不是跟你学的，这叫做“上梁不正下梁歪”。（用责怪的眼神看金莲，薛金莲不好意思地将剑收回）来呀！把他们俩人给我叫进来！

旗　牌　是啦。（出门站左边，两个中军互相揪扭着吵嚷着：“不成，咱们得见侯爷去！”

从“上场门”上。旗牌拉住二位中军官）两位侯爷都和好了，你们还帮什么喘哪！（“下场门”下）

〔两个中军向门里看，然后再撤回来。

中军甲
中军乙 （同）可不是吗，咱们也别打了。（二人进门跪下）启禀侯爷我们俩人也和好了。

樊梨花 既已和好，暂免责罚，起过一旁。

中军甲
中军乙 （同）多谢侯爷！（分左右各归一边）

樊梨花 中军听令！

中军甲 在！

樊梨花 传令下去，大、小将官全身披挂，校场听点。

薛金莲 （抢前一步，急念）慢着！

柳迎春 你怎么又来了。（急忙斥责金莲）

薛金莲 不是的，我情愿讨支将令，跟我嫂子前去领兵救驾呀。

樊梨花 这才是我的好妹妹。如此薛金莲听令！

薛金莲 在！【撕边一击】（急速向前走几步，面向樊梨花待命）

樊梨花 命你以为前部先行，带领本部人马，校场听点。

薛金莲 得令！（二人对笑撤回原位）

樊梨花 就请婆婆、贤妹一同去至校场。

柳迎春 媳妇、我儿，来呀……哈哈……！

〔唢呐奏<尾声>后半段。樊梨花、薛金莲两人同向前搀扶柳迎春，三人一齐向“下场门”走下。【大锣原场】两位中军官手挽手随下。

——剧终

万凤姝 万如泉 **整理**　　关静和 **校阅**

芦花河

罗玉蘋　贯大元授课本

《芦花河》一名《女斩子》，又名《金光阵》，见于《征西全传》第四十八、五十二回。剧情如下：樊梨花挂帅，命其子薛应龙攻打凤凰山，应龙兵败，遇神女成亲。归唐营后，樊梨花得知应龙成婚，勃然大怒，欲斩，众将求情不准。薛丁山回营，见子被绑，恳切求情，梨花亦不允。丁山现身说法追叙当年梨花与己临阵缔婚之事来打动梨花，梨花始赦应龙。夫妻同观敌所设金光阵，苦于无计破阵。丁山去仙山求法宝，遂破之。

这是一出生、旦并重的戏，是王瑶卿在1904年搭入同庆班后，和谭鑫培在前门粮食店中和园共同合作演出的剧目。在戏校教这出戏的是王瑶卿的孙媳妇罗玉蘋，可谓嫡传。教老生的是贯大元。二位先生互相搭配，得心应手，把王派和潭派艺术传授给了学生。该剧现今在舞台上已不多见。

当初学此戏时，罗先生说："这是旦角的袍带戏，要拿捏好身份。它与《大保国》不同。李艳妃穿蟒束玉带，樊梨花也是穿蟒束玉带，但他们的身份不同，脚步就不同。李艳妃是娘娘，出场的脚步要庄重大方。樊梨花是武将，而且出场的锣鼓是【急急风】，所以要稳中有快，在'九龙口'一亮之后，在【五锤】中，踩着锣鼓走到'前台口'念'对儿'"。说到念"对儿"，王派的念白是很讲究的。我记得学戏时，两句念白总是找不对劲头，比如"应龙去招亲"这五个字，"应龙去"这三个字念仄声；"招亲"念成平声，"应龙去"念时单摆平放，"招"字重点突出，到"亲"字时，用尖字念出，显得铿锵有力。在念"定斩"时，"斩"字是上声字，逢上必滑，这个"斩"字亮音之中含有"炸音"，恰到好处，真是声放情出。"不徇情"的"不"字，罗老师念时用唇音，上下嘴皮一碰有个"小喷口"，念出的字来不是"不"字，而是"拨"音，听起来俏皮美听。

该剧的唱腔，基调是〔西皮〕，有〔慢板〕、〔原板〕、〔二六〕、〔快板〕、〔垛板〕、〔散板〕、〔摇板〕，板式变化多、各种节奏的都有，从$\frac{4}{4}$、$\frac{2}{4}$、$\frac{1}{4}$，到紧拉慢唱。学这一出戏，就基本掌握了〔西皮〕的板式，所以校戏除了《三击掌》外，《芦花河》用来打基础是非常合适的。戏里的〔慢板〕要唱得四平八稳，表现樊梨花要用平静的心态去迎接丈夫。〔原板〕要唱出在热情中隐含的关心。当丁山问到为什么要斩应龙时，梨花唱的〔二六〕要心平气和、款款道来，表现她要斩应龙的顺情顺理。二人的"对口"快板，要吐字有力、收纵得体。比如樊梨花唱的第一段〔快板〕的末句"我的法无情"要不拖不粘；第二段〔快板〕"难道说奴才"这"奴才"二字"奴"字有个要腔，"才"字干板垛字，显得唱腔非常干净利索。这些都是王派唱腔的特点。再有〔散板〕，王派的唱法有独到之处，即"松紧带"的唱法，王瑶卿曾说过："唱词是死的，唱腔是活的，……随着人物的思想和剧情的发展而灵活运用的"。（见《王瑶卿艺术评论集》）剧中的〔散板〕像"樊梨花怒气生"和"骂声应龙听分明"那时慢时快的节奏，掌握得分寸得当，使梨花当时气愤的心情有了准确的表露。王派的唱腔，根据感情的变化，节奏时快时慢，可松可紧，快与慢的唱法自然结合起来，这种"松紧带"唱法，不仅在《芦花河》有体现，而且在其他的王派戏中亦有运用。

万凤姝

人物行当

四刽子手	杂	薛丁山	老生
四红文堂	杂	四番兵	杂
秦　汉	生	乌里赫	净
窦一虎	净	飞钹师	净
樊梨花	旦	铁板道	净
薛应龙	小生	四飞虎旗	杂

服装扮相

四刽子手　俊扮、抹鼻窝。大板巾、额子、单翎，刀斧手服，红彩裤，薄底。

四红文堂　俊扮。红大板巾，红龙套服，红彩裤，薄底。

秦　汉　俊扮。大额子，箭衣、大带、青马褂、苫肩，青彩裤，厚底。

窦一虎　勾绿碎脸。虎头盔，箭衣、大带、苫肩，红彩裤，虎头靴。

樊梨花　俊扮。梳大头、七星额子、翎子，红蟒、玉带、云肩，绣花裙子，浅色彩裤，彩鞋。

薛应龙　俊扮。甩发、面牌，淡青或粉绣花箭衣、大带、苫肩，淡青或粉彩裤，厚底。

薛丁山　俊扮。荷叶盔、黑三，红龙箭衣、大带、团龙马褂、苫肩，红彩裤，厚底。

四番兵　揉脸。小鞑帽，黑侉衣裤、小大带，薄底。

乌里赫　勾黑碎脸。戴蓬头、大额子、翎子、狐狸尾，改良靠，厚底。

飞钹师　勾僧道脸。蓬头、金箍，黑侉衣裤，绦子、大带、僧人大背心，薄底。

铁板道　勾僧道脸。道巾，黑侉衣侉裤，系绦子、大带，道人背心，薄底。

四飞虎旗　揉脸。布包头、小额子，下手服，青彩裤，薄底。

道具

大帐	一份	惊堂木	一方
桌子	一张	椅子	两把
城标子	一份	飞虎旗	四面
单刀	四把	令旗	一面
铁盾牌	一个	大钹	一副
钢鞭	一根	宝剑	二口

第一场

〔奏唢呐曲牌<水龙吟>，四刽子手抱刀从“上场门”上，“站门”；四红文堂从“上场门”上，“站门”，曲牌止。【急急风】秦汉、窦一虎从“上场门”上，分站两厢。樊梨花双手端带从“上场门”上至“九龙口”。【大锣五击】归至前台口。

樊梨花 （念）应龙去招亲，
定斩不徇情。（右手向外指出）

〔【冷锤】右转身面向后台口。【冲头】樊梨花归“大座”，众人向里归成“八字”站。

樊梨花 秦汉、一虎！

秦　汉
窦一虎 在！（仓）

樊梨花 将应龙押进帐来！（右手执惊堂木击桌）（仓）

秦　汉
窦一虎 遵命！（躬身施礼）

〔【冲头】秦汉、窦一虎从“上场门”下，“搭轿”押薛应龙复上。薛应龙面朝里跪。

薛应龙 参见母亲！

樊梨花 下跪尔可是应龙？（右手抚桌看应龙）

薛应龙 儿是应龙。

樊梨花 这几日尔往哪里去了？

薛应龙 孩儿被乌里赫杀败，到了白家庄遇见白老丈，将他女儿许配于我，耽误一日，才得回营，望母亲恕儿之罪！

樊梨花 哦！【撕边一击】（一怔）儿往白家庄招亲去了？（双手端带站起、冷眼看应龙）

薛应龙 正是！

樊梨花 我来问你，（右手抚胸）临阵招亲，可有圣上的旨意？（拱手）

薛应龙 无有。

樊梨花 为娘的将令？（右手抚胸、左手端带）

薛应龙 也无有。（摇头）

樊梨花 哇！【大锣五击】（怒拍惊堂木）一无圣旨，（拱手）二无将令，（右手摆动）你私自招亲（右手指应龙）该当何罪？（右手摊掌）秦汉、一虎！【撕边】

秦　汉
窦一虎 在！（仓）

樊梨花 将奴才（怒视应龙；右手拍惊堂木）掌起【大锣一击】（左手向上翻折水袖成“举袖”看应龙）面来！（右手指应龙。【快纽丝】秦汉、一虎向前将薛应龙双臂平架起。樊梨花向下抖左袖，右手端带）

〔西皮散板〕

サ（7̣ 6̣ 6 5 3 2 7̣ 6̣ 2 1 1）

芦花河

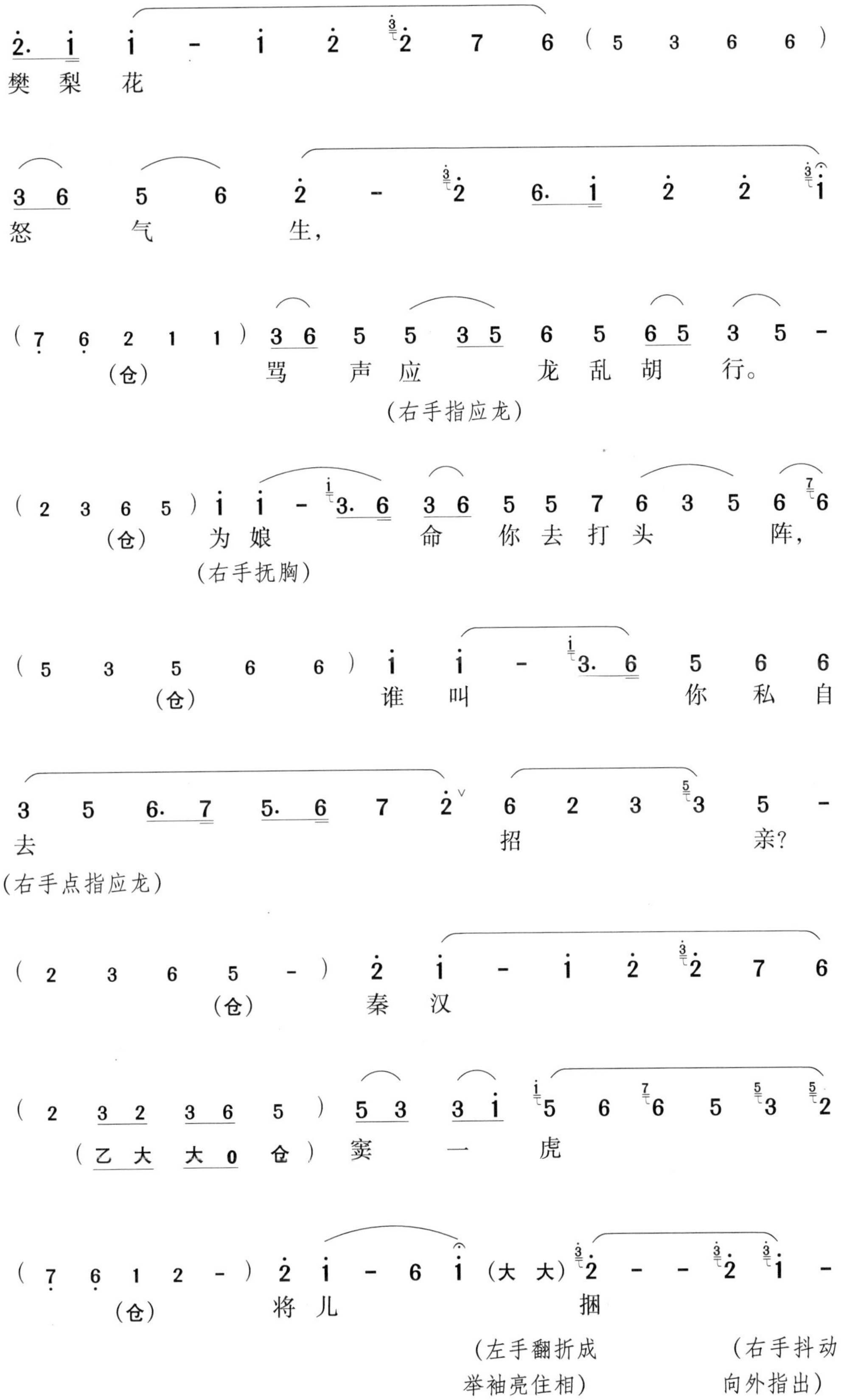
樊梨花
怒气生，
（仓）
骂声应龙乱胡行。
（右手指应龙）
（仓）
为娘命你去打头阵，
（右手抚胸）
（仓）
谁叫你私自
去招亲？
（右手点指应龙）
（仓）
秦汉
（乙大大0仓）
窦一虎
（仓）
将儿
（大大）
捆
（左手翻折成举袖亮住相）
（右手抖动向外指出）

秦　汉
窦一虎　啊！

【快纽丝】（秦汉、一虎将应龙架着站起）

樊梨花　サ（6 5 i 3 2 7 6 2 1）3 6 5 5 3 5 | 6（6 5 3 3 5 6）5 6 5 3. 5 3 5 – ‖

绑在辕门问斩刑。

（左手端带，右手执惊堂木拍案三下。后右手成“枕拳”枕在桌上）

〔【冲头】秦汉、一虎推应龙出帐，至左台口置椅，将应龙捆绑，后归原位。

〔薛丁山内白：“马来。”

〔【撞金钟】薛丁山从“上场门”上，右手举马鞭、左手扶剑柄亮相，走至右台口，左手勒缰、右手勒马亮住相。

〔西皮导板〕

薛丁山　（6 5 i i 3 2 7 6 2 1 1）3 5 5 3 5 | 5 – – 6. 5 4（3 3）3 5 6 5. 3 5 –

奉王旨意往西征，

（右手马鞭向里绥一圈后向右外方指出）

〔西皮快板〕

【闪锤】（7 | 6 | 5 | 5 5 | 3 6 | 5 5 | 3 2 | 1 1 | 6 5 | 5 5 | 3 6 | 5 5）| 3. 5 | 5（3 6 | 5）3 |

数年铠

0 3 | 2 5 | 3 2 | 1（6 2 | 1）1 | 0 1 | 3 | 2 1 |

甲未离身。先父当年

（双手捧马鞭拱请式）

0 1 | 0 1 | 2（6 1 | 2）1 | 0 6 | 4 | 3 | 2 5 |

挂帅印，白虎关前命归

（右马鞭指出、左手扶剑柄）

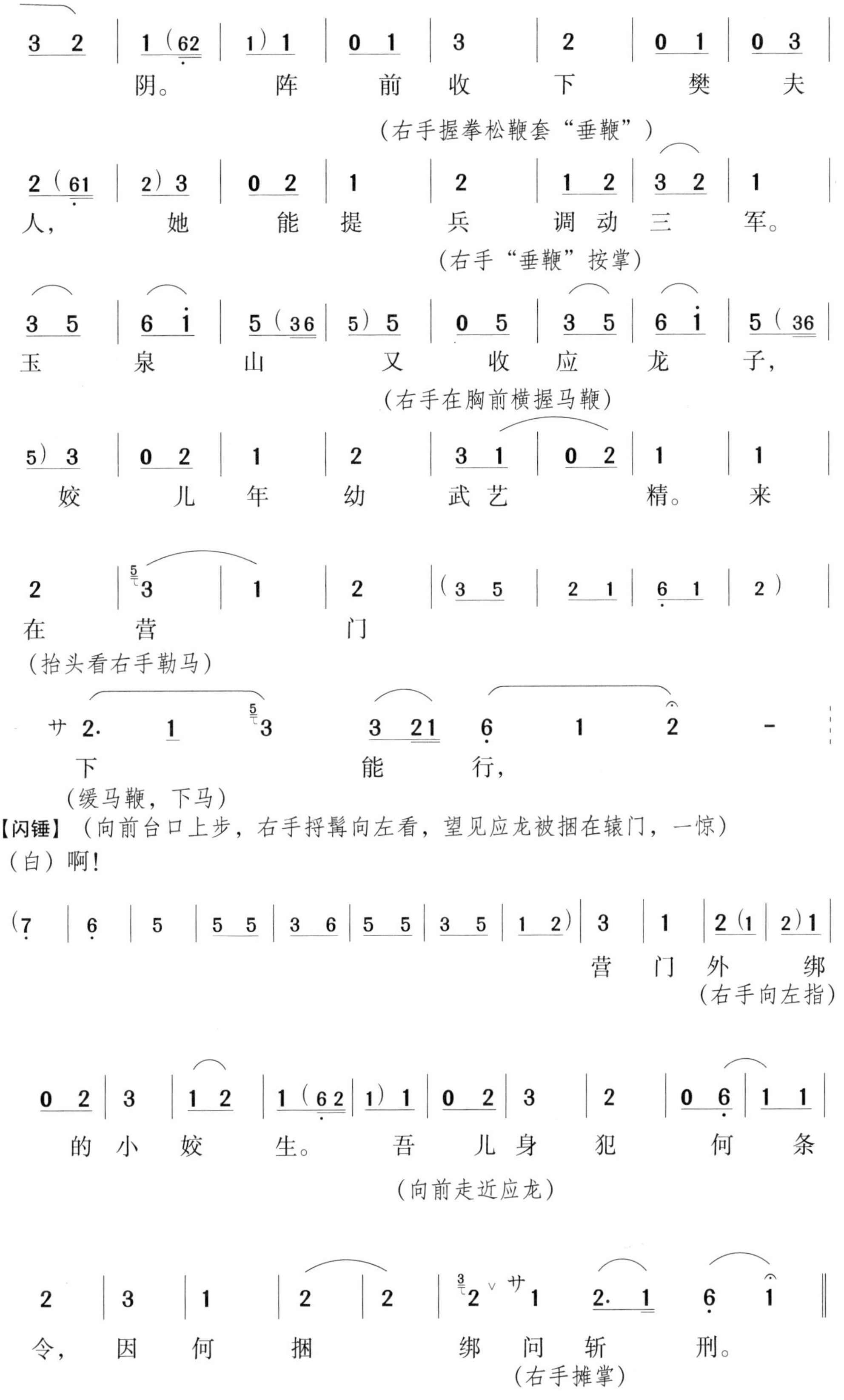
阴。阵前收下樊夫
（右手握拳松鞭套“垂鞭”）
人，她能提兵调动三军。
（右手“垂鞭”按掌）
玉泉山又收应龙子，
（右手在胸前横握马鞭）
姣儿年幼武艺精。来
在营门
（抬头看右手勒马）
下能行，
（缓马鞭，下马）
【闪锤】（向前台口上步，右手捋髯向左看，望见应龙被捆在辕门，一惊）
（白）啊！
营门外绑
（右手向左指）
的小姣生。吾儿身犯何条
（向前走近应龙）
令，因何捆绑问斩刑。
（右手摊掌）

薛应龙　唉！

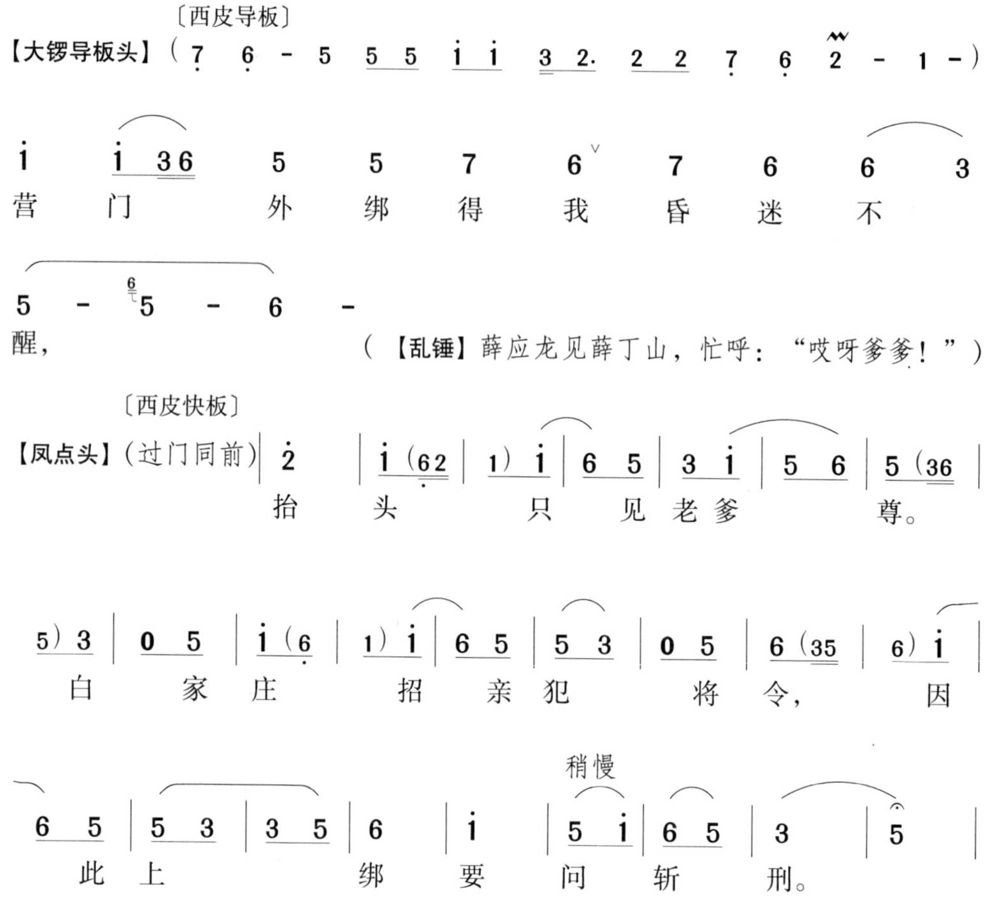

薛丁山　哦！（右手捋髯）

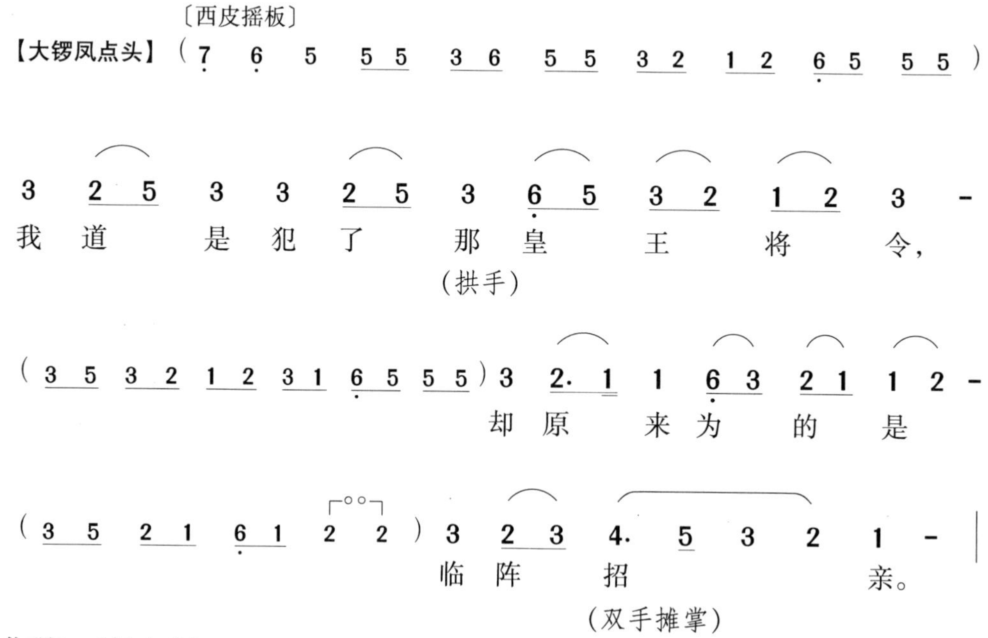

儿啊！（招左手）

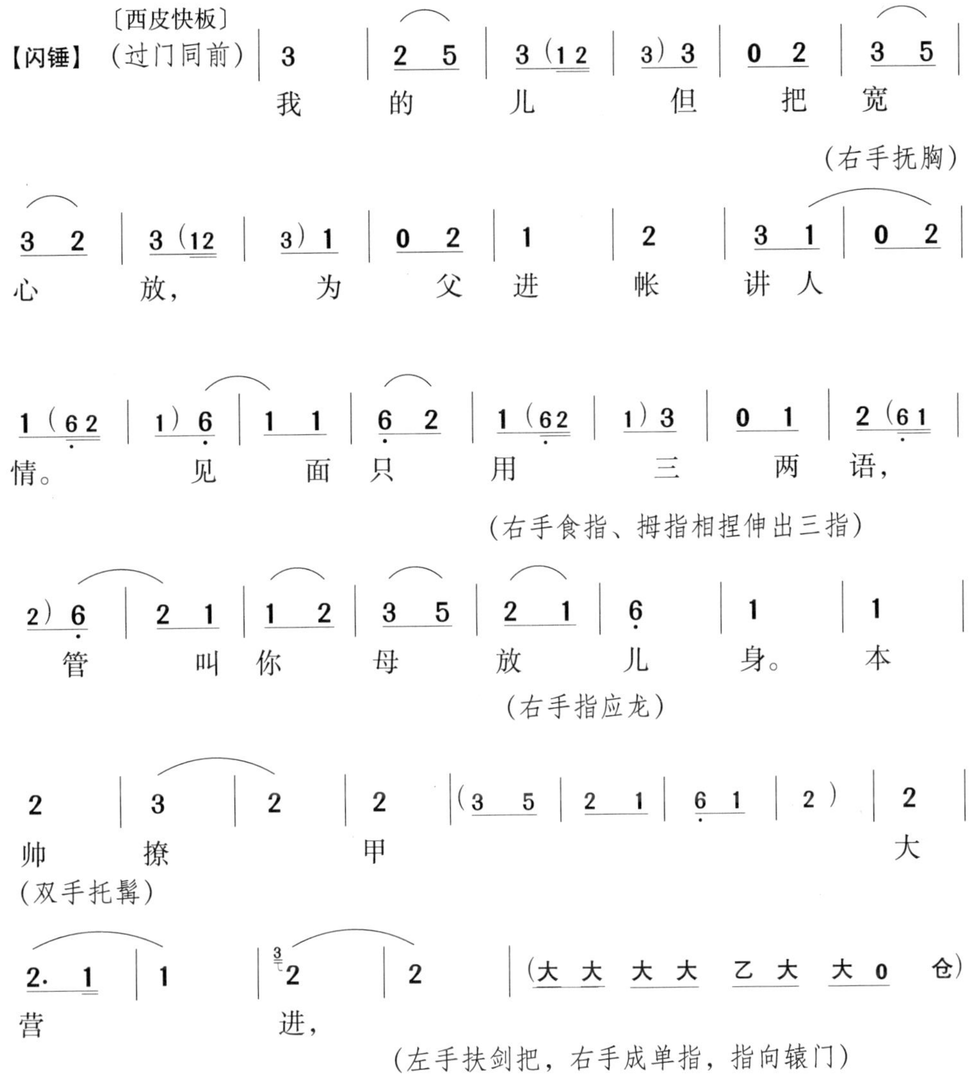

众　将　呵！（喊堂威）

〔【撕边一击】丁山左一看，【撕边一击】右一看（八大仓）丁山双手摊掌。【搓锤】薛丁山双手向外“抛髯”，搓手蹲裆骑马式向右横走蹉步，随即又向左依前式横走蹉步，站前台口偏左部位。

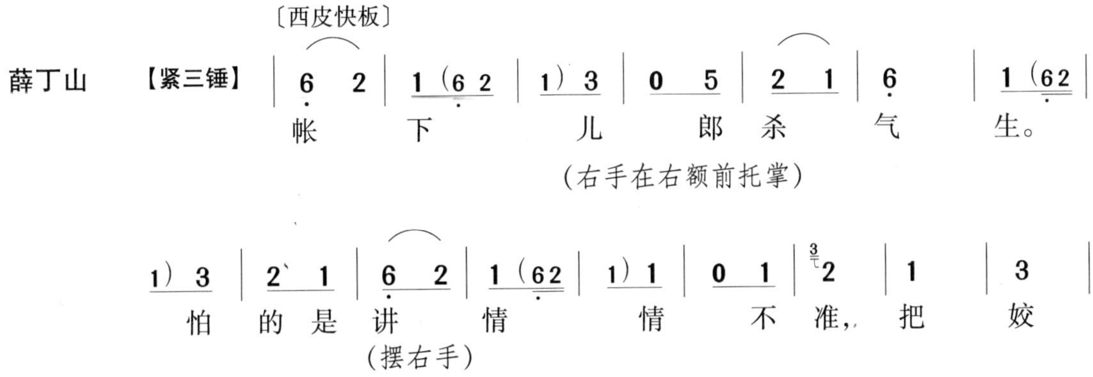

2 | 2. 1 | 1 2 | ^{3}2 | (3 5 | 2 1 | 6 1 | 2) |
儿 反 送

(右手向左指应龙)　(左手搂髯)

サ 2 3 4 - 4. 5 3 2 1 - ‖
枉 死 城。
(右手向外指出)

【撕边】(右手捋髯思索)

薛丁山　有了！

〔西皮摇板〕

【闪锤】(过门同前) 6 2 1 3 2 3 2 3 2 (3 2 1 6 1 2) 3 2 2 6
(放髯点头)　进 帐 先 行 周 公 礼，她 必 念
(拱手)

1 2 ^{3}2 (3 5 2 1 6 1 2 2) 3 2 1 6 1 - ‖ 【大锣住头】
在 夫 妻 情。
(双手食指单伸在胸前并拢)

秦　汉
窦一虎　(近前施礼) 迎接元帅。

薛丁山　(示意免礼)

〔西皮散板〕

【大锣凤点头】サ (7 6 6 5 i 3 2 7 6 2 1)

1 2 2. 5 3 1 2 2. 1 1 3 2 - (2 1 6 2) 2 1 3
秦 窦 二 将 往 上 禀，(仓) 你 就 说
(拱手)

1 3 2 2 1 1 2 - ^{5}3 2 1 1 6 3 2. 6 1 - ‖
二 路 元 帅 回 大 营。

(右手托髯示意秦、窦去通报，后站立在“小边”帐外)

秦　汉
窦一虎　(回身进帐向伏案的樊梨花) 启禀元帅，薛元帅回营！

「【大锣导板头】秦汉、窦一虎归原位。

〔西皮导板〕

樊梨花　(0 6 5 6 7 2 7 6 5 i i i 3 3 1 2 7 6 2 1 1)

芦花河

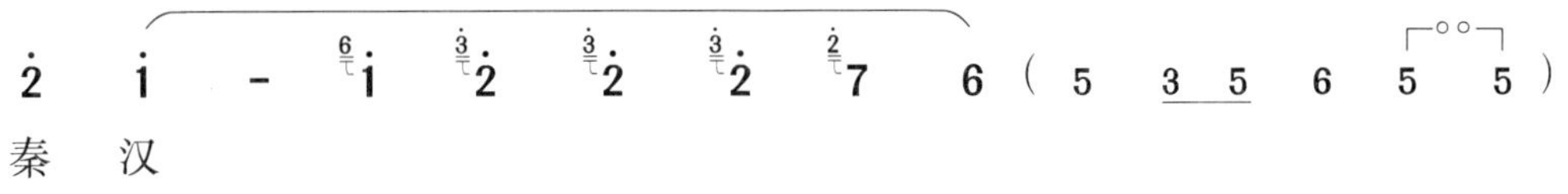

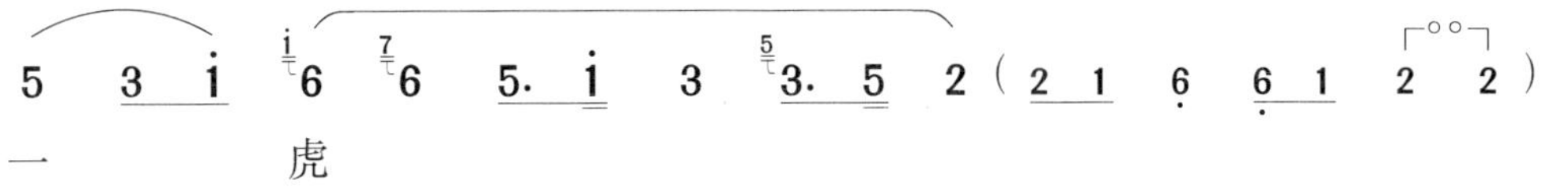

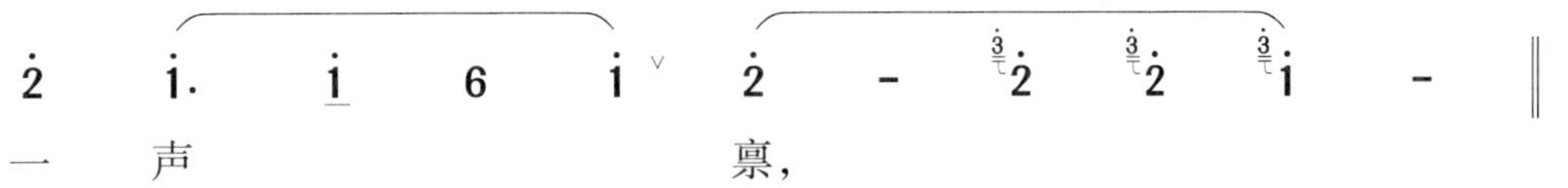

（双掌心轻搓后拭目看秦、窦）

秦 汉
窦一虎 （躬身通禀）二路元帅回营！

樊梨花 （双手伏案看秦、窦）知道了！（轻轻点头）

〔【慢长锤】樊梨花从座上站起，缓步从公案桌旁走出，双手端带，看前方若有所思，左手抖袖。

〔西皮慢板〕

樊梨花

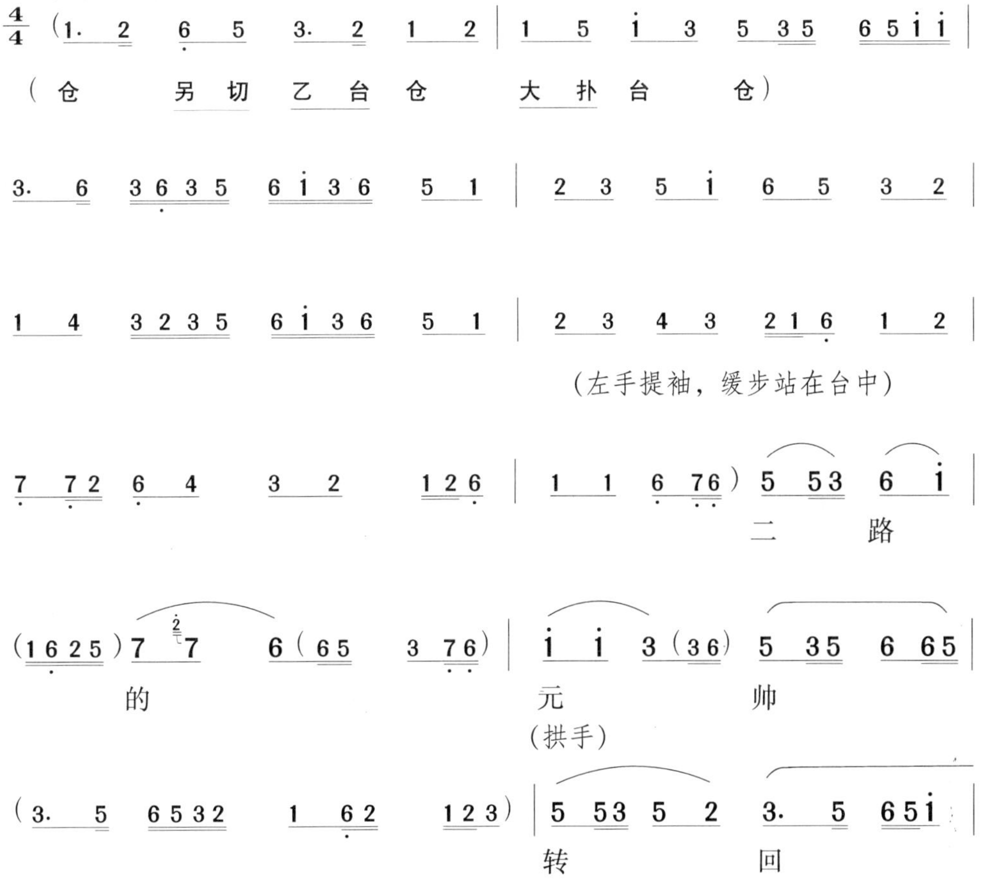

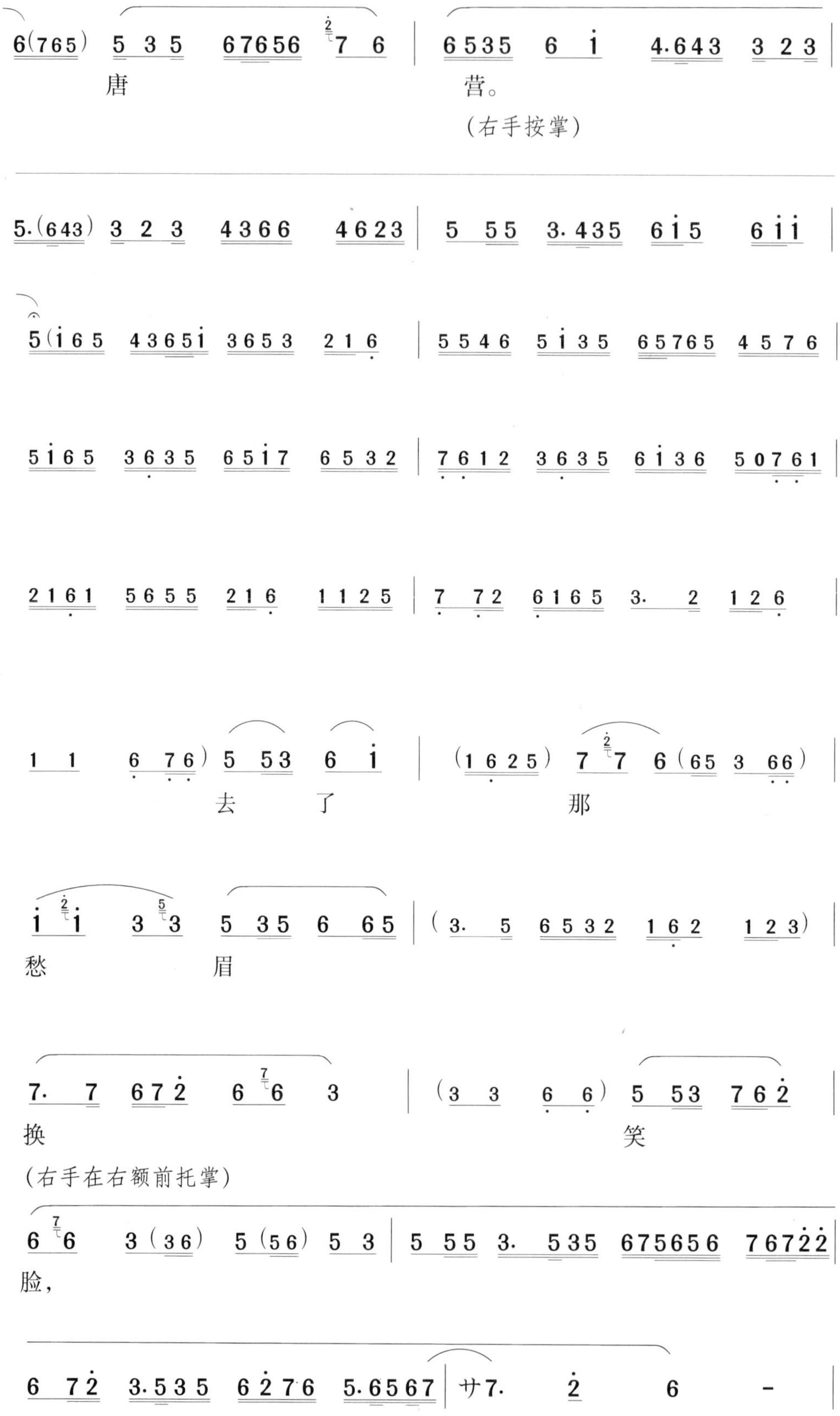
唐
营。
（右手按掌）
去
了
那
愁
眉
换
笑
（右手在右额前托掌）
脸，

| 芦花河 |

〔【慢长锤】薛丁山进帐，与正欲出帐的樊梨花碰面。

樊梨花 啊，王爷！（拱手）

薛丁山 夫人！（拱手）

樊梨花 王爷请！（向里礼让）

薛丁山 夫人请！（二人进帐后，樊梨花归“大边”、丁山归“小边”）

樊梨花

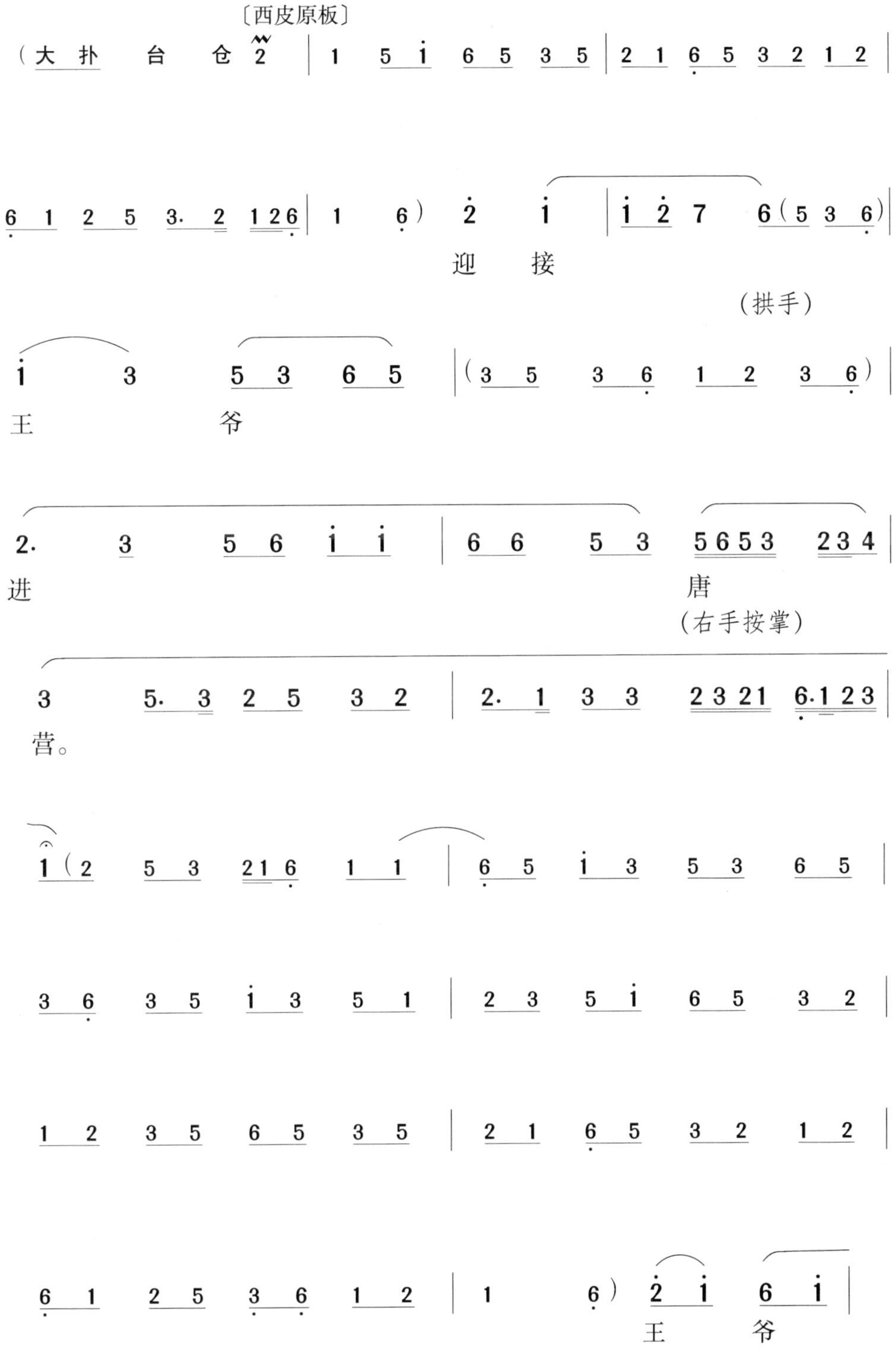

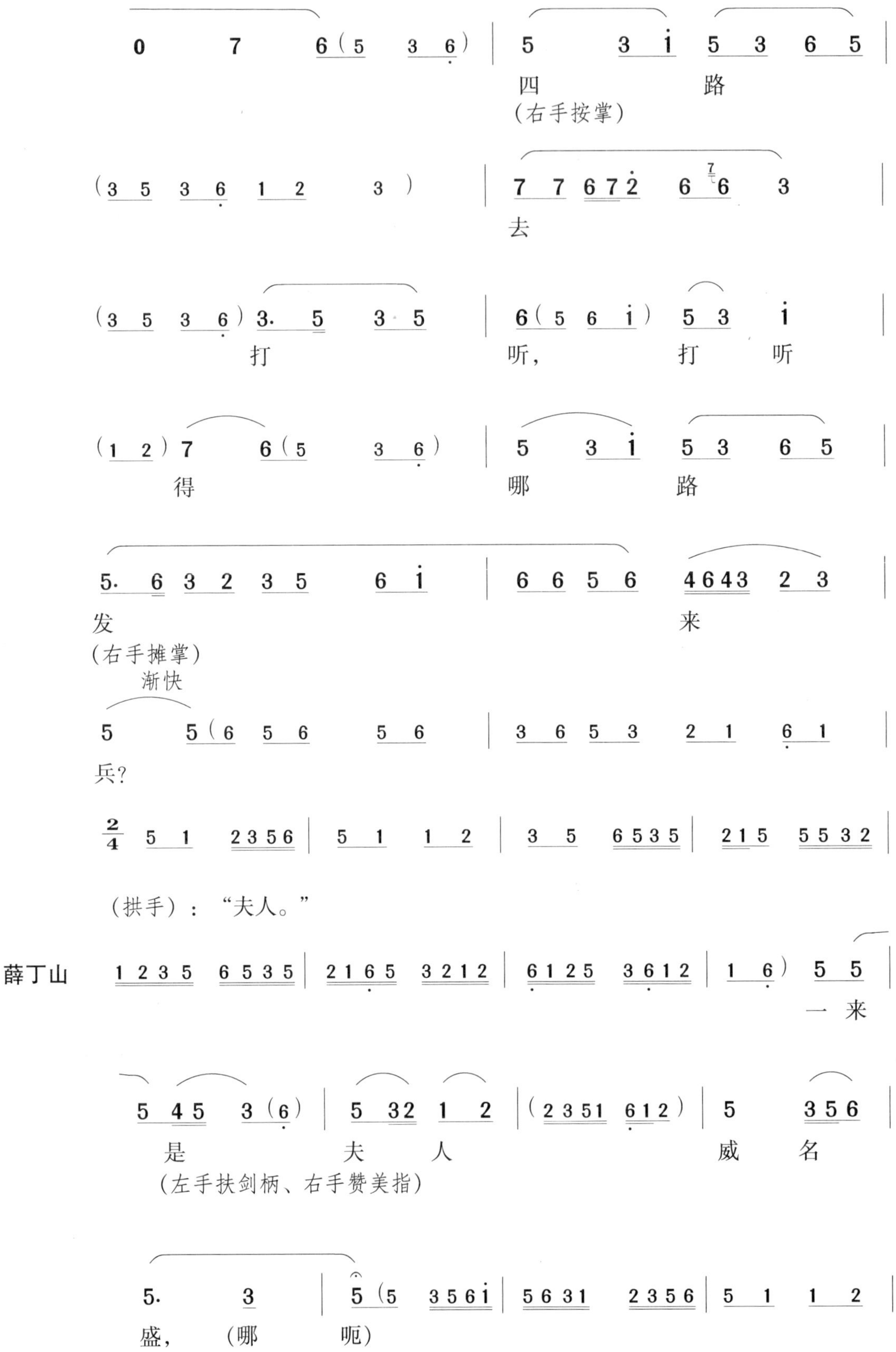
四 路
(右手按掌)
去
打 听，打 听
得 哪 路
发 来
(右手摊掌)
渐快
兵？
(拱手)："夫人。"
薛丁山
一 来
是 夫 人 威 名
(左手扶剑柄、右手赞美指)
盛，(哪 呢)

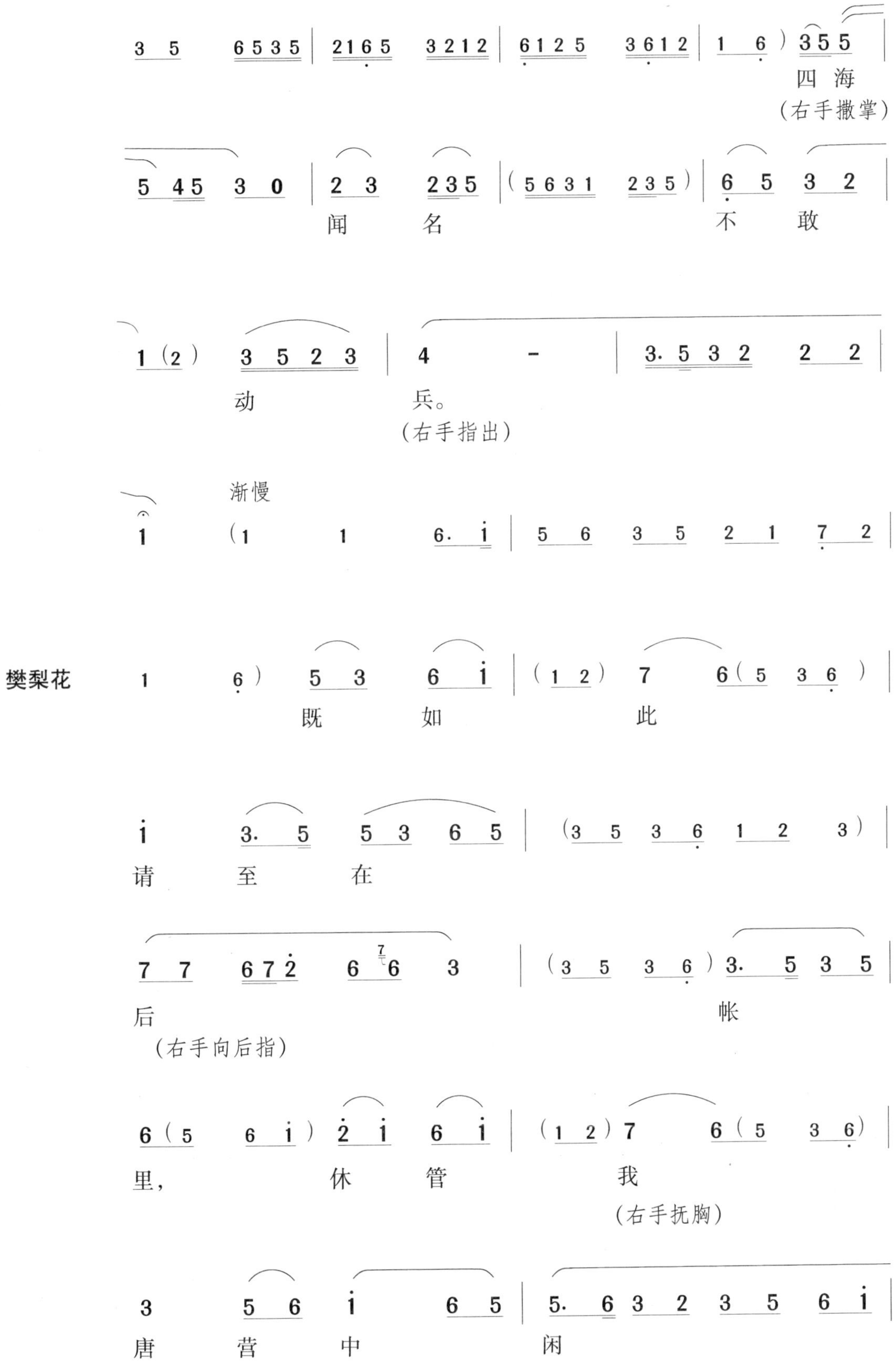
四海
(右手撒掌)
闻 名 不 敢
动 兵。
(右手指出)
渐慢
樊梨花
既 如 此
请 至 在
后
(右手向后指)
帐
里, 休 管 我
(右手抚胸)
唐 营 中 闲

渐慢

6（i 3 5）665 4 3 | 3 ⁵3 5 - ‖
事 情。
（右手抖袖）

〔【大锣一击】丁山右手捋髯看樊梨花，向后退一步，面朝前台沉思，再看樊梨花。

薛丁山 呀！

〔西皮摇板〕
【大锣凤点头】（过门同前）1 4 3 3 3 2 5 3 3 3. 2 1 2 3
看 夫 人 他 倒 能 隔 山 照 镜，
（右手向左指）

（4 6 3 2 1 2 3 3）1 3 2. 6 1 2 ³2 6 2 1 3 2 6 1 -
就 知 本 帅 讲 人 情。
（右手托髯）

（3 5 2 1 6 2 1 1）6 2 1 1. 2 1 2 3 2 1 1 6 3 2 -
未 曾 讲 情 先 把 罪 请！

〔【大锣一击】薛丁山面朝里施礼；樊梨花侧身退一步右手拦阻。

樊梨花 且慢！

〔西皮摇板〕
【大锣凤点头】（过门同前）5 i i - 6 5 5 5 3 5 6 5 6 5 3 ⁵3 5 - ‖
问 王 爷 施 礼 为 何 情？
（右手摊掌）

〔西皮摇板〕
薛丁山 【大锣凤点头】（过门同前）6 2 1 6 2 1 3 1 1 2（3 5 2 1 6 1 2）
应 龙 犯 了 何 条 令？
（双手摊掌）

3 2 2 6 1 2 1 - 5 - 1 ⁶1 - ‖【大锣住头】
因 何 捆 绑 问 斩 刑。
（左手扶剑柄、右手做刀砍状）

樊梨花 王爷问的就是他么？（左手指应龙）【撕边一击】

薛丁山 正是。（点头）

樊梨花 王爷呀！（拱手）

〔西皮二六〕
（多 罗. 6 2）| i. i 6 i 2 | 6 i 5（3 6 | 5 3 5 6）3 i |
王 爷 有
（拱手）

芦花河

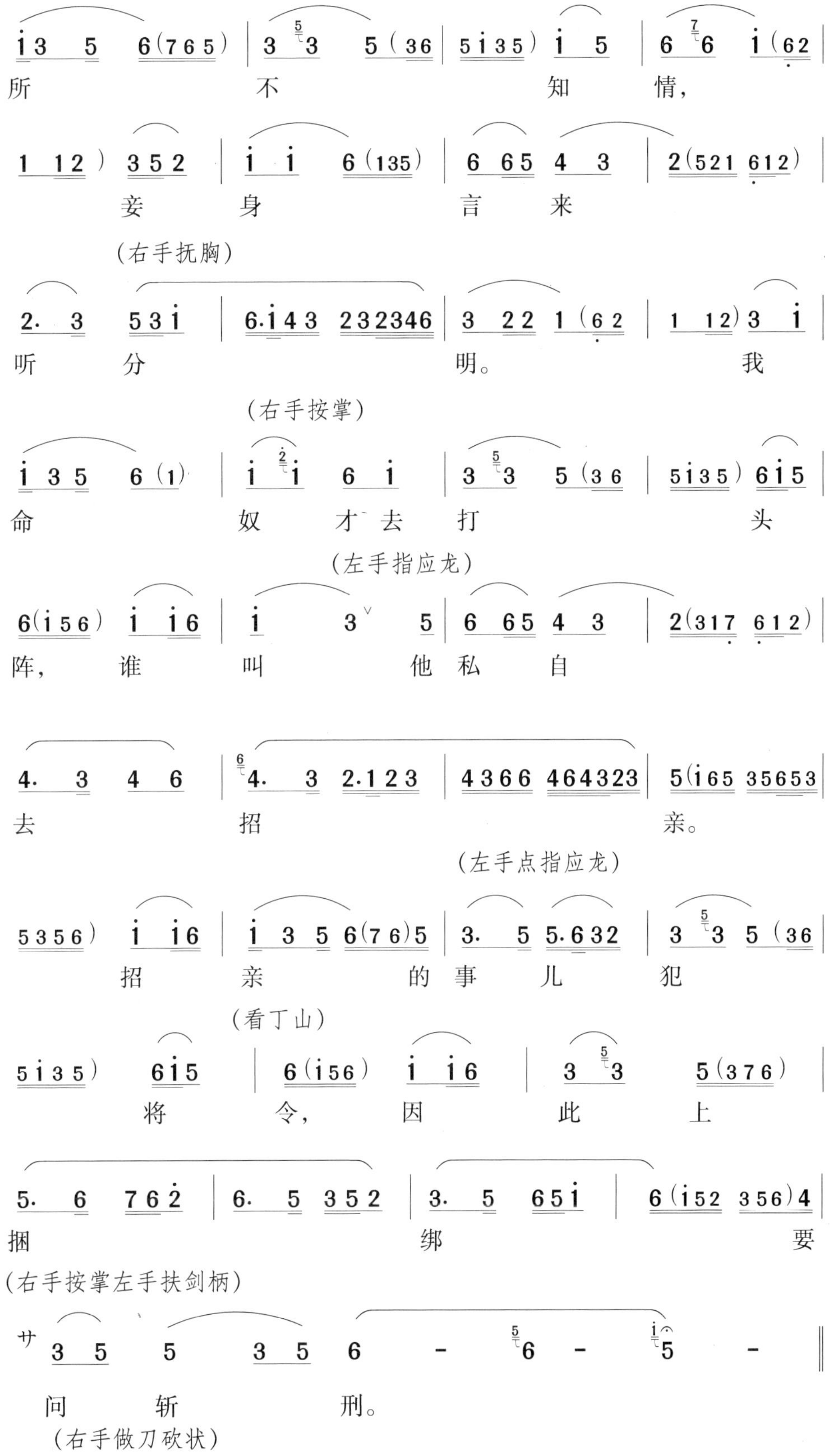

所 不 知 情，
妾 身 言 来
（右手抚胸）
听 分 明。 我
（右手按掌）
命 奴 才 去 打 头
（左手指应龙）
阵，谁 叫 他 私 自
去 招 亲。
（左手点指应龙）
招 亲 的 事 儿 犯
（看丁山）
将 令，因 此 上
捆 绑 要
（右手按掌左手扶剑柄）
问 斩 刑。
（右手做刀砍状）

〔（大大 大大 乙大 大 0 仓）薛丁山捋髯向外看，略一思索。

〔西皮摇板〕

薛丁山 【凤点头】（过门同前）3 3 2 5 3 3 3 2 5 3 6 5 3 2
我 道 是 犯 了 那 不 赦 的
（右手指出）

1 2 3（4 3 2 1 2 3 1 6 5 5 5）6 6 2 1 6 2
将 令。 却 原 来 为

1 2 6 2 1 3 2 6 1（3 5 2 1 6 2 1 1 1 6 5 5 5）
的 是 临 阵 招 亲。
（右手摊掌） “夫人哪！”

3 2. 1 1 3 2. 1 1 3 2 1 6 2 1 2
提 起 了 招 亲 的 事 你 我 的 话 难 论，
（用右手指樊梨花后再指自己摇了摇头）

（3 2 1 6 1 2 1 6 5 5 5）6 6 2 1 3 1 2
难 道 说 夫 人

（3 5 2 1 6 1 2 2）6 1 3 1 3 2 6 1 –
你 的 心 不 明。
（用右手点指梨花）

（4 3 2 1 7 2 1 1 1 6 5 5 5）1 2 2 6 2 1 3 2 – –
曾 记 得 大 战 在 寒 ……
（左手搂髯、右手指出）

众 将 哦……（喊堂威）（大大 大大 乙大 大 0 仓）（丁山以右手虚掩口，亦知失言）

樊梨花 禁声！（双手按掌）掩门！（双手示意）

薛丁山 掩门！（双手平肩抬起）

〔【长锤】众将从两边分下。

〔西皮二六〕

【大锣夺头】（多 罗. 6 2）| 3. 2 5 | 3 2 1235 | 3. 1 2（161 |
寒 江 岭，
（右手指出）

2）3. 6 | 5 3 6 | 2 7 2 | 6. 3 5（36 |
寒 江 关 前 大
（左手提甲式、右手握拳）

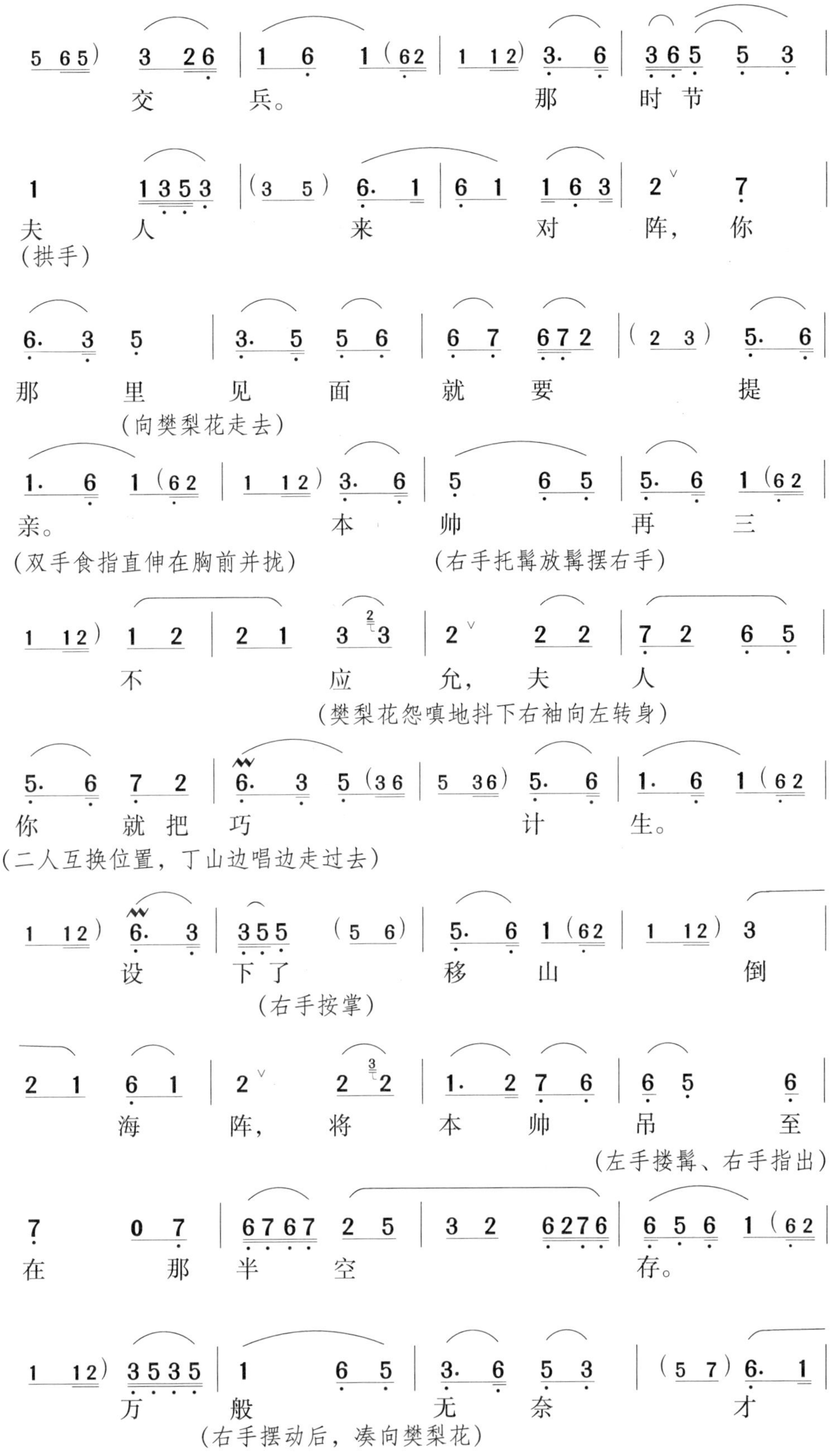
交 兵。 那 时 节
夫 人 来 对 阵，你
（拱手）
那 里 见 面 就 要 提
（向樊梨花走去）
亲。 本 帅 再 三
（双手食指直伸在胸前并拢） （右手托髯放髯摆右手）
不 应 允，夫 人
（樊梨花怨嗔地抖下右袖向左转身）
你 就 把 巧 计 生。
（二人互换位置，丁山边唱边走过去）
设 下 了 移 山 倒
（右手按掌）
海 阵，将 本 帅 吊 至
（左手搂髯、右手指出）
在 那 半 空 存。
万 般 无 奈 才
（右手摆动后，凑向樊梨花）

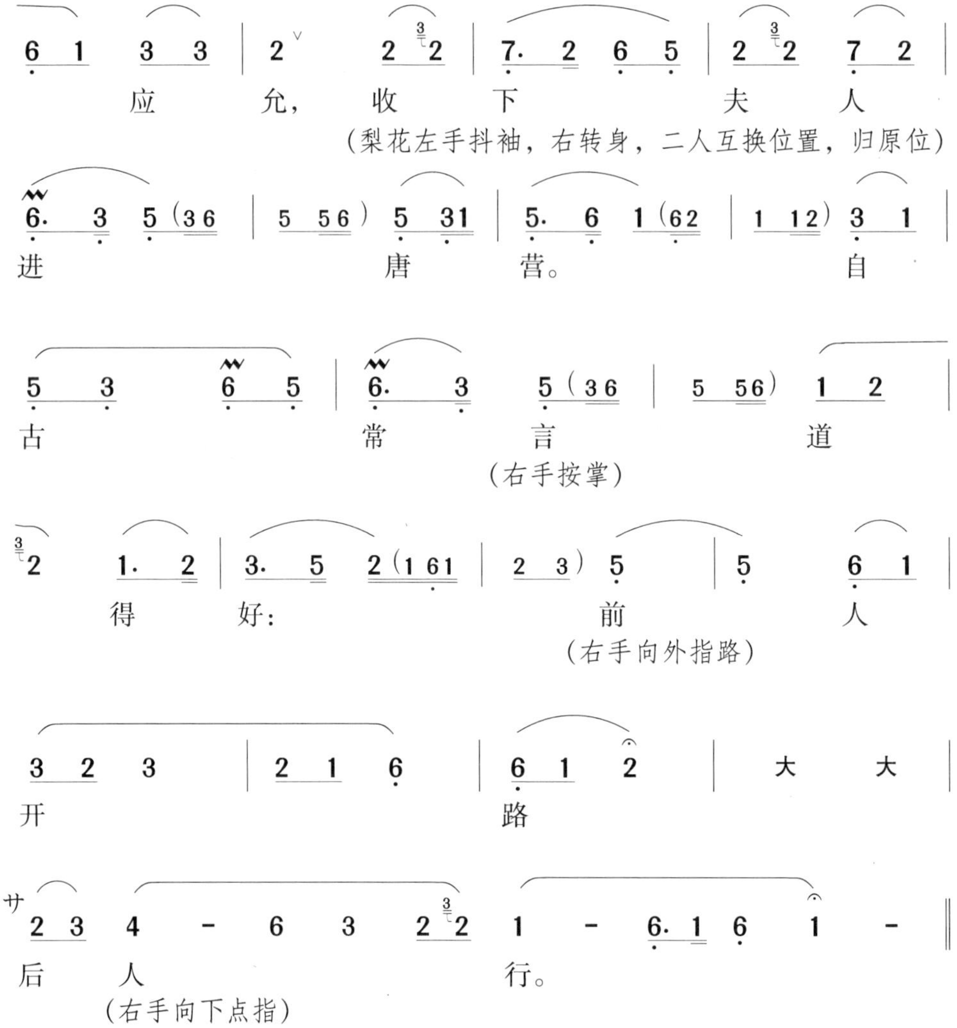
应 允，收 下 夫 人
（梨花左手抖袖，右转身，二人互换位置，归原位）
进 唐 营。自
古 常 言 道
（右手按掌）
得 好：前 人
（右手向外指路）
开 路
大 大
后 人 行。
（右手向下点指）

樊梨花 王爷呀！（拱手）

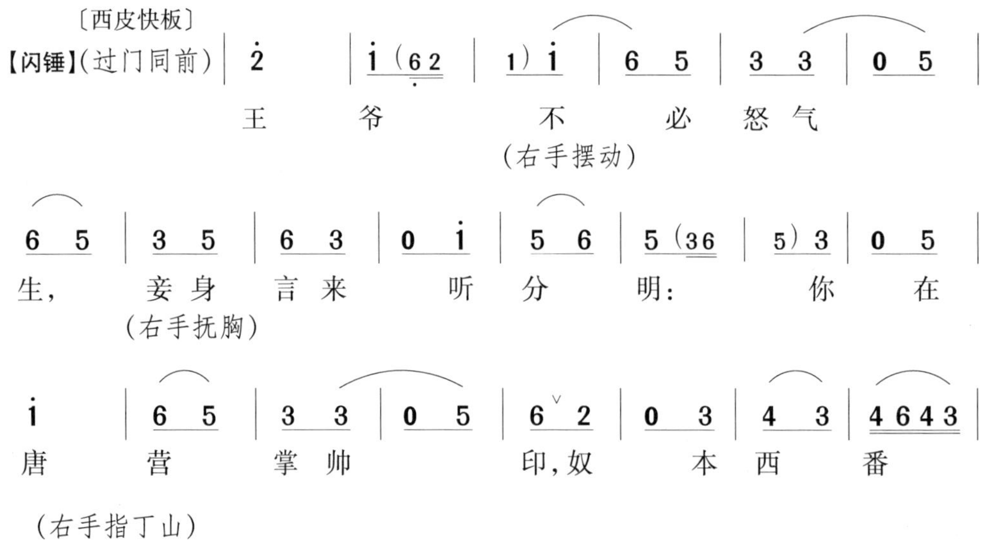
〔西皮快板〕
【闪锤】（过门同前）
王 爷 不 必 怒 气
（右手摆动）
生，妾身 言来 听 分 明：你 在
（右手抚胸）
唐 营 掌 帅 印，奴 本 西 番
（右手指丁山）

2· 3 | 5 6 | 5 (36 | 5) i | 6 5 | 3· 6 | 5 6 | i i |

女 钗 裙。自 从 你 与 我 婚 配

（右手按掌） （双手食指

3 5 | 6 5 | i· 5 | 6 3 | 0 i | 5 6 | 5 ˅ i |

定，官 封 侯 爵 统 大 兵。奴

直伸在胸前并拢）

6 5 | 3· 6 | 5 6 | i i | 3 5 | 6 | i |

才 既 为 招 亲 事，军

（左手指出、右手端带）

稍慢

5 6 | i | 6 i | 5 i | 6 5 | 3 3 | 5 ‖

无 私 我 的 法 无 情。

（摇头摆右手）

〔西皮摇板〕

薛丁山 【闪锤】（过门同前） 1 2 1· 5 3 1 2 (3 21 61 2) 2 1 2 3 - 3 2 -

应 龙 犯 罪 当 问 斩，

（左手扶剑柄，右手做刀砍状）

樊梨花 谢王爷！（向里施礼）（大大 大大 乙大 大0 仓）

薛丁山 且慢！（抬手阻拦）

慢

【凤点头】(7 6 5 55 36 55 32 12) 3 21 1 61 3 21 | 1/4 21 | 6 | 1 |

还要 看 他 年 纪 轻。

（乙大 | 大大 | 仓）

（右手按掌撣动三下）

〔西皮快板〕

樊梨花 2 | i (62 | 1) i | 6 5 | 3 3 | 0 5 | 6 5 | 3 5 |

王 爷 道 他 年 纪 轻，要 把

6 3 | 0 i | 5 6 | 5 (36 | 5) i | 6 5 | 3 6 | 5 35 |

古 人 对 你 云。三 国 有 个

（右手指丁山） （右手指出）

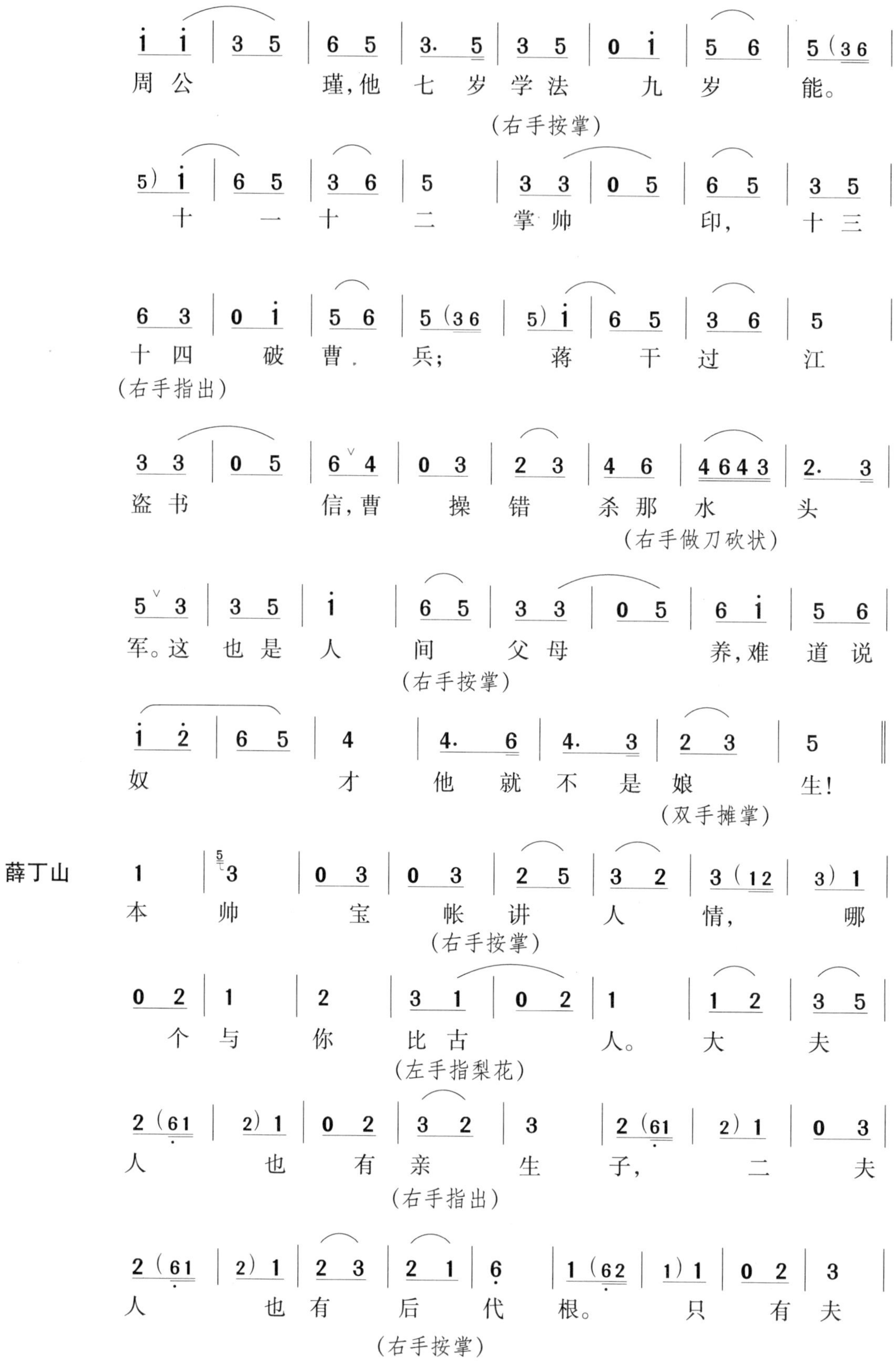
周公瑾，他七岁学法九岁能。
（右手按掌）
十一十二掌帅印，十三
十四破曹兵；蒋干过江
（右手指出）
盗书信，曹操错杀那水头
（右手做刀砍状）
军。这也是人间父母养，难道说
（右手按掌）
奴才他就不是娘生！
（双手摊掌）
薛丁山
本帅宝帐讲人情，哪
（右手按掌）
个与你比古人。大夫
（左手指梨花）
人也有亲生子，二夫
（右手指出）
人也有后代根。只有夫
（右手按掌）

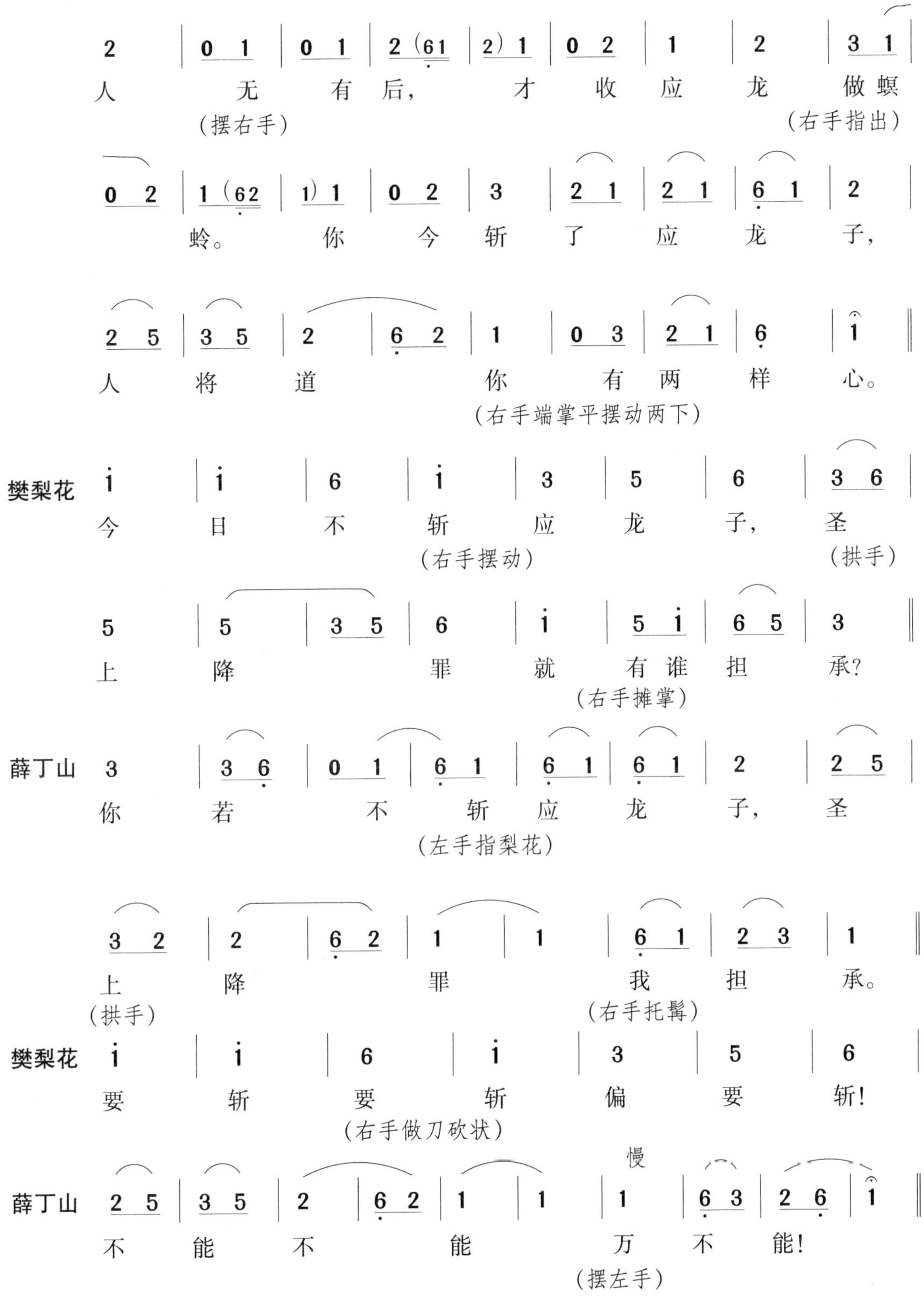

樊梨花 哇！（右手抖袖）**【大锣凤点头】**（双手端带看丁山）

〔西皮散板〕
(过门同前)

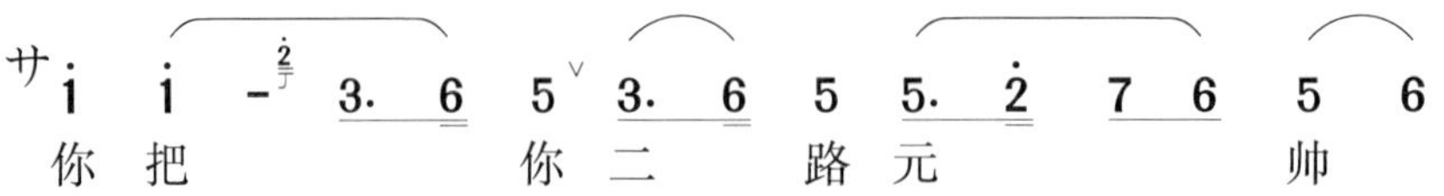

(右手指出)

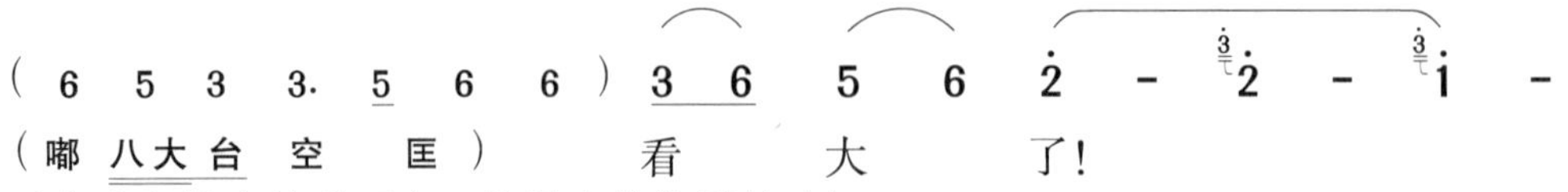

(右手翻折水袖看丁山，从里向外绕圈抖动)

薛丁山 啊!

〔【大锣凤点头】右手挑髯，拉开“山膀”看，樊梨花怒气上升。

〔西皮散板〕
(过门同前)

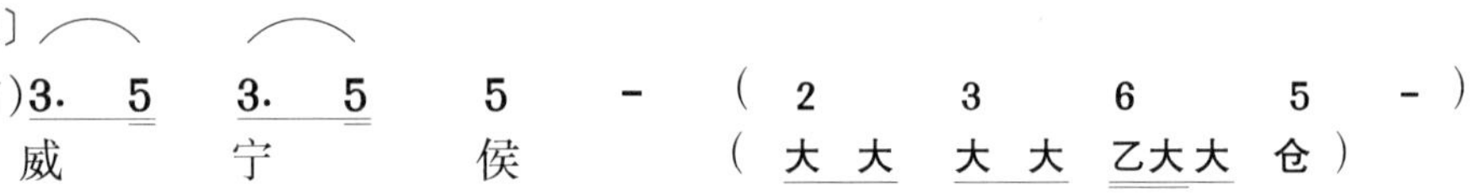

(上下打量梨花)

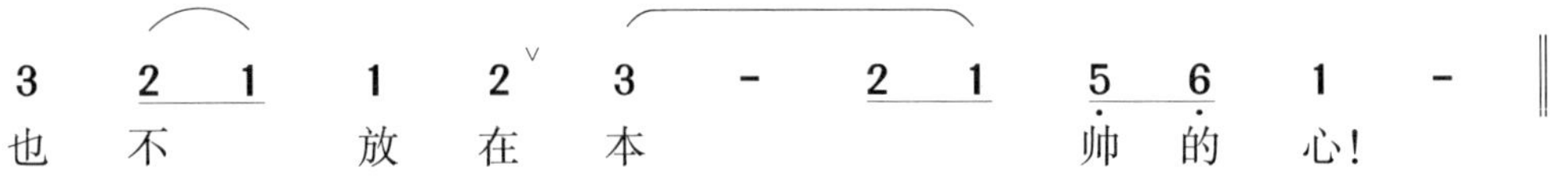

(右手拍右腹向外一扬手)

〔(八大仓)樊梨花左手端带、右手抓袖看丁山向后退两步。【紧锤】樊梨花疾向前走两步，抖袖；众将从两边分上，“站门”。樊梨花站台中、薛丁山站右台口。紧接【硬三锤】

〔西皮快板〕

樊梨花

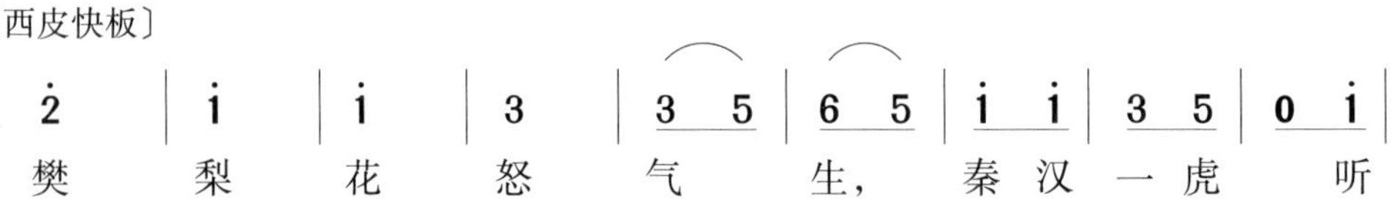

(双手端带) (左右一看)

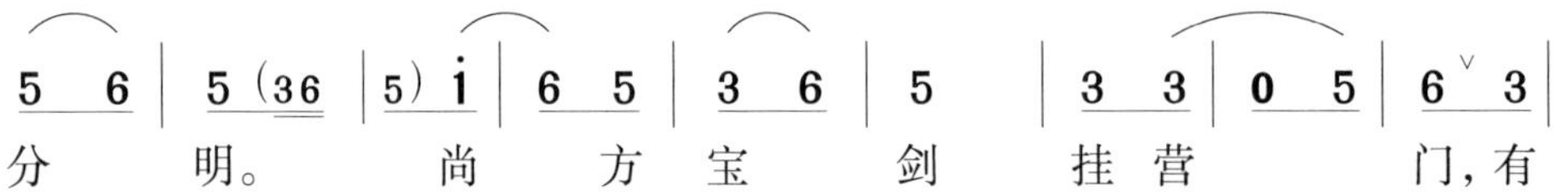

(从公案上拿起宝剑，交秦汉)

(右手按掌掸动两下之后向外指出)

〔【冷锤】右转身双手端带、面向后台口亮相。归“大座”。

众 将 啊!

〔【闪锤】薛丁山左右一看，倒吸口冷气。

薛丁山 哎呀!（双手摊掌）

芦花河

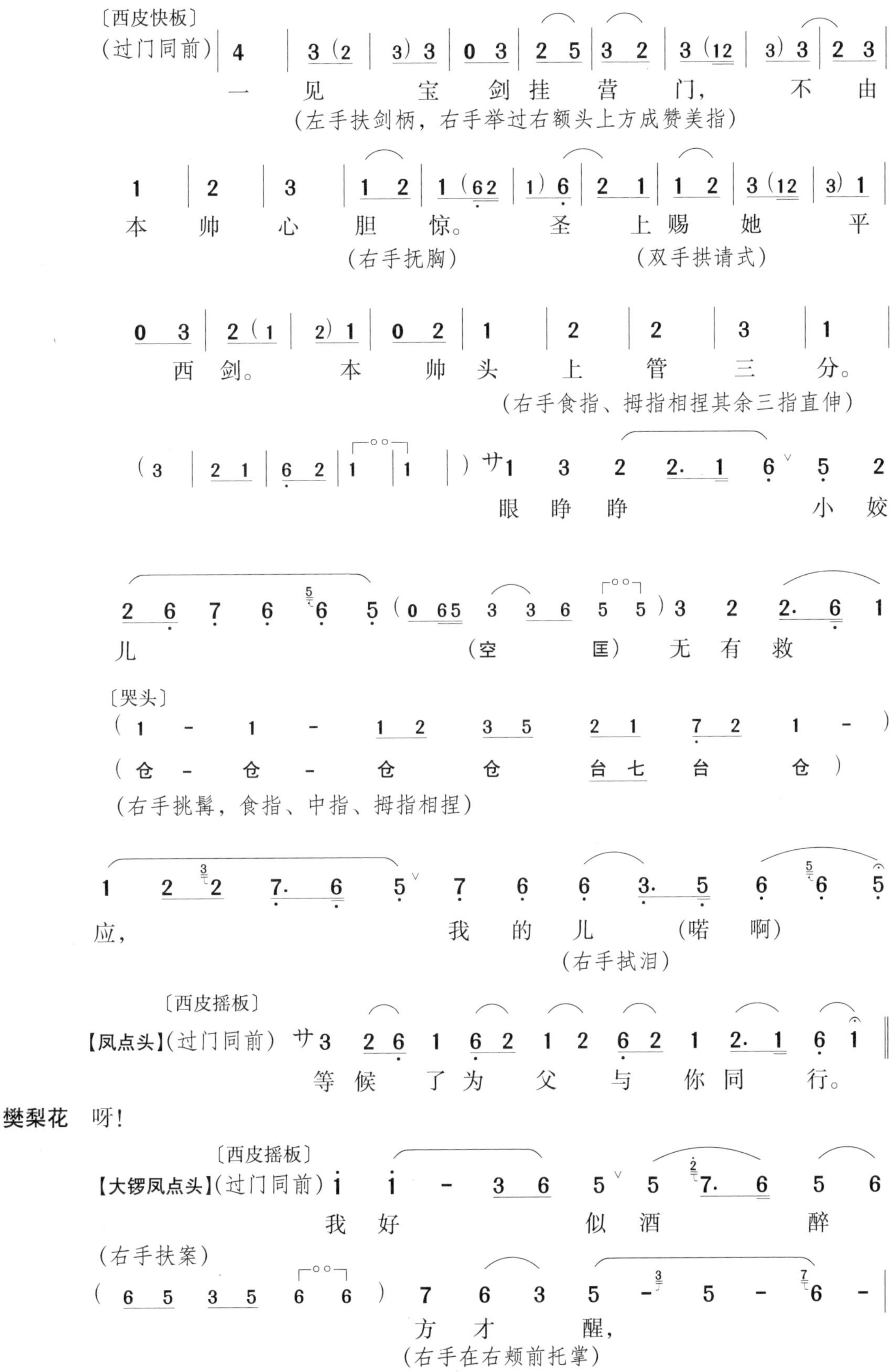
〔西皮快板〕
（过门同前）
一见宝剑挂营门，不由
（左手扶剑柄，右手举过右额头上方成赞美指）
本帅心胆惊。圣上赐她平
（右手抚胸）
（双手拱请式）
西剑。本帅头上管三分。
（右手食指、拇指相捏其余三指直伸）
眼睁睁小姣
儿
（空 匡）无有救
〔哭头〕
（仓 – 仓 – 仓 仓 台七 台 仓）
（右手挑髯，食指、中指、拇指相捏）
应，
我的儿（喏 啊）
（右手拭泪）
〔西皮摇板〕
【凤点头】（过门同前）
等候了为父与你同行。
樊梨花 呀！
〔西皮摇板〕
【大锣凤点头】（过门同前）
我好似酒醉
（右手扶案）
方才醒，
（右手在右颊前托掌）

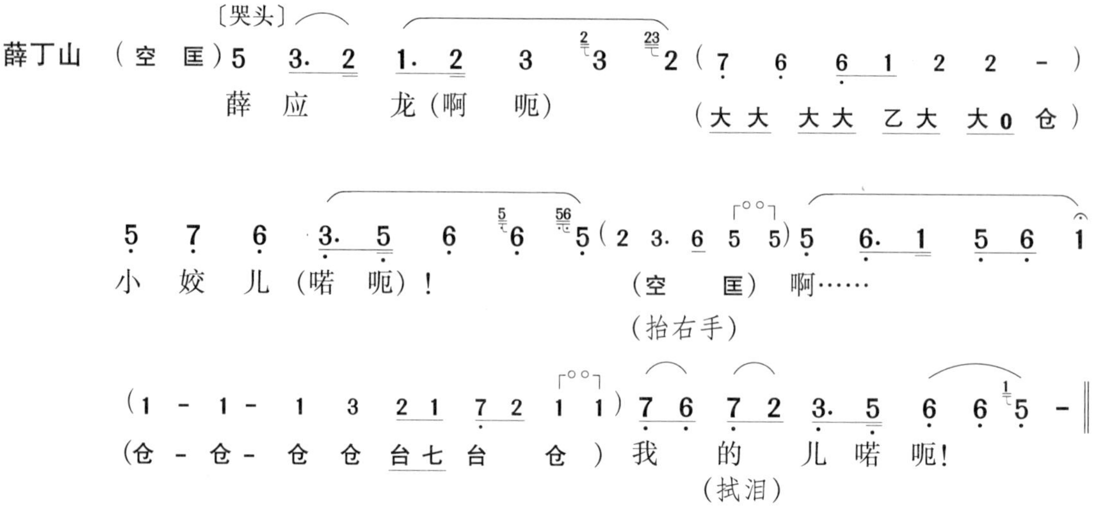

樊梨花 呀！

〔【大锣凤点头】樊梨花站起出座归台中。再看丁山。

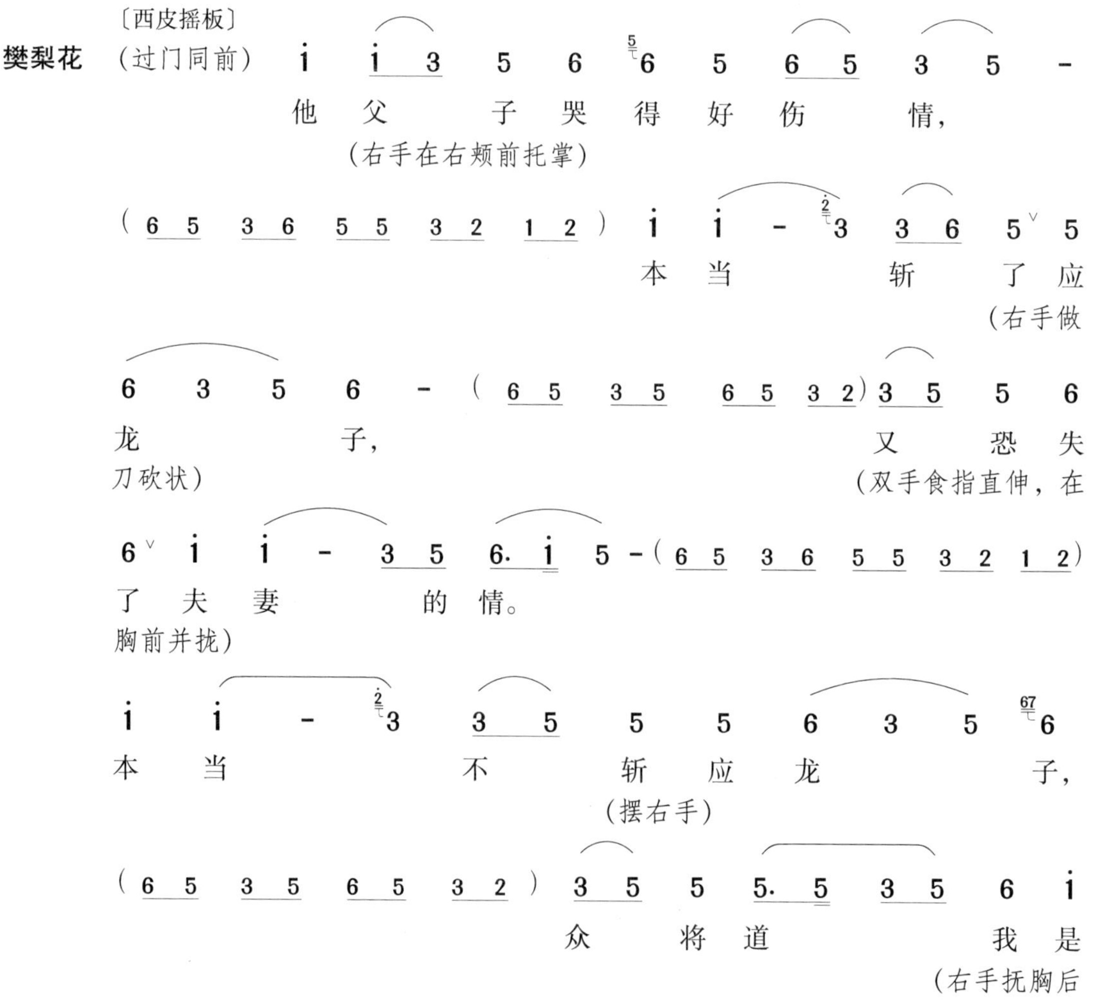

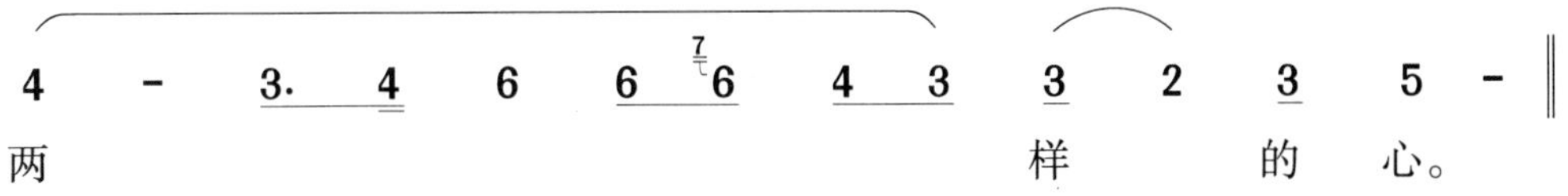

变摊掌掸动两下）

众　将　（跪成"横一字"）我等皆服！【撕边一击】

薛丁山　（近前两步）啊，夫人赦了应龙，众将皆服了。

樊梨花　众将请起。（稍欠身双手平托示意，众将起来）

〔西皮摇板〕

【凤点头】（过门同前）

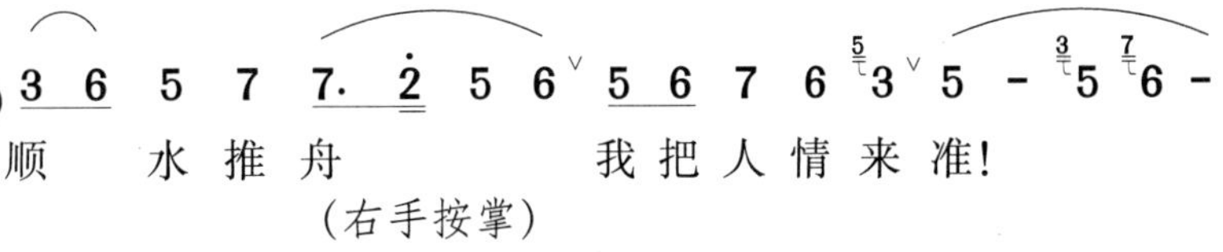

王爷呀！【大锣凤点头】

（过门同前）

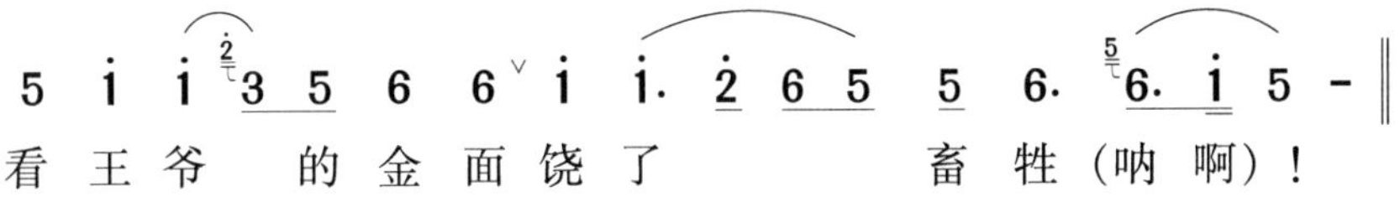

薛丁山　（高兴地）快快松绑！（双手忙张罗着）

众　将　啊！

［【大锣原场】秦汉、一虎给应龙松绑。应龙站起。

〔西皮摇板〕

薛应龙　【闪锤】（过门同前）

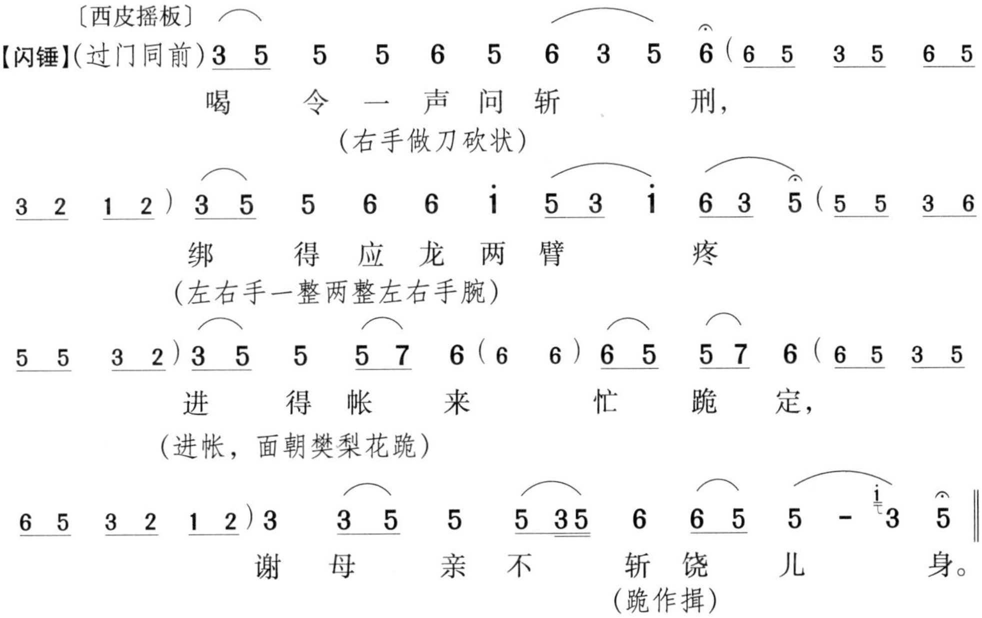

樊梨花　哇！（右手下指应龙）

〔西皮快板〕

【硬三锤】

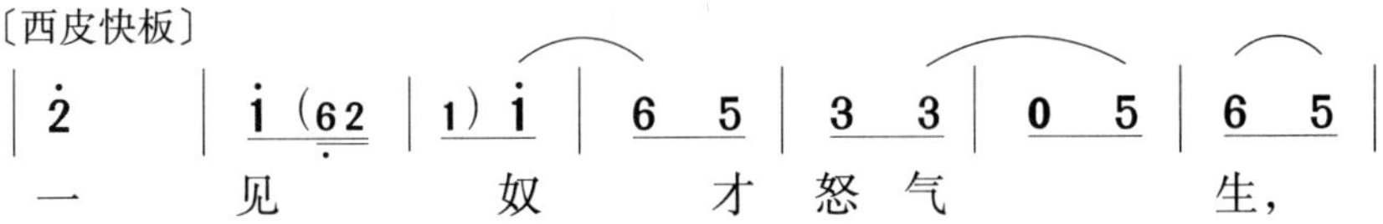

3 5 | 6 3 | 0 i | 5 6 | 5 | 3 | 5 6 |
大胆 私自 去招 亲。 狠 心

5 2̇ | 7 6 | 5 | 6 | 6 | (6 5 | 3 5 | 6 | 6) |
一 剑
（回身从公案抽出宝剑）

サ 3 5 6 2̇. 3̇ 2̇ i 6 i 2̇ - 2̇ - i - 【撕边一击】
要儿的命，
（右手举剑，左手指应龙）

薛丁山 啊，夫人（左手架住梨花持剑右手），用兵之时，饶恕他罢！

〔【大锣凤点头】樊梨花将剑放回剑鞘。

〔西皮摇板〕

樊梨花 （过门同前） 3 6 5 5 3 5 6 6 i 5 6 5 6 - 5 ‖
那 旁谢 过儿的老爹 尊。
（用右手示意应龙）

薛应龙 遵命！（站起）

〔【闪锤】樊梨花抬双手示意众将分下。秦汉摆“八字”椅后，下。梨花入右座，丁山入左座。

薛应龙 （过门同前）3 6 5 5 7 6 6 5 7 7 6（6 5 3 5 3 2 1 2）
这 旁领 了母 亲 命，
（拱手）

3 6 5 5 3 i 6 5 6 6 5（6 5 3 6 5 5 3 2 1 1 6 5 5 5）
转 面再 谢老爹 尊。
（躬身施礼）

3 6 5 5 7 6 6 5 5 6 7 - 7 - 6 -
低 头不 语出 大 营，
（出帐）

〔【闪锤】薛应龙走至左台口，向右转身。

（过门同前） 3 6 5 5 3 i 6 5 6 6 5 - ‖
险 些做 了冤鬼 魂。

〔【大锣打下】薛应龙从“下场门”下。

樊梨花 啊，王爷（拱手），仙山去见师尊，不知怎样吩咐？（摊右手）

薛丁山 师尊赐有灵符二道，一张顶在头上（抬右手齐右额头），一张吃在腹内。夫人正在怀孕，临阵交锋，定保平安无事（摆右手）。

樊梨花　有劳王爷了。后帐摆宴，与王爷洗尘。（拱手）
薛丁山　多谢夫人！
樊梨花　王爷请！（拱手）
薛丁山　夫人请！（拱手）
〔【大锣原场】二人站起，同从“下场门”下。

第　二　场

〔场上设“大座”，两边“八字”椅。
〔【急急风】四番兵从“上场门”上“站门”，乌里赫从“上场门”上至“九龙口”。【大锣五击】乌里赫归至前台口。
乌里赫　（念）败阵失军机，
　　羞愧难回避。（双手虚掩面）
〔【冲头】乌里赫向右转身归“大座”。四番兵归“八字”站。
乌里赫　可恨樊梨花，甚是骁勇，不能取胜，如何是好？左右，有请二位军师。
四番兵　二位军师进帐！
〔铁板道、飞钹师内白：“来也！”
〔【大锣打上】二人从“上场门”上，进帐。
铁板道、飞钹师　参见元帅！（拱手施礼）
乌里赫　二位请坐。
铁板道、飞钹师　谢坐。【大锣住头】（二人分坐）唤我二人有何军令？
乌里赫　那樊梨花丫头十分厉害，我兵不能取胜，二位想一妙策擒她才好。
铁板道、飞钹师　元帅但放宽心，我二人去至芦花河，摆一金光大阵，引那丫头前来打阵，定能一网打尽！【撕边一击】（三人站起）
乌里赫　全仗二位军师。巴图鲁！（仓）兵至芦花河！
四番兵　啊！
　奏唢呐曲牌<出队子>（连营分队）
〔【冲头】众番兵“合龙口”，乌里赫、铁板道、飞钹师出帐。众番兵带马，三人上马。众番兵从“下场门”下，铁板道、飞钹师打马从“下场门”下。乌里赫举鞭走至右台口，甩鞭打马由“下场门”下。

第 三 场

〔场上设一城片。

〔**【大锣原场】**四红文堂引薛丁山、樊梨花从“上场门”上，**【大锣归位】**薛丁山、樊梨花“横一字”站前台口。

薛丁山 （念）兵扎芦花河，（右手指出）

樊梨花 （念）何日息干戈！（右手按掌）

〔报子内：“报！”

〔**【冲头】**薛丁山、樊梨花转身归台中站，报子从“上场门”上。

报　子 启元帅：芦花河摆下无名大阵。

樊梨花 再探！

报　子 啊！**【大锣五击】**（从“上场门”下）

薛丁山 啊，夫人（拱手），既是番奴摆下无名大阵，你我夫妻去至敌楼一观便了。（左手指出）

樊梨花 请！（拱手）一同前往。

薛丁山 夫人请！带马！（抬右手）

〔**【纽丝】**二红文堂带马，樊梨花、薛丁山出帐，上马。

〔西皮散板〕

薛丁山 （过门同前）5 3 325 3 32 12 3（6 1 2 3）

适 才 探 马 报 一 声，（仓）

4 3 2 12 3 12 3 2.6 1（7 6

芦 花 河 摆 下 阵 无 名。

2 1 -）2 2 215 3 2 3 2 2 -

（仓） 催 马 加 鞭 敌 楼 进，

〔**【纽丝】**四红文堂“一翻”“两翻”薛丁山、樊梨花向左转身加鞭打马，向右同时转身勒马站台中，四红文堂进城楼，薛丁山、樊梨花进城楼，站于城上。

薛丁山（过门同前）ㄙ 3 2 2 62 1 2 4.5 32 1.6 1 - ‖

观 看 那 贼 发 来 的 兵。

（左手扶城、右手指出）

〔**【急急风】**四番兵、四飞虎旗、铁板道、飞钹师从“上场门”上，“站门”。乌里赫在**【四击头】**中从“上场门”上，在“九龙口”亮相。**【急急风】**乌里赫归到台中。**【急急风】**切住。乌里赫举右手示意摆阵。

| 芦花河 |

〔奏唢呐曲牌＜将军令＞

冬 冬 3 | 3 | 2 3 | 5 3 | 3 2 | 1232
（匡 匡 匡）
（四番兵、四飞虎旗、铁板道、飞钹师走“二龙出水”，

1216 | 1. 2 | 1212 | 3 56 | 432 | 3 | 3 2 | 323
随即两队人马“插花”）

0532 | 323 | 3 32 | 5 53 | 5 2 | 323 | 3 76 | 5653
（四飞虎旗搭成两个“十字架”，推磨一圈，四番兵与铁板道、飞钹

5 3 | 323 | 3 5 | 7656 | 3 | 2. 3 | 7 67 | 5
师分别成两组，与两个“十字架”围着走一圈后，“十字架”不动，二组番兵互换

5 4 | 4 3 | 2. 3 | 2 7 | 2 5 | 4 3 | 2. 3 | 2 7
位置再绕走一圈）

2 5 | 4 3 | 2 | 7 i | 7 5 | 4 3 | 2 | 7 i
（飞虎旗在前面，番兵在后“二龙出水”，在城下归成一横排，四番兵站一横排在

7 5 | 4 3 | 2 | 5 | 5 | 2 3 | 5 3 | 3 23
飞虎旗前面；铁板道、飞钹师在两边，乌里赫站中间，在前面成一横排亮相）

1.232 | 1216 | 1. 2 | 1212 | 3256 | 432 | 3

薛丁山 啊！【撕边一击】这是什么阵式？（右手向城下指）

樊梨花 此乃是金……【撕边一击】

薛丁山 （向右甩髯、朝樊摆右手）禁声！

〔西皮散板〕

【大锣凤点头】（过门同前）サ 3 5 5 6. 5 5 - 6. 5 4
叫 声 夫 人

（4 4 5 3 3）5 6 5 - 353 5 -
（空 匡） 莫 高 声！

（左手搂髯、右手按掌亮住相）（摆动右手）

〔【急急风】乌里赫举手示意，随即率众从“下场门”下。

薛丁山 带马回营！

〔【纽丝】薛丁山、樊梨花下城楼，四红文堂出城楼，薛丁山、樊梨花出城楼。四红文堂“合龙口”转身带马，薛丁山、樊梨花“一字”站台中上马。

〔西皮散板〕

薛丁山 （过门同前） 2 1 3 2 2· 1 6 1 （ 7 6 2 1 – ）

休 要 惊 动 那 贼 兵。 （仓）

（向樊示意） （二人左转身打马，右回身横握鞭）

2 2 1· 5 3 1 2 2 1 1 3 2 – 【大锣凤点头】

翻 身 下 马 宝 帐 进，

（下马，二人进帐）

（过门同前） 6 2 1 3 2 1 2· 1 1 6 3 2· 6 1 – ‖

再 与 夫 人 定 计 行。

〔【大锣住头】薛丁山归坐“大边”、樊梨花坐“小边”，四红文堂“八字”站。

薛丁山 啊，夫人，适才说什么金……？（双手摊掌）

樊梨花 此乃金光大阵。（右手指出）【撕边一击】

薛丁山 （略思）不知可能破否？

樊梨花 漫说你我夫妻，就是那大罗神仙（右手指出），也难破此阵。（摇头摆右手【撕边一击】）

薛丁山 也罢。待我二次去往仙山，（左手指出）在师尊（拱手）面前求来法宝，再破此阵。

樊梨花 不知王爷几时起程？

薛丁山 即刻起程，我有一言（右手抚胸），你要牢牢谨记。

〔【紧锤】二人站起，薛丁山右手拉樊梨花左手。二人向前上一步。

〔西皮快板〕

薛丁山 4 | 3 | 0 3 | 0 3 | 2 5 | 3 2 | 3 (12 | 3) 3 | 0 3 |

手 挽 手 儿 站 营 门， 开 言

（薛丁山在“大边”、樊梨花在“小边”二人站台中前方）

1 | 2 | 1 2 | 3 2 | 1 | 1 | 3 | 2 (61 | 2) 1 |

叫 声 樊 夫 人。 芦 花 河 摆

0 2 | 3 2 | 3 | 2 (61 | 2) 1 | 0 2 | 1 | 2 | 2 |

下 金 光 阵， 莫 教 应 龙 去

（左手指出） （摆左手）

3 | 1 (62 | 1) 1 | 0 2 | 3 | 2 | 1 | 3 | 2 (61 |

出 兵。 倘 若 姣 儿 有 伤 损，

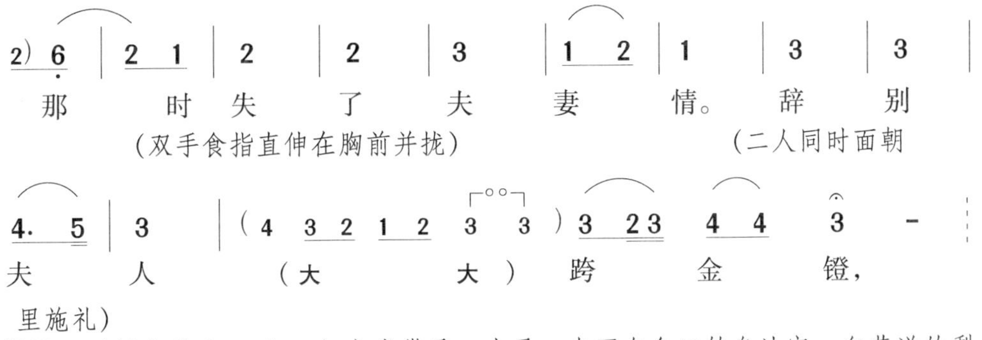

带马！（招右手【闪锤】一红文堂带马，上马，走至左台口转身站定，向恭送的梨花叮嘱）

〔西皮摇板〕

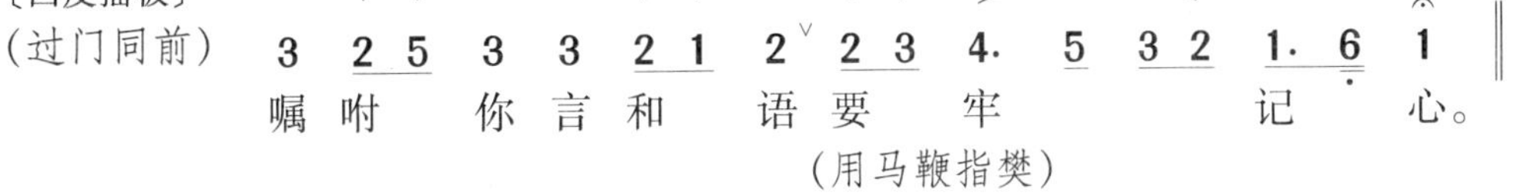

〔（嘟 - 八 大 仓）樊梨花在右台口拱手相送；薛丁山双手抱鞭道别，左转身打马，左手拉缰，从“下场门”下。

〔【紧锤】樊梨花右手翻袖向“下场门”方向“望门”，向右转身右手抖袖，归到前台口，双手端带。

〔西皮快板〕

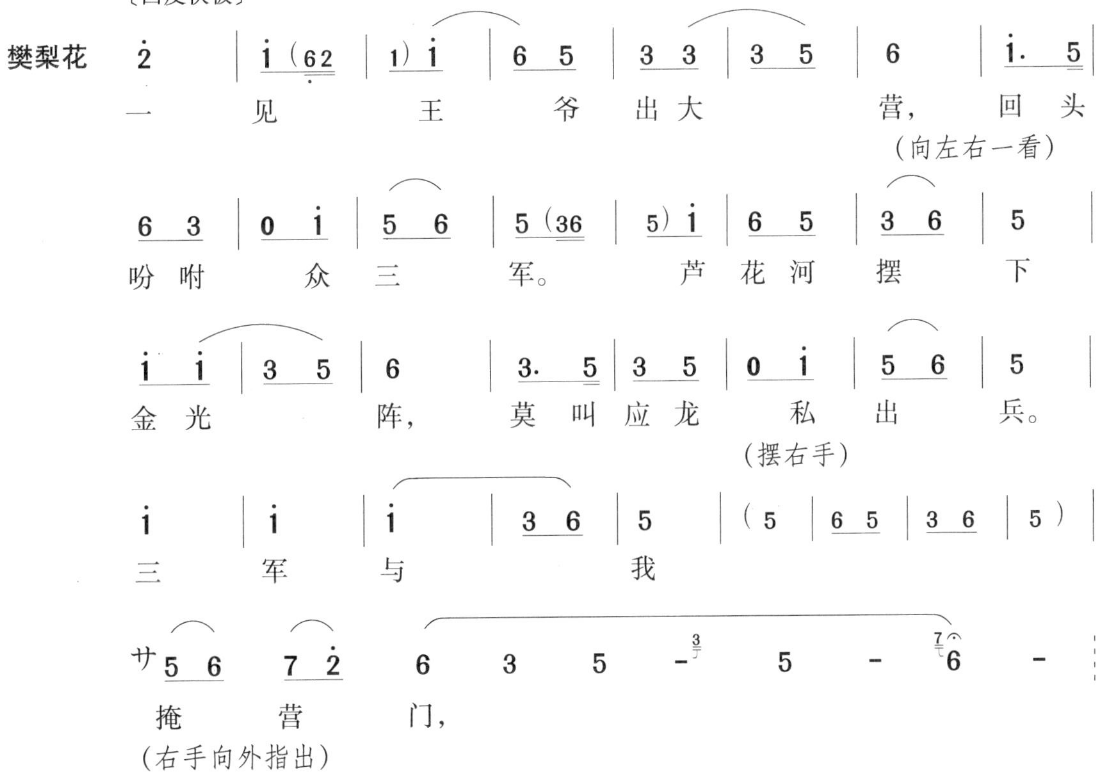

〔【纽丝】四红文堂扯成“斜胡同”；樊梨花走至台中心偏右处站定。

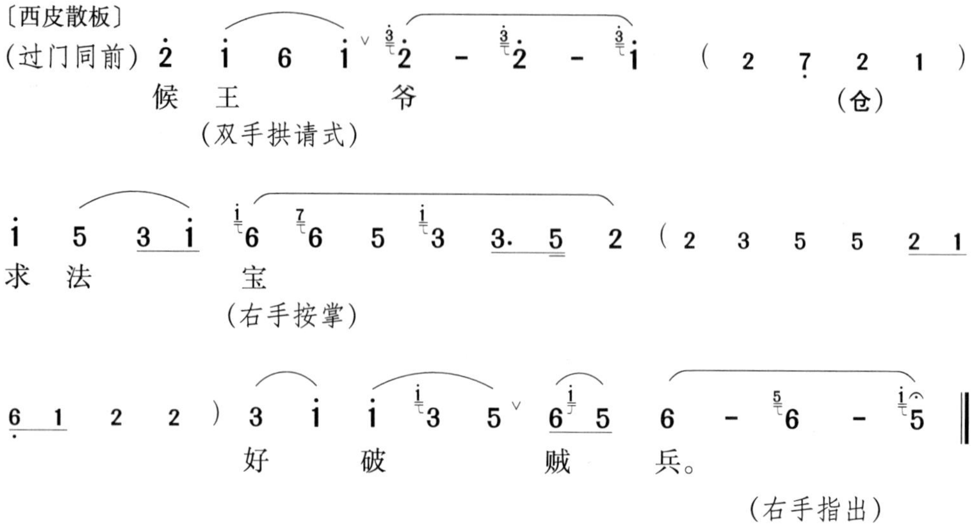

〔【大锣原场】樊梨花右转身双手端带从“下场门”下，众人“窝下”。

——剧 终

万凤姝　整理　　　　万如泉　校阅

穆柯寨

王瑶卿授课本

《穆柯寨》取材于《杨家将演义》及《昭代箫韶》，又名《降龙木》。

故事发生在北宋。辽兵犯境，萧天佐摆下一百单八天门大阵。宋军元帅杨延昭命焦赞去五台山，搬请五郎协助破阵。五郎准备破阵武器，需穆柯寨镇山之宝降龙木作斧柄，焦赞、孟良二人同去盗取，却被寨主自号穆天王的穆洪举之女穆桂英打败。焦、孟搬请杨延昭之子杨宗保助战，宗保又被穆桂英擒上山寨。焦、孟放火烧山，穆桂英用分火扇将火扇回，焦、孟大败。穆桂英见宗保少年英俊，顿生爱慕之心，欲结姻缘，但宗保不敢私自临阵招亲，桂英再三劝说，并愿献出降龙木，共破天门阵，宗保方才应允，遂在山寨结亲。

《穆柯寨》、《穆天王》是王（瑶卿）派名剧，也是当年中国戏曲学校的“校戏”，凡是学刀马旦行当的学生，基本上都用这两出戏打基础。《穆柯寨》以靠功为主，《穆天王》则以念白做派为主。其目的是为了让学生多方面掌握刀马旦表演的基本功。

《穆柯寨》的艺术特色表现在两场戏上：一是在“射雁”一场中，穆桂英的圆场十分讲究；二是“枪架子”，即穆桂英与杨宗保的对打，其中的“小快枪”要打得帅，要打出情，特别是穆桂英的“一见钟情”，妩媚中还要体现会武的女孩儿的粗犷。这两折戏中还有两个人物不可忽视，那就是孟良和焦赞。焦赞向以架子花应工，孟良则是铜锤、架子两门抱。演员们既要演出大将风度，又要诙谐，以增加喜剧效果。当年，金秀山、裘桂仙都演过孟良，黄润甫、侯喜瑞演过焦赞。而郝寿臣则孟良、焦赞都演过。

万凤姝

人物行当

四白文堂	杂	丫　环	旦
杨延昭	老生	穆桂英	旦
焦　赞	净	杨宗保	小生
孟　良	净	四兵士	杂
八女兵	旦		

服装扮相

四白文堂　俊扮。白大板巾，白龙套服，青彩裤，薄底。

杨延昭　俊扮。黑三、方纱，白蟒、苫肩、玉带，红彩裤，厚底。

焦　赞　勾黑十字门脸。扎巾盔、黑扎、黑耳毛子，黑硬靠、苫肩，青彩裤，厚底。“烧山”时换黑发髻、茨菇叶、黑一字，青缎素箭衣，下甲，大带。

孟　良　勾十字门脸（红葫芦脑门）。扎巾盔、红扎、红耳毛子，红硬靠、苫肩，红彩裤，厚底。“烧山”时换红发髻、茨菇叶、红一字，红缎素箭衣，下甲、大带。

八女兵　俊扮。贴片子、头布、小额子、水钻泡子，战裙战袄，腰箍，彩薄底。

丫　环　俊扮。梳大头、线尾子、抓髻、水钻头面，裤子袄子，坎肩，腰巾子，彩鞋。

穆桂英　俊扮。梳大头、线尾子、水钻泡子，七星额子、翎子、狐狸尾，粉硬靠、湖色彩球、云肩，披蟒、玉带，湖色彩裤，粉绣花薄底。

杨宗保　俊扮。紫金冠、翎子，白硬靠、苫肩，粉彩裤，厚底。

四兵士　俊扮。马童巾，抱衣抱裤，小大带，薄底。

道具

单枪（白缨）	两杆	令箭	一支
马鞭	四根	令旗	一面
单刀	十二把	钢鞭	一根
瓜锤	一把	短斧	一把
火葫芦（系红绸）	一个	分火扇（描金扇）	一把
弓、箭	一副	桌子	一张
椅子	两把	带箭雁	一只
高台	一份	红桌围椅披	一份

第一场

〔【一锤锣】四白文堂从“上场门”上，“站门”。杨延昭从“上场门”上，整冠、理髯、端带，走至前台口。【大锣归位】

杨延昭 （念引子）

一片丹心，【小锣二击】扶宋室，（多多）

1 2 3 2 ^{3}2 6 7 ^{2}7 7 6 ‖

保 定 乾 （呐）坤。

〔【大锣原场】双手抖袖，提袖，双手端带右转身向里走去，左转身归外场座。【大锣归位】

（诗）杨家投宋汜水关，

赤胆忠心扶江山。（拱手）【小锣二击】

替主曾赴双龙会，

兄弟血战金沙滩。（右手向外指出）【大锣归位】

本帅，杨延昭。【大锣住头】宋室为臣，奉命镇守三关一带。可恨萧天佐摆下天门大阵（右手指出），也曾命孟良、焦赞四处搬兵（右手按掌），一去日久，未见回报（右手摊掌）。站堂军！

四白文堂 有。

杨延昭 伺候了。

〔【大锣一击】

〔焦赞内白：“马来！”

〔【快长锤】焦赞右手举鞭左手抱令旗从“上场门”上至右台口，勒马。

〔西皮摇板〕

焦　赞 （7 6 5 5 5 3 6 5 5 3 2 1 2 6 5 5 5） 2 1 2

离 却 了

2 2 1 2 3 2 （3 5 2 1 6 1 2 2 2） 3 3 2 ^{3}2

五 台 山 阳 关

1 2 3 5 ^{5}2【大锣凤点头】（6 6 5 5 5 3 6 5 5 3 2 1 2）

路 （哇）道，

3 1 2 1 3 2 1 ^{1}6 1 3 2 1 6 5 － 6 1 6 1 ‖

回 营 来 见 元 帅 好 把 令 交。

【大锣原场】（下马。将令旗交右手，左手拉令旗一角）报！焦赞告进。（进帐）元帅在上，末将交令。

杨延昭 收令。（接令旗放桌上）一旁坐下。
焦 赞 谢座。（躬身施礼【大锣原场】坐“大边”跨椅）
杨延昭 啊贤弟，命你搬请五大师，可应允下山？（右手摊掌）
焦 赞 启禀元帅，五大师倒肯下山，只是缺少他的兵刃。
杨延昭 五大师善能用斧，库中现有。
焦 赞 斧头儿倒有（点头），只是缺少一根斧把儿（右手指出）。
杨延昭 用金银铜铁打上一根（右手按掌）也就是了（右手摊掌）。
焦 赞 亦非金银铜铁（摇头），乃是一根木头把儿（右手食指直立）。
杨延昭 但不知是甚么木（右手摊掌）？
焦 赞 就是那降龙木（右手指出）！
杨延昭 哦！降龙木！【撕边一击】（捋髯思索）
焦 赞 （念京白）嗳，降龙木（点头）。
杨延昭 （站起，向右前方走两步）哎呀且住！（背语）【撕边一击】想这降龙木出在山东穆柯寨，乃是穆天王镇山之宝，当年大战唐二府，被孟良盗来一根；如今还有一根，现在他的山寨（右手指出）。如今孟良搬兵未归，这降龙木一时焉能到手（右手摊掌）？哎呀这……（用右手抚头想，右手放下，双目一转）哦，哦，我自有道理（点头）。（【大锣五击】杨归位）啊，贤弟方才言道降龙木，你可知它的出处（右手摊掌）？
焦 赞 您身为元帅，（念京白）难道连降龙木的出处都不知道吗？
杨延昭 愚兄不知，贤弟你呢？
焦 赞 （念京白）嗳，小弟我知道。（拍胸脯）
杨延昭 噢，贤弟知道？
焦 赞 嗯，（得意地）略知一二。
杨延昭 贤弟请讲（双手拱请式）。
焦 赞 如此元帅听道哇！

〖【大锣归位】站起。

那降龙木出在山东穆柯寨，山前也有（右手向远指），山后也是（右手收回向近指），上得山去（改念京白）用手搂抱搂抱就是一大捆，（双手做抱状）用靴尖扒拉扒拉（用右脚做抬脚蹭地状）就是一大堆，这也算不了什么稀罕（双手合掌）之物呀（双手摊掌）！
杨延昭 如此说来，容易得很（摇头后再点头）？
焦 赞 （不屑一顾）容易得很。
杨延昭 好！焦赞听令！（回身拿令箭）
焦 赞 在！【大锣一击】
杨延昭 命你去到山东穆柯寨，盗取降龙木不得有误！
焦 赞 （念京白）哎哟！我说元帅，那是我听旁人说的，我也不知道哇（双手摊掌）！
杨延昭 你若不去，愚兄传令将你斩首！
焦 赞 怎么讲？喳喳喳！（双手交错理耳毛子）（八大仓）（双手捧扎）哇呀呀……【冲头】【大锣叫头】哎呀元帅呀（双手拱请式）！（京白）你就是杀了我（右手做刀状），把我的脑袋割下来（做杀头状），我也是不敢去哟！（背语自责地）你说哪门子大话呀！

杨延昭 啊贤弟，想这三关之上，二十四员上将，贤弟不数第一，也算第二（右手赞美指），贤弟若不去，旁人哪个干得来？此差非贤弟你不可。

焦　赞 怎么着（向前一步），此差非我不可？

杨延昭 （点头）是呀，非贤弟不可。

焦　赞 元帅你呀，你拿过来吧！（拿过令箭）哈哈哈……

杨延昭 （笑）哈哈哈……

〔西皮摇板〕

【闪锤】（7 6 5 55 36 55 32 12） 2 1 2 1 3
此 一 番 到 山

3 2 1 3 21 61 2（35 21 61 2 2 2）
东 把 降 龙 木 盗，

2 1 2 3 21 1 2 2 62 1 2 2 1 ‖
但 愿 你 多 谨 慎 早 立 功（呃）劳。

焦　赞 元帅呀！（双手拱请式）

〔西皮摇板〕

【闪锤】（过门同前）3 21 6 1 63 2 3 21 61 2（过门）
尊 元 帅 你 且 把 宽 心 放 了，

1 3 2 3 21 6 62 1 1 2 1（3 21 621
这 桩 事 焦 克 明 替 你 代 劳。

1 1） 2 1 2 2 1 2 3 2 3 3 2 3 2 6 1 2 －
辞 别 了 我 的 哥 忙 登 路（哇）道，

（施礼出帐）

「【快长锤】上马，向左台口走去，至左台口向右转身，右手横握鞭。【大锣凤点头】

〔西皮摇板〕

（过门同前） 1 3 21 6 1 3 3 1 2 2 5 3 2 1 5 6 6 1 － ‖
看（呐）起 来 是 焦 赞 自（呀）把 祸 招。

「【快长锤】左转身，举鞭从“下场门”下。

〔西皮摇板〕

杨延昭 【闪锤】（过门同前） 1 4 3 3 3 25 3 4 － 3 12
见 焦 赞 上 了 那 阳 关 路

3（46 32 12 3 3 3） 1 3 21 6 3 21
道， 盗 来 了 降 龙

1 2 2 6̣2 1 1 2 3 5 2 2 1 6̣ 1 ‖

木 再 作 计 较。

〔【大锣抽头】四白文堂扯成“斜门”，杨延昭从“下场门”下，四白文堂随从“下场门”下。

第二场

〔孟良内白：“马来！”

〔【快长锤】孟良从“上场门”上，举马鞭亮相。走至前台口勒马。

〔西皮摇板〕

孟良 【大锣凤点头】(过门同前) 3 3 5 5 3. 5 3 2 (3 5 2 1

紧 紧 加 鞭

6̣ 1 2 2) 1 3 2 2 3 - 2 3 2 1 1. 2 1 2

恨 马 慢，

(马鞭向右前方指出)

〔【闪锤】双手拉“山膀”后，右手向后打马再勒马亮住相。

〔西皮流水〕

1/4 (6 5 | 3 5 6 1̇ | 5 1̇ | 3 2 | 1 2 | 6̣ 5 | 5 5) | 4. 6 |

离

3 | 0 3 | 0 3 | 2 | 3 | 1 | 0 3 | 1 2 |

了 黄 花 奔 阳 关。 北 国 的

3 2 | 3 | 0 3 | 0 1 | 2 | 0 3 | 2 1 | 6̣ 1 |

胡 儿 来 侵 犯， 他 要 夺 我 主

(右手持

2 3 | 1 2 | 0 3 | 1 | 0 1 | 0 2 | 3 | 2 |

爷 的 锦 绣 江 山。 宋 王 天 子

鞭、双手成拱请式)

0 3 | 0 1 | 2 | 0 3 | 2 1 | 5̣ 6̣ | 1 1 | 0 3 |

遭 大 难， 元 帅 帐 中 把 将

1 2 | 1 | 0 2 | 1 2 | 3 | 0 1 | 1 3 | 2 |

令（啊）传， 差 孟 良 和 焦 赞

0 5 | 3 2 | 1 | 2 | 2 2 | 2 3 | 1 | 0 1 |
不 分 昼 夜 四 路 把 兵 搬。 太

0 2 | 3 | 0 3 | 2 3 | 2 | 0 3 | 6 1 | 2 |
平 年 息 征 战， 为 大 将 才

2 | 2 | サ（大 大）6 1 2. 5 3 3 – 2 3 2 3 2 1 1 – ‖
（呀） 知 报 国 难。
（右手持鞭，双手成拱请式）

【大锣住头】（右手向后打马，左手勒缰，右手勒马亮住相）俺（仓）孟良。**【大锣住头】**（右手垂鞭，左手提甲）奉了元帅将令，（双手成拱请式）搬请马氏夫人。且喜马氏夫人应允下山（右手按掌），言定秋后发兵，不免回营交令。（用马鞭向外指出）

〔西皮摇板〕
【闪锤】（过门同前）2 2 3 2 1 2 1 3 3 2 – ^{3}2 1. 1 6 1 2 –
扬 鞭 催 马 在 阳 关 路 （哇）道，

〔**【快长锤】**右手向后加鞭，左转身向“下场门”方向走去。**【快长锤】**切住。
〔焦赞内白：“二哥慢走！”
〔**【大锣单楗凤点头】**孟良右转身回头看“上场门”方向。

〔西皮摇板〕
孟 良 （过门同前）6 2 1 2 2 ^{3}2 3 2 ^{1}6 5 5 3 1 ‖
那 旁 来（呀）了 结 拜 故（哇） 交。

〔**【快长锤】**焦赞从“上场门”上，举马鞭亮相。勒马。
〔西皮摇板〕
焦 赞 （过门同前）2 2 1 3 1 2 3 4 ^{5}3 –
扬 鞭 打 马 奔 山 洼，

〔**【大锣一击】**焦、孟二人对望。

孟 良 贤弟！
焦 赞 二哥！
孟 良
焦 赞 （同笑）啊哈哈哈……

〔**【大锣单楗凤点头】**稍向右台口方向走两步。
〔西皮摇板〕
焦 赞 （过门同前）2 1 2 1 3 2 3 7 6 5 6 1 ‖ **【大锣住头】**
我 一 人 不 中（就）算 上 了 他。
（用马鞭向左指孟）

「焦、孟二人“站八字”。

孟　良　贤弟！

焦　赞　二哥！

孟　良
焦　赞　（同笑）啊哈哈哈……

「**【大锣原场】**二人下马，“站八字”。

焦　赞　二哥你辛苦了。（双手拱请式）

孟　良　大家辛苦。（双手摊掌）

焦　赞　元帅命你搬请马氏夫人，怎么样了？

孟　良　马氏夫人应允秋后发兵。啊，贤弟，元帅命你搬请五大师，怎么样了？

焦　赞　五大师倒肯发兵，只是缺少他的一件兵刃（右手单指）。

孟　良　他的兵刃，库内现有。（右手按掌）

焦　赞　斧头倒有（点头），只是缺少一根斧把儿。

孟　良　这有何难（摇头），用金银铜铁打上一根，也就是了。（右手按掌）

焦　赞　亦非金银铜铁，乃是一根木头把儿。

孟　良　但不知是什么木？

焦　赞　（念京白）我说二哥，您猜猜。

孟　良　待愚兄猜上一猜，嗯（想）花梨木？

焦　赞　不对。（摇头）

孟　良　紫檀木？

焦　赞　哎，也不对。（双摆手）

孟　良　檀香木。

焦　赞　越发的不对了。

孟　良　那愚兄我就猜不着了。

焦　赞　哼，我谅你呀也猜不着，就是那降龙木。

孟　良　噢！（撕扎）降龙木，我知道！（放扎）

焦　赞　怎么着，二哥您知道？请讲，请讲。（双手拱请式）

孟　良　你且听道：（指焦赞）**【大锣归位】**降龙木出在山东穆柯寨，乃是穆天王镇山之宝。当年跟随老王大战唐二府，曾被愚兄（右手抚胸）盗来一根，如今还有一根，现在穆柯山寨。

焦　赞　咦！有嘚，怪不得元帅说你知道（指孟），他说焦赞过来，这有令箭一支，命你去至途中，等候那孟良，不必叫他回营交令（右手按掌），二次叫他去往山东穆柯寨盗取降龙木，不得有误（摆右手）！

孟　良　（念京白）哎，我说焦赞，元帅差你，你怎么差起我来了（双手摊掌）。

焦　赞　（念京白）二哥，你不信不是？

孟　良　（念京白）（摇头）我不信。

焦　赞　（念京白）（看孟）好，我给你个凭证。（从腰间拔出令箭）二哥，你瞧这是什么？

孟　良　（念韵白）果然是元帅的令箭。

焦　赞　（念京白）你瞧，这还有错吗？

孟　良　（念京白）我说焦赞，你可别赚我呀。

焦　赞　（念京白）哎哟，这是怎么话说的，自己的哥儿们，我哪能赚你不是？

孟　良　（念京白）那么你可得帮着我点。

焦　赞　（念京白）没错儿，咱哥俩还有的说吗？我帮着你。

孟　良　（念京白）咱们走吧。

焦　赞　（念韵白）一同上马！

孟　良　请（双手拱请式）！

〔**【快长锤】**二人上马。

〔西皮摇板〕

孟　良　（过门同前）0 5 3 4 3 3 2 1 2 3（6̣ 1 2 3 3）2 5
弟 兄 双 双 把 马 上，为

3 3 2 1.5 3 2 - 2 6̣ 1 2 3 3 5 2 3 2 1 6̣ 1 - ‖
国 家 哪 顾 得（呀） 昼 夜 奔 忙。

〔**【快长锤】**孟良左转身打马从“下场门”下。**【快长锤】**切住。焦赞向“下场门”望。

焦　赞　（笑）哈哈哈……（得意地）

〔西皮摇板〕

【闪锤】（过门同前）3 3 3 2 3 3 2 1 2 3（4 6 3 2 1 2
孟 良 上 了 我 的 当，

3 3 3）6̣ 2 1 2 2 1 3 2 1（3 5 2 1 6̣ 2
哪 知 焦 赞 坏 心 肠。
（用马鞭托扎梢）

1 1 1）2 3 6̣ 2 1 2 1 6̣ 1 2 2 3 3 6̣ 1
盗 得 木 来 咱 受 赏，闯 出 祸
（摇头晃脑）

1 2 2 1 3 2 1 6̣ 5̣ 6̣ 6̣ 1 - ‖
来 有 他 承 当。
（用马鞭指“下场门”方向）

〔孟良内白：“贤弟快来！”

焦　赞　咱来了！

〔**【快原场】**焦赞打马从“下场门”下。

第　三　场

〔奏唢呐曲牌<水龙吟>

〔八女兵抱刀“站门”。

〔丫环从"上场门"上，走至前台口，一看两看，归到"大边"，站在列队女兵前排，曲牌止。

〔**【四击头】**穆桂英从"上场门"上，端带亮住相。**【一锤锣】**在"九龙口"整冠、理穗、端带走至前台口。**【大锣归位】**抖左袖，将左袖向上翻折，以左袖抬起遮面，右手拉左袖。

唢呐曲牌<点绛唇>

穆桂英 サ5　3　5　2（台台）2　2 1　2　6 1　5（台另台）

占　据　山　头，　　闺　中　　英　秀，

5　5 4　3 5　2（台台）　3 2　1 3　5　6　5　－（台另台）

韬　略　　有，　　　　智　　广　　多　　谋，

6　5　6　5　（嘟　八　大　仓）2　2 1　6 1　5 ‖

神　勇　　　　　　　　　　　世　无　　俦。

（左手将水袖抖下再翻折成举袖，右手端带亮相。右手向右前方指出）

〔奏唢呐曲牌<水龙吟·合头>左手抖袖、提袖、整冠、理穗，左手端带，右手掏翎向左望；**【大锣一击】**右手放翎端带，左手翻折水袖成举袖向右望；**【大锣一击】**（嘟八大仓）转身双手端带，面向后台口亮住相，快步向高台走去，上高台，左转身归座，曲牌止。**【大锣归位】**

穆桂英　（诗）巾帼英雄女丈夫，

胜似男儿盖世无；**【小锣二击】**

足下斜踏葵花镫，

战马——**【冲头】**（左手翻折水袖成举袖，右手拉开山膀）

冲开百阵图。（右手向右前方指出）

〔**【大锣归位】**左手将水袖抖下又翻折起；右手拉左手水袖。众女兵向里走归"八字"。姑娘，穆桂英。**【大锣住头】**（左手抖袖，提袖，双手端带）爹爹（双手拱请式）穆洪举，曾在宋室为臣。只因朝中奸臣当道（右手指出），故此退归林下（右手按掌），来在这穆柯寨占山为王。**【大锣住头】**（右手指出）我爹爹（双手拱请式）上月往蓬莱岛闲游去了，至今未见归来（右手在胸前摆手）。看今日天气晴和，不免下山行围射猎，散闷一番（右手抚胸）。丫环过来。

丫　环　有。（走向高台前，面向穆桂英站）

穆桂英　吩咐下去？姑娘今日下山，行围射猎，打来飞禽走兽（右手按掌），个个有赏。（右手摊掌）

丫　环　是啦！（右转身右手拉山膀）下面听者：**【撕边一击】**姑娘有令（双手拱请式），今日下山行围射猎，打来飞禽走兽（右手按掌），你们个个有赏啊！（右手向外指出）

众女兵　啊！

丫　环　传令已毕。（面向穆）

穆桂英　带马下山。

丫　环　带马下山啊！

〔【冲头】众女兵“合龙口”，穆桂英下场脱蟒，关二幕撤高台，开二幕穆桂英复上，出门，上马。

〔奏唢呐曲牌<急三枪>

〔穆桂英在原地左转身打马，再向右转身走一小圆场；众女兵“一翻、两翻”，归成“站门”。

丫　环　来到郊外！

穆桂英　撤下围场！

〔（嘟　八　大　仓）穆桂英向右转身起“反云手”，向右甩鞭打马，左手掏翎，亮右横鞭、左掏翎相。左转身归台中稍后位置。

〔【四击头】穆桂英向右转身、右手绕鞭成反握鞭、左手掏翎、踏左步半蹲（音读存）身亮住相。【撕边】左手放翎、右手向外涮鞭，身站起、左手勒缰、右手勒马亮住相。

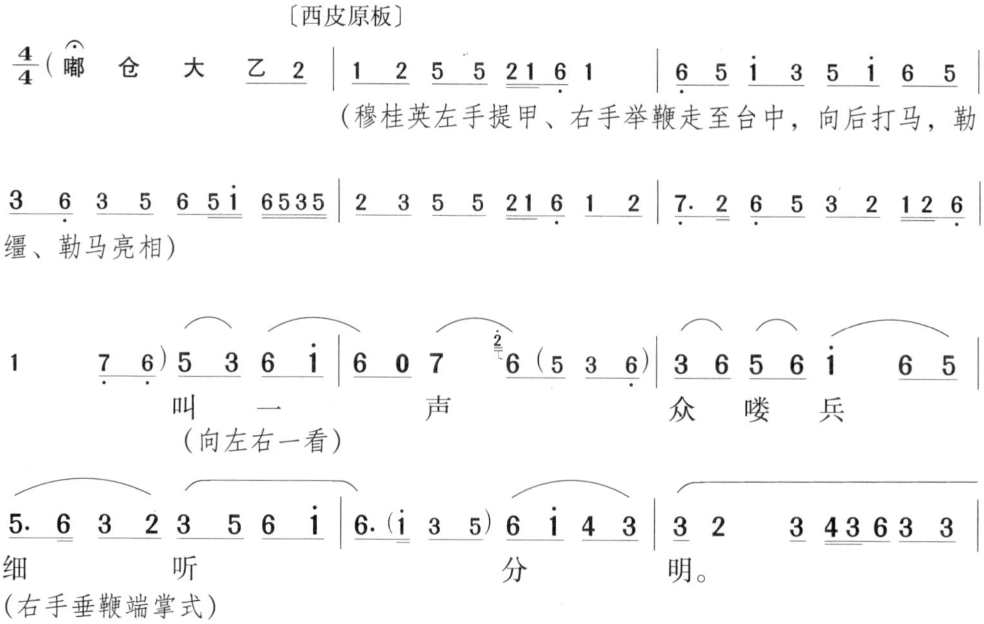

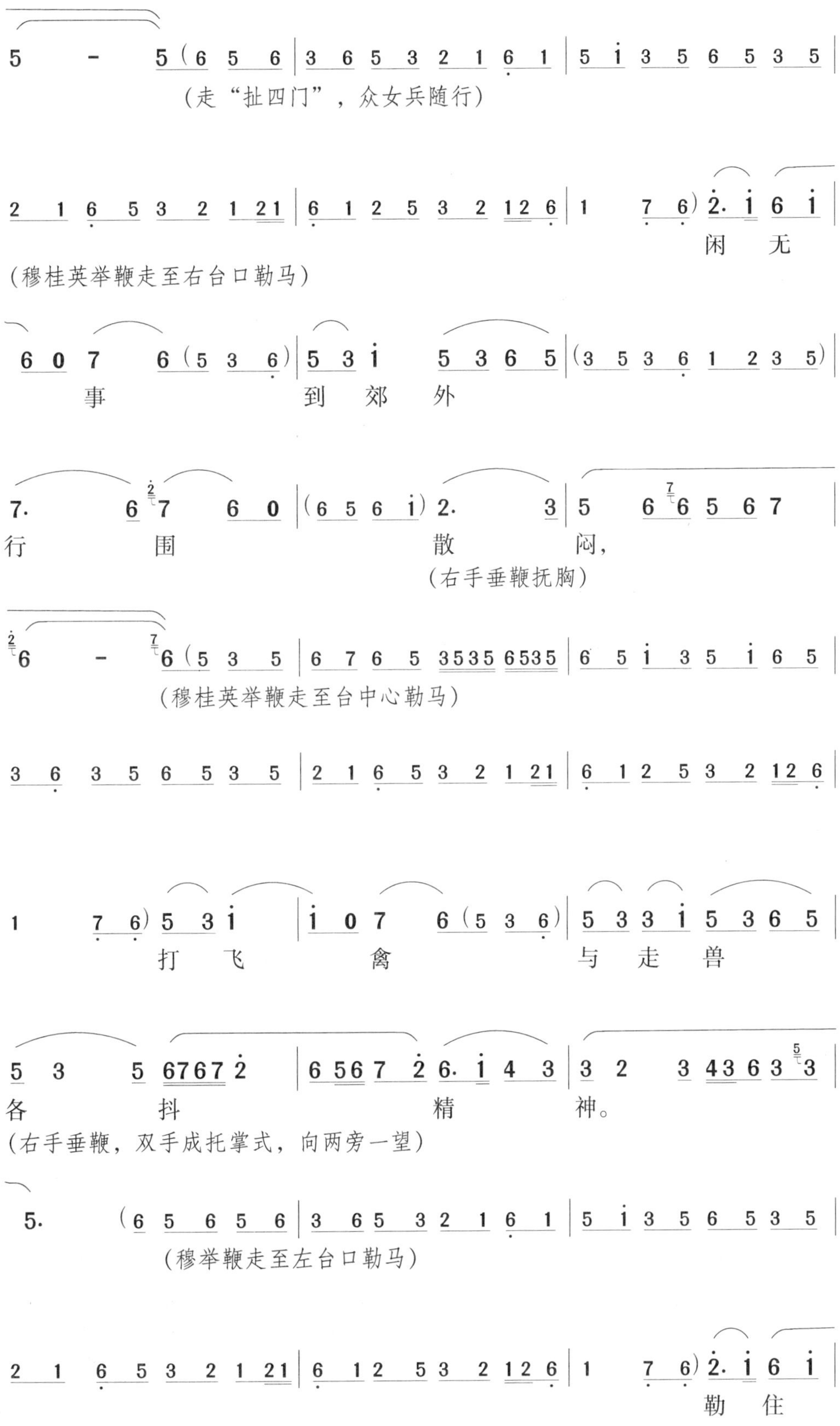
（走“扯四门”，众女兵随行）
（穆桂英举鞭走至右台口勒马）
闲 无
事
到 郊 外
行 围
散 闷，
（右手垂鞭抚胸）
（穆桂英举鞭走至台中心勒马）
打 飞 禽
与 走 兽
各 抖 精 神。
（右手垂鞭，双手成托掌式，向两旁一望）
（穆举鞭走至左台口勒马）
勒 住

6 7 6（5 3 6）| i 5 3 i 6 5 |（3 5 3 6 1 2 3）|
了 丝 缰
（边唱边走，右转身举鞭向台中走去，至台中观望上空）

7 6 7 6 |（6 i 5 6）i 2 3 5 | 6 5（7 6）5 3 6 i |
举 目 观 定， 猛 抬
（左手勒缰变

6 0 7 6（5 3 6）| 3 2 3 i 5 3 6 5 | 5 6 3 2 3 5 6 i |
头 又 只 见 鸿 雁
左提甲，右手持鞭指空中飞雁）

6 3 6 i 4 3 | 3 3 5 – ‖ （乐队吹“雁架子”）
一 群。
（右手放鞭手握拳状，右拳晃动，马鞭涮成连续圆圈）

〔（大大 大大 乙大大 仓）左手掏翎，右手反握鞭在胸前，左踏步半蹲身亮住相。望右台口上空。

丫　环　姑娘雁来啦！（指右台口上方）

穆桂英　（欣喜地）弓来！（右手向外放马鞭，使马鞭涮动后成垂鞭，**【闪锤】**双手拉开山膀。丫环将弓递与穆桂英，桂英左手接弓箭，用右手拉动一下弓弦，点点头）

〔西皮摇板〕

（过门同前）5 i i – 6 5 7. 6 5 – 6.（5 3 3 5 6
左 执 弓 右 搭 箭 （八大台 空 –
（右手将箭搭在了弓上） （右转身至右台口亮右手

6 6 6）7 7 6 3 5 – 6. 7 5 6 7 – 7 7 6 6 – ‖
匡 –） 空 中 射 定，
横鞭、左手 （由右台口领起来跑一圈圆场，回至右台口，向左转身，左手向背后斜举弓相） 背弓、右手抱鞭半蹲身亮相）

〔**【小锣一击】**箭放出射中飞雁。

丫　环　姑娘，鸿雁带箭而逃。

穆桂英　（身站起，归台中）紧紧追赶！（右手向上扬鞭）

〔**【扫头】**八女兵举刀，**【急急风】**八女兵与丫环从“下场门”下。**【急急风】**穆桂英面向“上场门”，左手向里缓弓、右手向里缓鞭、碎步退至左台口，左手扣腕握弓、右手向后拖鞭亮住。随即向“上场门”跑圆场，至“九龙口”，向左转身，左手斜举弓，右手自里向外缓鞭成横鞭式亮住。顺势从“九龙口”领一反圆场至右台口原姿势亮住相。（嘟 八 大 仓）向左台侧边跑边左转身，起“屁股坐子”，双腿盘卧式在左台侧勒马亮住相。**【冲头】**身起立、走反云手向右转身跑至右台口。

【撕边一击】左斜举弓、右手向后加鞭。**【撕边一击】**原姿态保持不动，右脚上步，右手向后打马。**【撕边一击】**右脚上步，右手向后打马。**【大锣四击头】**在台中右手自里向外缓鞭走“鹞子翻身”两个，在左台口左手扣腕在左胸旁斜握弓；右手在胸前抱鞭亮住相。**【急急风】**跑至右台口，右转身右手向后打马；左手扣腕在胸前握弓稍一亮住，随即向“下场门”跑圆场下。**【急急风】**转**【冲头】**收住。

第 四 场

〔孟良、焦赞内白：“马来！”

〔**【纽丝】**孟良、焦赞从“上场门”举马鞭上。

〔西皮散板〕

孟 良 サ(7 6 6 5 i 3. 2 7 6 2 1 -) 1 3 3 1 2 3 4 3 -

穆 柯 寨 上 好 美 景，

(右手马鞭自里向外平缓出)

〔箭声。**【大锣双楗凤点头】**焦赞见箭雁急下马，拾起雕翎。

焦 赞 1 3 1 3 2 5 3 1 1 ‖

路 边 拾 (呀) 起 一 雕 翎。

〔**【大锣住头】**焦赞刚欲看，见孟良下马走来，将雁箭急向身后藏去。

孟 良 (念京白) 贤弟，你捡起了什么东西？

焦 赞 (念京白) 我没捡什么东西。(摇头否认)

孟 良 我却不信，愚兄我要看看你的手。

焦 赞 (念京白) 您要看我哪一只？

孟 良 这一只。(指左手)

焦 赞 (念京白) 这只？(将箭雁在身后倒手交右手) 请看。(伸左手)

孟 良 那一只。(指右手)

焦 赞 (念京白) 这只？好、好、好 (将箭雁交左手，伸出右手) 二哥，请看。

孟 良 (念京白)(背语)咦，有哇，这小子会二仙传道。(念韵白)啊，贤弟，愚兄我要看你的双手。

焦 赞 (念京白) 怎么着，您要瞧我的双手。二哥您瞧见一个家雀俩脑袋没有？

孟 良 (念京白) 在哪儿呢？

焦 赞 (念京白) 喟！又飞啦！(将箭雁夹在两腿中间)

孟 良 (念京白)你呀，你给我走过来吧！(用手拉焦赞，箭落地，拾起箭雁观看) (念韵白) “穆桂英百发百中”。啊贤弟，此乃穆桂英的箭、雁，你我把还与她。

焦 赞 (念京白)(抢过箭雁) 得了呗你，二哥，这回降龙木就有了。

孟 良 怎见得？

焦 赞 这是穆桂英行围射猎，你我弟兄迎上前去，她若与咱要箭、雁，咱们就与她要降龙木。

孟 良 那穆桂英不是好惹的。

焦 赞 咱们兄弟也不是好惹的。(右手拍靠肚)

〔丫环内白："那里走！"

孟　良　哟，那边有人来了。

〔【冲头】二人归"大边"，丫环从"上场门"举瓜锤上，架住。【大锣叫头】

丫　环　呔！胆大黑红二汉，拾去姑娘箭、雁不还，是何道理？【撕边一击】

孟　良　女将留名。

丫　环　你姑娘——穆桂英。

孟　良　嗳，（拉焦）贤弟，穆桂英来了。

焦　赞　（琢磨）（念京白）不像，我来问问她——（与丫环架住）（韵白）呔，（仓）女将留名！

丫　环　你姑娘穆桂英。

焦　赞　你放下手（用鞭将瓜锤压下），哎呀，喳、喳、喳【乱锤】（向孟）（念京白）二哥，她不是穆桂英。

孟　良　（念京白）那她是谁？

焦　赞　（念京白）她是穆桂英的……

孟　良　（念京白）什么？

焦　赞　（念京白）是穆桂英的小使唤丫头。

孟　良　（念京白）打发她回去。

〔【大锣叫头】

焦　赞　呔！回去对那穆桂英言讲，叫她好好献出那降龙木便罢，如若不然，将你山寨踏为齑粉。

丫　环　一派胡言，着打吧你！

〔【急急风】丫环走焦、孟中间"一过合，两过合"，孟良往里一盖丫环的瓜锤，二人同时转身，就势焦赞打丫环"封头"，丫环接"封头"。【急急风】切住。

丫　环　（用瓜锤指焦）你等着吧你！（向"上场门"跑下）

〔【急急风】八女兵、丫环从"上场门"上站"一条鞭"，穆桂英举枪从"上场门"上。双方架住。

穆桂英　【大锣叫头】呔，胆大黑红二汉，拾去姑娘箭、雁不还，是何道理？【撕边一击】

孟　良　女将留名。

穆桂英　你姑娘穆桂英。（左手接枪，枪头下缓，将枪斜掖左腰旁、右手胸前握拳）

焦　赞　（一看）（念京白）二哥，是真的来了。咱们上马招呼着！（二人上马）

孟　良　【大锣叫头】啊，穆小姐……

焦　赞　得了吧你（拉孟）。【大锣叫头】呔，穆桂英！快快献出降龙木便罢，如若不然，将你山寨踏为齑粉！

穆桂英　一派胡言！放马过来。（指焦）

〔【急急风】八女兵、丫环从"上场门"下。穆桂英左转身捋枪，与焦、孟"一过合"，左转身叨孟到"大边"，穆桂英在台中，枪头盖孟良砍过的斧头，用枪头打孟下马，用枪镦盖焦赞抡过来的鞭，用枪把打焦赞下马。二人面向台后单腿跪。【四击头】穆桂英颠枪，用右手接枪头部位，走"鹞子翻身"，在左台口左手持枪、右手掏翎亮住相。【急急风】穆桂英快步圆场，从"下场门"下。

〔【乱锤】焦、孟站起，二人在台中"站八字"。

孟　良　嘿！（向焦）我说那穆桂英不是好惹的，你（指焦）偏要惹她，如今你我堂堂大

将，被那丫头打下马来，（用手指他）是成何（空匡）（托扎）体统？（扔扎）

焦　赞　哎呀呔！【大锣五击】（用手指孟）我说那穆桂英不是好惹的，你偏要惹她（指孟），如今你我堂堂大将，被那个丫头打下马来，是成何（空匡）（用双手在胸前做桶状）（念京白）饭桶。

孟　良　你说有你。（指焦）

焦　赞　你说有你。（指孟）

孟　良　你说有你！（指焦）

焦　赞　你说有你！（指孟）

孟　良　（气急败坏地）呸！着打！

〔【撕边一击】孟良举拳，焦赞用手托起孟胳膊。

焦　赞　（念京白）哎，二哥，二哥您别生气，我有了主意啦！

孟　良　（念京白）有什么主意？快说！（放胳膊）

焦　赞　（念京白）你我回营，把小本官①搬来（右手按掌），（念韵白）三马连环，何愁那女寇不灭！

〔【撕边一击】孟一思索。

孟　良　嗳，元帅知道（双手拱请式），那还了得？（双手摊掌）

焦　赞　（念京白）我也豁出去了（握拳跺脚），有我哪！（拍胸）

孟　良　（念京白）又有你？（指焦）

焦　赞　（念京白）（点头）有我哪！

孟　良　（念京白）好，拉着马，咱们回营。

〔【大锣原场】二人拉马从“下场门”下。

第五场

〔杨宗保“上场门”上，“起霸”。

【冲头】　逐渐加快　【四击头】

八　嘟　‖: 仓切 | 仓切 :‖ 仓　切 | 仓 0 大台 | 仓 － |

（双手提甲，从“上场门”走至

【慢冲头】　渐快

仓　切台 | 仓台切台 | 仓　0 | 八　嘟 | 仓切仓切 ‖: 仓切仓切 :‖

“九龙口”亮双提甲左丁步相）（跨左腿骗腿，左腿落跨右腿骗腿、右腿落再跨左腿骗腿，左腿落地）

【长尖】　【冲头】渐快

仓　切 | 仓 0 大台 | 仓切切切 | 才　才 | 仓才仓才 :‖ 仓　切 |

（垫右步成左丁步，在左台口亮双手提甲相）（双手放甲、走“正云手”成左“山膀”、右按掌式，随即向后斜线慢撤三步，再快步直撤至“九龙口”）（双手拉开“山膀”，左丁步亮住相）

---

① 小本官：这是戏中焦赞、孟良对杨宗保的特用称呼。此戏中杨宗保并无官职，而直呼名字又嫌不妥，遂用“小本官”称。严格推究文理，似欠通。

【四击头】

仓 0 嘟 | 八 大 | 仓 0 大 台 | 仓 - | 仓 切 台 |

（走反云手）（抖右靠旗，右手成山膀、左手按掌、左腿戳步亮住相）（上身不动，跨抬右腿）（落右、腿上踢左腿）（左手向前方推掌、左脚向前趋步、顺势成左弓步）

【冲头】

仓 台 切 台 | 仓 0 | 八 嘟 | 仓 切 仓 切 |

（身起立，起正云手、跨右腿、向左转身归到台中、面向“上场门”亮左山膀、右按掌“蹲裆骑马式”相）（身起立）（起正云手后仍亮山

渐快

‖: 仓 切 仓 切 :‖ 仓 切 | 仓 0 切 | 切 仓 0 |

膀按掌相，随即向左台口斜线慢撒三步）（疾步退至左台口）（双手拉开山膀左丁步亮住相）（跨抬右腿、向左转身右腿落地，左腿跨抬，亮左栽锤、右撑掌相）

【四击头】

八 大 大. | 仓 0 | 大 台 仓 | 仓 切 台 |

（双手向右后方缓去成一圆圈后，立即向左前方“双推掌”；抡骗左腿，双腿成“蹲裆骑马式”）（双手向右后方缓，起反云手，向右拧身，左腿后掖抬起）（双手成“斜托掌式”亮住相）

【慢冲头】

仓 台 切 台 | 仓 0 | 八 嘟 | 仓 切 仓 切 |

（左转身、起云手、上左步、跨右腿，至台中、面向左台口，亮山膀按掌、“蹲裆骑马式”相）（身站起）（上身不动，随即向后斜线慢撤三步，再疾步

渐快

‖: 仓 切 仓 切 :‖ 仓 切 | 仓 0 | 嘟 大大大大 |

向“九龙口”方向退去，退至“九龙口”）（双手拉开山膀，左丁步亮住相）（整左袖亮住）

【四击头】

仓 0 嘟 | 大大 大大 仓 0 | 0 大 台 | 仓 - |

（整右袖亮相）（双手整冠）（右手向外扔靠绸）

仓 切 台 | 仓 台 切 台 | 仓 0 | 嘟 - |

（左手向外扔靠绸）（双手在胸前绕动束紧束“甲”。）（双手成“端架拳式”亮住相）（稍晃双肩送靠绸、左转身同时左手提下甲、

渐快

拉 大 大 台 ‖: 【大锣原场】 :‖ 仓 切 仓 切 | 仓 切 |

甲、右手单山膀，在“九龙口”亮住相）（跑圆场）（跑至前台口右手提甲）

穆柯寨

【冲头】　　　　　　　　　　　　　渐快

仓 0 八 嘟 | 仓 切 仓 切 ‖: 仓 切 仓 切 :‖ 仓 切 |

(右手翻甲亮住)　(双手放甲、向左转身,原地跑一小圆场,归至前台口)　(双手拉开山膀)

【大锣归位】

仓 0 大 台 | 仓 . 嘟 | 切 台 | 仓 - | 仓 0 ‖

(左手提甲)　(上右步向下缓右手)　(左脚成"戳步",右手向右举起)　(右手在右额头上方成"赞美指"亮住相)

杨宗保　(念诗)
少小英雄将,
威名震四方,(双手平撒出)【小锣二击】
全凭银枪杆,(双手做"捋枪"式,右弓箭步)
保主(拱手)——
(【冲头】右转身双手掏翎,亮左高右低"顺风旗式"、跨抬左腿一亮。落左腿,向左跑一小圆场)
锦(双手放翎)家(双手自里向外缓一圆圈)邦(双手拱请式)。
〔【大锣收头】四兵士从两边分上"站门"。

杨宗保　俺(拱手)杨宗保。【大锣住头】奉了父帅(双手拱请式)将令,巡营瞭哨——众将官!

四兵士　有!(仓)

杨宗保　巡营去者!

四兵士　啊!

〔【大锣水底鱼】孟良、焦赞举马鞭从"上场门"上。

孟　良
焦　赞　(勒马)小本官!

杨宗保　二位叔父。(拱手)

孟　良
焦　赞　下马再讲!(二人下马)

孟　良　(拉杨)小本官这里来……

焦　赞　(拉杨)小本官这里来……

孟　良　(扯杨)小本官这里来……

焦　赞　(扯杨)小本官这里来……

杨宗保　嗳!【撕边一击】(甩开双手)一个讲完、一个再讲。

焦　赞　(拉杨)小本官,你听我的吧。小本官,山东有个穆柯寨,寨上有个穆桂英,(改念京白)长的是甭提多漂亮啦,那真是又勾勾又……

孟　良　(推焦)(念京白)你躲开这儿吧!小本官,你听我说:(改念京白)我二人奉命去盗降龙木,行至穆柯寨,遇见那穆桂英(右手指出),将我二人杀得大败,因而至此。

杨宗保　噢,她的武艺高强?

焦　赞　只怕连你（指杨）也不是她的个儿！
杨宗保　（念京白）（不服地）倒要会她一会（左手向前指出）！（右手拉开山膀）众将官！
四兵士　有！（仓）
杨宗保　穆柯寨去者！
四兵士　啊！

〔【急急风】四兵士给焦赞、孟良带马，杨宗保提枪上马。四兵士领起圆场；八女兵、丫环、穆桂英举枪从“上场门”上，“鹞头会阵”，八女兵、丫环从“上场门”下；四兵士、焦赞、孟良从“下场门”下。

〔【急急风】穆桂英在“小边”；杨宗保在“大边”二人对面一盖枪镈，同时向右转身，穆桂英归右台口方向，亮右手横枪、左手掏翎相，同时，杨宗保归“下场门”方向，亮右手横枪、左手掏翎相。二人“一扯、两扯”，“一过合、两过合”，二人用枪头一兜，打“幺二三”，二人枪头搭住，向里一绕两绕三绕，再向外一绕两绕三绕，二人枪头相搭，穆桂英向外一压，杨宗保用力将穆桂英向里挑压，穆桂英再次向外一压，穆桂英刺杨宗保，杨宗保用枪头向“里一盖”、二人合扇转身，杨宗保用枪刺穆桂英，穆桂英用枪往“外一盖”，二人同时合扇转身。【四击头】穆桂英左手持枪把、右手掏翎亮住相，同时，杨宗保右手持枪把、二人枪杆斜搭成╳形，枪头着地，左手掏翎、双腿成“骑马蹲裆式”亮住相。在【四击头】中，焦赞、孟良从左台侧溜上，见二人亮相不动。

焦　赞　（念京白）二哥，您瞧他们二人这是怎么了？
孟　良　（念京白）你少管闲事吧，（轰焦）你走吧你！

〔焦赞、孟良从左台侧下。

〔【闪锤】穆桂英、杨宗保二人收枪；向后退两步“归八字”。杨宗保左手持枪斜掖左腰旁，右手握拳。

〔西皮摇板〕
杨宗保　（过门同前）3 6　5　7　6　^{7}6　3　^{5}3 5　7　–　^{7}6　–
二　马　连　环　战　山　坡，

〔【快长锤】二人用枪镈一兜，同时左转身捋枪“一过合、两过合”，穆桂英归“小边”、杨宗保归“大边”、穆桂英双手“按枪式”、杨宗保左手持枪斜掖左腰旁，右手握拳，一望两望穆桂英；【快长锤】切住。

〔【闪锤】杨宗保左手向外缓枪仍旧原姿势，右手拉开山膀后仍握拳。

〔西皮摇板〕
杨宗保　（过门同前）3 6　5 6 6 5　i　5 6 5（6 5 3 6 5 5 3 2 1 2）7 7 ^{7}6 –
阵　前来了女姣　娥。　眉(呀)清——
（右手向右指穆桂英）

〔【闪锤】二人枪镈一磕枪头戳地，杨宗保右手拿枪向“下场门”方向缓枪；向右转身将枪反手掖背后，跨抬左腿，左手指穆桂英亮住相。同时，穆桂英双手持枪走“鹞子翻身”后，右手向背后掖枪、左手掏翎，半蹲身在右台口亮住相。

i 65 36 5 5 63 5 6（65 35 6）

眉 清 目 秀 面 桃 色，

（夹白）“月里——”

〔【闪锤】杨宗保双手持枪，出枪走“提枪花”向左转身，归到左台口，左手掏翎、右手在胸前抱枪左弓步亮住相。同时，穆桂英与杨宗保面对面出枪走“提枪花”归到“九龙口”，左手掏翎、右手在胸前抱枪、左踏步亮住相。

36 56 i 6 5 i 56 5（35 65 32 12）36 5

月 里 天 仙 似 嫦 娥。 劝 你

（双手按枪） （看穆桂英）

57 6 7 6 35 6 36 5 i 6 5 3.5 35 6 6 5 ‖

马 前 归 顺 我，弃 暗 投 明 保 山 河。

（左手持枪、右手按掌成拱请式）

〔【大锣一击】穆桂英左手持枪斜掖左腰旁；右手扶右腮看杨宗保。

穆桂英 呀！（上下打量杨宗保，向前走两步，右手向左指杨宗保）

〔西皮摇板〕

【闪锤】（过门同前）3.6 5 7 72 5 6 7 6 3 5 5 6 –

这 员 小 将 真 不 错，

（看杨） （右手成赞美指）

〔【快长锤】二人用枪镈一兜，同时捋枪向左转身，“一过合、两过合”，二人用枪一磕，同时左手背抱枪在左腰旁，右手拉开“山膀”后握拳亮住相。

〔西皮快板〕

【闪锤】| 1/4 2 | i | 0i | 65 | 3i | 56 | 5 |

威 风 凛 凛 似 韦 驮[①]。

（右手面前右托掌）

0i | 65 | 36 | 5 | ii | 35 | 63 |

因 何 打 从 山 前 过，你

（向杨）

05 | 56 | 35 | 6 | 65 | 53 | 5 ‖

的 名 儿 对 我 说。

（右手抚胸）

① 韦驮：亦作韦陀，梵语音译。韦驮是佛教天神，居四天王三十二神将之首，为护法神。其像雕塑得威武英俊，眉清目秀。

杨宗保 （指穆）听了！

〔【闪锤】左手持枪平背，右手拉山膀后握拳，左手将枪斜掖左腰旁，亮住相。

〔西皮摇板〕

（过门同前）i 5 7 6 6 3 5 7 6（过门略）3 6 5 6

宗保将军就是我，我父元

（左手斜掖枪，右手拍右边靠肚）（左手持枪拱请式）

6 5 3 i 5 6 5（过门略）3· 6 5 5 7 6 5 6 3 5

戎保山河。并非无事把山

6（6 5 3 5 6 6）3 6 5 i 6 6 5 5 - 3 3 5

过，只为降龙木一棵。

（右手抬至右肩高，成单指式亮相）

〔【大锣一击】穆桂英右手抚腮后退两步。

穆桂英 好哇！（右手举掌）

〔西皮摇板〕

【单楗大锣凤点头】（过门同前）3 6 5 7 7 6 5 6 7 6 3 5 - 5 - 6

你要宝物全在我，

（右手抚胸）

杨宗保 拿来！

〔【双楗大锣凤点头】杨宗保持枪刺穆桂英；穆桂英用枪头绕下杨宗保的枪头、压住。

〔西皮摇板〕

穆桂英 3 6 5 i - 6 5 6 5

快快随我上山坡。

（八大台 仓 仓 仓）

（穆桂英向下压下枪，杨宗保举枪刺穆桂英的头，穆桂英往下一盖，打杨宗保脸，杨宗保用枪接“鼻儿”）

〔【扫头】二人走“剜萝卜”后架住。八女兵从“上场门”上；四兵士从“下场门”上，“钻烟筒”分下。

〔【急急风】二人起打“小快枪”后，归到台口，杨宗保在“大边”，穆桂英在“小边”。杨宗保一刺穆，穆用枪一盖，穆用枪刺杨，杨用枪一盖、杨再刺穆，穆用枪再盖。二人枪头一压，向里合扇转身，杨宗保用枪刺穆，穆向外盖，同时合扇向外合扇转身，二人用枪头上搭下兜。【四击头】二人同时转身，穆用枪刺杨腿，杨用枪头挑起来打穆“腰封”，穆接“腰封”向右转身，二人用枪头上搭下兜，穆桂英右手斜提枪、左手掏翎在胸前亮住相。同时，杨宗保右手斜提枪、左手山膀，“蹲裆骑马式”亮住相。起【走马锣鼓】杨宗保用枪刺穆，穆用枪挑起来“刺肚”，就势二人自里向外各走一小圆场归到原位置。二人按枪一看再互相“夸将”。二人举枪稍后退，然后二人同向前走，随即二人各走一小圆场，归台中用枪头搭，枪镩兜走“四门斗”亮相后，【急急风】二人用枪头一兜同时转身，穆桂英在“小边”，杨宗保在

“大边”，二人“一过合、两过合”，打“幺二三”，杨用枪一勾穆枪头，打穆“走马腰封”，二人互换位置。穆向左转身。杨用枪头打穆“上、下”，穆接“上、下”。（嘟八大仓）穆在左台口左手持枪、枪头贴左手腕、右手握拳亮住相；杨宗保捋枪后变双手按枪式、右前弓步亮住相。【急急风】穆桂英疾步向“下场门”跑下时，向杨频频招手。

杨宗保 哪里走！

〔【急急风】杨宗保走一个“提枪花”，右手出枪走正翻身【四击头】反翻身，左手翻腕握枪镈放左腰旁，右手在胸前握拳，双腿成“蹲裆骑马式”，在台中面向“下场门”亮住相。【急急风】杨宗保向“下场门”疾步追下。

第 六 场

〔【大锣原场】穆桂英举枪从“上场门”上。走至台口右手绥枪右转身归台中望“上场门”方向。【大锣叫头】

穆桂英 且住！小将杀法厉害，众女兵！

众女兵 有。

穆桂英 绊马索伺候！

〔【急急风】穆桂英出枪镈走至左台口，杨宗保举枪从“上场门”上，“漫穆头”归台中，二人用枪镈一磕，穆桂英领起来；四女兵在“下场门”绊马索，穆桂英走至“下场门”右回身，杨宗保用枪扎穆，穆用枪头“一盖”，枪镈打杨“靠旗盒子”，杨被马索擒住。穆领起圆场，众女兵押杨走至右台口，穆走过台中，（嘟八大仓）右回身用枪“漫杨头”，再用枪扎杨腿，杨抬腿一躲，用脚踩住枪头，穆右手拖枪亮住相。【阴锣】穆左回身走两步，稍一闪腰，发现枪头被杨踩住。穆左手掏翎，用翎尖晃杨脸，杨回头看穆，穆示意杨踩住了自己的枪头，让杨躲开脚，杨扭头不理。穆稍一思索，拍杨肩用手指前方，杨向前看，顺势穆一推杨，抽出枪。【四击头】穆桂英向左台口方向颠枪，走两个“鹞子翻身”，左手持枪斜举、右手掏翎，亮住相。【急急风】随即穆向“下场门”跑下，众女兵押杨从“下场门”下。

第 七 场

〔【乱锤】孟良、焦赞分上。

孟　良
焦　赞 小本官！小本官！

孟　良 嘿！（双手摊掌）我说搬不得小本官，（指焦）你偏要搬那小本官，如今被那丫头（右手向外指）擒上山去，你我是怎么回营交令？（双手摊掌）

焦　赞 啊，二哥，你身背何物？

孟　良 火葫芦。

焦　赞 里面装的什么？（右手摊掌）

孟　良 硫黄焰硝。（右手按掌）

焦　赞　（一想）我有了主意啦。

孟　良　你有何妙计？

焦　赞　你我放火烧山。（双手向上一扬）

孟　良　有道是水火无情，岂不把小本官也烧在其内！（改念京白）你呀（指焦）怎么净出这馊主意呀！

焦　赞　二哥，你有所不知，你会放火，你可会分火？（双手向外铺掌）

孟　良　（摇头）愚兄不会分火。

焦　赞　（逞能地）哎，咱会分火。（双手自里向外撒掌）

孟　良　贤弟，你是怎样分法？（双手摊掌）

焦　赞　你那里将火放得大大的（双手向上一扬），俺在这里掐诀念咒。拘来了一条冷龙（右手上抬、食指直伸），我骑在冷龙的身上，钻入火塘（右手下指），将小本官就这么一背（双手背于背后做背人状），【冲头】（走一小圆场归原位）将小本官背在了肩上，起到半悬空中（双手向上托掌），（改念京白）嗨（得意地）！到那个时候我还要唱哪。

孟　良　（念京白）啊，你还要唱呢？

焦　赞　（念京白）哎，那可不是。

孟　良　（念京白）那你唱两句儿我听听。（右手拍胸）

焦　赞　（念京白）好，你听着啊！

〔小曲〕

孟　良　（念京白）嘿，这倒有个意思。（相信地点点头）（改念韵白）只要你分的好（双手铺掌），我就放的好！（用手拍靠肚子后向上一扬手）

焦 赞　只要你放的好，我就分的好！（双手向外撒掌）

孟 良　如此放火！

焦 赞　放火！

孟 良　烧山！

焦 赞　嗯，烧山！

孟 良　如此放起火来！

焦 赞　好！放火，放火！

孟 良　（念京白）我说嘿，你别嚷嚷啊！

〔**【阴锣】**二人放火，火起。

焦 赞
孟 良　哎呀，好大的火啊！

〔（**嘟八大仓**）二人在台中“合扇”转身；焦赞抢过火葫芦，抬起左腿，孟良抱焦赞左腿，孟良向后拽，焦赞单腿后撤（**八大仓**）两番，双手抱火葫芦放火，此动作配合锣经走两番后焦赞开玩笑地拿火葫芦回身朝孟良放，孟良放焦赞左腿，急向后退两步。

焦 赞　嗵！（朝孟假放火）

孟 良　嘿！（甩手瞪焦）

〔**【冲头】**二人从“下场门”下。

第 八 场

〔**【冲头】**丫环从“上场门”跑上。

丫 环　有请姑娘！

〔**【大锣五击】**穆桂英从“下场门”上。

穆桂英　何事惊慌？

丫 环　黑红二汉放火烧山。

穆桂英　有这等事，分火扇伺候。

丫 环　是。（递扇，下）

〔**【急急风】**穆桂英右手举扇，向左台口走几步向左转身，焦赞、孟良从“上场门”上，穆桂英走二人中间“半过合”，叨焦赞到“小边”，穆桂英站台中打开扇子，（**八大仓**）将孟良扇倒，（**八大仓**）反手将焦赞扇倒。（**嘟**）穆桂英半个反翻身下腰。（**八大仓**）起身，右手向外缓扇，左手掏翎亮住相。**【急急风】**穆桂英从前台口向“下场门”跑圆场下。

〔**【乱锤】**焦赞、孟良缓缓从后台口爬起。

孟 良　贤弟。

焦 赞　二哥。

孟 良　焦赞！

焦 赞　孟良？

孟 良　（念京白）我把你这黑炭头！（指焦）

焦 赞 我把你这大块的山楂糕。（双手比照着）

孟 良 我说放不得火，你偏要放火。你看，烧得你那个样儿。（指焦）

焦 赞 怎么着，我的样儿不好，你再瞧瞧你的样儿吧！（指孟）

孟 良 我这样儿……（用手捧扎，发现胡子被烧光了）哎呀！（气急败坏地欲打焦，懊丧地）嘿！（双手摊掌）想你我乃是堂堂的大将，被那丫头（右手向外指）烧得这般光景，是怎好回营**【撕边一击】**（用右拳击左掌心）交令？（双手摊掌）

焦 赞 （念京白）我说二哥，您别着急呀，我又有了主意了。（拍胸）

孟 良 （吓得往外跑了几步,又回到原位）（念京白）我说焦赞，你又有什么“坏胎儿”，我呀真是服了你啦！

焦 赞 （念京白）二哥你这儿来，（招手）（改韵白）你抬头观看。

〔**【撕边一击】**焦赞、孟良同时拉开右“山膀”。

孟 良 前面乃是夹山。

焦 赞 着哇！（以右拳击左掌心）闻得夹山有一伙响马，你我兄弟去到那里，抢上他两匹坐骑，几两盘缠，人吃饱了（左手做托碗状，右手做吃饭状），马也喂好，就这么快马加鞭……

孟 良 再来剿山？

焦 赞 （低头丧气地）哎！咱们回营请罪。

孟 良 （念京白）嘿！焦赞那焦赞！你可害苦了我啦。（双手摊掌）

焦 赞 二哥不必埋怨（摆手），元帅面前有我一人担待。（左手提甲式，右手拍右靠肚）

孟 良 哎！事到如今，你是怎么说怎么好（指焦），咱们回营请罪去吧！

焦 赞 对，回营请罪。

孟 良 （念京白）这不行啊！

焦 赞 （念京白）又怎么啦？

孟 良 （念京白）家伙没啦。

焦 赞 （念京白）你不会找去吗。

孟 良 （念京白）嗳，我找……（向台后找）（念京白）在这儿那！

焦 赞 （念京白）快拿去！

〔**【慢长锤】**孟良拾起斧子，被烫，又扔了。

焦 赞 （念京白）怎么不拿呀？

孟 良 （念京白）烫！

焦 赞 （念京白）你不会垫上点儿。

孟 良 （念京白）嗳，垫上点儿。（用下甲垫着拿起斧）

焦 赞 （念京白）你的有了，我的也没了。

孟 良 （念京白）你也找找去。

焦 赞 （念京白）嗳。（向台口看找）（念京白）哎在这儿那！

孟 良 （念京白）快拿呀！

焦 赞 （拿鞭被烫又扔下）（念京白）哎哟喝——

孟 良 （念京白）怎么啦？

焦 赞 （念京白）跟你一样，也是烫手。

孟 良 （念京白）垫上点儿。

〔焦赞用下甲垫着拿起鞭。【慢长锤】切住。

孟良
焦赞 （互看）（念京白）咱们回营请罪去吧。哎——！（二人摇头）

〔西皮摇板〕

孟良 【闪锤】（过门同前）1 3 2 3 6̣ 2 1 6̣ 2 1 3 2 -
到 如 今 只 落 得 无 有 结 果，
（摇头）

焦赞 2 1 2 2 1 6̣ 1 2 1 2 3 2 1 -（3 2 1 6̣ 2 1 1 1）
小 本 官 反 被 她 掳 上 山 坡。

孟良 2 1 3 2 1 2 3 2 -（3 5 2 1 6̣ 1 2）
你 我 回 营 怎 交 令？

焦赞 3 2 1 2 3 2 3 5 2 1 6̣ 1 -（3 2 1 6̣ 2 1）
决 不 连 累 孟 二 哥。

〔西皮垛板〕

孟良 1/4 3 2 | 3 | 6̣ |
降 龙 木，

焦赞 6̣ 1 | 6̣ 1 | 2 |
未 盗 着。

孟良 3 2 | 3 2 | 1 2 | 3 5 | 2 1 | 7̣ 6̣ | 1 |
回 营 怎 见 咱 的 哥？

焦赞 3 | 1 2 | 3 | 2 | 3 | 6̣ 1 | 2 | 0 |
事 到 如 今 休 怪 我。

孟良 1 | 3 | 6̣ |
叫 焦 赞

焦赞 1 3 | 2 1 | 6̣ 1 | 2 |
我 的 孟 二 哥

孟　良　焦赞！
焦　赞　二哥！
孟　良
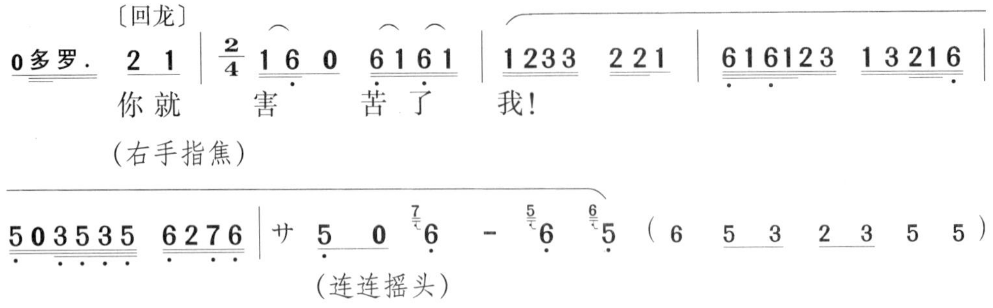

焦　赞
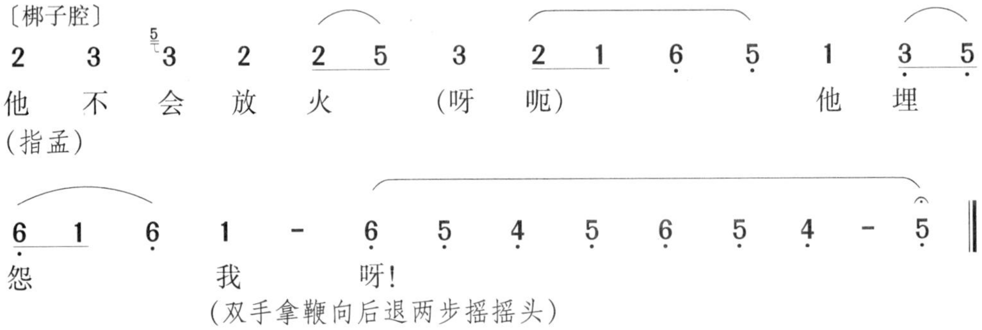

孟　良
焦　赞　（对看）唉！

〔【大锣原场】二人扛兵刃从“下场门”下。

——剧　终

万凤姝 **整理**　　　　万如泉 **校阅**

枪挑穆天王

王瑶卿授课本

《枪挑穆天王》取材于《杨家将演义》及《昭代箫韶》，一名《穆天王》，常与《穆柯寨》连演。

故事情节紧接《穆柯寨》。杨宗保被擒后，穆桂英见宗保少年英俊，心生爱慕，故欲与之喜结良缘。宗保不允，桂英再三相劝，并表示愿献出降龙木，共破天门阵，宗保才同意在山寨结亲。杨延昭闻宗保被擒，亲至穆柯寨营救，路遇天王穆洪举，将之枪挑下马。穆桂英愤然出战，亦将杨延昭枪挑马下。杨延昭败阵而回。

老路子《穆天王》，穆洪举与杨延昭交战时是被当场刺死的。王瑶卿认为这样不好。既然穆桂英和杨宗保已经成婚，自己的父亲被宗保的父亲给刺死了，却不顾杀父之仇，去投奔宋营，太不近情理，有损穆桂英的形象。王瑶老把情节做了变动：杨延昭挑穆洪举下马，桂英闻信出战救父，不仅救了父亲，而且把公公挑下马来，增强了喜剧气氛，使穆桂英在人们心中的形象更趋于完美。

《穆天王》不仅是戏校学生常演，四大名旦中的梅、尚、荀均擅演此剧。在刘乃崇先生所写的《王瑶卿与四大名旦》一文就提过，“梅兰芳的京白十分出名，他的《枪挑穆天王》中的念白就曾灌过唱片，而他的京白就是王瑶卿教的。”梅兰芳自己也说：“当时我还不怎么会念京白，请王大爷教给我念。”这里所指的教念京白，就是王瑶老所创立的“京韵白”。

万凤姝

人物行当

四白文堂	杂	丫　环	旦
四兵士	杂	穆桂英	旦
杨延昭	老生	杨宗保	小生
中　军	生	四家丁	杂
穆　瓜	丑	穆洪举	丑
八女兵	旦		

服装扮相

四白文堂　俊扮。白大板巾，白龙套服，青彩裤，薄底。

四兵士　俊扮。马童巾、抱衣抱裤，小大带，薄底。

杨延昭　俊扮。银荷叶盔、黑三，白蟒、苫肩、玉带，后换白缎素箭衣、青马褂，苫肩、大带，红彩裤，厚底。

中　军　俊扮。中军盔，红开氅，红彩裤，厚底。

穆　瓜　丑扮。大板巾、丑三，绿素箭衣（露脖子）、大带，青彩裤，白布袜、皂隶鞋。

八女兵　俊扮。贴片子、头布、小额子、水钻泡子，战裙战袄、腰箍，彩薄底。

丫　环　俊扮。梳大头、线尾子、抓髻、水钻头面，裤子袄子、坎肩、腰巾子，彩鞋。

穆桂英　俊扮。梳大头、线尾子、水钻泡子、七星额子、翎子、狐狸尾，粉硬靠，湖色彩球，湖色彩裤，粉绣花薄底。后换红绣花风帽，红绣花斗篷，改良靠。

杨宗保　俊扮。甩发、面牌，白绣花箭衣、苫肩、大带，粉彩裤，厚底。后换白绣花褶子，武生巾。

四家丁　俊扮。头布，青布快衣，小大带，青彩裤，薄底。

穆洪举　丑扮。勾老脸，双龙鞑帽、白五撮（或白夹嘴），红龙箭衣、黄龙马褂、苫肩、斗篷、大带，红彩裤，朝方。

道具

云帚	一把	桌子	一张
瓜锤	一个	椅子	三把
腰刀	一把	酒具	一份
单刀	八把	高台（山片）	一张
宝剑	一口	单枪	两杆
马鞭	五根	红桌围椅披	一份

第一场

〔【快长锤】四白文堂、四兵士从“上场门”上“站门”。杨延昭从“上场门”上至“九龙口”。右手抖袖。

〔西皮摇板〕

杨延昭 （7 6 5 5 5 3 6 5 5 3 2 1 2 6 5 5 5）

2 1 2 2 3 5 1 2 2 2 - 3 2 - 【闪锤】
恨辽帮摆天门难以攻破，
（右手摊掌）

（过门同前）3 2 1 1 0 2 1 1 3 2 6 2 1 3 2 6 1（3 2 1
差焦赞盗降龙木不知如何？

6 2 1 1）2 3 1 5 3 2 1 2 2 2 1 1.2 3 5 2 -
为军情终日里双眉愁锁，
（右手在右面颊前托掌）

〔【闪锤】右转身向里走归座，众人归八字站。

（过门同前）1 3 2 1 1 6 3 3 1 2 2 6 2 1 2 3 2 1 -‖
候孟良搬兵到再作定夺。
（右手指出）

〔【冲头】中军从“上场门”上，进帐。

中　军 启禀元帅，大事不好了！【撕边一击】

杨延昭 何事惊慌？

中　军 适才有巡营兵士报道：焦、孟二将回营搬请小将军，同往穆柯寨去盗降龙木，不想小将军反被穆桂英擒上山去了！

杨延昭 噢！（右手捋髯）那宗保被擒了？

中　军 正是。

杨延昭 我来问你，可曾打听焦、孟二人的下落？

中　军 不知下落。

杨延昭 哎呀且住！【大锣五击】（站起）我想焦赞奉命盗木，孟良搬兵未归，他二人怎能会合一处？（双手食指单伸在胸前并拢）如今宗保被擒，焦、孟不见，降龙木不能到手，天门阵一时焉能得破？（双手摊掌）哎呀，这、这、这………

〔【乱锤】右手轻敲纱帽后，右手再抚胸，稍一思索，下定决心。右手翻袖举起。

杨延昭 【大锣叫头】有了！（右手抖袖）【大锤五击】。待本帅亲到穆柯寨，救回宗保，与山寇要出降龙木，就便打听焦、孟二人的下落。众将官——

众　人 有！（仓）

杨延昭 兵发穆柯寨！

众　人 啊！

〔奏唢呐曲牌<急三枪>众人"合龙口"，杨延昭出帐，兵士与杨延昭、中军带马。杨延昭、中军上马。众人引中军、杨延昭从"下场门"下。【大锣打下】

第　二　场

〔【撤锣】

〔穆瓜内白："啊哈！"【小锣五击】从"上场门"上走至前台口。

穆　瓜 （念）山寨当喽兵，

巡逻带打更。

姑娘吩咐我，（双手拱请式）

看守木降龙。（右手指出）（扎）

我，穆柯寨大头目穆瓜是也。今早我们姑娘（双手拱请式）下山行围射猎（右手按掌），山底下来了黑红二汉前来盗木，跟我们姑娘动起手来（右手握拳），被我们姑娘杀得大败。后来又搬来个小将，说是元戎之子（右手指出），他叫什么杨宗保，也被我们姑娘给擒上山来啦。（得意地摇头晃脑）适才只见山下火光冲天（右手按掌），不知为了何事（双手摊掌），待等姑娘回山便知分晓。（右手掸动四下）只得在此伺候着，远远看见（向"上场门"看）姑娘来了！（归左台口）

〔穆桂英内白："众喽罗！【仓】人马回山哪！"

〔奏唢呐曲牌<风入松>前段

〔八女兵举刀从"上场门"上，随即丫环举瓜锤从"上场门"上。八女兵站成"一条鞭"，丫环站在众女兵前排的中间，穆瓜站在左台口躬身迎接。

〔【四击头】穆桂英从"上场门"上，举枪，左手在胸前握拳亮住相。

〔奏唢呐曲牌<风入松>合头

〔穆桂英下马，一女兵接枪，众女兵"挖门"分两边"站门"，丫环、穆瓜分站两边、穆桂英归"大座"。【大锣归位】

穆桂英 （念）可恨焦孟太不仁，

不该放火烧山林。【小锣二击】

若非使起分火扇，

山寨早已化灰尘。（右手指出）【大锣住头】

可恨焦孟二将，放火烧山，是我（右手抚胸）用分火扇，将火扇回。（右手掸动四下）且喜宗保被我擒上山来，押在后山。（右手按掌）我有心跟他提起婚姻之事，（双手食指直伸在胸前合并）他要答应了，我便携同家小，带了降龙木一同归顺宋营。(双手拱请式)我就是这个主意。我说穆瓜。

穆　瓜　有！

穆桂英　方才咱们擒来的那员小将呢？

穆　瓜　现在后寨。（右手外指）

穆桂英　把他给我押上来。（拍惊堂木）

穆　瓜　是！（走至台中）吠！下面听者：**【大锣一击】**姑娘有令（双手拱请式）将擒来的小将押——上来。（右手指出归到原位）

〔**【快长锤】**二女兵下；押杨宗保从“上场门”上，杨宗保走至右台口。

〔西皮摇板〕

杨宗保　（过门同前）i 5 5 7 6 7 6 3 5 6（6 5 3 5 6 6）

心 中 直 把 焦 孟 恨，

3 6 5 5 3 i 6 i 5 6 5（6 5 3 6 5 5 3 2 1 2）

不 该 哄 我 出 大 营。

3. 6 5 5 7 6 6 5 5 3 5 7 6 6 -

如 今 被 擒 入 陷（哪）阱，

〔**【闪锤】**二女兵原位站，杨宗保挖至“大边”，回头一看穆桂英。

杨宗保　哼！

（过门同前）3 6 5 i 6 i 2 2. i 6 5 5 5 3 i 6 3 5 5 -

看 她 把 我 怎 样 行。

穆　瓜　小将当面哪！

〔**【大锣一击】**穆桂英左手按桌，右手掏翎看杨宗保，亮住相。右手放翎。

穆桂英　呀！

〔西皮摇板〕

【闪锤】（过门同前）5 i i 3 5 2 7 6 5 6

众 喽 啰 散 队

（向左右一看，双手自胸前托起渐渐向外平撒）

5 6 7 2 6 3 5 5 6 6

且 候 令，

〔**【闪锤】**八女兵、丫环分下，穆桂英出座后归“小座”。

穆桂英　（过门同前）i 6 5 5 6 3 5 6 5 6 5 3 3 5 **【大锣住头】**

心 中 有 事 难 出 唇。

（右手抚胸）

穆桂英 （略一思索）我说穆瓜！

穆　瓜 有！

穆桂英 你去问问那员小将，他既然被擒，他是愿意死呀，还是愿意活着哪？（右手摊掌）

穆　瓜 哟。（看桂英）这话就这么跟人家说呀？（指杨）

穆桂英 啊，不这么说，可怎么说呀？（右手摊掌）

穆　瓜 嗳！（没动地方）

穆桂英 （一看）我说你倒是去呀！

穆　瓜 嗳、嗳，我这不是去哪嘛！（虽应声仍不动）

穆桂英 你倒是走哇！（右手向左指向穆瓜示意）

穆　瓜 嗳、嗳，我这不是走哪嘛！（原地踏步走）

穆桂英 （不耐烦地）哎哟！（右手拍腿）你怎么这么（点指穆瓜）没紧没慢的哪！（右手摊掌抖动两下）

穆　瓜 哎哟姑娘，我哪敢没紧没慢的哪。（磨蹭着慢慢走）

穆桂英 看你这个磨蹭劲儿的。（指穆瓜，让他快去）

穆　瓜 我说呔——（仓）。那一小将（指杨），你今已被擒，你是愿意死啊，（右手摊掌）还是愿意活着哪！（晃头、晃身子、晃右手）

杨宗保 哼！俺今被擒，速求一死，何必多问！

〔**【大锣一击】**向前欺穆瓜一步穆瓜看杨宗保往后退一步。

穆　瓜 好！（看杨）罢了哇罢了！真不愧是将门之后（连连摇头），难得（点头），啧啧啧……实在是难得（先摇头后点头、右手赞美指。归到“小边”）！姑娘，我给您问来了。

穆桂英 他说什么呀？

穆　瓜 他说他（指杨）愿意死。

穆桂英 （一怔）怎么着，他说他（指杨）他……愿意死吗？

〔**【小锣一击】**右手向外指出。

穆　瓜 嗳——他愿意死。（点头）

穆桂英 我说穆瓜，你去告诉他（看杨一眼），活着可比死了强得多呀。

穆　瓜 哎哟，我说姑娘，人家愿意死（使劲摇头），拿把刀（右手比刀状）把他给杀了（做砍头状）不就结了吗，费这么多的话干什么呀！（双手摊掌）

穆桂英 哎哟，（右手拍腿）闹了半天，你还不明白我的心事啊？（右手拍胸三下）

穆　瓜 哎哟（扭身子），我哪儿又知道您的心事啊！（双手摊掌连连抖落三下）

穆桂英 哼！没用的东西！

穆　瓜 嗳姑娘！

穆桂英 躲开这儿，（用手轰穆瓜，穆瓜后退一步）我自已说去（右手向左指杨）。

穆　瓜 （背语）对喽，早就应该这么办。

〔**【大锣五击】**穆桂英身站起，走至前台口偏左一点站住。

穆桂英 我说这个将军，奴有一言奉上。（双手拱请式）

杨宗保 有甚么言语，快快讲来！

〔**【大锣一击】**向前欺桂英一步。随后又退回原地。穆桂英右手扶腮看杨。

穆桂英 （朝穆瓜）我正赶在他气脑门上。（用右手向左指杨）

穆　瓜　那您就多余跟他说话。

穆桂英　（一扬右手）你管得着吗？

穆　瓜　嗳、嗳、嗳，我是多管闲事。

穆桂英　（瞪穆瓜慢慢向前走两步）我说这个将军（双手拱请式），我因敬重将军乃是忠良之后（右手按掌），英雄出众、武艺超群（右手赞美指），我有意与将军结为百年之好（双手单指式在胸前相并）。你若答应我的亲事（右手抚胸），我便携同家小（右手按掌）归顺宋营（右手掸动四下）。你瞧是好哇还是不好哪？（双手摊掌）

「**【大锣叫头】**杨宗保向前欺一步。

杨宗保　住了！俺乃元戎之子，岂肯要你这山寇之女！**【大锣一击】**

穆　瓜　得！又碰了。

穆桂英　嗳，我说穆瓜，你听见了没有哇，他（右手向左指杨）骂咱们是（右手拍胸）山寇之女呀！

穆　瓜　喝！这话可大有深沉了。（先摇头再点头）

穆桂英　他不知道咱们是怎么回事。

穆　瓜　嗯，那您就把咱们的来历，跟他说道说道。

穆桂英　对啦。（点头）我是得跟他说道说道。（向杨走去）我说将军，你骂我们是山寇之女，你听我告诉你——（**【大锣五击】**穆桂英先枕右腕，再枕左腕，右手握拳亮住相）我父（双手拱请式）也曾在朝为官，只因奸臣当道（右手向外指），故而隐居山林（右手按掌），这也是出于无奈呀（双手摊掌）！自古蝼蚁尚且贪生，为人岂不惜命？（右手抚胸）你（左手指杨）纵然不怕死（摇头），我一刀把你给杀了（用右手做刀状），然后我将那降龙木焚化（右手按掌）。只怕是你就是死呀（看杨），还要落一个不忠不孝（用右手食指数落着左手大拇指、食指）之名吧？

「**【撕边一击】**穆桂英双手摊掌亮住相。

杨宗保　（冷笑）嘿，嘿，嘿……我今一死，可算为国尽忠。代父前来盗木，可算是尽孝。何言不忠不孝——？！

「**【撕边一击】**穆桂英右手扶腮看宗保。

穆桂英　简直是一派强词夺理呀！

穆　瓜　哼！耍牛脖子真是有点硬犟筋。

穆桂英　（向穆瓜）你少说废话吧你！（向杨）我说将军（双手拱请式）你听我告诉你（左手指杨），宋营无有降龙木，破不了天门阵（右摆手），大宋江山一旦付与辽邦之手（右手撒掌），请问您的忠（双手拱请式）在哪儿呢（双手摊掌）？

杨宗保　这个……

「**【撕边一击】**杨宗保向后退一步。

穆桂英　老元戎（双手拱请式）不能为国报效（摇头），你杨家世代英名付于流水（右手按掌），请问您的孝可又在何处呢？（以右手背击左掌心三下，顺势成双手摊掌式）

杨宗保　这个……

「**【撕边一击】**杨宗保低头，无言以对。

穆桂英　（婉言）依我相劝（右手抚胸），不如答应我的亲事，我便带着降龙木归顺宋营（右手按掌），帮助将军（双手拱请式）破了天门阵，保定大宋江山（右手按掌），也不枉你杨家（右摆手）世代英名（右手赞美指），这才算是忠（用右食指数左手拇指）孝（用右食指数左食指）双全哪（点头）！我说这个将军。（双手拱请式）**【大锣一击】**（杨宗保看穆桂英）你要再思呀(右手抚胸)，再想！（双手摊掌）

〔行弦〕

（大大 大大 | 乙大 大0 | 仓大）0 6 |: 5 3 6 | 5 i |

（杨宗保凝神思索）（穆桂英向穆瓜示意杨在考虑，杨宗保向右一望穆桂英，再一定

6. 5 3 6 | 5 5 0 6 :| 5 3 6 | 5 i | 6 5 3 6 | 5 - ||

神细想，稍一点头）

杨宗保 呀！

〔西皮摇板〕

【闪锤】（过门同前）3 6 5 7 6 5 6 3 5 6（6 5 3 5 6 6）

桂 英 说 话 甚 聪 明，

3 6 5 6 6 5 i 5 6 5（6 5 3 6 5 6 3 2 1 1）

一 言 提 醒 梦 中 人。

3 6 5 7 6 6 5 6 7 7 6 6 -

走 向 前 来 把 话 论，

小姐呀！（向前一步看穆桂英）

【大锣单键凤点头】（7 6 5 5 5 3 6 5 5）i 5 5 6 5 3 5 6 - 5 - ||

婚 姻 大 事 我 应 承。

穆　瓜 姑娘，他答应了！

〔**【大锣一击】**穆桂英双手掏翎亮相看宗保。放翎。

穆桂英 呀！

〔西皮摇板〕

【闪锤】（过门同前）i 5 7 7 5 6 5 6 7 2 6 3 5 - 5 6 -

听 一 言 来 喜 不 尽，

（右手在右面颊前托掌）

〔**【大锣一击】**穆瓜朝杨宗保走去，穆桂英用右手一拦。

穆桂英 你要干什么呀？

穆　瓜 我给姑老爷松绑去。

穆桂英 （娇嗔地一扬右手）躲开这儿吧，别糊巴结差事。（指穆瓜，一笑）

穆　瓜 嗬儿，这差事我还巴结不上哪！（双手摊掌）

穆桂英 将军受惊了！（双手拱请式，过去给杨宗保松绑）

〔西皮摇板〕

【闪锤】（7 6 5 5 5 3 6 5 5）3 6 5 6 6 5 6 5 3 3 5 - ||

再 与 将 军 把 话 云。

〔【大锣住头】丫环暗上，与穆瓜同设“八字椅”；穆桂英坐“大边”、杨宗保坐“小边”。

丫　环
穆　瓜　给姑娘、姑爷道喜！（二人施礼）

穆桂英　得啦，回头你们都有赏。

丫　环
穆　瓜　多谢姑娘！

杨宗保　请问小姐（双手拱请式），俺被擒之后，那焦、孟二将往哪里去了？（右手指出）

穆桂英　那焦、孟二将见你被擒，就放火烧山（右手按掌），是我（用手抚胸）用分火扇将火扇回，料他二人……（一想）必是逃回宋营去啦。

杨宗保　（着急地）啊，小姐，他二人回去禀明父帅，必然派兵前来，这便如何是好？（双手摊掌）

穆桂英　这个……（略思）不要紧的。穆瓜听令——

穆　瓜　在。（仓）

穆桂英　命你带领二十名喽啰，下山打探宋营的动静，不得有误！

穆　瓜　得令。

〔【冲头】穆瓜出门从“下场门”下。

杨宗保　（一望）啊小姐，岳父大人今在何处？（右手摊掌）请出待我拜见。（双手拱请式）

穆桂英　我爹爹往蓬莱岛闲游去了。待我修书一封（左手托掌、右手做写字状），请他老人家（双手拱请式）回来，与你一同归宋也就是了。

杨宗保　多谢小姐！（双手拱请式）

穆桂英　丫环！

丫　环　有。

穆桂英　后面备酒，与你姑老爷压惊。

丫　环　是啦。

杨宋保　小姐请！

穆桂英　将军请！

〔【闪锤】二人同站起在台中归“八字站”。

〔西皮摇板〕

杨宗保　（过门同前）3 6 5 7 6 7 6 3 5 7 6（过门同前）
你　我 姻 缘 今 朝　定，
（右手按掌）

穆桂英　2̇ - 2̇ 1̇ 6 1̇ 2̇ 1̇ -【大锣一击】5 3 1̇ 5 6
且　喜　得　配
（双手食指直伸合并在胸前）

6 5 3 5 2（3 5 2 1 6 1 2 2）3 5
意
（右手抚胸）

6 5　^{7}6　-　^{7}6　^{5}6　6　$^{\dot{1}}$5　-　‖

中　　人。

〔【大锣原场】杨宗保、穆桂英同时双手拱请式，二人“合扇”半转身，从“下场门”下、丫环跟下。

第　三　场

〔奏唢呐曲牌<急三枪>

〔四兵士“骨牌对”从“上场门”上，杨延昭举枪从“上场门”上。四兵士走至台中，朝“下场门”方向站“斜门”。

杨延昭　前道为何不行？

四兵士　离穆柯寨不远。

杨延昭　人马列开！

四兵士　啊！

〔【冲头】四兵士双翻，两边站。

杨延昭　【大锣叫头】且住！适才中军报道，我儿宗保被穆桂英擒上山寨，焦、孟二将下落不明。就此带领一百名长枪手，暗暗上山，救出宗保，与山寇要出降龙木。众将官——【大锣一击】起兵前往！

四兵士　啊！

〔【急急风】众兵士领起来圆场。穆瓜从“上场门”上，举刀、架住杨延昭枪。【急急风】切住。

穆　瓜　呔！【撕边一击】何方人马，少往前进！

杨延昭　胆大山寇，敢来挡路，通名受死！

穆　瓜　听者：【大锣住头】我乃穆柯寨大头目穆瓜是也。你们是哪里来的？

杨延昭　奉了杨元帅将令，前来剿灭尔等，快叫那穆桂英将我家小本官放出，献出降龙木，饶尔不死！【大锣一击】

穆　瓜　（背语）嗬儿喝，这仗打不起来了。这不是外人哪，是我们亲家老爷的差官到了。（一想）对啦，我把少元帅招亲事儿跟他说说。（回身向杨）我说嘿（一扬左手），听我告诉你说：你们少元帅已在山寨跟我们姑娘招了亲啦。

〔【大锣一击】杨延昭一惊；穆瓜亲近地凑一步。

穆　瓜　不久就要一同下山归宋，（双手拱请式）咱们是亲戚啦，（左手倒提刀，右手按掌）别打啦（右手一扬），趁早回去给你们元帅送个喜信儿去吧！

杨延昭　休得胡言，快快叫那穆桂英放出我家小本官，献出降龙木。如若不然，将你山寨踏为齑粉！　【大锣一击】

穆　瓜　嘿，我说是怎么回事呀，怎么连好歹话都听不出来呀！人家是爱好做亲，你干吗这么不依不饶的，这真是仨鼻子眼儿多出一口气。

〔【撕边一击】杨延昭气得浑身发抖。

杨延昭　休得胡言，看枪！

〔【撕边一击】杨延昭用枪扎穆瓜，穆瓜用力挑起来架住。

穆　瓜　哈哈！（仓）我跟你说好的，你跟我动野蛮。哪里容得，看刀！

〔【急急风】杨延昭举枪，穆瓜举刀“半过合”，杨延昭出枪扎穆瓜胸两下；穆瓜横刀打“上下”；穆瓜用刀砍杨，杨枪里“一盖”，二人同时向外“合扇”转身，杨延昭用枪扎穆瓜头，穆瓜用刀“一盖”，二人同时向里“合扇”转身；杨再出枪扎穆瓜，穆瓜用刀直立一磕枪头左转身。【撕边】杨用枪“漫穆瓜头”。（八答仓）杨出枪扎穆瓜，穆瓜再用刀直立一磕枪头，左转身亮住相；杨延昭捋枪亮住相。

穆　瓜　好小子！你等着。（用刀指杨）

〔【急急风】穆瓜从“下场门”下。四兵士从“下场门”追下。【四击头】杨延昭双手握枪，跨左腿，踢右腿，向右台口方向趋右步，再跨左腿向右转身，骗右腿，同时右手持枪自外向里缓一圆圈后，右手斜举枪、左手在胸前握拳、双腿“蹲裆骑马式”亮住相。【急急风】杨延昭自右台口向“下场门”跑圆场下。

第　四　场

〔【大锣水底鱼】四家丁从“上场门”引穆洪举举马鞭上。四家丁分两边站，穆洪举站台中勒马。

穆洪举　老夫，穆洪举。

〔【堂鼓架子】【撕边……大锣一击】穆洪举持马鞭向“上场门”一望。

哪里人声呐喊？待我迎上前去。

〔【冲头】穆瓜从“上场门”上。

穆　瓜　哟，老爷子，您回来了。

穆洪举　为何这等慌张？

穆　瓜　老爷子，了不得啦，我让人家给杀败了。您替我拔拔闯（读作 chuàng）吧！

〔杨延昭内白：“哪里走！”

〔【急急风】四家丁领起来，四兵士从“上场门”上，杨延昭举枪上。四家丁、四兵士“二龙出水”，杨延昭、穆洪举架住。穆瓜上高台。

杨延昭　呔！那一老头儿，姓甚名谁，敢是与山寇助战？

穆洪举　老夫镇山天王穆洪举。宋将留名。

杨延昭　这个……

〔【撕边一击】双方亮住。

杨延昭　俺姓易名曰京，奉了杨元帅之命，前来剿山。

穆洪举　无故兴兵，是何道理？

杨延昭　你这老贼纵容女儿，引诱元戎之子强迫成亲，还敢强辩不成！

穆洪举　哎呀，真真气死老夫也！（跺脚、拔剑与马鞭同握）

〔【急急风】二人“一过合”，“两过合”，杨延昭用枪扎穆洪举，穆洪举用剑往里“一盖”，二人同时“合扇”向里转身，穆洪举用剑劈杨延昭头，杨延昭用枪镈“一盖”，二人同时“合扇”向外转身。穆洪举用剑刺杨延昭；杨延昭用枪头一绕剑，二人架住，从“下场门”下。

〔【冲头】穆瓜下高台。

穆　瓜　【**大锣叫头**】哎呀且住！【**大锣住头**】看我家老寨主（双手拱请式）虽然得胜，无奈远路而来，一路的劳乏（右手按掌），未必是他人的对手，我不免回山报与姑娘（双手拱请式）知道便了！

〔（**八大仓**）左手倒提刀，右手“单山膀”，亮住相。【**冲头**】急从“下场门”下。

第　五　场

〔【**撤锣**】秦胡琴曲牌<西皮小开门>

〔丫环从“上场门”持云帚上，用云帚先打扫椅子，再用云帚打扫桌子，看看都打扫干净了，向“上场门”方向躬身施礼，白：“有请姑娘。”随下拿酒具。

〔（**大大　大大　乙大　大0**）穆桂英、杨宗保从“上场门”上，杨宗保背手看桂英，桂英羞涩。二人入座，杨宗保坐“大边跨椅”，穆桂英坐“小边跨椅”。丫环上来，给二人斟酒，二人对饮，丫环再倒酒，二人又对饮，丫环第三次倒酒，杨宗保举杯，想起心烦事，将酒杯放下，穆桂英见宗保不饮也将酒杯放下看宗保。

杨宗保　唉（叹气）！【**小锣一击**】

穆桂英　我说这个将军，我爹爹这几天也该回来了，等他老人家回来，咱们一同归宋也就是了。你干吗老这么唉声叹气的呀？（右手摊掌）

杨宗保　小姐有所不知，只因我有两项大罪，故而烦闷！（摇头）

穆桂英　哟，你有哪两项大罪呀？

杨宗保　俺未奉将令私来盗木，其罪一也。

穆桂英　这二呢？

杨宗保　背父招亲，其罪二也。

穆桂英　这点小事，都有我哪！（右手抚胸）丫环——

丫　环　有！

穆桂英　与你姑老爷斟酒。

丫　环　是啦！

穆桂英

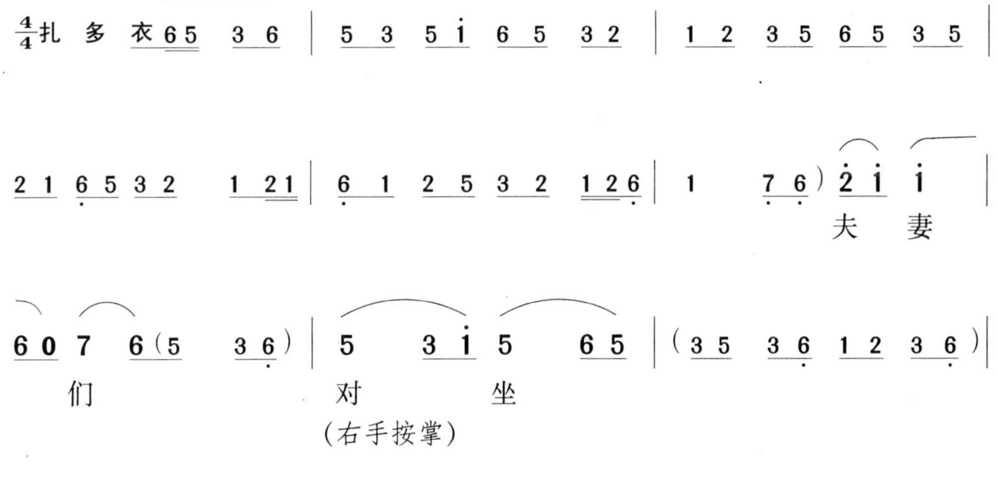

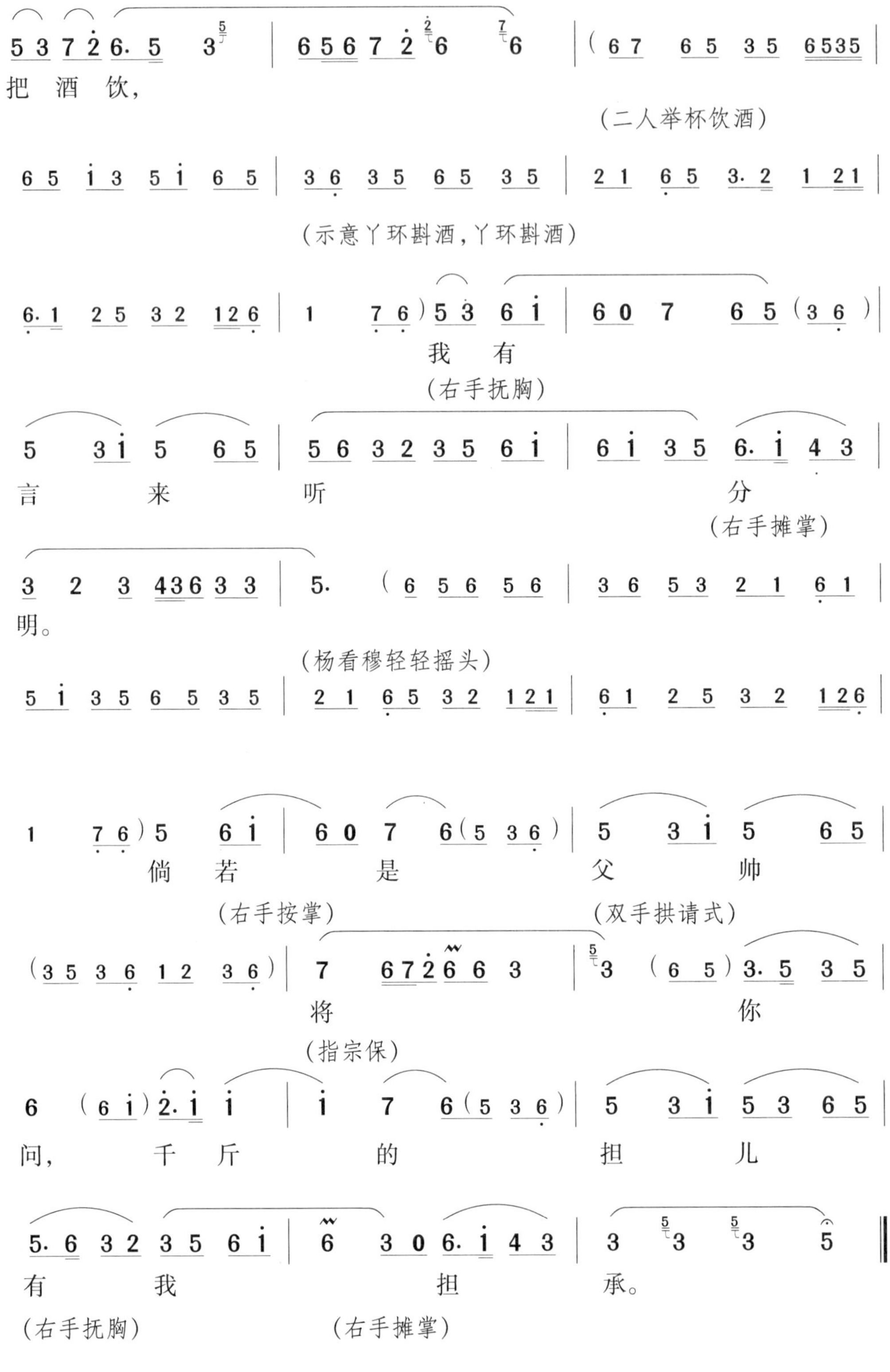

〔【冲头】穆瓜从“上场门”上。

穆　瓜　参见姑娘（施礼），大事不好了！

穆桂英　什么事儿呀？这么大惊小怪的。

穆　瓜　您别忙，容我喘喘气儿。您不是叫我下山探听宋营的消息吗？

穆桂英　是呀！

穆　瓜　我走在半道上遇见咱们亲家老爷（双手拱请式）那儿的差官啦，他说他奉了他们元帅的将令，接他们少帅来啦……

穆桂英　那你说什么哪？

穆　瓜　我呀，就把山寨招亲的事，告诉他们啦。嗐，不想那小子蛮不讲理，我们俩说着说着就翻儿了，我跟他开起火儿啦，他照我就是一枪！（右弓步，双手做按枪式）

穆桂英　你怎么样啊？

穆　瓜　您说，我能饶这个吗？气的我撸胳臂，挽袖子（双手做左右挽袖子状），撒丫子就跑！正跑着跑着，就碰见咱们老爷子回来啦！

穆桂英　怎么着，我爹（双手拱请式）回来啦。

穆　瓜　老爷子也跟他招呼起来了。我看咱们老寨主虽然得胜，无奈这一路的劳乏，也未必是他的对手。这还不提（摆右手），他还把咱们老爷子骂了个不吐核儿！

〔【大锣一击】穆桂英站起，右手抓斗篷。

穆桂英　哈哈，这小子简直是太岁头上动土啊！（右手指右额头）

穆　瓜　嗯，有那么点儿。

穆桂英　穆瓜听令！

穆　瓜　在！【仓】

穆桂英　命你点齐喽啰，随我下山。

〔【大锣一击】右手向前抖下斗篷，右"单山膀"亮住相。【急急风】穆下至后台，脱去斗篷，又复上。

穆　瓜　喽啰们！带马下山哪！

〔众女兵两边分上，举刀。

杨宗保　小姐，去不得！去不得！（急忙双摆手）

〔众女兵"合龙口"，一女兵给穆带枪，众女兵举刀从"下场门"下。【急急风】穆桂英上马，杨宗保拉开穆的枪镈。【乱锤】穆欲走，杨向后拉，二人僵持不下。【大锣三击】二人夺枪。【大锣一击】穆用枪镈向上一撩，杨松手。【四击头】穆桂英右手颠枪，左手接枪头部位，顺势将枪反掖背后斜背枪、右手在胸前握拳亮住相。【急急风】从"下场门"跑下。

〔【冲头】杨宗保右手水袖翻折向"下场门"方向望，抖右袖。

杨宗保　【大锣叫头】哎呀穆瓜呀，你可曾问过那人名姓？

穆　瓜　我没问，我们老寨主倒是问来着。

杨宗保　他叫什么名字？

穆　瓜　他叫什么"易曰京"？

杨宗保　哎呀，宋营无有这个名字呀！

穆　瓜　嗐，也别打闷葫芦，我备上两匹快马，咱们到山顶上瞧瞧好不好？

杨宗保　如此，快快备马。

〔穆瓜下。

杨宗保　（右手翻折水袖）【大锣叫头】哎呀且住！（向下抖袖）方才听穆瓜之言，分明是父帅（双手拱请式）前来剿山，为何改名换姓？（右手摊掌）这是什么缘故哇？

〔【冲头】穆瓜右手牵马上。

穆　瓜　姑爷，马来啦，马来啦！

杨宗保　快快上马！

〔【扫头】二人上马，从“下场门”下。

第　六　场

〔【急急风】杨延昭举枪从“上场门”上，穆洪举举剑从“上场门”上。

穆洪举　哪里走？

〔【急急风】穆洪举用剑“漫杨延昭头”，杨延昭左转身低头过去归“小边”；穆洪举用剑刺杨延昭；杨延昭用枪一盖穆洪举的剑、左转身用枪刺挑穆洪举下马。【撕边】杨提枪向穆洪举刺去；穆桂英从“上场门”上，见状，【八大仓】急用枪挑开杨延昭枪头、回手打杨延昭“腰封”,杨延昭接“腰封”。穆桂英向外缓枪,右手斜提枪、左手“单山膀”,亮住相。同时杨延昭拧枪、双腿“骑马蹲裆式”亮住相。【急急风】二人“一扯、两扯”,“一过合，两过合”，打“十六枪”(或是打“大快枪”）。

〔杨宗保、穆瓜暗上高台观阵。二人打完“十六枪”，用枪头走“搭兜”，互换位置，穆桂英归“小边”、杨延昭在“大边”，二人用枪往里一盖同时“合扇”转身，用枪往外一盖，同时“合扇”转身；穆桂英用枪头扎，杨延昭用枪把一磕，穆桂英抽枪再出枪扎“老虎枪”，杨延昭上下左右拨枪（两番），再接上下即左转身用枪把“滚枪”。杨延昭用枪刺穆桂英，穆桂英用枪一盖接打杨延昭“腰封”向左转身，穆桂英连向杨胸前刺杨两枪，杨延昭用枪把上磕下挡。（八大仓）杨延昭右手松枪把、左手斜举枪、枪头朝下贴左腕；右手握拳亮住相；穆桂英抡枪走“反鹞子翻身”后，捋枪变右手抱枪、左手按枪，亮住相。

〔【急急风】杨延昭从“下场门”败下。八女兵从“上场门”上，追“过场”下。穆桂英走“枪下场”，【四击头】亮相。【急急风】从“下场门”下。

〔【撕边一击】杨宗保翻折水袖向“下场门”望。【撕边一击】杨宗保双手摊袖。

杨宗保　哎呀！（双手抖袖）

〔西皮散板〕

【快纽丝】サ（7 6 6 5 i 3. 2 7 6 2 1 -）i 5 7 6 5 6 3 5 6 6
山 顶 之 上 看 得 清，
（右手右额前托掌）

〔穆瓜夹白:“您瞧见了吗？就是这小子！”

（6 3 3 3 5 6 6）3 6 5 5 3 i 6 3 i 6 5 3 5
（仓）果 然 父 帅 到 来 临。

〔穆瓜夹白：“闹了半天，敢情是老元戎啊，这可糟了！”

（2 3 6 5 5）3 6 5 5 7 6 6 6 5 -
（仓）为 何 不 通 真 名

〔行弦〕

7 $\overset{7}{}$6 － （ 6535 67 6535 60 6535

（哪） 姓？

穆瓜夹白："可也说的是呀，他为什么不说实话呢？"

67 6535 60 6535 67 6535 6 － ）

（杨宗保看穆瓜无可奈何地摇摇头）

〔西皮散板〕

【大锣双楗凤点头】（过门同前）36 5 i i $\overset{i}{}$6 5 6 $\overset{7}{}$6 $\overset{i}{}$5 － ‖

教 我 心 中 不 安 宁。

（右摆手、摇头）

穆　瓜　姑爷别瞎着急，回头再来，您可想着搭个碴吧！

〔**【急急风】**杨延昭举枪从"上场门"上，走到左台口出枪镩，穆桂英举枪从"上场门"上"漫杨延昭头"。二人"一过合、两过合"，杨延昭用枪刺穆桂英，穆桂英往里一盖二人同时"合扇"转身，杨延昭再用枪一刺两刺穆桂英；穆桂英用枪一盖两盖，二人同时"合扇"转两身；**【撕边一击】**穆桂英用枪镩打杨延昭腰部右转身；杨延昭被打落马在右台口，右手枪头戳地、右腿跪地。

〔**【大锣叫头】**穆桂英左手将枪掖在左腰旁（枪头朝下），右手指杨延昭。

穆桂英　呔！**【仓】**你家元帅派你这酒囊饭袋前来，今儿个被你姑奶奶打下马来（右手按掌）。你脆脆的叫我一声大姑，我就饶了你！（向前走两步拉晃杨左肩）叫大姑！（晃动两下）叫大姑……

杨宗保　（急叫）哎呀小姐呀！不可造次，那是你的公公啊！

〔**【大锣一击】**穆桂英一惊，急松手。

穆　瓜　这回可好，公公叫儿媳妇给挑下马来喽！

〔杨宗保、穆瓜下高台，从"下场门"下。

穆桂英　这个——哎哟，这可糟不糟！（右手摊掌抖动两下）来呀！回山，回山！（扬起右手）

〔**【急急风】**八女兵从"上场门"上，跑"过场"下。

〔**【冲头】**穆桂英回身走近杨延昭，面带羞色。

穆桂英　哎哟我的老爷子，您怎么不早点说实话哪！

〔**【冲头】**穆桂英右手拖枪，疾步从"下场门"跑下；四兵士上。

〔（**八大仓**）杨延昭右手"单山膀"一亮，看"下场门"站起，**【撕边】**杨浑身颤动，**【乱锤】**羞惭难当摆动右手，左手将枪掖在左腰旁（枪头朝下），连连摇头。

杨延昭　回营！（扬右手）

〔**【急急风】**四兵士从"下场门"下，杨延昭随下。

第七场

〔【大锤五击】穆洪举从“上场门”上，至前台口。

穆洪举 （念）我儿下山战宋将，

不知谁胜哪家强。

〔穆洪举转身归“小座”。

〔杨宗保内白：“走哇！”

〔【快长锤】穆瓜、杨宗保从“上场门”走至右台口。

杨宗保 〔西皮摇板〕

（过门同前） 3 6 5 7 6 5 6 3 5 ⁷6 ⁷6 （6 5 3 5 6 6）

父 帅 山 前 败 了 阵，

5 i 6 5 5 6 3 5 ⁷6 i 2 i ⁶5 3 i 6 3 ⁵3 5 -

越 思 越 想 心 不 宁。

（右手抚胸）

〔【大锣住头】杨宗保以右拳出击左掌心，摇头。

穆　瓜 我说姑老爷您别发愁，屋里坐的是老寨主，过去见见吧。（向杨示意）

杨宗保 我与他从未识面，怎好拜见？（双手摊掌）

穆　瓜 不要紧的，我们老寨主就这么一个姑娘，爱如掌上明珠，既疼姑娘，没有不疼姑爷的。我给您回一声，过去愣拜老岳父（低头作揖），没错儿。（进门）

杨宗保 （只好默默点头随之进门）

穆　瓜 老爷子！姑老爷求见。

杨宗保 参见岳父大人。（施礼）

穆洪举 贤婿少礼——（看穆瓜）看座。

杨宗保 告坐。（坐“大边跨椅”）啊岳父（双手拱请式）小婿在山顶之上，看得明白，来将乃是我父帅（双手拱请式），不想被小姐打下马来，望求岳父早日放我下山，成全小婿为子之道！

穆洪举 贤婿不必心急，且候小女回山，再做商议便了。

〔穆桂英内白：“回山哪！”

〔【大锣水底鱼】八女兵从“上场门”上，站“一条鞭”，穆桂英举枪上，下马。八女兵从“上场门”下。

穆桂英 【大锣圆场】（进门）参见爹爹。（施礼）

穆洪举 罢了，我儿一旁坐下。

穆桂英 告坐。（坐“小边跨椅”）啊老爷子，适才山下你老人家多有受惊了。

穆洪举 为父闻得我儿订下亲事，因此连夜赶回，不想与你公爹争斗起来。哎呀儿呀，你怎么把你公公擒下马来了？

穆桂英 哎哟（双摆手），您还提哪！要不是山上有人喊叫，事情可就闹（右拳击左掌心）

大了（双手摊掌）！

杨宗保 【大锣叫头】哎呀小姐呀！我在山寨招亲，已犯军令，如今当着众将将我父帅羞辱一场，打量我的性命难保（摆右手），小姐你——快快想个主意吧。（拭泪）

穆桂英 瞧这么大的个子，还哭哪！不要紧的，你先回营，我随后就来，自有救你的办法（指杨），你只管放心去吧！

穆洪举 啊，儿呀，但不知道你怎样救他？

穆桂英 哎哟我的老爷子，您还不放心哪！等他回营之后，我即带降龙木在父帅（双手拱请式）台前献木，父帅必然念我献宝有功（右手赞美指），就把将军（指杨）给饶了不是。

穆洪举 倘若元帅不念父子之情，将降龙木留下（右手按掌），不准你的人情如何是好？

穆桂英 甚么？他留下我的降龙木，不准我的人情吗？哼哼！【大锣一击】（右手握拳亮相）休怪我要杀他个落花流水。（右手向外指出）

穆　瓜 老爷子您是不知道，适才在山下，杨元帅被咱们姑娘这么一夹，如同小鸡子的一般，就给擒下马来。甭说别的，马上就是给他一个纸糊的穆桂英，他就得傻，不能不准这个人情，您哪，放心吧。

杨宗保 如此小婿告辞了。（施礼）

〔西皮摇板〕

【闪锤】（过门同前）i 6 5 3 6 5 5 6 3 5 6 6 3 6 5

深施一礼下山岭，全仗

（施礼）

5 3 i 6 6 5 5 3 5 （6 5 3 6 5 5 3 2 1 1）

小姐救我身。

3 3 6 5 5 7 6 6 3 5 3 5 7 7 6 6 -

倘若是父帅来责问，

（右手按掌）

〔【快长锤】穆瓜带马，杨宗保上马，穆桂英出送，杨宗保举鞭走至左台口，右转身。

（过门同前）i 6 5 5 3 i 6 （6 5 3 5 6 6）

千斤担儿

5 3 5 3 5 6 7 6 7 6 5 5

你担承。

（右手抱鞭拱请式转左身从“下场门”下）

〔【大锣五击】穆桂英望宗保下场，右转身看穆瓜。

穆桂英 穆瓜听令。

穆　瓜 在！**【大锣一击】**

穆桂英 命你挑选五百名精壮兵丁（右手指穆瓜），随带三千担干粮草（右手按掌），亲自背了降龙木，随你姑娘下山往宋营进宝便了！（右手指出）

穆　瓜 得令！

穆桂英 后寨摆宴，与老爷子压惊。（双手拱请式）

穆洪举 我儿来呀！哈哈哈……！

「**【一锤锣】**穆洪举、穆桂英等同由“下场门”下。

—— 剧　终

陆建荣 整理

天门阵

中国戏曲学院排练本

北宋时，辽国国舅萧天佐领兵侵宋，任用乌龙道人，摆下“天门阵”。穆桂英挂帅，率焦赞、孟良、陈琳、柴干、任堂惠、岳胜迎战萧天佐，命杨延昭押解粮草，宗保为先锋，五郎杨延德协同攻打天门主阵。首战“黑沙阵”，宗保受挫，误入陷马坑。危难之际，桂英救宗保脱险，力战辽营兵将，打破黑沙阵。焦赞、孟良攻打二阵“火焰阵”，被烈火所围。恰逢桂英及时赶到，用分火扇熄灭浓烟烈火，攻破火焰阵。穆桂英乘胜追击，与杨延德联合，长驱直入，向天门主阵进攻，用降龙木制成的大斧，砍倒阵旗，劈死阵主乌龙道人。萧天佐阵角大乱，节节败退。宋军将士在鏖战中愈杀愈勇，穷追不舍。最后一役，穆桂英单枪匹马，以迅雷不及掩耳之势，独破敌军最后固守的一道防线“长蛇大阵”。萧天佐及辽军见大势已去，狼狈逃窜。穆桂英率领宋军全胜还朝。

《天门阵》一剧，取材于《杨家将演义》。最早演出本，有八仙汉钟离与吕纯阳打赌的情节，现各种演出版本均已删除。该剧为武旦、刀马旦应工戏。常缀演于《辕门斩子》之后。或与《穆柯寨》、《穆天王》连贯演出，为全部《穆桂英》。

该剧各地剧团、剧院、戏校、流派演出版本甚多，大同小异，重在突出表现武打破阵情节。笔者曾与先师耿鸣义（毕业于鸣盛和科班）先生合作，于20世纪50年代末为中国戏曲学校学生排练此剧。之后又与韩盛信、鲍盛启两位富连成“盛”字辈先生，为学生排练该剧。80年代后，在李金鸿、何金海二位先生辅助下，为中国戏曲学院学生多次排练该剧。此次成书，系根据多次排练情况综合整理而成。虽力争较全面系统地用文字记下该剧的表演细节风貌，但疏漏之处，仍在所难免。敬望补充校正。

陆建荣

人物行当

八辽兵	武行	任堂惠	武生
四辽将	武净、武行	岳　胜	武生
乌龙道人	武净	陈　琳	武老生
萧天佐	武净、架子花	柴　干	净
伞夫兼纛旗手	杂行	杨宗保	武生
白天祖	武净	杨延德	武净或武生兼
四宋兵	武行	杨延昭	老生
四女兵	武旦、刀马旦	穆桂英	刀马旦
孟　良	净	女纛旗手	旦
焦　赞	净		

服装扮相

八辽兵　俊扮。小毡帽，黑或紫素箭衣、大带，黑彩裤，薄底。(持单枪、藤 牌、单刀)

四辽将　揉黑、紫、蓝、红脸。包头、网子、牵巾、短尾（黑、白相间)，毡帽，杂色改良靠，薄底或虎头靴。(持双锤或双刀)

乌龙道人　勾元宝碎脸。包头、网子、红蓬头、道冠、红扎、红耳毛、牵巾、金箍，紫或红箭衣、道背心、背绦子、大带，黑彩裤，大袜、僧道鞋。(持云帚、宝剑)

萧天佐　勾白碎三块瓦。包头、网子、辫子、大毡帽或改良毡帽、两鬓垂悬黑白相间短尾，红龙箭衣、披肩或领衣、大带，红彩裤、虎头靴。前场外披红绣龙斗篷。(持三鼻大刀)

伞　夫　俊扮。小毡帽，黑或紫素箭衣、红卒坎、大带，黑彩裤，薄底。

白天祖　勾蓝碎脸。包头、网子、辫子、牵巾、毡帽，蓝绣龙箭衣、领衣或披肩，背绦子、大带，红彩裤，虎头靴。(持单头抢和大刀)

四宋兵　俊扮。水沙、蓝马童巾或蓝色小倒缨盔，蓝素豹衣裤、红卒坎、小大带，薄底。(持单刀)

四女兵　俊扮。贴片子、淡蓝素包头、小额子、水钻泡子、鬓花，淡蓝打衣裤、白腰巾，彩薄底。(持柳叶双刀)

孟　良　勾红十字门脸专谱。包头、网子、红扎、红耳毛、红扎巾盔，红靠（或红软靠)、红靠绸、苫肩，红彩裤，厚底。(持双斧)

焦　赞　勾黑十字门脸专谱。包头、网子、黑门扎、黑耳毛、黑扎巾盔，黑靠（或黑软靠)，红靠绸、苫肩，黑彩裤，厚底。(持双鞭)

任堂惠　俊扮。包头、网子、荷叶盔，蓝硬靠，红靠绸、苫肩，红彩裤，厚底。(持大刀)

岳　胜	俊扮。包头、网子、扎巾盔、黑三，绿硬靠，红靠绸、苫肩，红彩裤，厚底。（持大刀）
陈　琳	俊扮。包头、网子、黑三、扎巾盔，黄硬靠，红靠绸、苫肩，红彩裤，厚底。（持枪）
柴　干	勾花三块瓦。包头、网子、黑满、扎巾盔，紫硬靠，红靠绸、苫肩，红彩裤，厚底。（持枪）
杨宗保	俊扮。包头、网子、紫金冠、翎子，粉硬靠，红靠绸、苫肩，粉彩裤，厚底。（持枪）
杨延德	勾和尚脸。包头、网子、黑蓬头、金箍、黑虬髯，青侉衣、僧背心，黑褶子、大带，青彩裤，大袜、僧鞋。（持大斧）
杨延昭	俊扮。包头、网子、荷叶盔或忠纱、黑三，白蟒、玉带、苫肩，红彩裤，厚底。（持马鞭）
穆桂英	俊扮。梳大头、水钻头饰、网子、七星额子、翎子，花边腰包，红女硬靠，红蟒，红彩球、云肩、玉带，粉彩裤，彩薄底。（抱宝剑、令旗、持马鞭，使枪、佩剑、金折扇）
女纛旗手	俊扮。梳大头、水钻头饰、渔婆罩或打头布、小额子（形同女兵头饰），蓝色打衣裤、白腰巾，彩薄底。（持“穆”字方纛旗）

道具

飞虎旗	四面	**坤宝剑**	一把
藤牌	五个	**宝剑（含鞘）**	一把
蓝白带单头枪	二十杆	**宝剑**	一把
单刀	二十把	**三鼻大刀**	一把
柳叶刀	八把	**大刀**	四把
马鞭	十五根	**“萧”字方纛旗**	一面
云帚	两个	**伞**	一把
白带单头枪	八杆	**“穆”字方纛旗**	一面
锯齿刀	一把	**“天门主阵”阵旗**	一面
双斧	一对	**两张高方形阵台**	一座
双鞭	一对	**火旗**	十六面
大斧	一把	**金折扇**	一把

第一场

演阵

〔【急急风】收住【大锣归位】加大铙。

〔众内唱唢呐曲牌[①]<倘秀才>

サ 6 5 6 $\dot{1}$ 5 5ˇ 5 5 2 3 5 4 3 5 2 －

摆 设 下 天 门 阵 天 昏 地 暗，

〔【急急风】四辽将持飞虎旗两边上，抄过，半圆场归“后场”“正场”一排，随【大锣归位】“合扇”三挥旗、亮住。（接唱）

サ 5 3 2 5 3 2 1 －ˇ 3 2 3 5 6 5 －

乾 坤 时 坎 接 兑 虚 实 相 联。

〔【急急风】四辽将两边分下；四辽兵持单刀藤牌两边上“十字靠”至左、右台角，左转压刀、折返“十字靠”归后边正场一排，随【大锣五锤】刀花翻身亮相。（接唱）

6 5 6 $\dot{1}$ 5 5 －ˇ 5 5 3 2 1 －

巽 主 风 黑 沙 阵 烟 尘 浩 荡，

〔四辽兵两边分下。萧天佐“大边”、乌龙道人“小边”，率四辽将持飞虎旗、八辽兵四人持单刀藤牌、四人持长枪，伴随【软四击头】两边上，“萧”字方纛旗手、尾随萧天佐上。【急急风】至台中，奏【大锣归位】萧天佐与乌龙道人跨右腿踢左腿，乌龙道人在前、萧天佐在后成高矮相；辽兵辽将各持兵刃，众星捧月同时亮相。（接唱）

サ 2 3 2 5 3 2 1 －ˇ 1 3 2 3 5 6 5 － 【小锣两击】

离 为 火 烈 焰 阵 火 光 冲 天。

萧天佐 每日操兵把阵演，要把宋室踏平川。（顿左足、右手怒指）

〔【大锣归位】萧与乌“抄”。萧前乌后萧低乌高亮相；众辽兵辽将，亦各自原位互“抄”，枪成拉枪矮式，藤牌举刀高式。

サ 6 5 6ˇ $\dot{1}$ 5 5ˇ 5 5 2 3 5 4 3 5 2 － 【小锣三击】

艮 为 山 如 猛 虎 云 龙 雷 震，

---

① 曲牌。曲牌词句为布摆阵形。其中的唱词包含了“乾、坤、震、巽、坎、离、艮、兑”八个字，代表了周易八卦中的八个具有象征意义的图形。古代，《易传》作者以八卦象征天、地、雷、风、水、火、山、泽八种自然现象。按八卦方位布阵，常见于神怪小说、戏曲。此处则渲染天门阵的神秘、高深。

萧天佐 这天门阵一百单八，那怕宋军不灭。【冷锤】（向下挥手，接唱）

サ 2 3 2 5 3 2 1 - 3 2 3 5 2 3 1 2 - ‖

管 教 他 全 军 丧 片 甲 无 还。 啊哈哈哈

〔【大锣回头】众归两边站立。四辽将归“后场”一排展旗，乌龙道人归“小边”，萧天佐立于中场。伴随【冲头】白天祖托帽上，归中面内跪。

白天祖 参见国舅！（起归“大边”）

萧天佐 白天祖，命你围困三关[①]，为何狼狈而回？！

白天祖 国舅容禀：【大锣归位】奉命领兵攻三关，（拱手、三指并举，走向“小边”）宋军将士心胆寒，（拍胸得意）【小锣两击】忽然闪出一女将，（走回到“大边”，食指举起）英勇善战非等闲。（左手摆动）【住头】

萧天佐 她叫什么名字？（摊左掌、垂问）

白天祖 她她她叫穆桂英，好不骁勇也！

〔奏唢呐曲牌<急三枪>右手拉“单山膀”、前指、复握拳做勒马状、归中面向萧天佐跪拜、请其宽容。

萧天佐 喳喳喳（搓手顿足）哇呀呀呀！【快纽丝】（拉“山膀”、整左、右腕）

〔西皮散板〕

サ（7 6 6 5 i i i 3 2 7 6 2 1 - ）3 3

穆 桂

3 3 4 3 3 3 1 2 3 3 （6 1 2 3 - ）

英 逞 英 勇 伤 我 兵 将， （仓）

3 2 5 3 3 2 1 2 3 2 3 3 2 1 1 - ‖【大锣叫头】

管 教 她 天 门 阵 一 命 身 亡。

白天祖，命你带领一哨人马，将宋军诱至九龙飞虎峪，以赎前罪。

白天祖 得令！带马。

〔【急急风】辽兵甲将单刀插入藤牌、右手持单枪至台中为白天祖带枪。白天祖将鞑帽戴于头上、持枪涮马头、跨腿双手按帽枪上马【软四击头】转【冲头】。挥左手，辽兵甲乙丙丁“插门”下，白天祖疾步圆场下。

萧天佐 儿郎的！

众 有。【大锣一击】

萧天佐 九龙峪去者！

众 啊。

〔【一锤锣】接【冲头】众辽兵辽将归两边，辽兵戊、己左手持枪，右手执马鞭走向台中分别给萧天佐、乌龙道人带马，萧、乌执鞭上马。众唱唢呐曲牌<风入松>领

---

① 三关。三个重要关口的合称。习惯上对三关有几种不同的指定关口。杨家将抗辽戏中，屡有“瓦桥三关”的说法，指的是溢津关、瓦桥关、淤口关。址在今河北雄县、霸州一带。

起来“插门”圆场下，萧、乌中间勒马站立、至曲牌完，乌尾随辽将策马下。

〡萧天佐挥马鞭走向舞台右前角加鞭**【大锣长尖】**送下，萧字方纛手改擎伞尾随萧下。

第二场

发兵

〡**【冲头】【大锣导板头】**

〡穆桂英内唱。

〔西皮导板〕

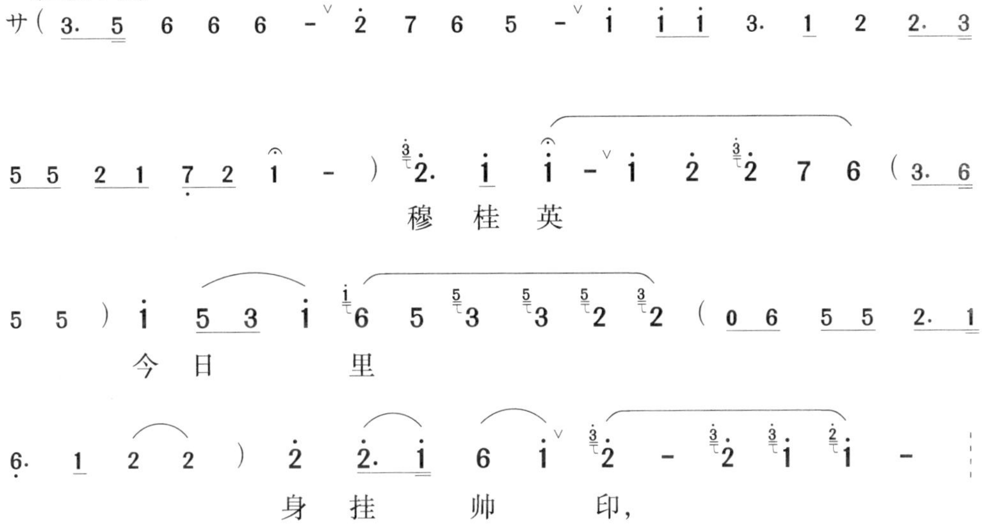

〡**【急急风】**四宋兵持单刀，四女兵持单刀，孟良、焦赞、陈琳、柴干、任堂惠、岳胜持马鞭，“扎犄角”也称“斜一字”上；杨宗保、杨延德、杨延昭持马鞭上另成“斜一字”一队。**【四击头】**穆桂英披蟒扎靠左手抱令旗、宝剑，右手执马鞭、至“九龙口”举鞭亮相，女纛旗手，擎“穆”字方旗随上。**【急急风】**策马前行至后台左前角，勒马收住。**【紧锤】**穆桂英往回反圆场、复至“九龙口”挥鞭勒马。

〔西皮快板〕

穆桂英

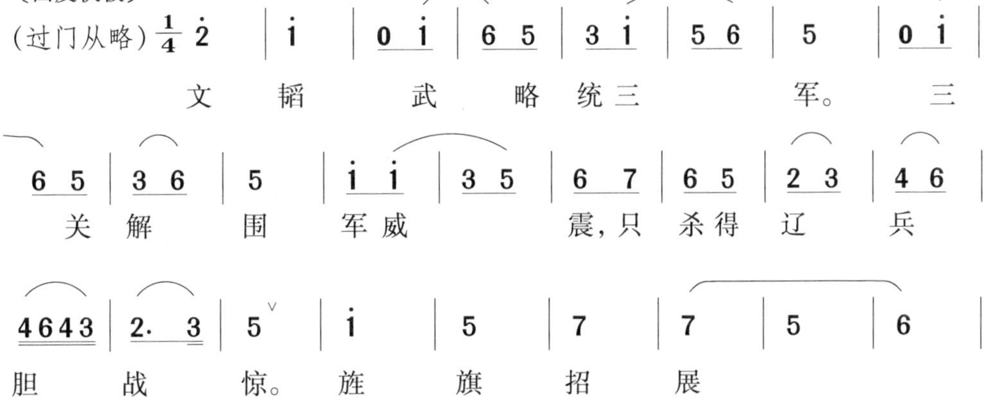

（6 5 | 3 5 | 6 | 6）| サ 2̇ i̇ 6 i̇ i̇ 2̇ 2̇ i̇ i̇ –
龙 蛇 影，

〔【快长锤】加堂鼓宋兵、女兵、诸将领起“龙摆尾”也称“半太极图”正场“挖门”依序分列两边，另成一行，杨延德、杨延昭分列穆桂英左、右，“穆”字方纛旗紧随其后，穆桂英归中场。【大锣凤点头】策马停鞭。

〔西皮散板〕

穆桂英 （7̣ 6̣ 6 5 i̇. 3 1 2 7̣ 6̣ 2 1 –）3 6 5
一 战

i̇ i̇ 6 5 6 5 3 3 5 – ‖【大锣住头】
成 功 破 天 门。

众 来到九龙峪。
穆桂英 来到九龙峪，正好传令发兵。五大师、父帅请来传令。
杨延德 元帅不必过谦。
杨延昭 儿媳传令。
穆桂英 遵命。如此宗保听令。
杨宗保 在。【大锣一击】
穆桂英 命你以为前部先锋。
杨宗保 得令。
穆桂英 五大师听令！
杨延德 在。【大锣一击】
穆桂英 候本帅入了天门主阵，急速随后接应。
杨延德 得令。
穆桂英 父帅听令。
杨延昭 在。
穆桂英 押解粮草军前听用。
杨延昭 得令。
穆桂英 众将官！
众 有。【大锣一击】
穆桂英 今日交战，非比寻常。必须人人奋勇，个个当先，随本帅出战者！
众 啊。

〔【大锣软四击头】穆桂英疾步走向舞台右前角挥鞭亮相；宋兵、女兵后场“合龙”成“斜一字”；宋将“合龙”另成一行“斜一字”举鞭亮相；杨宗保、杨延德、杨延昭亦成“斜一字”；举鞭亮相。

众 哦。（众呼堂威即“喊堂”）

〔【急急风】穆桂英策马加鞭下，纛旗尾随其后下；然后是宗保、宋将、女兵、宋兵鱼贯从后场“斜一字”逐对儿“抽心”向舞台右前角，挥鞭、勒马、压刀下。具体顺序为：杨宗保单人加马下；杨延德、杨延昭加马并辔而下；任堂惠、岳胜，陈琳、柴干，孟良、焦赞，逐对并绺下；其次为女兵两人一组，再次为宋兵的两人一组，挥刀、压刀疾步跑下。

第三场

会阵

〔【急急风】四辽兵持藤牌单刀“站门”上，白天祖持枪【软四击头】疾步至“九龙口”举枪亮相。【急急风】缓枪出场前行半圆场再复向回折至“九龙口”按枪收住。【四击头】跨右腿踢左腿、右手持枪、起“飞脚”，左手平枪、跨右腿“跺泥”亮相。【急急风】右转身归中场。右手垂提枪、挥动左手，示意辽兵杀奔敌营。四辽兵领起归“大边”，四宋兵“上场门”引杨宗保与辽兵、白天祖“二龙出水”，至台口杨宗保一盖白天祖“腰封”【撕边】（八大仓）拧枪亮住。“过合”回合，枪头下兜、各向右转，互打“幺二三”往里一绕两绕，再往外一绕两绕压住。【四击头】白天祖打杨宗保“腰封”，杨宗保原地右翻身、上搭下磕，白天祖上扎下刺，杨宗保左手掏翎、右手垂提枪，骑马式亮相；白天祖左手提甲式、右手垂提枪，与杨宗保成小八字“合扇”亮相。【大锣长尖】“大边”萧天佐率“萧”纛旗、辽兵、辽将各持兵刃“斜胡同”上“小边”穆桂英率“穆”纛旗、女兵、宋将各持兵刃“斜胡同”上。【大锣原场】辽、宋兵将渐由“斜胡同”移动成“大八字”队形，杨宗保与白天祖持枪一“欺”各归原队，穆桂英与萧天佐至台口相视，上下打量。

穆桂英 马前来的敢是萧天佐？【撕边一击】

萧天佐 然。

穆桂英 【大锣叫头】萧天佐！（众下放兵器）你屡犯边境，本帅大兵到此，还不下马归降！

萧天佐 穆桂英！【大锣五击】前者伤我数员大将。此仇未报，今日摆下这一百单八天门大阵，哪怕宋军不灭！（挥动刀头【大锣冷锤一击】面朝外横刀亮住）

穆桂英 （后撤勒马一亮）慢说天门阵一百单八，就是一千阵一万阵，（右手按掌、食指上指）本帅何惧！（右手拍腰际）休走，看枪！

〔【大锣夺头】萧天佐大刀盖下穆桂英枪，“拉肚”左转，挑压住，穆刺萧脸、萧大刀磕出，抱刀亮矮相；穆左手掏翎、垂枪一亮。

众 杀！（举起兵刃）

〔【擂鼓】“开荡”穆桂英持枪逼视萧天佐后退，少顷，萧向前欺身、少许前进至中线。穆、萧齐挥手。宋、辽双方将对将、兵对兵“钻烟筒”下。

〔穆与萧“一磕”，“一扯两扯”归中场，“一兜”、打“大刀枪”头，一刺“腰封”，挑起来“一刺封头”，上下。盖萧“腰封”，扎萧“滚刀”一二。萧挑起“剜萝卜”，接“背弓”，左回转盖萧“封头”、拉穆肚，归原位。萧砍穆一刀两刀，穆盖萧一刀两刀，扎萧脖、萧左转磕出，藏刀一亮。【撕边】（八大仓）白天祖“下场门”救应上，挑穆刺穆“腰封”，“涮枪”过合回合，枪头下兜右转，打“大快枪”头，至套路中间，白天祖在【撕边】中抄穆桂英“串翻身”一圈。然后穆归舞台右前角，追打白一刺“封头腰封”、“搭兜”、“轴肘”；白复追打一刺“封头、腰封、搭兜、轴肘”。穆打白“腰封”时起【四击头】，白左转刺穆脯、穆左手护胸推枪右转身，枪反“漫白头”，“白漫穆头”，穆枪交左手，白挑穆翻身，穆起右腿踢白“抢背”，穆左手背枪、右手掏翎亮相；白“抢背”后“斜拧枪”亮相。少顷，白直按枪欲直刺，穆拧枪对恃紧逼、白惧之后退。穆挥手，众女兵【急急风】追“过场”。穆回身向舞台右后角“出枪、涮枪”，走半圆场至“九龙口”向左前“提柳花托枪”亮住。【撕边】（八大仓）向右翻身要“提枪花”，扔“面花”转身，左手扔“反面花”，“接枪、戳枪、颠枪”、右手“扣接”，再向上“颠枪”、“右翻身”、半下腰面朝上接枪，起【四击头】连续三“翻身”、再“低姿翻身”，枪交左手斜背、右手握拳勒马状于舞台左前角亮相。【急急风】半圆场下。

第　四　场

黑　沙　阵

〔【急急风】四辽兵持飞虎旗从“下场门”“双翻倒脱靴”上，至“下场门”成“斜门”，辽将持锯齿刀和藤牌尾随上，在“斜门”右侧面朝外站立；白天祖持枪、萧天佐持大刀从“上场门”上，在“斜门”中间穿过，辽将持兵刃成拱手状，【撕边】（八大仓）萧天佐颠刀顿足叹息下。然后辽将半圆场向“上场门”做“望门”，【大锣搜场】复至舞台右前角，向“下场门”出刀、横刀过顶，跨右腿、踢左腿起“飞脚”，【四击头】二辽兵挥旗将其隐身于阵中。

〔【急急风】四宋兵举刀引杨宗保“上场门”上，圆场至“下场门”压刀观阵下，杨宗保持枪至舞台右前角按枪观阵。左手指阵旗与辽将相视亮相。【急急风】打“藤牌枪”：辽将挑杨枪“刺肚”过去（换位），上搭下扫杨“蹦子”，杨枪“漫辽将头”，杨扎辽将“硬三枪”，滑下来，辽将砍杨“马腿”；杨枪镈击藤牌“封头”。搭、点过去（回原位）。挑起来上别，砍杨“马腿”，杨枪镈击藤牌“封头”，杨扎辽将，辽将刀挑杨枪。同时向里“合扇”转身，起“正、反蹦子”，杨枪镈击辽将“背弓”、杨盖辽将刀、刺辽将胸，辽将以藤牌“封堵”。杨再盖辽将刀、枪镈击辽将头，辽将仍以藤牌搪接、顺势右转身。杨上搭、抽辽将头，辽将下扫杨“蹦子”。辽将砍杨、杨盖其刀，辽将左转杨再盖其刀，杨挑辽将“右翻身”，压住，抽辽将“抢背”，【四击头】杨左转向右前角“山膀”、右手枪“上膀子花”交左手，变左腿“探海翻身”，跨左腿、右手掏翎、“骑马式”斜垂枪亮相；辽将直握藤牌，压刀亮相。【急急风】辽将挑杨枪“刺肚”过去（换位）再勾杨“马腿”，佯败下，诱杨追赶，杨持枪疾步前行；此时四辽兵挥旗包抄，杨退至右前角垂枪勒马。两个【软四击】杨枪交左手“剜萝卜”、跨右腿左转、骗右腿、垂枪右手勒马，枪交右手“剜萝卜”、跨左腿、右转，骗右腿、右手垂枪、左手勒马，“上膀子花”左转踢靠襟、左手接枪横握并抓住靠襟。【马腿】【马嘶架子】原地连续“摔叉”五次，至最后收左腿跪右腿、“跪蹉”前行【搓锤】接【撕边】（八大仓）杨终陷入黑沙阵中，蹚步向右回身斜背枪招右手亮住。同时，二辽兵挥旗拦腰阻止杨前行。穆桂英持枪上行至右前角，面对阵旗按枪亮住。出枪挑阵旗。**【急急风】**另两名辽兵再挥飞虎旗继续拦阻，杨宗保往后“蹉步”，穆亦“蹉步”跟进，至左后角时穆再挥枪挑阵旗，旗开杨被救出，至右前角勒马亮住；穆在左后角右手拍腰、再挥右掌，令杨后退。杨顿感惭愧，右手掩面“上场门”退下。

〔**【撕边】**（**八大仓**）穆再枪挑阵旗、旗开，辽将持锯齿刀、藤牌与穆对峙亮住。清场。打“藤牌枪”：挑起来，上别、砍穆“马腿”，穆扔“面花”，枪刺辽将鼻，“涮枪镈”、打辽“封头”，辽将蹲身以藤牌搪接。辽将刀直刺穆左腿，**【夺头】**穆斜踢左腿、左手撩开辽将刀，右手枪“上膀子”杵击辽将“抢背”。右转身枪交左手旁背式、别踏右半蹲、右手上掏双翎亮相。辽将“抢背”起，跪右腿、弓左腿、“迎面花戳刀式”亮住。下接干牌子类似**【四边静】**穆枪镈击辽将顶、辽将接“封头”，辽将右回身砍穆“马腿”、穆接“马腿”后“漫辽将头”（换位），右回身枪打辽将“封头”、颠枪上左步右翻身，枪镈打辽将“封头”、左回身刺“漫辽将头”过去（换回原位），右回身打辽将“封头”，左转半身一盖辽将鼻，辽将掩入阵中，飞虎旗挥旗遮住。**【撕边】**（**八大仓**）穆挑旗破阵：旗开辽兵双翻“下场门”下。四辽兵持藤牌、单刀，辽将五人组成“梅花状”阵式。穆进、辽退。**【急急风】**辽进、穆退、对峙。穆进，辽将上，穆盖辽将刀、镈打辽将藤牌下。穆破四藤牌：穆带一、二、三、四，辽兵归四角合围穆，穆再将身后二辽兵“扎毛”、“反带毛”遂出；四辽兵在前场成“斜一字”与穆挑起来，上别、下砍“马腿”，再右转身反砍“马腿”。**【九锤半】**穆上搭、抡扫四辽兵“蹦子”，反“漫辽兵头”，向右前角平“颠枪”、“涮腰”、踏左步“斜背枪”、左手勒马，向左后角“蹉步”斜线前进。四辽兵跃起向左后角出刀，“滚毛”、“剜花”，刀掖入左腋、蹲身亮住。**【撕边】**（**八大仓**）转**【一封书】**向右前角矮步前进，**【马腿儿】**穆枪“上膀子”左转，颠枪中握顺于左腋下，左手掏翎或单山膀、后别右腿向右前角颠步斜线前进；四辽兵向外出刀、压刀亮住，尾变头向左后角矮步前行半圆场，在身前抡晃单刀，至左前角时，**【急急风】**穆依次抽盖四辽兵“抢背”“上场门”下。辽将持穗剑“下场门”上，刺穆，穆右手接剑、左手抢刺辽将“抢背”“下场门”下。**【四击头】**穆在台中打开双臂、左手向上扔“大面花”（月亮门）、左手接剑“海底捞月”低姿大翻身侧举枪、平举剑在右前角台口亮住。**【急急风】**顺枪举剑圆场疾步“下场门”下。

第五场

火焰阵

〔**【急急风】**四辽兵持飞虎旗“上场门”双翻“倒脱靴”上，**【软四击】**二辽将持大刀垂提式“九龙口”亮住；四辽兵成“斜门”站立。**【急急风】**二辽将在舞台左前角双外翻托力，**【搜场】**向后弓步“望门”，复归原位**【四击头】**出刀“剜萝卜”，“回花”，右转，向下出刀，“缓刀”成“抱刀式”亮相。**【撕边】**（**八大仓**）二辽兵挥旗，二辽将退步埋伏于阵旗中。

〔【急急风】四宋兵持单刀“下场门”上，向舞台右前方“扎犄角”，至阵前鱼贯向下横刀观阵“下场门”下。孟良持双斧、焦赞持双鞭“下场门”上，至舞台左前角成分举式望阵旗，【夺头】左转身“大刀花”劈开阵旗。二辽将一盖焦、孟鼻、“抱刀式”高相；“分举式”亮矮相。共打“哇呀呀”。【急急风】二辽将与焦、盖打“四股档”；“半合”，“兜、上、下、左、右”，“一拉、两拉，漫头，再半合”、归原位。焦、孟盖二辽将“腰封”。【四击头】二辽将佯败，二辽兵挥旗，二辽将掩入阵中，焦、孟弓右步成横举式面向阵门亮相。见无人踪迹、回身。“呸！”【三锣】三磨鞭、斧，【撕边】(八大仓）大刀花再挑阵旗、旗开，四辽兵持飞虎旗双翻，“上场门”下。另四辽兵持双火旗跪伏于阵中，“下场门”一字排开，耍“糅花”，火旗飞转、造起火焰声势。两个（八大仓）接【撕边】(八大仓）焦、孟见火势猛烈走三个蹉步败退、至左前亮矮相，回望火势；穆桂英“下场门”上，举枪上勒马亮高相。

孟　良
焦　赞　嗬！还得瞧咱侄媳妇的。

〔【急急风】焦、孟“下场门”下。穆桂英涮枪至左前角与四辽兵斜场过合。穆向内时、左手握枪中端、右手自腰间取出分火扇（撒金折扇）。四辽兵向左挥双火旗、在穆外围向右反圆场一周；穆反圆场归中间。四辽兵“大刀花”火旗压穆。两个（八大仓），穆向左挥扇、左侧二辽兵“抢背”下；向右挥扇、右侧二辽兵“抢背”下。【夺头】穆向左前角出枪、扇扫“上场门”一辽兵斜场翻上、即下，再向右前角出枪、扇扫“下场门”一辽兵斜场“小翻提回前扑”翻上、仰卧，穆向上扬扇、再扣扇。【撕边】(八大仓）一辽兵自右侧持双火旗“踩子直扑虎”上；左侧一辽兵持双火旗“肘丝扑虎”上。【马腿儿】穆在台中原地三个“左翻身”、扫二辽兵原地三个“倒插虎”。【撕边】(八大仓）左、右侧各续上持火旗四辽兵、起“大刀花”、压住穆枪，穆扬枪、挥扇、六辽兵起“倒插虎”。两侧台下。穆至左台口，左手摇扇。【撕边】再以食指托扇平转，（八大仓）向上抛扇翻转一周接住。【四击头】原地左、右翻身、小蹉步，右手枪向下斜垂，左手扬举扇、踏右步亮相，【撕边】(八大顷仓）原地右转身，扇与枪做反“云手状”、右手枪举于头右侧、左手扇向左侧平展稍亮住。【急急风】半圆场向“下场门”疾步下。

第　六　场

出　师

〔【急急风】四宋兵持单刀“站门”上。【四击头】杨延德持大斧至“九龙口”右手横握斧、左拳上扬至头左侧，右足虚长丁字步亮“罗汉相”。【急急风】行半圆场至台中再向回折至“九龙口”【软四击】出斧“大刀花”成“抱斧式”。【撕边】“骑马式蹉步”至台口跨吸右腿双手托斧过顶。【急急风】右转身归台中，四宋兵“领直”围杨延德圆场一周自“下场门”下。杨延德托斧原地中场右转数身、尾随末个宋兵直奔右前角。**【四击头】**右手横举斧过顶，左掌护右腋、“飞脚旋子”、右手抡斧左手扛斧于肩背、“弓左步”，后甩蓬头，右手端拳于右胸际，在左后角亮矮相。**【撕边】**(**八大仓**)双手托斧过顶,右手握斧中端、顿右足、左转半身、左手按掌，向“下场门”疾步下。

第七场

破天门主阵

〔闭二幕，摆设天门主阵阵台、台后举“天门主阵”长方形阵旗。**【急急风】**乌龙道人持宝剑二幕外“上场门”侧幕上，至台前跨右腿踢左腿到左前角左转身（面向内）戳剑，**【搜场】**弓步望门；举剑往左后角迂回、复往前行至左前角、平剑、跨左腿踢右腿到右前角向右转身（面向内）戳剑，**【搜场】**弓右步再转弓左步望门；举剑往右后角迂回复向舞台中央行进。二幕开。到阵台前左转举剑停立。**【四击头】**出剑跨右腿踢左腿、“大刀花”、“左翻身”、“弓左步”面朝外戳剑亮相。

〔**【急急风】**站起，丁字步右手剑频频摇转。八辽兵持飞虎旗、二辽将持枪、二辽将持双刀两边上，“双进门”归两边站立。**【四击头】**乌龙道人在中间原地两次指天划地、跨左腿、最后跃起“跺泥”亮住；萧天佐持大刀“上场门”；白天祖持枪“下场门”暗上至阵台两侧。**【撕边】**(**八大仓**)八辽兵挥旗架设四门，四辽将隐入旗门后；乌持剑面转后向萧天佐拱手请示。

萧天佐 天门阵擒她！

众 啊！

〔**【九锤半】**穆桂英跨剑右手持枪，杨延德持大斧“上场门”上；萧天佐、白天祖引阵；两个**【撕边一击】**萧指“天门阵”示意穆敢进否？穆观阵，杨顿足示意入阵拼打。(**八大仓**)穆盖萧“腰封”；杨盖白“腰封”。萧、白分引穆、杨追逐，从里阵门钻进；从外阵门钻出；乌龙道人登上阵台。**【急急风】**萧、白佯败从阵两侧分下。穆桂英追乌登上阵台、将乌打下阵台。**【撕边】**(**八大仓**)穆掌剑劈倒“天门主阵”阵旗。杨延德在阵台下压住乌剑在台口架住。穆桂英“台蛮”翻下阵台。**【四击头】**杨延德劈死乌龙道人，穆在中央左手横枪、右手举剑亮相①。杨延德亮相后归外右侧幕下；四辽将、八辽兵双翻至左后角，辽将在前成横三竖四方阵，穆桂英迂回至右前角拧枪对峙。两个(**顷仓乙切**)辽将持兵刃向左弓步一挤，辽兵向左挥转飞虎旗、左弓步一挤，穆桂英压枪向左踏右步一挤。辽将持兵刃收左步站起成左丁字步向右一挤；辽兵向右挥转飞虎旗成左丁字步向右一挤；穆桂英向右移动右步踏左步，向右压抢一挤。(**仓切空匡乙切**)辽将原地涮缓兵刃，辽兵向后扬飞虎旗。穆桂英原地向后涮枪压枪短暂一亮，向辽将、辽兵过合。穆归中央，辽将、辽兵四角合围穆。**【流水】**穆与前辽将打“幺、二、三”，盖辽将“腰封”，辽兵旗

---

① 如饰穆桂英演员，不具备空翻下高技巧。可改由饰杨延德演员替代登阵台、劈旗、翻跟头下高。穆桂英与乌架住，刺死乌。

挑穆枪，向右裹滚转穆；穆向右反转、与右前辽将打“幺、二、三”，枪镈盖辽将枪、枪尖刺辽将“腰封”。辽兵旗挑穆抢、向左裹滚转穆，穆向左反转。**【马腿儿】**穆面向后打右后角辽将一盖“腰封”，辽兵旗挑穆右转，穆打左后角辽将枪镈刺腰封，辽兵旗挑穆向左反转。（在穆与辽将、辽兵对打时其他三组辽将、辽兵循环交叉过合，类似“四合如意”）然后八辽兵列归两旁，四辽将四角合围穆。穆原地戳枪提柳，四辽将原地出抢、刀耍花压住穆枪。**【软四击】**穆向前冲刺三步。辽兵向外摇转飞虎旗。**【软四击】**穆向后移动三步。辽兵自里摇转飞虎旗。**【三锣】**（**八大仓**）穆向前推、向后拉、再向前推，挑开四辽将兵刃，斜垂抢、左手掏翎中场偏左亮住。杨延德随尾三锣在阵台右侧上，与穆合扇亮相。八辽兵同时向外挥旗，向里挥旗，再向后扬旗。杨向穆挥手示意：我断后，你去前面破阵。

众 杀！

〔**【急急风】**辽兵、辽将在里边“抄过”下；宋兵、女兵、宋将两边上，在外“抄过”下。杨延德向“下场门”持双刀、辽将起大刀花架住，扯转一周。众均下场后打“大斧双刀”“四股档”：“磕”、“大刀花过合”，“涮斧”、“兜”、左转，上、下、左、右，“漫头”，一、二、三、四，挑起来、一“腰封”、两“腰封”，向外“合扇转身”，“鼻子、削头”。杨、辽将往外蹿步三个“盖刺剜花”最后压住双刀，右骗腿骗辽将头，向左前角切辽将“抢背”；扫“下场门”辽兵甲斜场翻上。杨削辽将头、再削辽兵甲头，向左后角扫辽将“旋扑虎”，切辽兵乙“抢背”上，砍辽兵甲“封头”、踢辽兵甲“倒插虎”。杨削辽将头，再削辽兵乙头。搭扫辽兵甲原地“旋扑虎”。顺势左转向右后角切辽兵乙“抢背”。起右脚踹辽将“抢背”。辽兵甲刺杨肚，辽兵乙尾随刺杨肚。辽将砍杨鼻。辽兵乙、甲削杨头、回去。杨扫辽将“窜扑虎”向右“滚膛”，辽兵甲自辽将腰间跃过，杨挑辽兵甲“倒插虎”。向右“滚膛”，辽兵乙自辽兵甲腰间跃过。一绕两绕向外合扇蹦子杨剁辽兵乙头，**【四击头】**杨左转剁辽兵甲头，左转，再剁辽将头。抱斧式亮高相，辽将、辽兵甲、乙成斜一字，弓右步、“藏刀式”亮矮相。少顷，**【急急风】**辽将、兵甲、乙站身举刀欲再砍，杨平举斧“欺身”。辽将及兵甲、乙惧斧缩身反圆场，杨出斧“砍萝卜头”。杨至右前角左转，往里拉辽兵甲、乙肚下、与辽将“剜萝卜”反削头，**【撕边】**（**八大仓**）踢辽将“抢背”，亮罗汉相。辽将横举刀亮矮相。**【急急风】**辽远急败下、杨右手指辽将疾步追下。

第 八 场

连续打阵

〔**【急急风】**“开档”辽将甲乙“上场门”持双刀至“九龙口”分刀式“双开荡”上，前行半圆场至左前角横举刀回望，任堂惠、岳胜持大刀追上。辽将甲乙出刀、任堂惠、岳胜出刀漫甲乙头，兜，左转归四角。打上、下、左、右，“漫头”、下刺一二向里“合扇转身”，下刺三四再向里“合扇转身”（背对背）向外砍鼻、向里砍鼻、再向外砍鼻顺势绕甲乙右翻身。任斜场漫甲头出去。岳、乙原地涮刀。岳对甲、任对乙正场往里一盖、打甲、乙“前封头”、“后封头”，甲乙左转“三拉肚”。任、岳抹漫甲乙头。接“大刀双刀”“六股档”：辽将丙“下场门”上，辽将丁“上场门”上。接“前封头”，正场“刺肚”、岳、任外打丙、丁鼻，里打甲、乙鼻，六人原地“一剜两剜”向右翻身“蹦子”。任、岳大刀上膀子，左手接刀缠腰左转；四辽将双刀“缠头裹脑”左转，六人队形不变整体移动。任、岳扫丙、丁“旋扑虎”，甲、乙盖“旋扑虎”，（四辽将调换位置）。**【四击头】**任、岳右脚踢踹丙、丁“抢背”；盖切甲、乙“抢背”，任、岳垫左步、挽刀式弓右腿亮中高相；丙、丁弓右腿、“掖刀式”亮矮相；甲、乙左掖刀式，右“丁字步”亮高相。

⌈**【急急风】**少顷，任、岳漫丙、丁头，左转身，往里盖甲、乙双刀、打丙、丁前封头，**【软四击】**辽将横刀左丁步亮相；任、岳顺刀左丁步亮相。萧天佐“上场门”至“九龙口”成“抱刀式”亮相。**【急急风】**四辽将“下场门”下。萧与任、岳斜场过合、成三丁形。三把大刀对打：萧盖岳“腰封”出去，盖任“腰封”进去。萧往里盖岳、打任“封头”，**【软四击】**任、岳挽刀式亮住；萧颠刀顺刀式面向任、岳亮相。

⌈四女兵“上场门”举刀上。**【急急风】**任、岳下。萧右转身回望女兵，女兵横刀对峙。萧与女兵左挤、右挤，上场拨女兵“倒脱靴”。**【撕边】**（**八大仓**）加大堂鼓。穆桂英持枪尾随女兵上，一盖萧腰封压枪式一亮；萧弓左腿斜提刀亮矮相；四女兵在穆身后成八字形分刀式合扇亮相。**【急急风】**四女兵“上场门”“窝下”。穆追萧“反推磨”，萧、穆半圆场换位。穆往里盖萧，萧左转、穆打萧“前封头”，下扫萧“蹦子”；萧小蹚步，右手背刀，左手勒马。萧、穆换位。萧归中场，穆漫萧头，扎萧左鼻；萧左转外磕。穆反漫萧头，扎萧右鼻；萧右转里磕。穆再漫萧头，扎萧左鼻；萧左转外磕。萧砍穆一刀左转、两刀右转；穆一盖两盖扎萧脖。**【撕边】**（**八大仓**）萧左转磕穆枪，穆缓枪再刺萧后背，白天祖“下场门”持大刀救应上，挑穆腰封三人同时亮相：萧弓左步“藏刀式”矮相，白“挽刀式”高相；穆左手勒马右枪“垂提式”亮高相。萧下。

⌈**【急急风】**穆与白“剜萝卜”、“提柳”过来、过去，打“大刀枪”：涮、兜，左转“一刺腰封”、挑起来，右驳、上、下，一盖白“腰封”、滚枪一二，白左转、漫穆头，穆下刺一、二，“绞翻身”，三、四，“绞翻身”，五、六向里“合扇”转身，白砍穆一“腰封”、两“腰封”、向外“合扇”转身，穆打白一“腰封”、两“腰封”，白左转砍穆靴底、穆起右脚踹出。穆右转，枪漫白头，白右转抹身低头。穆盖白“腰封”，放下来，**【撕边】**穆扎白“老虎枪”，白退，“滚刀”一二白左转，白进，“滚刀”三四、白进、穆盖白刀（**八大仓**）扎白“倒插虎”。**【四击头】**白砍穆、穆压白刀，枪镩抽白“抢背”，白跪式横刀，左掌护头亮相；穆左手横枪，踏右步，右手掏翎亮高相。

⌈**【一封书】**白下。招手示意辽将甲“下场门”持双头枪上，接打“出手五股档”：辽将甲挑刺穆腰封、穆右转，与辽将甲正搭、兜，反搭、兜。穆扎辽将甲面、将甲枪镩左磕右搪，穆扎辽将甲腿四枪，辽将甲剜花（变大刀把）下搪一二三。辽将甲挑绕穆抢压住，穆反挑绕辽将甲枪，辽将甲向右翻身，穆打辽将甲一腰封、两腰封，穆绞压辽将甲枪、漫辽将甲头过去，穆、辽将甲交换位置，穆回枪刺辽将甲“抢背”，上左步，左手掏翎叼住，左转身、左手背枪，右手掏翎叼住、握右掌与辽将甲架住。辽将甲枪镈打穆右靴底。向左前方右转，穆漫辽将甲头左转。穆、辽将甲移动位置。穆盖辽将甲一盖两盖，斜场刺辽将甲“抢背”。辽将乙持双头枪“下场门”上，扔“双钓鱼”。穆起右腿，把枪向辽将乙踢回。反盖辽将甲腰封，辽将甲接腰封左转至右前角。穆盖辽将乙腰封；辽将乙原地左转。穆右手斜背枪、踏右步半蹲。辽兵甲徒手“跺子抢背”砸穆上。穆反盖辽将乙腰封至右前角，盖辽将甲腰封至左后角，枪扫辽兵甲“跺子直扑虎”，（辽兵甲往里“滚膛”下）穆反蹦子右转归正场。辽将甲“扔钓鱼”、穆右脚将枪骗踢给辽将乙；辽将乙同时把枪“扔钓鱼”传给辽将甲。辽兵乙徒手自“上场门”翻“小翻前扑”接“直扑虎”；穆左转单提柳花，打辽兵乙“直扑虎”，辽将甲“扔钓鱼”、穆直磕回去；辽兵乙向右“滚膛”后原地走“倒三点”。辽将乙自辽兵乙腰间跃过，穆刺辽将乙“抢背”右侧幕边下。辽将甲接“钓鱼”后，移位于左后角，穆至台中偏右前角位置。辽将甲扔大“撇桃”**【撕边】**（**八大仓**），穆起左脚仰身向后把枪向辽将甲踢回（注：万一失手，穆未踢到枪，辽兵乙恰好原地接枪保护）。**【急急风】**穆刺辽兵乙“抢背”右边幕下，再向左回身刺辽将甲“抢背”“下场门”下。（**八大仓**）辽将丙持双锤或双刀“下场门”上，与穆磕，原地亮相：穆压枪式，辽将丙横举式。

「**【急急风】**穆与辽将丙打枪破双刀（或锤）再接打“抢背攒”：穆与辽将丙砍花翻身过合。穆扎辽将丙上、下、左、右（硬的），盖左转身半身（背向穆）跨右腿后封头，左下剜上磕，右下剜上磕，漫头左转（面对穆），穆漫辽将丙头、上刺三枪；辽将丙后退左、右、左，横刀向上外磕。穆扎辽将丙腹部三枪；穆退辽将丙进，辽将丙右、左、右向下刨开。穆漫辽将丙头、速扎辽将丙腰部四枪；辽将丙向左翻身下磕一二三四、穆与辽将丙移动。穆、辽将丙往里合扇转身：一盖两盖穆以枪镈抽辽将丙头。再往外合扇转身，一盖两盖以枪头打辽将丙头。穆向左盖辽将丙一、二，向左前方合扇转身，移动位置。穆枪镈击辽将丙封头，枪尖扎辽将丙“倒插虎”，搭、挑、再扎辽将丙仰“僵尸”，辽将丙“叠筋”起立。穆漫辽将丙头过去。**【撕边】**（**八大仓**）穆绕辽将丙一绕两绕，向外合扇转身，穆砸将丙头、封鼻横压枪，后别右腿亮相；辽将丙顺刀“跺泥”跨右腿亮住。穆追辽将丙反圆场。穆枪镈打辽将丙鼻、“漫头”，辽将丙“下场门”败下。穆归中场扫白天祖“上场门”持大刀斜场翻上。白砍穆一刀、左转两刀；穆一盖、两盖、抽白“抢背”。“下场门”辽将丁持双刀向右前角翻上，一盖白腰封下。穆“上场门”方向扫辽将乙持双刀斜场翻上。穆向右盖辽将丁鼻，下场扫辽将丙持双刀翻上；向左盖辽将乙鼻，“上场门”扫辽将甲持双刀翻上。（**八大仓**）穆从“上场门”依次抽辽将乙“抢背”；（**八大仓**）抽辽将丙“抢背”；（**八大仓**）抽辽将甲“抢背”；**【撕边】**（**八大仓**）向右反转身抡枪打辽将丁“跑马锞子”出去。**【夺头】**四将归四角向中间起大刀花压穆，穆在中场原地涮枪向上挑四将“开花抢背”。**【四击头】**穆原地点翻身，右手背枪，左手掏翎，踏左步中间亮高相；辽将乙、丁分别弓左、右腿、成左、右掖刀式合扇亮矮相；辽将丙、甲左、右丁步，分别成左、右封头式亮高相。**【急急风】**穆向右转身带辽将丁、甲归左边、往里串四将肚下。

「穆大破长蛇阵。**【急急风】**白天祖“下场门”持枪率八辽兵上。挑穆腰封向右前赶穆反圆场成斜一字弓右步亮矮相。穆斜提枪左手掏翎扫视辽兵。众辽兵惊怕吼出“啊”声！穆向左迂回圆场，复至左前角勒马向右后角横蹉步；再移步复至左前角，白率众辽兵尾随其后大圆场，形成包围趋势。复成前式众辽兵矮相喊“啊！”穆领辽兵向左大圆场，至左后角时再转向右前直线前进，出枪踹仰向低头折返。众辽兵漫穆头至右前角时，向左后角低头甩尾。**【拉拉锤】**穆右前抡枪连续左转“吹萝卜头”，穆至右前角时向左转，朝“下场门”拨辽兵、辽将“倒脱靴”。盖萧天佐腰封，**【撕边】**(**八大仓**）抽白天祖“抢背”，众“下场门”下。穆耍“枪下场”：向里戳枪，耍三个掖花，向右回身面朝前耍五个迎面花，涮枪三打左脚。**【夺头】**、**【四击头】**穆朝左前角颠枪、串点步翻身，枪交左手低姿翻身、踏右步、右手掏翎亮相。**【急急风】**圆场“下场门”下。（注亦可向右前角颠枪连续翻后，在右前角右手出枪，左手掏翎亮相）

第 九 场

败 阵

〔**【乱锤】**众辽兵右手拉枪、众辽将右手提握双手，依次狼狈败过场；白天祖右手提抢、萧天佐右手提刀败过、至中场合扇垂手顿足、急促败逃、“下场门”下。

第 十 场

凯 旋

〔**【急急风】**宋兵、女兵、孟良、焦赞、陈琳、柴干、任堂惠、岳胜、杨延德、穆桂英、杨宗保、穆纛旗手执“穆”字方旗“上场门”上，成“大斜胡同”，略有大八字形。

众 萧天佐大败。

穆桂英 回朝交旨。

众 啊！

〔奏唢呐曲牌＜尾声＞。众按原出场队形成管箩圈半扇页形亮群相。**【急急风】**闭幕。

——剧 终

万凤姝 万如泉 **整理**　　关静和 **校阅**

珍珠烈火旗

王瑶卿演出本

宋将狄青奉旨征伐印唐、上乘两国，索取珍珠烈火旗与日月骕骦马。在战斗中狄青射杀上乘国王，又向印唐进发。中途迷路，误至鄯善国境。鄯善国双阳公主爱狄青英俊，招为驸马。上乘、印唐国派人追拿狄青。双阳设计，要求以狄青交换旗马。二国亦欲以假旗马赚取狄青。阵前交换后，双阳将二国杀退，回朝交旨。嗣后二国合攻鄯善，将国王杀死；双阳以病退守国中。

此剧取材于《五虎平西全传》，后经王瑶卿先生改编，遂成其代表作之一。本剧本是王瑶卿先生生前演出本，亦是先生大弟子程玉菁的藏本，又名《双阳公主》，唱念做打俱全，王派艺术的精髓尽在其中。

《珍珠烈火旗》是一出吃功夫的戏。

从“唱”上来说，它有款款大方的〔西皮流水〕，有委婉动听的〔南梆子导板、原板〕。唱段虽不多，但都在重点场子里，合情入理，让人听着津津有味。

“念”也有独到之处，是王瑶卿先生独创的“风搅雪”的念法。“风搅雪”，顾名思义，是刚烈的风裹搅绵柔的雪。这其中有韵白，有京白，而且是京白裹着韵白，韵白中又掺着京白，可谓刚柔相济。例如第五场的“狩猎”，双阳公主自报家门向狄青讲明自己的身份时用的是韵白，以显示自己的身份、地位，有气势。但是，当狄青问“此是什么地界”之时，双阳又转用京白念出：“怎么着，你连我们的地名都没弄清楚……我们这儿是鄯善国”。显得语言生动，合情合理。再有第六场的“定计”，看郎天印的书信，从开始到叫起来念“任凭发落”，用韵白，而后面的求父王帮忙的念白则用京白，这里面有她郑重的注视，也有女儿对父亲的娇嗔求助，恰到好处地揭示了人物的内心世界，让人感到王瑶卿塑造这个人物之良苦用心。这出戏的表演也是很到位的，双阳公主是个有性格的女性，这其中有合乎公主身份的“狩猎”；有乖巧娇嗔地让父母同意自己嫁给自己意中人的机智；也有情深义重恋恋不舍的“追夫”。这种多侧面的表演，增加了表演的深度，让观众欣赏到王派艺术的魅力所在。

至于“打”，则贯穿于戏的始终，这里面有和丈夫的“情打”，有助夫的“勇打”，有报杀父母之仇的“仇打”，情节不同、打法不同。真是各具风采，美不胜收。

万凤姝

人物行当

四红文堂	杂	兔　形	杂
狄　青	生	四黑文堂	杂
刘　庆	净	二太监	杂
张　仁	丑	波（索）罗	老生
季　青	老生	鄯善王	净
李　义	丑	王　后	老旦
乡民甲	杂	二宫女	旦
乡民乙	杂	探　子	杂
四女兵	旦	四番将	杂
双阳公主	刀马旦	四下手	杂
四马童	杂	郎天印	净
四　将	杂	海飞云	武旦
虎　形	杂	番探子	杂
熊　形	杂	四番兵	杂
鹿　形	杂		

服装扮相

四红文堂　俊扮。红大板巾，红龙套服，红彩裤，薄底。

狄　青　俊扮。将巾或白虎头壳、大额子，湖色改良靠、苫肩，青彩裤、厚底。后换斗篷、白绣花褶子。

刘　庆　勾红脸。虎头盔，红软靠、红靠绸，红彩裤，厚底。

张　仁　丑扮。虎头盔，花箭衣、大带、黑马褂、苫肩，青彩裤，薄底。

季　青　俊扮。虎头盔、黑三，绿软靠、红靠绸，红彩裤，厚底。

李　义　丑扮。虎头盔，花箭衣、大带、黑马褂、苫肩，青彩裤，薄底。

乡民甲　俊扮。白毡帽，蓝茶衣、腰包，青彩裤，白布袜、圆口鞋。

乡民乙　俊扮。蓝毡帽，茶色茶衣，白腰包，茶色彩裤，白布袜、圆口鞋。

四女兵　俊扮。贴片子、头布、小额子，战裙战袄，白腰巾子，彩薄底。

双阳公主　俊扮。梳大头、回回盔或蝴蝶盔、流苏、翎子、狐狸尾，改良靠、彩球。后换红风帽、披斗篷。

四马童　俊扮。马童巾，抱衣裤、小大带，薄底。

四　将　俊扮。将巾，四色软靠（白、红、绿、蓝），红彩裤，薄底。

虎　形　虎形服。

熊　形　熊形服。

鹿　形　鹿形服。

兔　形　兔形服。

四黑文堂　俊扮。黑大板巾，黑龙套服，红彩裤，薄底。

二太监　俊扮。太监盔，太监服，红彩裤，薄底。

波　罗　俊扮。相纱、黪三，茶色官衣、玉带，青彩裤，薄底。

鄯善王　勾六分脸。白三或白满、王帽或草王盔，黄蟒、玉带，红彩裤，厚底。后换黄软靠、苫肩。

王　后　俊扮。白网子、白鬏发、老旦冠、勒子、黄绸条，黄蟒、玉带，青彩裤，白布袜、福字履。

二宫女　俊扮。梳大头、顶花、过桥，素边粉或淡青褶子、云肩、白素裙，浅色彩裤，彩鞋。

探　子　俊扮。梢子帽，蓝布箭衣、大带、红卒坎，青彩裤，薄底。

四番将　揉脸。鞑帽、辫子，紫箭衣、大带、披肩，青彩裤、薄底。

四下手　揉脸。包头布或鞑帽，黑抱衣裤、小大带，薄底。

郎天印　勾黄三块瓦脸。黑满、帅盔，黄硬靠、红靠绸、苫肩，红彩裤，厚底。

海飞云　俊扮。梳大头、白面牌、白绸、白彩球，白战裙战袄，白腰巾子，白薄底。

番探子　揉脸。鞑帽，黑抱衣抱裤，小大带，薄底。

四番兵　揉脸。包头布或鞑帽，黑抱衣抱裤，腰箍、挎子，薄底。

道具

宝剑	两口	**大刀**	两把
牙笏	一个	**单刀**	八把
单枪	十杆	**桌子**	两张
椅子	四把	**锄头**	两把
云帚	两把	**双刀**	四把
双枪	四杆	**直口刀**	一把（双阳公主用）
城片子	一份	**武旦刀**	一把
报旗	一面	**绣旗**	一面（卷成三角形）
红文堂标帜	一堂	**扎彩球马鞭**	一根
红桌围椅披	一份	**虎、熊、鹿、兔形服**	各一套
九耳八环刀	一把（狄青用）	**金瓜锤**	一对

第　一　场

〔【冲头】切住。

〔狄青内白："众将军！（仓）趱行者！"

〔奏唢呐曲牌<风入松>前两段，四红文堂从"上场门"上，"站门"，刘庆、季青、张仁、李义从"上场门"上。狄青提刀从"上场门"上，狄青站中间，刘庆、季青、张仁、李义分立站成半弧圈形。

众　人　俺（仓）

狄　青　狄青。

刘　庆　刘庆。

季　青　季青。

张　仁　张仁。

李　义　李义。【大锣住头】

狄　青　俺奉宋王旨意（拱请式），往印唐、上乘二国，索取日月骕骦马，珍珠烈火旗（右手指出）。人马来在上乘，谁知钻天王铁利莽领兵抗拒天兵，不肯献出日月骕骦马。是我与他交锋，箭射钻天王落马。他女海飞云（右手指出）十分狡猾。我兵久在此地，未免劳师糜饷，不免先伐印唐，夺得烈火旗，再做道理。众位贤弟意下如何？（右手摊掌）

张　仁　大哥所见不差。咱们奉了宋王旨意，来在上乘，跟钻天王要日月骕骦马。他是一个劲儿的不给，跟他动起手来，你（向狄青）应该逮个活的，好跟他换马。他女儿海飞云，虽然武艺高强，看在她那两条腿的爸爸，被你逮住了，一定献出四条腿的马来。谁知您把她爸爸给宰了（双锤一扬），她给您一个战又不战，降又不降。她爸爸是没啦，咱们的马，可到不了手，不如去伐印唐，倒是正理。

狄　青　如此就命贤弟为先锋，兵伐印唐。

张　仁　得令！

李　义　（一拦）别忙，【撕边一击】你为先锋，可认得路吗？

张　仁　（用锤指嘴）鼻子底下有嘴，我会问，我走啦！（从"下场门"下）

狄　青　众将官！催军！

〔接奏<风入松·合头>四红文堂"插门"，从"下场门"下，刘庆等人引狄青从"下场门"下。

〔【大锣打下】

第　二　场

〔二乡民内白："啊哈！"

〔【小锣五击】二乡民扛锄头从“上场门”上。至台中“八字”站。

乡民甲　（念）连年刀兵乱，

乡民乙　　　黎民不得安。

乡民甲　伙计，天不早了，咱们快去耪耪地吧！（欲走）

〔张仁内白：“那里走！”

〔【大锣水底鱼】二乡民回头一望，示意快跑，张仁持锤从“上场门”上，急追，二乡民跑一圆场，双双下跪。

乡民甲
乡民乙　大王饶命！【撕边一击】（连连叩头）

张　仁　呸！（仓）什么大王，我是问路的。

乡民甲　（站起）您问哪儿？

张　仁　我问印唐国。你说了便罢，如若不然，看锤！（八仓）（乡民甲直躲）

乡民甲　印唐往东。（向前指）

乡民乙　（站起）不对！不对！印唐往西。（向右指）

张　仁　滚蛋！（一扬锤示意二乡民快走，即向“上场门”张望）

乡民甲　（拉乡民乙归至左台口）伙计，你怎么告诉他往西呀？

乡民乙　他问话蛮横，我干什么不给他骑瞎马呀？（乡民甲拉乡民乙示意快走，二人从“下场门”溜下）

张　仁　（向“下场门”一望）妙哇！不是铜锤利害，也问不出路来。看！狄大哥，大兵来也。（站左台口）

〔【四边静】四红文堂引狄青、刘庆、季青、李义从“上场门”上，四红文堂“站门”四人归成“笸箩圈”形，张仁在“大边”。

狄　青　贤弟，你可认得路？

张　仁　（点头）认得，跟我往西没错！

李　义　哎，不对，我听人说，往西是鄯善国，不是印唐国。

张　仁　你去过？

李　义　没去过。（摇头）

张　仁　（不满地）没去过你别充姥姥。跟我来！（一扬左锤）

狄　青　众将官！人马向西行者！

众　人　啊！

〔西皮摇板〕

狄　青　【闪锤】（7̣ 6̣ 5 5 5 3 6 5 5 3 2 1 2 6̣ 5 5 5）3 6
适

5 5 7 6 6 5 5 7 6（6 5 3 6 5 5 3 2 1 2）
才 贤 弟 把 路 问，

3 6 5 6 6 5 i - 5 6 5 -（6 5 3 6 5 5
要 伐 印 唐 往 西 行。

3 2 ） i 5 7 6 6 5 5 6 7 - 7 7 6 -
吩 咐 催 军 朝 前 进，

〔【快长锤】四红文堂、众人"插门"从"下场门"下，狄青走至左台口向右转身站。

狄 青 （65 36 55 32 12 65 55） 3 6 5 6 6 6.5 5 - 3.5 3 5 -‖
得 了旗马报 宋 君。

〔（嘟 八 大 仓）狄青左转身，提刀亮相，从"下场门"下。【冲头】

第 三 场

〔【阴锣】虎啸，虎形从"上场门"上跳形，从"下场门"下。兔形一蹦一跳从"上场门"上跳形，从"下场门"下，相继鹿形、熊形从"上场门"上跳形，从"下场门"下。

第 四 场

〔【冲头】四红文堂从"上场门"引狄青、刘庆、季青、张仁、李义从"上场门"上，四红文堂"站门"，狄青站台中，其余四人分立两边。

狄 青 啊，列位贤弟，行了几日，怎么还未到印唐，是何道理？

〔内喊："哦——"【撕边一击】狄青回首向"上场门"一望。

狄 青 列位，看那厢有一支人马，为首一员女将，好似行围模样。我等闪在高阜，看个明白再做道理。

〔（嘟 - 八 大 仓）众人站高坡之上。【急急风】兔形从"上场门"上急向"下场门"下，四女兵追过场。虎形上又下，四马童追"过场"。鹿形上又下，四番将追"过场"。熊形带箭上【乱锤】跑下。【急急风】双阳公主举鞭从"上场门"上。至"九龙口"亮住。右手缓成横鞭，左手握拳，走圆场至右台口亮住。（嘟 - ）向左台侧连走三个平转。（八 大 仓）在左台侧跳坐勒马。【冲头】右转身归到右台口，三番【撕边一击】；三番加鞭打马。起【大锣四击头】双阳公主左转身出鞭，向右台口走两个正"鹞子翻身"、双手勒缰在右台口亮住相。（嘟 - 八 大 仓）甩鞭打马亮"拖鞭勒缰"相。【急急风】从右台口向"下场门"跑下。

〔【冲头】狄青等人从高坡走下。【大锣叫头】狄青站台中四人分立两边；四红文堂"站门"。

狄 青 列位贤弟！（仓 仓 另 仓）看这支人马，不似印唐兵将。候他行围已毕，我等迎上前去，问个明白。众将军！迎上前去。

〔【急急风】众人"插门"引狄青从"下场门"下。

第 五 场

〔【快长锤】四女兵抱刀从“上场门”上“站门”。双阳公主举马鞭从“上场门”上，亮相。走至台中向后打马勒缰亮住相。

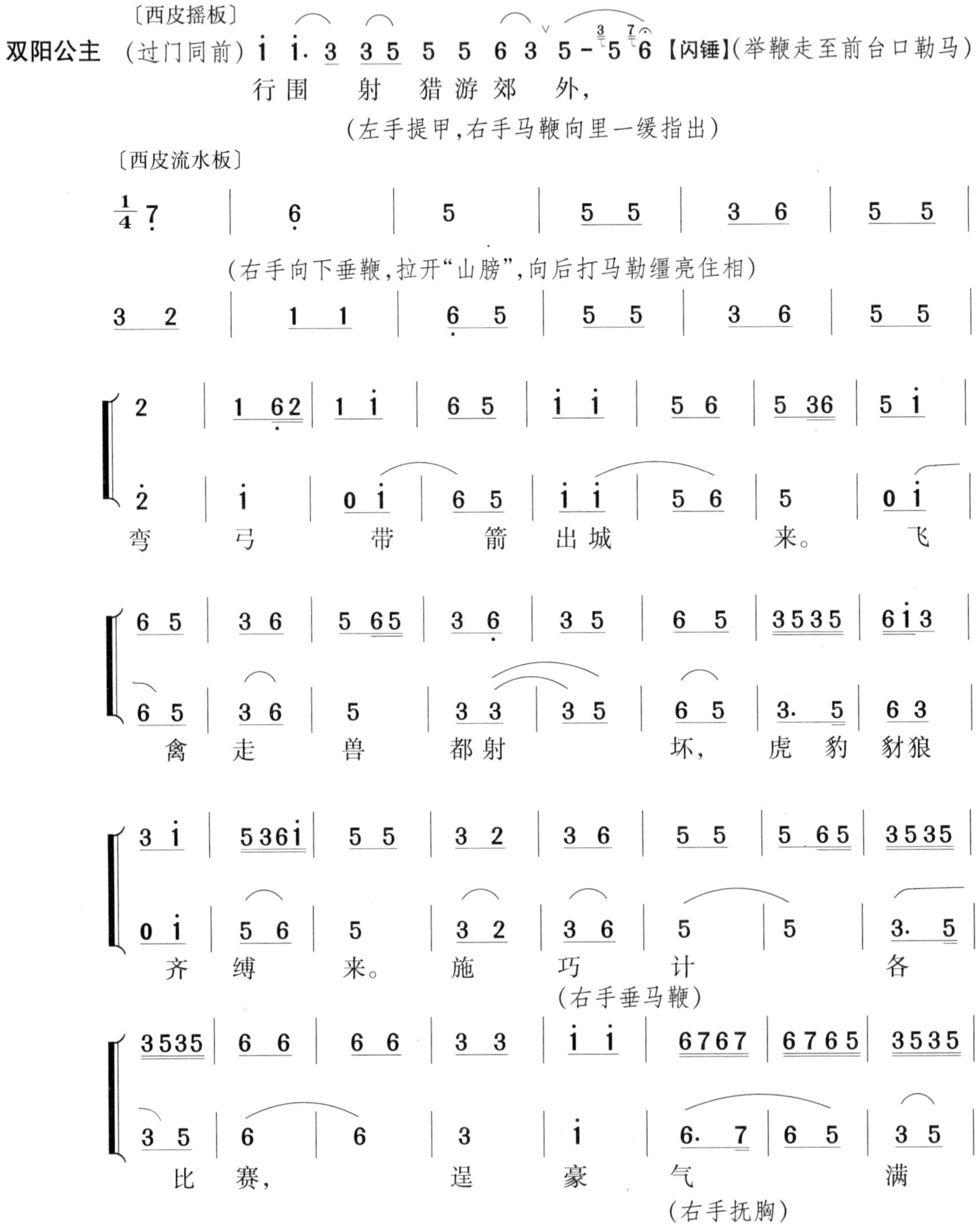

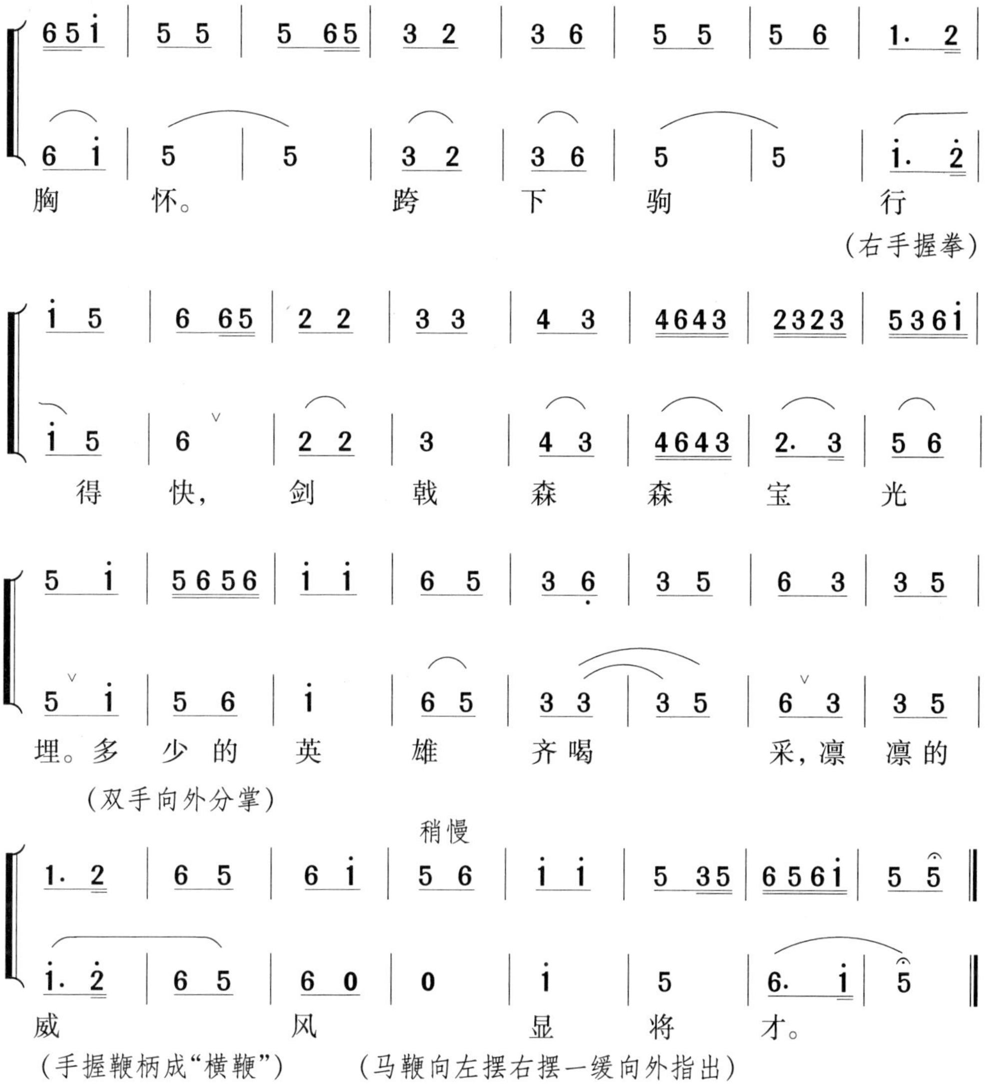

【大锣住头】（向后打马勒缰亮相）

俺**【撕边一击】**鄯善国双阳公主是也**【大锣住头】**。自幼习成文武双全（右手赞美指），又得异人传授，精通遁甲。今日天气晴和，来在这郊外射猎，（右手“撒掌”向下垂鞭）倒也十分洒落也！（右手抚胸）

〔**【冲头】**四马童、四将搭猎物从“上场门”上。

众兵将 打得各样走兽献上。

双阳公主 （示意）捆在马后，回城有赏。（众人抬猎物下。内喊介。原人复上）**【大锣叫头】**且住！（向“上场门”一望）那旁来了一哨人马（食指单伸示“一”数字），不知是哪国前来犯境。众兵丁，迎上前去！

〔**【急急风】**狄青等人从“上场门”上，“二龙出水”，双阳公主站“大边”，狄青站“小边”，两边人马站成“八字”。**【大锣叫头】**双阳公主举马鞭抵住狄青刀柄。

双阳公主 呔！马前来的哪国人马，敢来犯境？

狄　青 宋将狄青是也。女将留名！

〔【撕边一击】双阳公主放马鞭看狄青。

双阳公主　我乃鄯善王之女，双阳公主是也。我国并未侵犯你国，尔等到此何事？

狄　青　这……【撕边一击】（向张仁）贤弟，我们莫非错走到鄯善国来了？

张　仁　（语塞）哦哦……也许是错了。我本没到过，是问路来的。

李　义　没到过，别充姥姥。跟着你准保没错。

狄　青　（示意莫争论）待我再问他一问。呔！马前女将，此是什么地界？

双阳公主　【撕边一击】（上下打量狄青）怎么着，你连我们的地名都没弄清楚，就兴兵入境吗？（双手摊掌）我们这儿（右手抚胸）是鄯善国。（右手指出）【撕边一击】

狄　青　哎呀（吃惊）！果然错了。（向张仁）张贤弟，你问的好路哇！按军法就该问斩！看刀！【撕边一击】（举刀）

张　仁　（摆手）别杀！别杀！您带的兵将本就不多，前往印唐，死了大将陈曙，跑了副将李靖，尽自嫌人少，您再斩大将，恐怕于军不利，您留下我，我有主意。

狄　青　你有什么主意？

张　仁　给人家赔个不是，咱们再另问去路。

狄　青　也只好如此。（向双阳公主）小将等误入贵国，望公主恕罪。（施礼）

双阳公主　岂敢，岂敢。您总算荒唐。

狄　青　告辞。（施礼）

双阳公主　慢着。（一拦）请问将军是要伐哪一国？（右手摊掌）

狄　青　要伐印唐。

双阳公主　（略思）印唐是我国同盟之国，请将军见过父王（双手拱请式），要能给你们了事，就给你们了事啦！

狄　青　这个……【撕边一击】（张仁拉狄青一边）

张　仁　大哥，她的话不错。咱们没有粮啦，只好跟她走一趟。

狄　青　也只好同她前去。（向双阳公主）公主既说此言，小将遵命。（施礼）

双阳公主　如此将军可与我一同进城。众女兵！回城去者！（众人应）将军请！（双手拱请式）

狄　青　公主请！（抱刀拱请式）

〔【大锣打下】双阳公主、狄青从“下场门”下，众人“窝下”。

第　六　场

〔奏京胡曲牌<西皮小开门>四黑龙套、二太监从“上场门”上“站门”，二宫女引鄯善王、王后从“上场门”上。鄯善王、王后并排站前台口。

鄯善王　（引）鄯善为王，

王　后　1 2 3 2 6· 7 6 5 6 7 - 7 7 6 - ‖
同　掌　朝　纲。
（右手指出）

〔二人同坐龙书案，鄯善王在“大边”，王后从“小边”，曲牌止。【小锣归位】

鄯善王　（念）宋朝在汴梁，

我国在西羌。【小锣二击】

王　后　（念）从不服王化，

也不犯边疆。【小锣归位】

鄯善王　孤，鄯善王。

王　后　哀家，鄯善王后。

鄯善王　今日皇儿出城打猎，未见回宫。内侍，伺候了！

〔【大锣五击】双阳公主从“上场门”上，至右台口站。

双阳公主　（念）郊外逢良将，

回朝奏父王。（双手拱请式）【大锣住头】（进殿）

儿臣见驾，父王、母后千岁！（跪拜）

鄯善王
王　后　平身，赐坐。

双阳公主　谢座。（归“小边跨椅”）

鄯善王
王　后　我儿打猎一事如何？

双阳公主　问儿臣打猎之事，父母容禀！

【大锣夺头】〔西皮二六〕

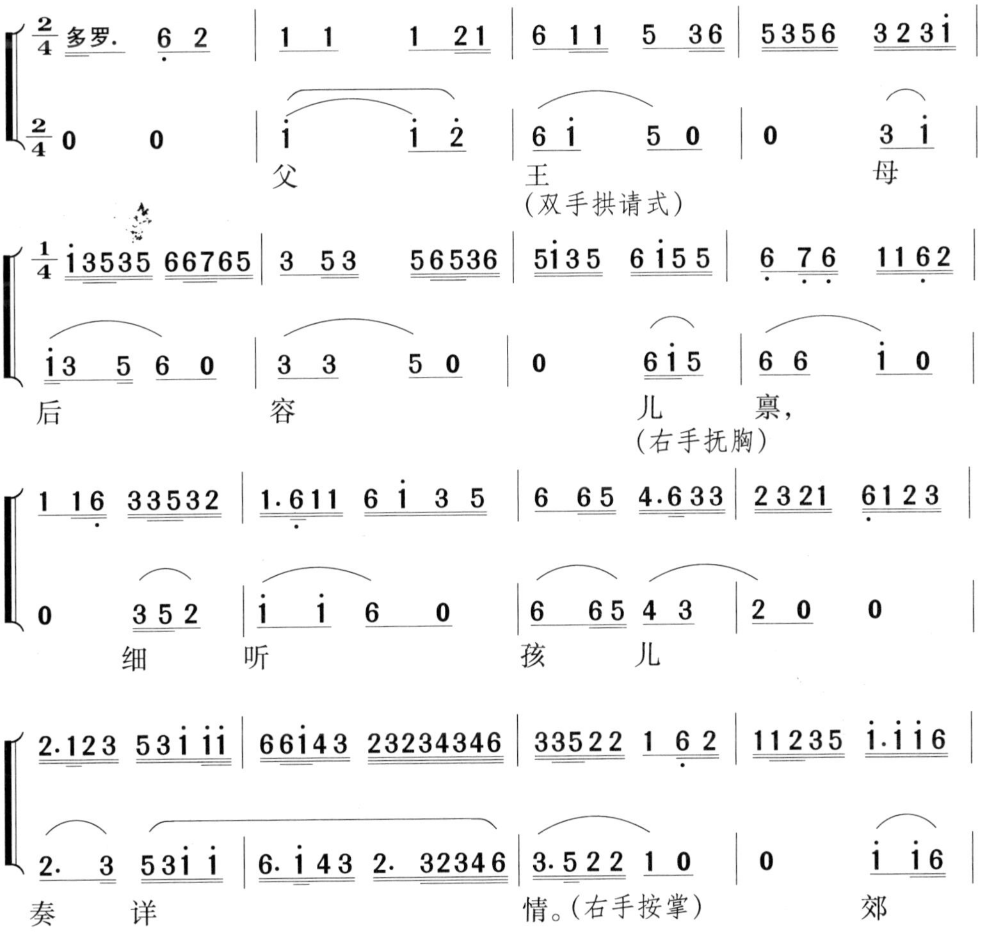

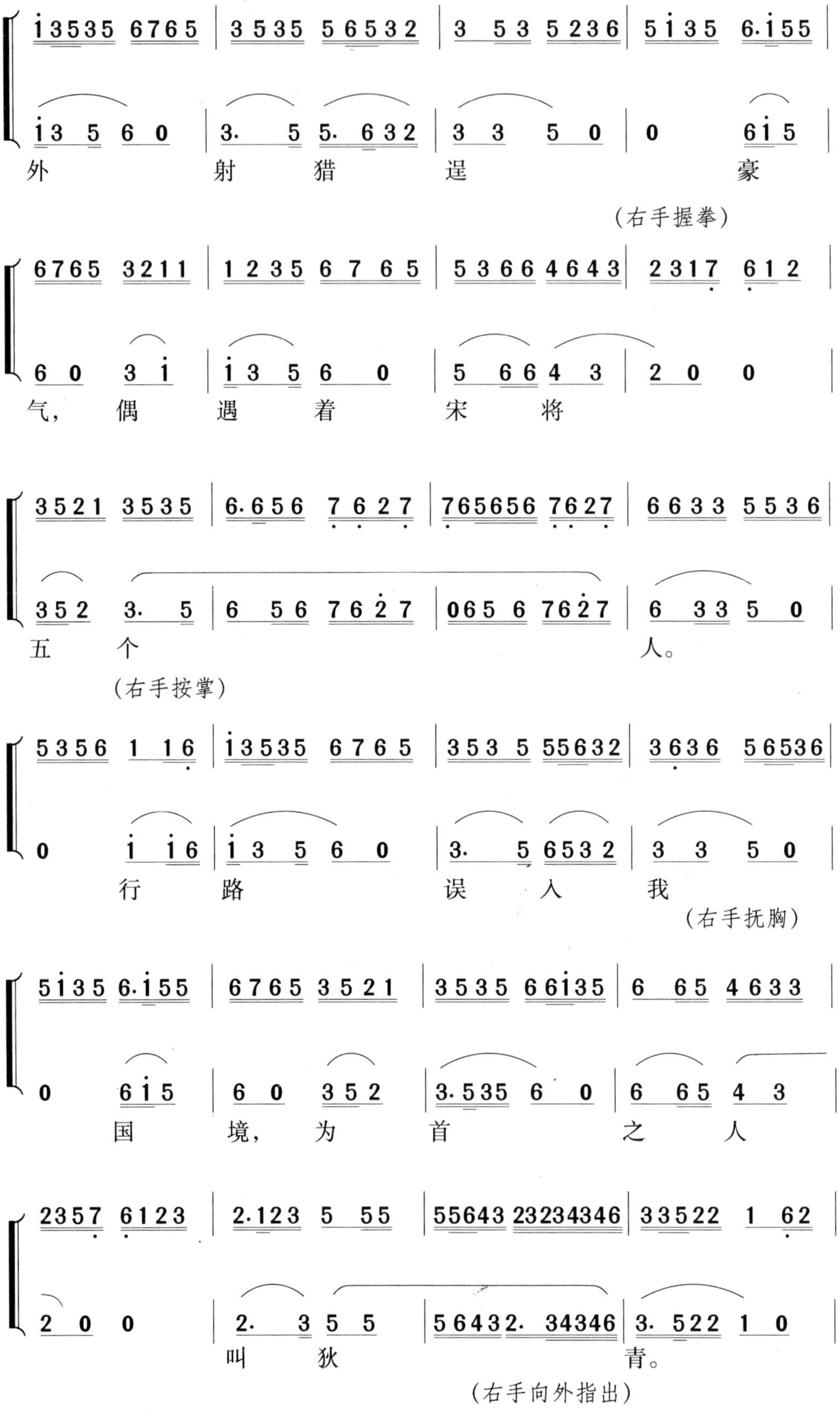
外 射 猎 逞 豪
(右手握拳)
气，偶 遇 着 宋 将
五 个 人。
(右手按掌)
行 路 误 入 我
(右手抚胸)
国 境，为 首 之 人
叫 狄 青。
(右手向外指出)

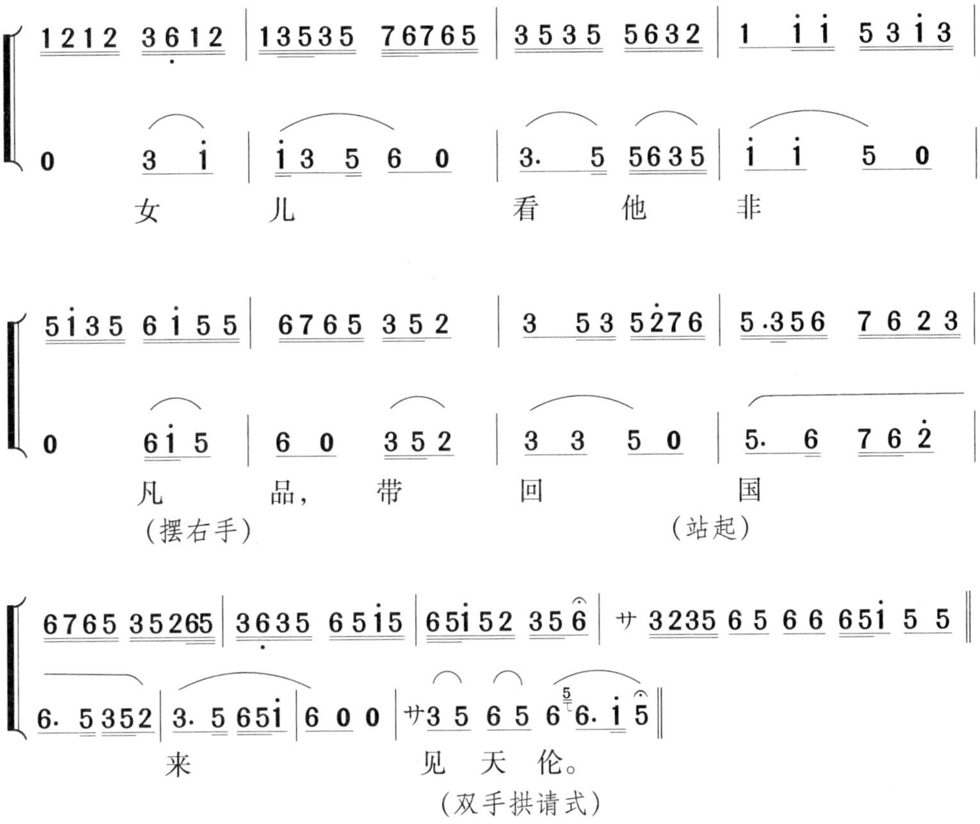

鄯善王 哦，宋将狄青。（略思）如此宣他上殿！

双阳公主 领旨。（出殿）父王有旨：请狄将军上殿！

〔狄青内白：“来也！”

〔**【大锣五击】**狄青从“上场门”上，至右台口站。

狄　青 （念）撩衣把殿上，

来见鄯善王。（左手提甲、右手向左指）**【大锣住头】**（进殿站“大边”）

大王请了！（双手拱请式）

鄯善王 **【撕边一击】**（看狄青）见了孤王为何不跪？

狄　青 大王非我之君，我非大王之臣。何跪之有？（双手摊掌）

鄯善王 你到我国做甚？

狄　青 小将奉旨去伐印唐上乘，错走道路，来在贵邦。（双手拱请式）

鄯善王 你在宋朝，官居何职？（右手摊掌）

狄　青 不过一将而已。（右手食指直伸示“一”数字）

鄯善王 你见了宋王可跪？

狄　青 那有不跪宋王（双手拱请式）之理？

鄯善王 既跪得宋王，便跪得孤王。

狄　青 非君非父，岂能跪你。（摆右手）

鄯善王 你原来是跪父的。

双阳公主 （一想）父王，他（指狄）既然跪父（双手拱请式），儿臣有计，教他下跪。

鄯善王 你有何计？（右手摊掌）

双阳公主　待儿臣（右手抚胸）用言语问他一问。（左手指狄）

鄯善王　但凭皇儿。

〔【大锣住头】双阳公主向狄青走两步。

双阳公主　我说狄将军，你既然跪父（双手拱请式），你妻子之父，你跪也不跪呢？（双手摊掌）

狄　青　妻子之父么，也是跪的。（点头）

双阳公主　哦！（右手扶鬓看狄）也是跪的……（点头若有所思。回身）啊，父王（双手拱请式）他（指狄）言道：他妻子之父，他是要跪的（右手按掌）

鄯善王　（以左手点指狄）他跪他妻子之父，与孤王什么相干？（抖左袖）

双阳公主　不是呀，他既跪他妻子之父，父王要他下跪，甚是不难。（走近公案前摆双手）

鄯善王　孤好不明白。（摆右手）

双阳公主　父王不明白，（一想，快步跑至母后跟前）母后可明白？（双手推王后右肩）

王　后　我（右手抚胸）越发不明白了。（摇头）

双阳公主　哎哟！（双手拍腿）父王、母后（双手拱请式）这是极容易明白的。（右手按掌）

鄯善王
王　后　我们不明白。（摇头摆手）

双阳公主　父王、母后不明白，待儿臣（右手抚胸）叫他跪下，父王、母后就明白了。（右手食指向下直伸划圈两番）

鄯善王　你且叫他跪下。（左手指狄）

双阳公主　叫他跪下不难（摆右手），他跪下之后（左手指狄），儿臣的言语（右手抚胸），父王，母后不要翻悔（摆双手）。

鄯善王
王　后　只要他下跪，你说的言语与我们说的一样，我们决不翻悔。

双阳公主　（欣喜地）如此儿臣先谢父王（万福施礼）！再谢母后（万福施礼）！【大锣住头】（向狄青走去）狄将军，（双手拱请式）倘若我父王是你的……（右手指秋）

狄　青　是我的什么？（双手摊掌逼双阳公主一步，双阳公主后退一步）

双阳公主　这个……（抬右手欲说又羞于启齿）

狄　青　哪个？（双手摊掌）

双阳公主　倘若我父王是你的……（看狄含羞低头玩弄手指，咬唇下决心）哎！（右手拍腿）是你的妻子之父，你跪也不跪？（双手摊掌）

狄　青　（不屑地）哪有不跪之理？

双阳公主　我对你实说了吧，我因敬爱将军（双手拱请式）乃当世英才（右手赞美指），若肯允许婚姻，我（右手抚胸）愿侍巾栉。（右手按掌）

狄　青　（略思）哈哈哈……不想狄青有此奇遇。（回身）岳父、岳母在上，儿臣叩见。（跪拜）

〔【撕边一击】王后不解地看鄯善王。

王　后　大王，我们与他怎么有这样的亲戚。（双手摊掌）

鄯善王　你去问女儿。

王　后　女儿，他与你几时结亲？（指狄又指双阳）

双阳公主　（撒娇地）母后，此乃天缘奇遇。

鄯善王 好一个天缘奇遇。（向狄、双阳）你二人去到殿下，换了衣服，交拜行礼。

双阳公主 （羞嗔地）领旨。

鄯善王 内侍宫娥，服侍驸马、公主更衣交拜！

太　监 请驸马、公主更衣交拜！【冲头】

〔公主羞介，狄青笑："哈哈……"。二太监、二宫女扶二人下，更衣复上。

鄯善王 吩咐动乐！

〔奏唢呐曲牌<小傍妆台>，二人拜天地、拜高堂，二人对拜，太监、宫女扶二人"下场门"，曲牌止下。

〔【冲头】波罗从"上场门"上，走至右台口。

波　罗 （念）印唐一封书，上殿奏王知。【大锣住头】（进殿）参见大王、王后，有印唐国书信到来。（呈书信）

鄯善王 待孤拆看。

〔奏唢呐曲牌<急三枪>，鄯善王折书观看。

鄯善王 呜呼呀，原来如此。快宣驸马、公主上殿！

波　罗 啊！【撕边一击】大王，我国并无驸马。（双手摊掌）

鄯善王 是今日新招的。

波　罗 如此臣与大王叩天喜！（施礼）

鄯善王 平身。

波　罗 再与天后叩天喜！（施礼）

王　后 平身。

鄯善王 快宣驸马、公主！

波　罗 今乃大喜之日，印唐之事，改日再议。

鄯善王 你哪里知道印唐之事，就应在驸马身上。

波　罗 （点头）如此是要与驸马、公主共议。（出殿）大王有旨：驸马、公主上殿！（坐"大边"椅）

狄　青
双阳公主 （内）领旨！

〔【闪锤】狄青、双阳公主从"上场门"同上，至右台口。

〔西皮摇板〕

狄　青 （过门同前） 3 5 7 6 6 5 5 6 7 - 7 7 6 -
意 外 姻 缘 似 花 锦，
（右手按掌）

双阳公主 （6 5 3 6 5 5 3 2 1 2） 3 6 5 i 6 6. 5 5 3. 5 3 5 - ‖
得 配 英 雄 称 我 心。

〔【大锣住头】二人进殿。

狄　青
双阳公主 儿臣与父王、母后叩天喜。（二人跪拜）

鄯善王 赐坐。

狄　青
双阳公主 谢座。

〔【大锣五击】二人坐，双阳坐“小边”，狄青挨波罗坐。

鄯善王 这有印唐书信一封，驸马拿去看来。

狄　青 待我看来！【撕边一击】（接书信看）

双阳公主 驸马，书上写的什么？

狄　青 公主请看。

〔【大锣归位】双阳公主接信走至台中。

双阳公主 印唐郎天印拜上鄯善大王。探得宋将狄青，逃入贵国。大王若念同盟之义，可将狄青拿下，交与上乘海飞云，任凭发落。（左手持信，右手向外指出【撕边一击】）哎呀！原来郎天印要害驸马。请问父王怎样回复与他？

鄯善王 狄青已是我国驸马，待我修书替他们解和就是。

狄　青 启父王，（双手拱请式）他二国不献旗马，和之一字，只恐不能成功！（八仓）（摆右手）

鄯善王 什么旗马？（右手摊掌）

狄　青 儿臣奉宋王（双手拱请式）旨意，到他二国索取日月骕骦马，珍珠烈火旗的。（右手指出）

双阳公主 听你之言，得了旗马，莫非要回南国去吗？

狄　青 这个——【撕边一击】小将既蒙公主雅爱（双手拱请式），今生绝不想归宋了。

双阳公主 既不回宋，要旗马做甚？（双手摊掌）

狄　青 小将既是奉旨前来，须要有始有终（右手按掌），得来旗马，差我部下众将带回宋朝交旨（双手拱请式），才是大丈夫行为。

双阳公主 如此你是一定不回去的？（摆右手）

狄　青 我是不走的了。（点头）

双阳公主 口说无凭！（摇头）

狄　青 对天一表！（双手拱请式）

双阳公主 但凭于你！

狄　青 苍天哪！

〔西皮摇板〕

【闪锤】（过门同前）3 6 5 5 7 6 7 6 3 5 6 (6 5 3 6 5 5) 3 5 5
我 若 变 心 回 了 宋， 纵 得

5 3 i 6 (6 5 3 5 6 6) 6. 5 5 - 3. 5 3 5 - ‖
旗 马 不 算 功。
（摆右手）

〔【冲头】报子内白：“报！”从“上场门”跑上。进殿。

报　子 印唐国兴兵前来，单要狄青出马！【撕边一击】

双阳公主 嘟！（仓）（喝斥地）狄青是驸马的名字。

报　子　小人不知。

双阳公主　滚下去！（一扬右手）（**仓**）

报　子　嘛！就滚下去。**【冲头】**（出殿从“上场门”下）

双阳公主　**【大锣叫头】**父王啊！郎天印前来索要驸马，快快与他做主才好。

鄯善王　要为父做主，还是替他们两家解和。

狄　青　（摆手）（**仓**）（看鄯善王）父王若要解和，须要他献出旗马。（左手指出）

〔**【冷锤】**双阳公主点头；鄯善王摆手。

双阳公主　是呀！须要他献出旗马，然后与他们讲和！（右手指出）

〔**【冷锤】**鄯善王语塞，狄青点头称是。

鄯善王　哎！**【大锣五击】**（从书案后走出，王后随出）这样的乱事不能管了（摆双手），任凭你们自己去做便了。退班（扬起双手）！

〔**【大锣打下】**鄯善王、王后从“下场门”下，四黑龙套、二太监、二宫女随下。**【冲头】**狄青向“下场门”一望。**【大锣叫头】**

狄　青　哎呀公主呀！（双手拱请式）不可为我一人伤你两国和气，快将我（右手抚胸）献与那郎天印（右手指出）。**【撕边一击】**

双阳公主　（思索）驸马不必如此，我倒有一计在此。（右手食指直伸示“一”数字）

狄　青　有何妙计？（双手摊掌）

双阳公主　波老丞相，烦你修下国书（左手示信，右手拟做笔），报与郎天印。我们情愿把宋将拿下（右手按掌），献与上乘、印唐二国。（右手指出）只是我们擒了宋将，也有功劳，教他把日月骕骦马、珍珠烈火旗拿到阵前（右手按掌），两下抵换（右掌掸动两下）。

波　罗　遵命。

双阳公主　驸马你看此计如何呢？（右手摊掌）

狄　青　果然妙计。（右手赞美指）

双阳公主　计虽是好计，得了旗马你可别变心呀！

狄　青　小将怎敢。（施礼）

双阳公主　如此丞相快些修书。正是：**【大锣五击】**

（念）计就月中擒玉兔。（右手指出）

狄　青
波　罗　谋成日里捉金乌。（二人同时指出）

〔**【大锣原场】**双阳公主、狄青同从“下场门”下，波罗随下。

第　七　场

〔**【急急风】**四下手举枪从“上场门”上“站门”。**【大锣四击头】**海飞云从“上场门”上至“九龙口”亮右“山膀”、左提甲相。**【长尖】【冲头】**走至左台口，走正“云手”亮“山膀”按掌相。向后退至“九龙口”，双手拉开“山膀”。**【撕边一击】**左整袖。**【撕边一击】**右整袖。**【切头】**向左转身亮左提甲、右“山膀”式。**【冲头】**弧线形经右台口向前台口走去至前台口走反“云手”亮顺风旗式。**【快冲头】**原姿态跑圆场至台中心。【大锣归位】走正“云手”双手拉开“山膀”,右手抬起下落亮双手拱请式。

海飞云 （念）自幼学道（走左右山膀端掌）在昆仑，（双手向后指）

上乘国内（右手指出）我（右手抚胸）为尊。（右手赞美指）【小锣二击】

心中只把狄青恨，（左手提甲、右手握拳）

不报父仇【大锣五击】（双手拱请式，缓手走“鹞子反翻身”，亮左手提甲，右手做刀砍相)不为人。(摆右手后再向外指出【大锣夺头】亮双手拱请式相)

俺，【撕边一击】上乘国钻天王铁利莽之女海飞云。【大锣住头】可恨狄青，路过杏子河，将我父（双手拱请式）杀死。俺今（右手抚胸）统兵到印唐与郎天印伯父商议报仇之事（右手握拳）。小番们！催动人马！（右手指出）

四下手 啊！

〔【急急风】四小番“合龙口”，一小番带马（刀马刀），海飞云提刀上马。四小番从“下场门”下。【撕边】(八大仓）海飞云至右台口右手持刀马刀“串腕”，右手倒提刀、左手按掌亮住相。【急急风】向“下场门”疾步跑下。

第　八　场

〔【大锣原场】四番兵从“上场门”上，“站门”。郎天印从“上场门”上，至“九龙口”亮相。归前台口【大锣归位】

〔奏唢呐曲牌＜点绛唇＞

＜点绛唇＞

郎天印 廿6 54 3 5 2 （台.大 台） 2 21 2 6 1 5 - （台 另 台） 5 54

同盟 仇冤， 不共 戴 天， 圣母

3 5 2 31 2 3 5 61 5 - 6 5 61 5 - 2 21 2615 - ‖

命， 法术 神 玄，(念白)奋勇(仓) 夺 中 原。

【大锣归位】（念）凛凛威风杀气腾，（右手托掌）

某家兴兵有数春。【小锣二击】

一支将令山岳动，

要夺【冲头】（双手拉开山膀）宋室锦乾坤。【大锣夺头】（四番兵向里归“八字”站）

孤，【撕边一击】印唐国王郎天印。【大锣住头】可恨狄青箭射钻天王，刀劈先锋史牙槎。孤家一闻此事，假意差官去到南朝进宝，赚狄青等五人，前来取宝。（右手按掌）好报冤仇。不想狄青被鄯善国双阳带去，不知何故？（右手摊掌）孤家也曾下书索要，那波罗丞相回信，约定要拿旗马调换狄青（右手指出）。已命小番前去打探，怎么还不见到来？

〔探子内：“报！”

〔【冲头】探子从“上场门”上。

探　子 报！上乘国公主到。

郎天印 有请!

〔奏唢呐曲牌<小傍妆台>郎天印至左台口。四小番从“上场门”上，站“一条鞭”，海飞云抱刀从“上场门”上，至右台口，右手拉开“山膀”见郎天印，下马，将刀马刀交一小番，四小番随海飞云进帐“挖门”，海飞云人马归“小边”站，郎天印四番兵归“大边”站。郎天印坐“小座”、海飞云站“小边”，曲牌止。

海飞云 伯父在上，侄儿参拜。（施礼）

郎天印 我儿少礼，一旁坐下。（示意）

海飞云 侄儿告坐。**【大锣住头】**（坐“小边跨椅”）

郎天印 我儿统兵来到我国，有何议论？（右手摊掌）

海飞云 伯父！可恨狄青杀害我父，冤仇似海；如今正要将他赚来，（右手按掌）闻听又被双阳带去 。(右手指出）如何是好？（双摊掌）

郎天印 孤已约定拿旗马换狄青。既然侄女到此，你我（指海、指己）二兵合在一处，围住鄯善国用假马假旗赚他（左手指出），哪怕他不献出狄青。**【撕边一击】**(左手点指）

海飞云 伯父言之有理。（双手拱请式）

郎天印 一同传命。（海飞云点头）

郎天印
海飞云 (同站起)众小番！将鄯善国围住者！

众番兵 啊！

〔**【急急风】**二番兵与郎天印、海飞云抬刀带马。郎、海人马排“骨牌对儿”从“下场门”下。（**八大仓**）二人亮相。**【急急风】**同从“下场门”下。

第 九 场

〔**【冲头】【大锣四击头】**刘庆、季青分别从“上、下场门”走双起霸动作。二人走双提甲亮住相。**【冲头】**接走“山膀”按掌。向后退，拉开“山膀”。**【撕边一击】**二人同整袖。**【撕边一击】**二人再整袖。**【四击头】**二人同走“紧甲”动作亮相。**【大锣原场】**二人双提甲归至前台口一亮。即归至后台口；起**【四击头】**张仁、李义分别从“上、下场门”续上走“起霸”动作，依上式进行。待张仁、李义双手提甲至前台口时，刘庆、季青后退与张、李二人成一横排，四人面向前，**【大锣归位】**四人拉开山膀、成双手拱请式。

刘　庆 （念）肉翅腾空遍九州，（跨右腿上踢左腿，左腿落，双掌上撑亮相）

季　青 （念）英雄对垒我为头。**【小锣二击】**（右手赞美指）

张　仁 （念）破阵冲锋无敌手，（双手按枪式）

李　义 （念）五虎弟兄美名留。（右手赞美指）**【大锣夺头】**（四人双手拱请式）

刘　庆
季　青 俺,**【撕边一击】**
张　仁
李　义

刘　庆 刘庆。

季　青　季青。
张　仁　张仁。
李　义　李义。**【大锣住头】**
刘　庆　请了。

季　青
张　仁　（三人同）请了！
李　义

刘　庆　今日公主校场点兵，在此伺候。

季　青
张　仁　（三人同）请。
李　义

〔**【急急风】**四女兵、四马童抱刀从“上场门”上，“站门”**【大锣四击头】**狄青抱令旗引双阳公主从“上场门”上，双阳掏翎亮相。**【大锣原场】**狄青归“大边”站，双阳走至前台口。**【大锣归位】**双阳走“云手”拉开“山膀”，左手提甲、右手握拳亮住相。

唢呐曲牌＜粉蝶儿＞

双阳公主 サ 2̇　6　5 4　3　2 3　2（台. 大　台）6　7　6　2̇　6　5 4　3
杀　气　冲　霄，　仗　英　勇　杀　气

2　2̂（台另台）7̣　6̣ 7̣　2　2　2　2　1　7̣　2　2　6̣ 7̣　5̣ －‖
冲　霄。　看　旌　旗　灿　烂　光　耀。

〔**【冲头】**众人归成两排，将在前排，兵在后排。

众兵将　我等参见公主！（躬身施礼）
双阳公主　众位将军少礼。（站起）
众兵将　啊！

〔**【大锣五锤】**众人归原位“站门”。双阳公主坐下，狄青站“大边”。

双阳公主　来到校场，请驸马发令！（双手拱请式）
狄　青　不敢，还是请公主传令！
双阳公主　还是请驸马传令。
狄　青　不敢。
双阳公主　如此有僭了。众将军！听我号令！
众兵将　啊！
双阳公主　刘庆听令！
刘　庆　在。**【撕边一击】**
双阳公主　命你准备驸马的刀马，在西山口伺候，不得有误！（递令箭）
刘　庆　得令。（冬匡）（接令箭）
双阳公主　季青听令！

季　青　在。**【撕边一击】**

双阳公主　命你保定驸马，调换旗马；若是旗马到手，随同驸马，速回我国，不得有误！（递令箭）

季　青　得令！（**冬匡**）（接令箭）

双阳公主　张仁、李义听令！

张　仁
李　义　在！**【撕边一击】**

双阳公主　命你带领三千人马，埋伏野狐岭；郎天印人马到来，一同杀出，不得有误！

张　仁
李　义　得令！（**冬匡**）

双阳公主　驸马听令！（令箭递出）**【撕边一击】**

狄　青　在！（欲接箭）

双阳公主　（忙把令箭往回收）你呀！（左手指狄）你呀，可要给我小心着点儿。

狄　青　（深情地看着双阳一眼右手夺过令箭）我知道啦！

双阳公主　来，有请波罗丞相。

众　将　有请波罗丞相。

〔**【大锣五击】**波罗从“上场门”上，至右台口。

波　罗　（念）定下离山计，
　　要赚旗马回。（右手指出，站“小边”）
参见公主。（施礼）

双阳公主　丞相随同驸马前去，须要见机行事，多加小心。

波　罗　遵命。

双阳公主　众将官！

众　将　有！（**仓**）

双阳公主　起兵前往。**【大锣帽子头】**

〔奏唢呐曲牌<朱奴儿>众兵将“合龙口”，三马童与双阳公主、狄青、波罗带马。众兵将“骨髀对儿”领起来圆场一圈至右台口，扯成“斜胡同”向“下场门”扎“犄角”，让出右台口。双阳公主与狄青同走在右台口处，二人勒马相互一看。

双阳公主　驸马请！（抱鞭拱请式）

狄　青　（谦恭地）公主请！

双阳公主　还是驸马请！（右手持鞭、左手礼让）

狄　青　还是公主请！

双阳公主　如此，你我并马而行！

〔（**嘟**〃 **- 八 大 仓**）双阳公主右手甩鞭打马，左手掏翎，狄青向后打马，左手勒缰、跨抬左腿，二人并马亮住相。**【急急风】**二人并马从“下场门”下，众兵将随下。

第 十 场

〔【急急风】奏唢呐曲牌<粉孩儿>头子。【大锣帽子头】

サ 6 6　6　1̇ 6　5　6· ∨ 5 5　3 2　1　6̣ 1　2̂　–

〔【急急风】众番兵将从“上场门”引郎天印、海飞云持旗、马上。众番兵“站门”，郎天印、海飞云站台中。

郎天印　（向海）昨日波罗丞相来说，今日以宝换狄青；远远望见波罗丞相来也！（向“上场门”一望，示意列队，众番兵将在“下将门”站“笸箩形”，郎天印、海飞云站队前）

〔【大锣归位】奏唢呐曲牌<泣颜回>头子

サ 5 3　6 6　5　6̂

〔【急急风】众兵引季青、狄青、波罗从“上场门”上，站“一条鞭”。【冲头】众兵向台里归，两队形成“八字”形。

波　罗　啊，大王（双手拱请式），两国相争，恕臣不下马之罪。

郎天印　恕你无罪，狄青可曾带到？

波　罗　现在身后。

郎天印　带过来（右手扬鞭）吃某一鞭！【撕边一击】（波罗摆手示意）

波　罗　大王有言在先，献出旗马，然后交出狄青。

郎天印　使得。来！将旗马送过去，狄青绑过来。

〔【冲头】郎将旗马交季青，季青将被捆的狄青交换过去。海飞云恨上心头，拔双剑对狄青。

海飞云　【大锣叫头】狄青啊狄青！（用剑指）杀死我父，冤仇似海，只道你远走高飞，不想你也有今日（用剑点指狄），呸！吃俺一剑！（嘟〃八 大 仓）（舞双剑花欲用双剑劈砍，郎天印从中架住海右手臂）

郎天印　且慢！【撕边一击】将这厮解到你国，剖腹挖心，灌就人油蜡，祭奠你父亡灵才是正理。

海飞云　伯父哇伯父（双手拱请式）【大锣五击】自古仇人见仇人，心中怒气生。狄青小儿乎……

〔奏唢呐曲牌<急三枪>，海飞云双剑平展开，起双剑花漫狄青，砍狄青靴底，狄青将剑踢开。【乱锤】季青速给狄青松绑，狄青双手架住海飞云双臂，二人“大推磨”。【急急风】二人站定，两队人马“一架一”分两边下，季青、波罗携旗、马从“上场门”下。郎天印、海飞云与狄青一“过合”，两“过合”，狄青归“大边”，狄青接郎天印“鼻子”，接海飞云削头。（嘟〃八 大 仓）狄青亮败相，从“下场门”下。【急急风】郎天印、海飞云追下。

第十一场

〔【急急风】刘庆扛刀拉马从右侧幕上，向“上场门”一望。狄青从“上场门”上，见刘庆急招手。

狄　青　带马!

〔刘庆抬刀带马，狄青上马。狄青左台口出刀；季青“下场门”下。海飞云持刀马刀从“上场门”上。漫狄青头。二人走“劈马”一兜两兜，二人向里一盖两盖，向外一盖两盖，海飞云用刀头撩狄青刀头，狄青向左转身；海飞云“挖萝卜”反削狄青头，（**嘟**〃**八　大　仓**）狄青拖刀在左台口亮相;海飞云抱刀亮相。【急急风】狄青从“下场门”下,海飞云左手背刀,右手握拳追下。

第十二场

〔【急急风】四女兵举刀从“上场门”上，“站门”，双阳公主手持刀马刀从“上场门”上，走一小圆场反“云手”，右手背刀，左手撑掌向“上场门”一望，向左转身,双手握刀站立台中。

双阳公主　今日对换旗马，犹恐阵前有失，因此我在后面接应。众女兵！杀上前去!

〔【急急风】众女兵“插门”从“下场门”下。【大锣四击头】走“倒提柳”走翻身左手接刀背刀、右手在胸前握拳在左台口亮住相。【急急风】跑一反圆场从“下场门”下。

第十三场

〔【大锣水底鱼】四马童举刀从“上场门”上，“站门”，张仁、李义举锤上场门上至台中，二人站“一字”。

张　仁　我等奉公主之命，在野狐岭埋伏人马，截杀郎天印。

张　仁
李　义　众兵士,埋伏去者!

四马童　啊!

〔【大锣四击头】众人造型亮相。【急急风】张仁、李义率众人从“下场门”下。

第十四场

〔【急急风】狄青面向“上场门”后退上场，至台中左转身，右手提刀、左手摊掌，走至左台口出刀，海飞云举刀从“上场门”上，“漫狄青头”。二人一“过合”、两“过合”，海飞云勾狄青“走马腰封”；狄青归到“大边”，海飞云削狄青头，海飞云用刀把一盖两盖狄青砍过来的刀头，海飞云拉狄青肚，狄青右转身，二人刀头一压。（嘟 - ）双阳公主持刀从“下场门”上，用刀头挑起海飞云的刀头。（八大仓）二人亮住相。【急急风】双阳公主示意狄青快撤，狄青会意急从“下场门”下。双阳公主与海飞云大刀一磕，一扯两扯，一“过合”、两“过合”，二人打“勾刀”【大锣四击头】海飞云在“小边”、双阳公主在“大边”二人同时背刀握拳亮住相。【急急风】二人双收下。

第十五场

〔【急急风】郎天印率众番兵将“上场门”上，走半圆场，张仁、李义率众从“上场门”上，双方“推磨会阵”，“杀过合”。张仁一盖郎天印双鞭，李义串郎天印肚。（嘟 八 大 仓）张仁打郎天印“鼻子”、李义削郎天印头。三人亮相。【急急风】郎天印从左台口向“下场门”败下，张仁、李义追下。

【急急风】台上剩四马童、四番兵打“八股荡”。【四击头】众人亮相。【急急风】众人下。狄青举刀从“上场门”上，海飞云追上。二人“对刀”，狄青归到“大边”，双阳公主从“下场门”冲上接应狄青，狄青急下。双阳公主与海飞云对打，起大刀花一“过合”、两“过合”，双阳往里盖海飞云刀，打海飞云“前封头”，“后封头”，拉海飞云肚，双阳公主打海飞云“鼻子削头”（八大仓）海飞云在左台口亮败相。双阳倒提刀；左手指海飞云亮相。【急急风】海飞云从“下场门”下。双阳公主接四番将“攒”，打“大刀三见面”，把四番将打下，双阳要“大刀”下场。【四击头】左台口左手背刀、右手掏翎亮相。【急急风】从“下场门”追下。

第十六场

〔【乱锤】郎天印、海飞云率众从“上场门”败上。众人“站门”郎天印站“大边”、海飞云站“小边”。【大锣叫头】

郎天印 罢了哇！罢了【大锣住头】可恨双阳将我军杀得大败，这便如何是好？【撕边一击】

海飞云 且收兵回去，合同三州六国人马，再来报仇。

郎天印 只好如此，众小番！收兵！

众番兵 啊！

〔【急急风】众番兵“插门”从“下场门”下，郎天印、海飞云随下。

第十七场

〔【大锣原场】刘庆、季青、狄青从“上场门”上，狄青站台中，季青抱旗拉马站

"大边"，刘庆站"小边"。

季　青
刘　庆　大哥,如今旗马已得,你我回天朝去罢!

狄　青　既要回朝，必须禀明公主。

季　青
刘　庆　呔！你且住了！(仓仓另仓)若禀知公主,必不放你回朝,随我二人走哇！(欲走)

狄　青　走！(无可奈何地)

季　青
刘　庆　快走！(二人往"下场门"走,向狄招手)

狄　青　咳！(犹豫不决地向"下场门"走去，边走边回头看)

〔【大锣打下】

第十八场

〔【冲头】四女兵举刀引双阳公主从"上场门"上，四女兵"站门"，双阳公主站台中，刀掖在左腰旁。右手举掌。【大锣叫头】

双阳公主　且住！杀了半日，怎么不见驸马，想是失迷路途。(略思)待我杀转回去。【四击头】(扳大刀花，走"倒提柳"翻身左手接刀走翻身背刀，右手掏翎指"上场门"亮相，【急急风】从"上场门"下，众女兵随下)

第十九场

〔【冲头】狄青、季青、刘庆从"上场门"上，走至台中，狄青向"上场门""望门"；季青、刘庆向"下场门"走。

狄　青　(急向季、刘招手)啊，二位贤弟，远远好似公主追来，如何是好?

双阳公主　(内)哪里走！【撕边一击】(狄青又向"上场门"张望)

狄　青　(向刘、季)公主赶上，如何是好?

季　青
刘　庆　用好言语劝她回去！(二人一扬手)

狄　青　她若不回去呢?

季　青
刘　庆　戴上金脸,吓她回去！(二人指出)【冷锤】

狄　青　吓坏公主，哪还了得?

季　青
刘　庆　【大锣叫头】住了！我们为了旗马,受了千辛万苦,你却在此迷恋新婚!

狄　青　(嘟〃－)　这……

季　青
刘　庆　我们只好先走，来也在你，不来也在你！（八仓）（二人欲走狄青拦）

狄　青　二位贤弟慢走！请回再做商议。

季　青
刘　庆　哎，（仓）没有什么商议，我们去了！

〔【大锣五击】刘庆、季青不理狄青，从“下场门”下。【撕边一击】狄青背刀，抬右手向“下场门”一望。回身站台中。

狄　青　他们竟自去了——（一想）哎呀，公主啊！（举右手）【大锣住头】俺今与你分别（望“上场门”），（答仓）不知何时才能相见了哇……【大锣脆头】（拭泪、抽泣）

〔双阳公主内：“驸马！”（仓）狄青望“上场门”。

狄　青　哎呀！公主她她……赶来了！

〔【急急风】狄青上马，往“上场门”一望，欲走。双阳公主持刀上，一见狄青，双手握刀。

双阳公主　原来是驸马！（站“大边”）

狄　青　原来是公主！（站“小边”）

双阳公主　（关切地）想是你杀迷了路径，快快随我回去罢！（左手掖刀，右手向后指）【撕边一击】

狄　青　【大锣叫头】哎呀公主啊！【大锣五击】事到如今，我不得不说，不得不讲了！【撕边一击】

双阳公主　啊，事到如今，你，你还有什么话讲？（左手掖刀、右手摊掌）

狄　青　【大锣叫头】哎呀公主啊，小将奉圣命来到上乘、印唐二国盗取日月骕骦马、珍珠烈火旗；仰仗公主神威，旗马已得，俺要回转天朝复命去了。（左手掖刀、右手指出）【撕边一击】

双阳公主　（吃惊地抬起右手阻拦）且慢！【大锣五击】（向前上一步；右手握拳）

狄　青　是。

双阳公主　驸马，想你在朝被奸臣所害，来到上乘、印唐二国盗宝。奴行围射猎，你我相会（右手按掌），引见我父王（左手抬刀拱请），招你为驸马。我（右手抚胸）来问你，我父王、母后待你如何？（左手掖刀、右手摊掌）

狄　青　恩重如山。（抬刀拱请式）

双阳公主　就是我双阳……（大仓）（右手抚胸看狄青）

狄　青　公主是好的呀！（抬刀拱请式）

双阳公主　哎呀，也是没有错待了你呀……【冲头】（双阳拭泪，狄青右手遮脸以示惭愧）那上乘、印唐二国领兵前来，将我国团团围住（右手按掌），因他二国与你结下仇冤（右手指狄），我父王竟自不管；是我一怒应在身上【大锣住头】（右手抚胸）。如今旗马已得，怎么你（右指狄青）就回去么？（右手向外指出）

狄　青　正是，末将要回去了！（右手指出）

双阳公主　唉！想你这样忘恩负义之人哪……（右手点指）

狄　青　便怎么样？【撕边一击】

双阳公主　（怨嗔地）吃我一刀！

〔双阳公主双手托刀欲砍，狄青就势引颈向前。

狄　青　你杀了我罢！【撕边一击】（向前欺一步，双阳后退一步）你杀了我罢！（又欺一步，双阳又退一步）

双阳公主　（心疼地劝慰）得了！（右手提刀，左手推狄青右肩）驸马，还是跟我回去吧！【撕边一击】

狄　青　（无以言表地）哎！公主啊！

〔西皮摇板〕

【闪锤】（7 6 5 55 36 55 32 12）36 5 57 6（65
勒　住 战　马
（左手掖刀，

356）5 6 3 5 6（65 36 55）35 5 6 6
好 言　劝，　细 听 狄 青
右手握拳）

（6 6）i 5 3 i 6 3 5（65 36 55）53 7 6
把 话　言。　野　狐，
（右手按掌）

【闪锤】（二人刀头一磕，狄青归至"下场门"举刀，双阳归右台口双手向上托刀亮住相）

（7 6 5 55 36 55 32 12 65 55）36 5 537 6 7 635 6
野 狐岭 前来交 战，

（白）"双阳！"【闪锤】（二人同起大刀花，狄青归左台口，亮刀弓步，左抱刀式；双双归至"上场门"，双手平肩抱刀亮住相）

（65 36 55 32 12 65 55）i 5 7 6 5 i 56 5 537 6
双阳亲自掌兵　权。得　了
（左手掖刀，右手赞美指）

【闪锤】（二人归台中刀头一磕，向右转身一周，左手背刀，右手拉开"山膀"后握拳亮相）

〔西皮流水〕

1/4（7 | 6 | 5 | 55 | 36 | 55 | 32 | 12）|

| 3. 6 | 5 36 | 5 i | 6 5 | 3 6 | 3 5 | 6 5 | 3535 |
| 3 6 | 5 | 0 i | 6 5 | 3 3 | 3 5 | 6 | 3. 5 |
得　了　旗　马　回朝　转，难　舍

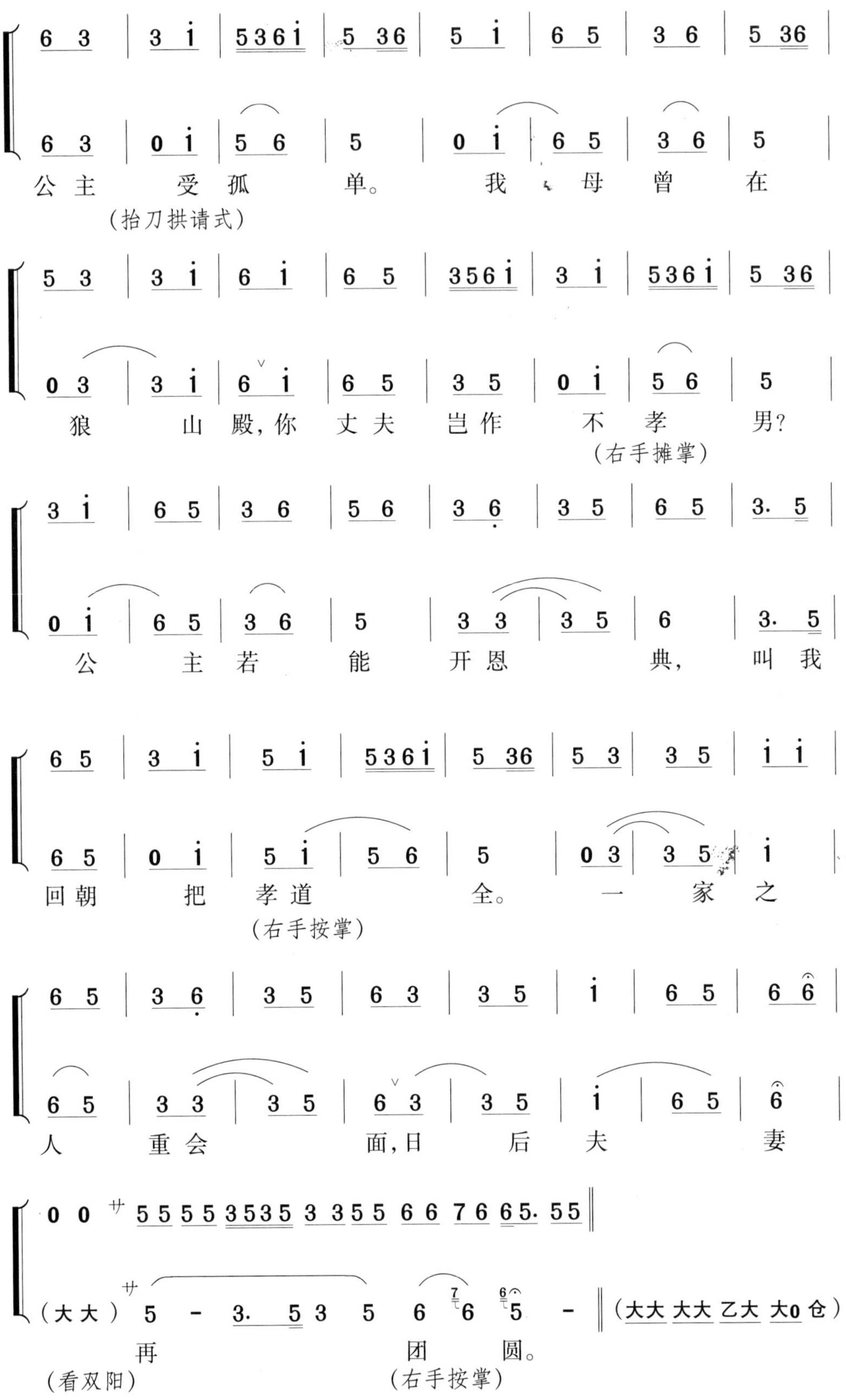
公主受孤单。我母曾在
(抬刀拱请式)
狼山殿,你丈夫岂作不孝男?
(右手摊掌)
公主若能开恩典,叫我
回朝把孝道全。一家之
(右手按掌)
人重会面,日后夫妻
(大大)
再团圆。
(大大 大大 乙大 大0 仓)
(看双阳)
(右手按掌)

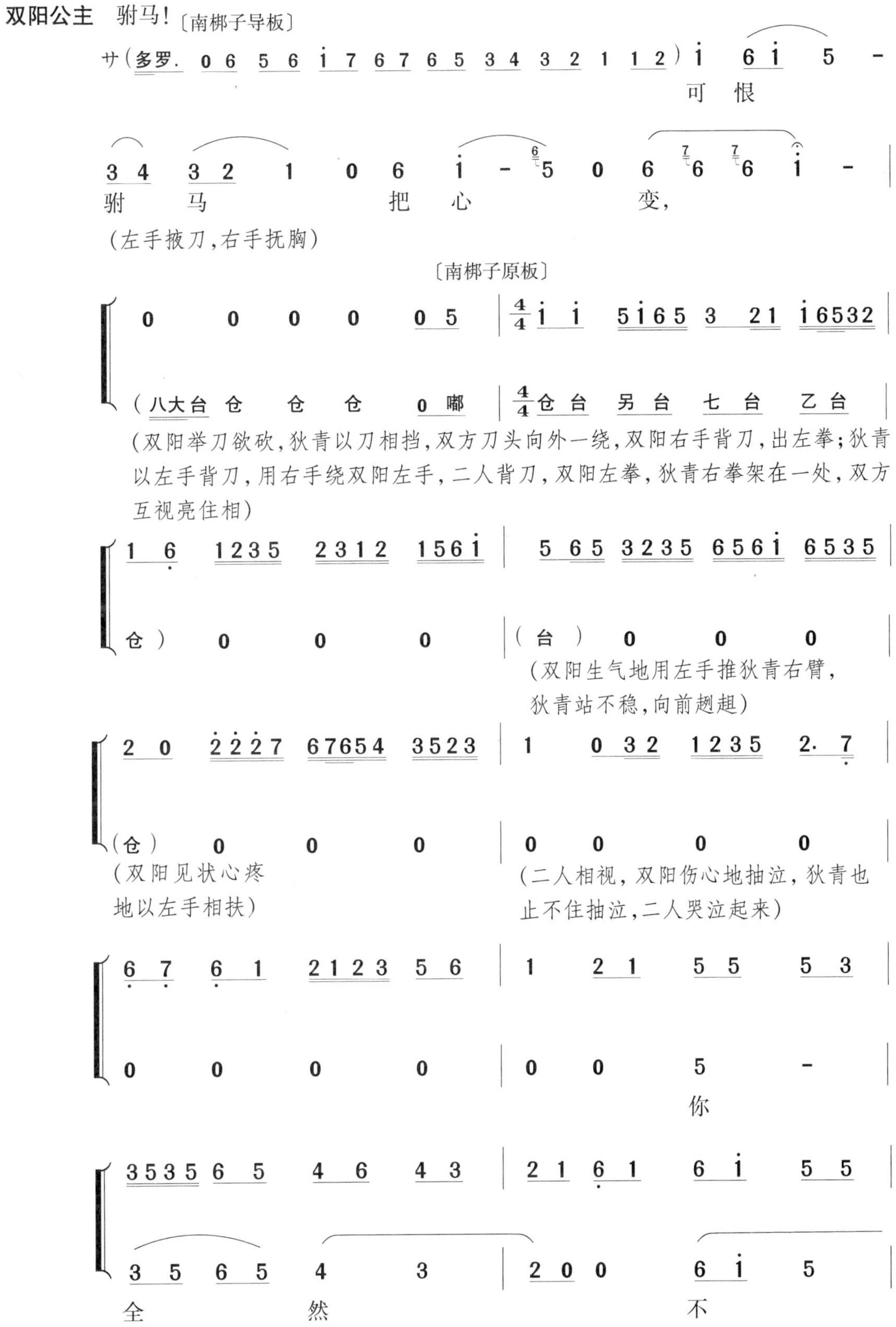
双阳公主 驸马！〔南梆子导板〕
サ（多罗.
可恨
驸马把心变，
（左手掖刀，右手抚胸）
〔南梆子原板〕
（八大台 仓 仓 仓 0嘟 仓台 另台 七台 乙台
（双阳举刀欲砍，狄青以刀相挡，双方刀头向外一绕，双阳右手背刀，出左拳；狄青以左手背刀，用右手绕双阳左手，二人背刀，双阳左拳，狄青右拳架在一处，双方互视亮住相）
仓）
（台）
（双阳生气地用左手推狄青右臂，狄青站不稳，向前趔趄）
（仓）
（双阳见状心疼地以左手相扶）
（二人相视，双阳伤心地抽泣，狄青也止不住抽泣，二人哭泣起来）
你
全然不

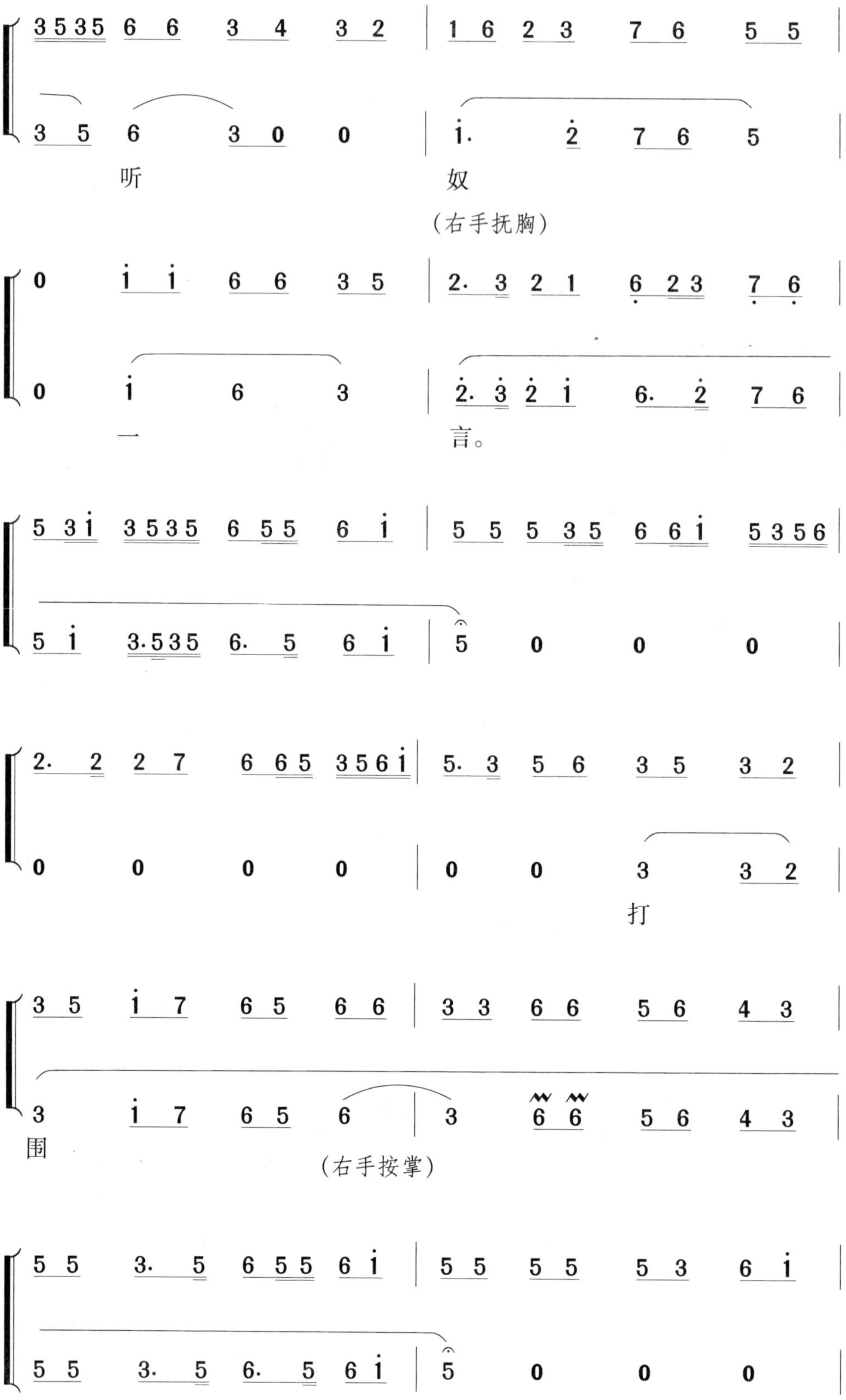
听
奴
（右手抚胸）
一
言。
打
围
（右手按掌）

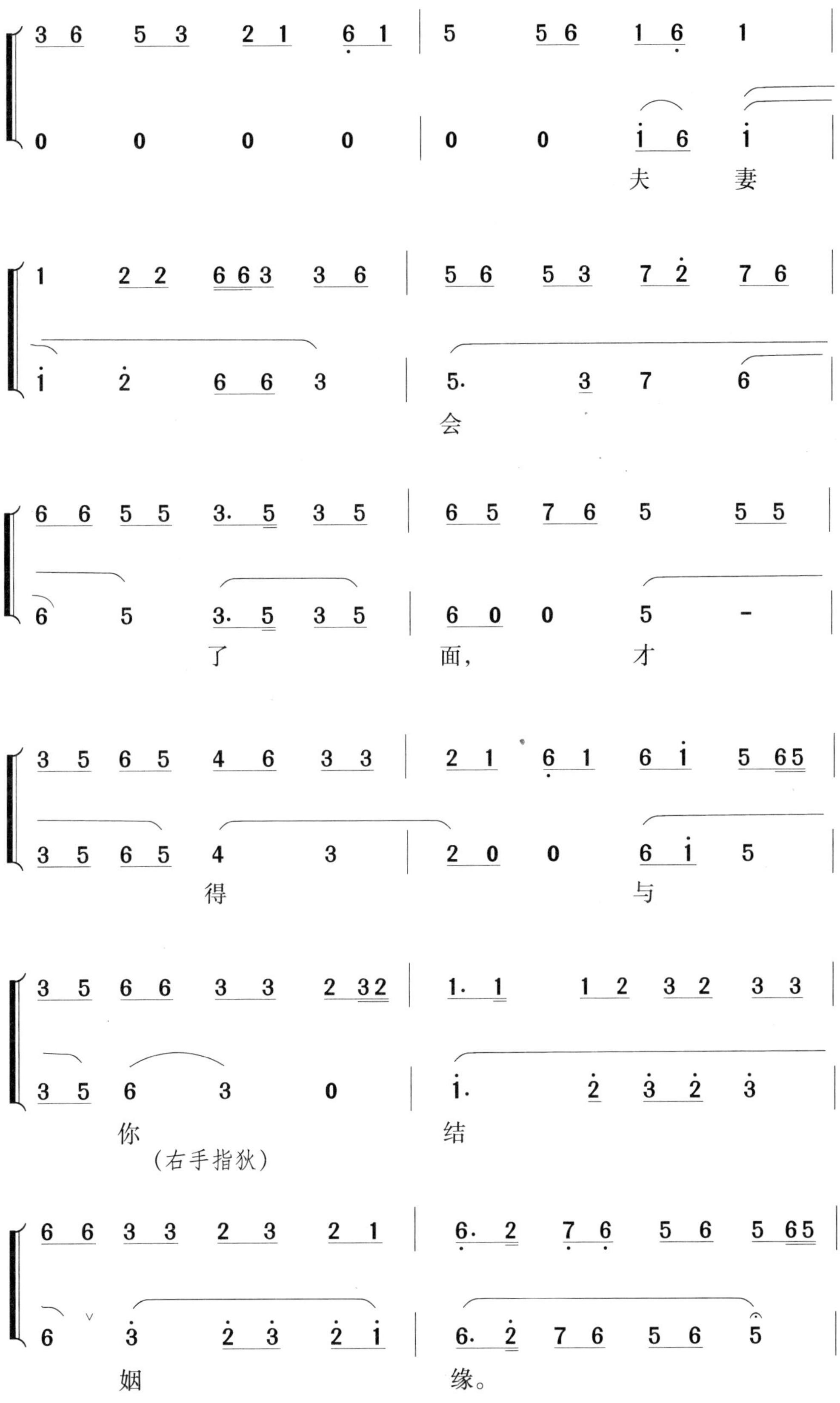
夫 妻
会
了 面，才
得 与
你 结
（右手指狄）
姻 缘。

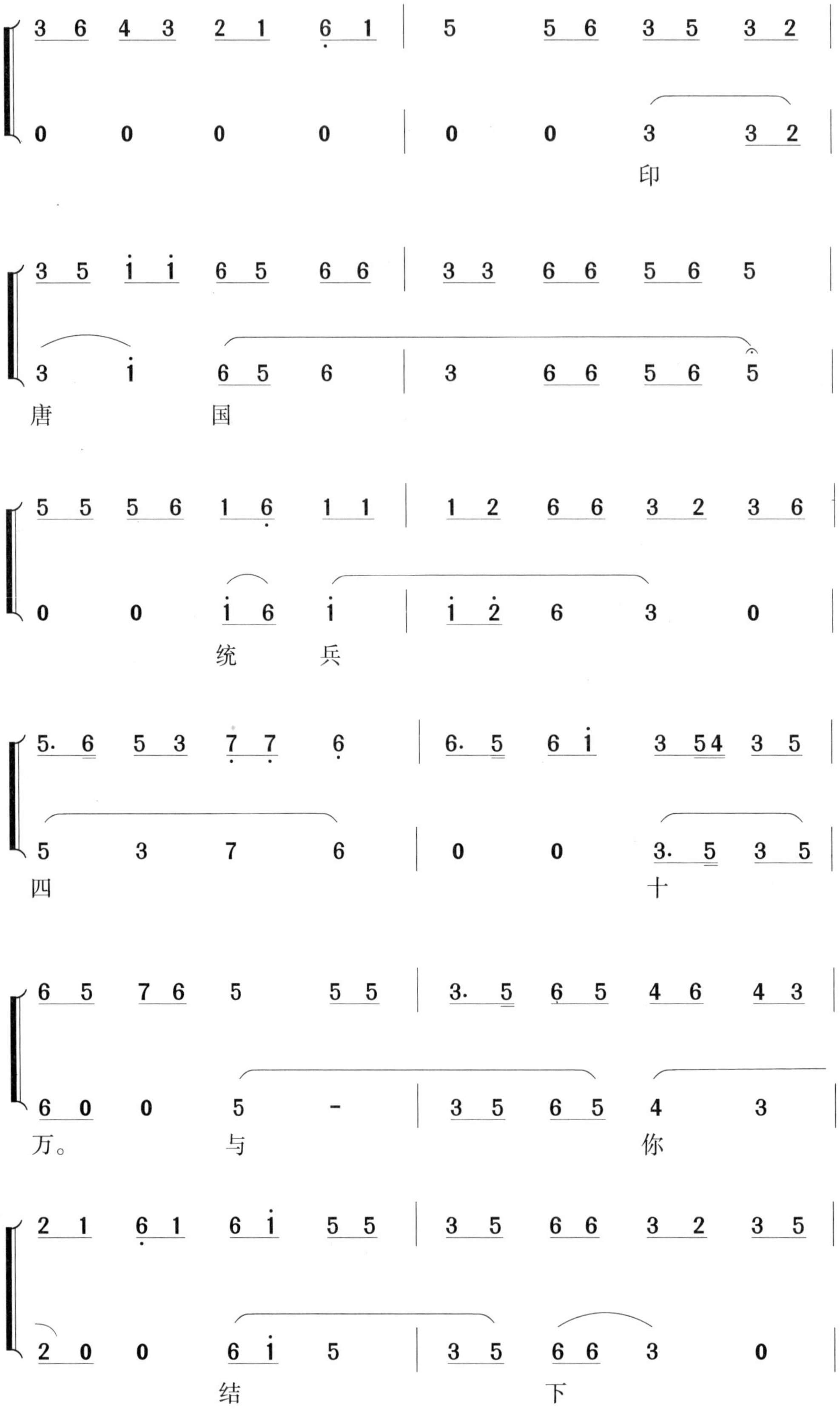
印
唐 国
统 兵
四 十
万。与 你
结 下

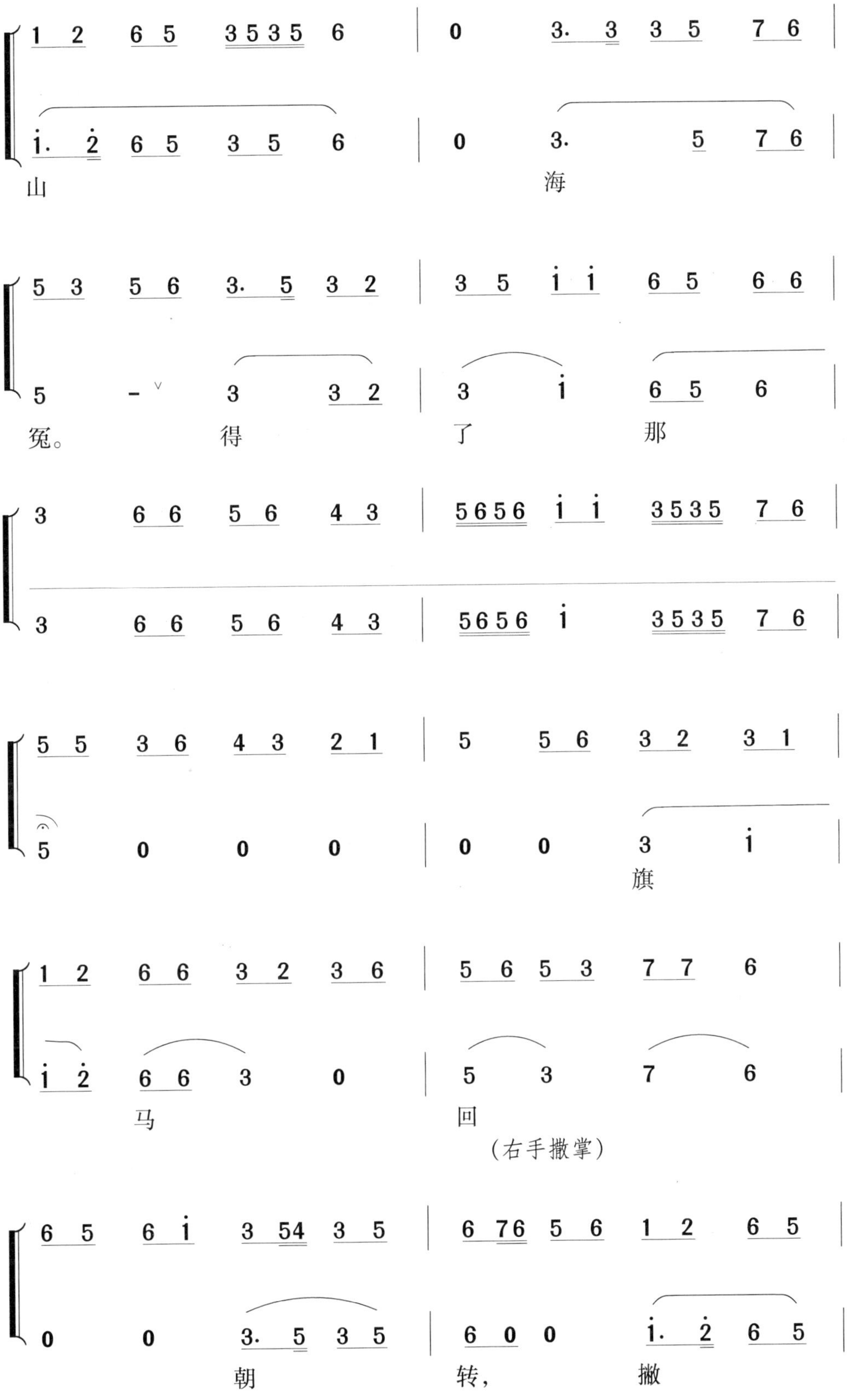
山 海
冤。 得 了 那
旗
马 回
（右手撒掌）
朝 转， 撤

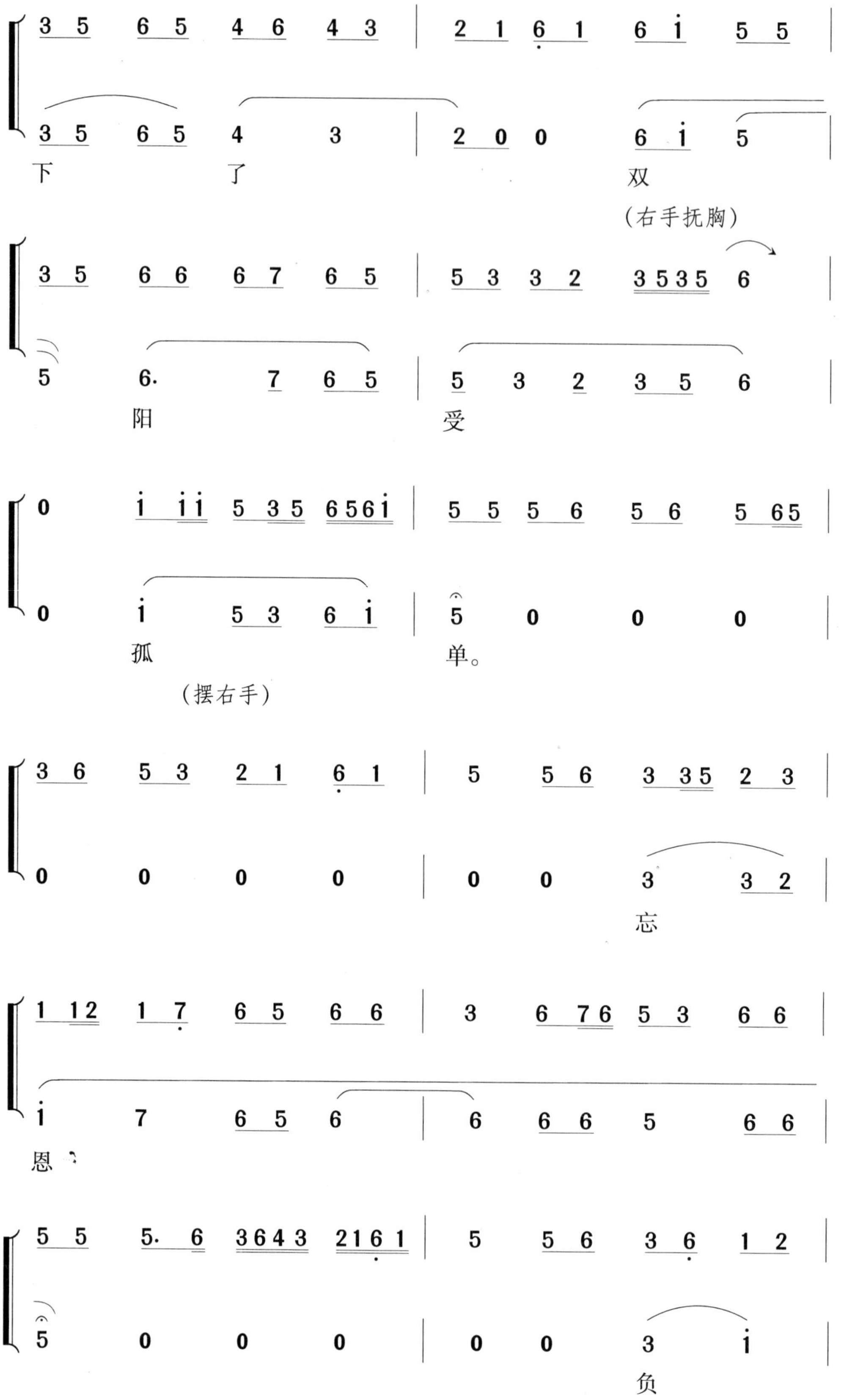
下 了 双
（右手抚胸）
阳 受
孤 单。
（摆右手）
忘
恩
负

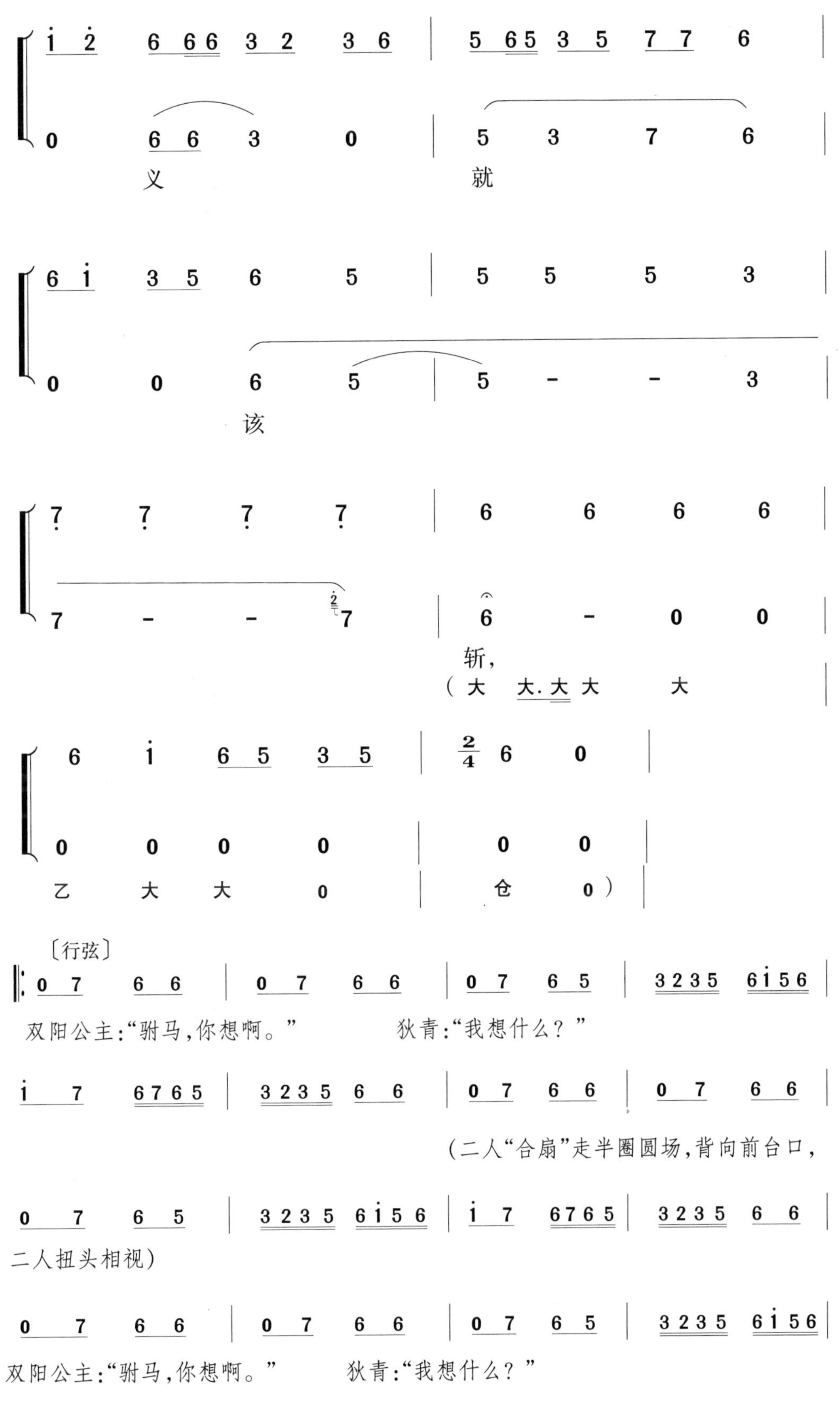
义
就
该
斩，
（大 大.大大 大
乙 大 大 0
仓 0）
〔行弦〕
双阳公主:“驸马,你想啊。”
狄青:“我想什么？”
（二人“合扇”走半圈圆场,背向前台口,
二人扭头相视）
双阳公主:“驸马,你想啊。”
狄青:“我想什么？”

i 7 6765 | 3235 6 6 | 0 7 6 6 | 0 7 6 6 |

（二人回身归到原位双阳公主见狄青

0 7 6 5 | 3235 6i56 | i 7 6765 | 3235 6 6 :‖

不作回答，伤心地哭泣）　　双阳公主：“喂呀……”

〔西皮摇板〕

双阳公主　**【大锣凤点头】**（过门同前）3 6 5 5 3 i 6 5 6 i 4 6 4 3 3 3 5 ‖

父　王晏　驾谁掌　兵　　权？

（左掖刀、右手摊掌）

狄　青　公主啊！

〔西皮摇板〕

【大锣凤点头】（过门同前）3 6 5 7 6 5 6 3 5 6 6（6 5 3 6 5 5）

好　话说了有千　万，

（右手按掌）

3 6 5 5 3 i 6 5 6 i 4 3 3 3 5 ‖**【大锣住头】**

执　意不　　放也枉　然。

（双手执刀）

俺狄青再三相劝，公主执意不听，我夫妻只怕就要绝情了！（刀头向前平放）（**八仓**）

双阳公主　我还怕你不成！看刀！

〔**【急急风】**二人刀头一磕，起大刀花，过来，过去二人刀头架住。

狄　青　（焦急地）哎呀公主啊！

双阳公主　得啦，别捣乱了，还是跟我回去吧。

狄　青　小将是不能回去了。

双阳公主　你当真不回去？

狄　青　当真不回去。

双阳公主　果然不回去？

狄　青　果然不回去！

双阳公主　忘恩负义之人，吃我一刀。

〔**【急急风】**双阳公主用刀头磕狄青刀头，起大刀花、一“过合”，两“过合”，双阳公主用刀把盖狄青刀头，用刀头砍狄青向左转身，用刀镈柱地、左手扶头，头昏不支，狄青向右转身双手持刀，见双阳昏介，狄青偷从“下场门”跑下。静场。

双阳公主　别捣乱了（一挥左手）！驸马还是跟我回去吧（招左手）**【撕边一击】**（双阳猛抬起头看四下空无一人）啊！他，他（右手拖刀左手指向“下场门”）他……竟自去了！

〔**【四击头】**右手出刀、左手接刀后向后背刀头，在台中右手指向“下场门”，面向“下场门”亮相。**【急急风】**疾步从“下场门”追下。

第二十场

〔【四击头】狄青双手托刀从“上场门”上。【冲头】狄青缓刀向“上场门”一望。走至台中。

狄　青　【叫头】且住！公主紧紧赶来，（一想）俺不免戴起金脸吓他回去。（双阳从“上场门”暗上，站在他身后）哎呀，吓坏公主那还了得……（右手摊掌）

双阳公主　呔！（仓）看刀！（狄青猛然回头一惊忙用刀头架住）

狄　青　哎呀！

双阳公主　你往哪里走啊？

狄　青　公主赶来做甚？（转身便走归后台口）

双阳公主　你往哪里走？（“合扇”转身归后台口）

狄　青　你又赶来做甚？【撕边一击】（转身归到前台口）

双阳公主　驸马！（急转身归前台口站“大边”）

狄　青　公主！

双阳公主　你还是随我回去吧！

狄　青　要我回去，万万不能！（八仓）

双阳公主　驸马，你是回去不回去？（右手指狄）

狄　青　我是万不能回去了！【撕边一击】（双阳左掖刀、右手握拳看狄）

双阳公主　你要不回去，我就要……（看刀）

狄　青　你要怎样？

双阳公主　要与你绝情了！看刀！

〔【急急风】狄青右手拖刀走圆场，双阳公主右手向后背刀，左手指狄青在后面追，狄青想计回头用手向远处指，双阳公主向前看，狄青趁此时偷跑急从“下场门”下,双阳回头见狄青跑远。（急喊：“哪里走？”）急从“下场门”追下。

第二十一场

〔【大锣原场】狄青左手持金脸，右手拖刀从“上场门”上。

狄　青　【大锣叫头】且住！公主执意不放，紧紧追来，待我戴上金脸（看面具）吓她回去。

〔双阳公主内：“哪里走！”

〔【急急风】狄青急走，双阳公主从“上场门”上紧追，狄青归“大边”向左转身戴面具，双阳眼看追上。

双阳公主　你往哪里走！（狄青猛一回头，双阳公主受惊吓）哎呀！（左掖刀、右手遮面）【冷锤】(急从“上场门”跑下)

狄　青　【撕边一击】（向“上场门”一望）哎呀公主！你慢些走，俺狄青不（呃）来（顷仓）（双刀执刀亮相）赶你！【大锣夺头】（走“倒提柳”出刀翻身，左手接刀向后

背起，右手胸前握拳，面向“下场门”亮相。【急急风】急从“下场门”下）

第二十二场

〔【大锣水底鱼】四马童从“上场门”引张仁、李义上，四马童“站门”，张仁、李义归台中。

张　仁　杀了半日，怎么不见狄青和公主？【撕边一击】也罢，（向李）你我回去便了。

李　义　言之有理。

〔【乱锤】四女兵从“上场门”上站“一条鞭”，双阳步履踉跄持刀上，见张仁、李义，举刀便砍。

双阳公主　看刀！【撕边一击】

张　仁
李　义　(双双架住)嫂子！是我们！【撕边一击】(双阳公主放刀看二人)

双阳公主　原来是张、李二位将军么？

张　仁
李　义　正是。

双阳公主　喂呀……（委曲伤心地哭泣）

张　仁
李　义　公主不要伤心，请下马谈话。

双阳公主　（点头）众女兵，安营扎寨！（众应）

〔【大锣原场】双阳公主下马，众女兵拉刀从“上场门”下。双阳公主站中间，张仁、李义站“大边”。

张　仁
李　义　公主可曾看见狄大哥？

双阳公主　二位将军问的哪一个？

张　仁
李　义　问的俺狄大哥。【撕边一击】

双阳公主　就是那狄青么？（右手指出）

张　仁
李　义　正是。【撕边一击】

双阳公主　他（右手指出）他，他……走啦！【大锣凤点头】

〔西皮流水〕

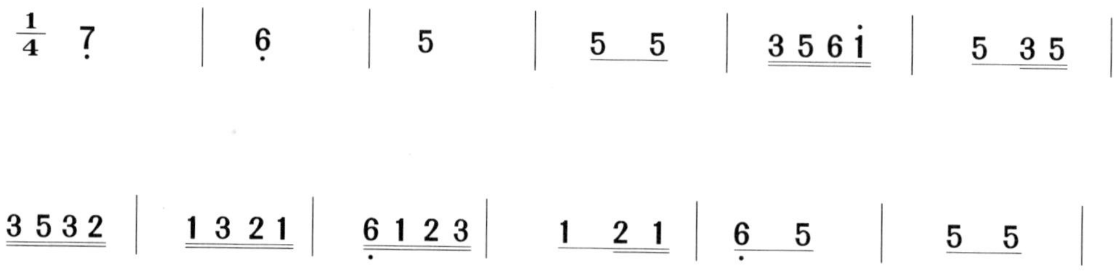

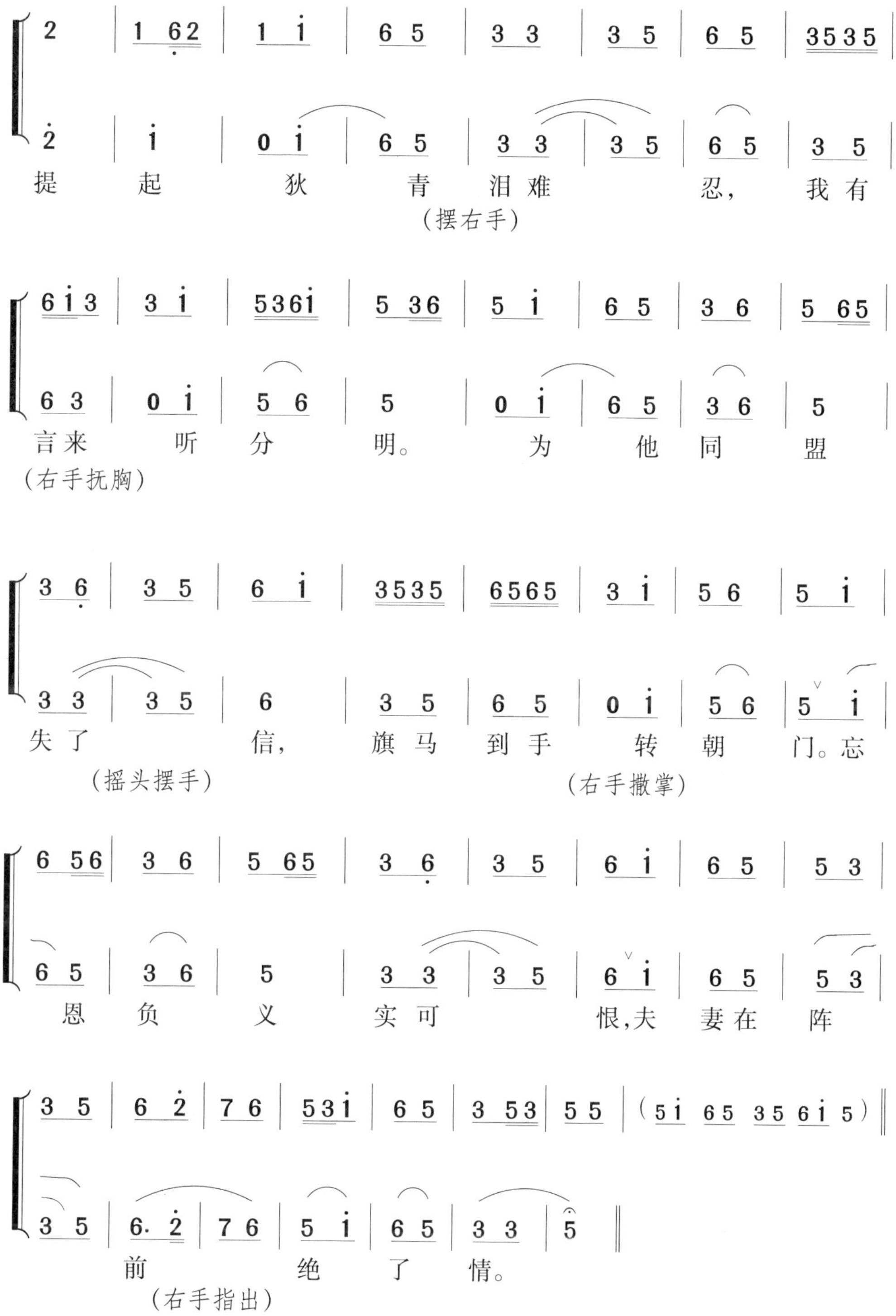

喂呀……(拭泪)

张　仁
李　义　公主就该施起法宝擒他回来。

双阳公主　正要擒他，忽然有一金面大汉显圣（右手在右颊前托掌），不是我（右手抚胸）马走如飞，险遭不测的了哇…… **【撕边一击】**

〔张仁拉李义一对眼神说悄悄话。

张　仁　我的哥，怎么样，一定是他戴上那买卖儿了。（示带面具）

李　义　少说话吧（一扯张仁），咱们来试试这位。（右手指双阳）

张　仁　（点头）有理，有理。

张　仁
李　义　公主啊，驸马既无良心，得了旗马回朝报功去了，公主何不再招一驸马，也是一样啊！

双阳公主　啊，二位将军（双手拱请式）说哪里话来？自古道：好马不配双鞍，烈女不嫁二夫。（摆右手）此话休要提起呀！

李　义　哎呀公主，是好样的！但不知公主此番回去该当怎样哪？

双阳公主　**【撕边一击】**（右手扶鬓绝望地）咳，二位将军不必多问，此番回国，有死而已呀……（哭）

〔**【搜场】**二宫女从"上场门"上，向四下张望。

二宫女　快走哇，公主在哪里？公主在……**【撕边一击】**（二人施礼）启禀公主，国王、母后忽然染病，思念公主，请公主（双手拱请式）回去罢！

双阳公主　知道了。（点头向二宫女）去营中取路费过来。

二宫女　是。（从"上场门"下取包裹复上）

双阳公主　交与二位将军，教他二人也回宋朝去吧！

二宫女　是。（走近张、李）公主给你们干粮路费，教二位也回宋朝去吧。

张　仁
李　义　多谢公主，我二人要告辞啦！（施礼）

双阳公主　且慢！**【撕边一击】**（摆左手）

张　仁
李　义　公主……（不解地）

双阳公主　二位将军，前面数百里之遥，水不可饮。（摆右手）

张　仁
李　义　这么热的天儿，不饮水岂不渴坏了吗？（双摊手）

双阳公主　只有两时（伸食指中指）可以饮得。

张　仁
李　义　哪两时？

双阳公主　子、午两时，可以饮水。

张　仁
李　义　我们记下了。（点头）

双阳公主　你们去吧！

张　仁
李　义　公主，末将回去了，公主有什么话，对我们说了，好对狄驸马狄大哥去讲。

双阳公主　二位将军，你们回去见了你那狄大哥（右手恨指），就说我在这儿（右手抚胸）……

李　义　想必是想他了。

双阳公主　（一挥左手）咳，我在这儿骂他呢！（右手指出）

李　义　（背供）我的哥，公主说在这儿骂你呢，咱们不带这个信（向外摆双手）。公主，告辞了！（施礼）

〔西皮摇板〕

张　仁
李　义　【闪锤】(过门同前)　2　1　3　2　2.1　1 3　2　6 2　1　3　2　2.1　6　1

多　谢　公　主　仁　　义　　好，待　　我　兄　弟　如　　同胞。

(双手拱请式)　　　　　　(右手抚胸)

(3 5　2 1　6 2　1　1)　1　2　3.1　2　2.1　1 6 3　2

辞　别　公　　主　上　　路　　　道，

(施礼)

〔【闪锤】四马童"插门"从"下场门"下，二人在左台口向右转身。

张　仁
李　义　(过门同前)　1　1　3　3 2　1　2.1　6　1

弟　兄　双　双　　转　回　　朝。

(右手指出)

〔【大锣打下】二人拱手与公主告别从"下场门"下。公主向前一望。

双阳公主　(伤心地)喂呀…… 【撞金钟】

二宫女　公主不必啼哭，回国去吧！

双阳公主　带马！

〔四女兵从两边分上，一女兵抬刀带马。双阳欲上马，右手扶头，身体摇晃不支。【乱锤】

二宫女　(急扶)公主怎么样啦？

双阳公主　喂呀……不必多问(摇头)，不用骑马，搀扶了！

〔【大锣打下】四女兵扯"斜门"，二宫女搀扶双阳公主从"下场门"下，四女兵"窝下"。

第二十三场

〔【快长锤】四龙套、四番将从"上场门"上，"站门"，郎天印从"上场门"上，至台中。

〔西皮摇板〕

郎天印　(过门同前)　3　3　4　3　3 2　1　2　3　(3 5　3 2

鄯　善　中　了　某　　的　　计。

(右手下指)

1 2　3　3)　6 2　1　3 2　3　2　5 3　3 2 1　1

换　　去　假　　马　与　假　　　　旗。

(右手按掌)

(3　2 1　6 2　1　1)　1　2　3　2　3 2 3　4　3　-

谁　知　他　也　有　　假　意，

(右手指出)

【快长锤】（7̣ 6̣ 5 5͟5͟ 3͟6͟ 5͟5͟）6̣ 2 1 3 2 2 1 6̣ 7̣ 6̣ 1 – ‖
（转身入“小座”）　你 也 欺 来 我 也 欺。
（右手双指向下划圈点指）

〔【大锣原场】四下手、四将引海飞云从“上场门”上，下马。四下手、四将“挖门”站在两旁。

海飞云　参见伯父。（施礼）

郎天印　罢了。坐下。

海飞云　告坐。【大锣住头】（坐“小边跨椅”）

郎天印　啊，侄女，我们用假旗假马哄骗双阳，谁知他也有诈，将我兵杀得大败。（右手摊掌）所喜者，真旗马未被他等赚去。（右手指出）

海飞云　侄女打听明白，那狄青在鄯善国招为驸马（右手指出），如今旗马到手，逃回宋朝报功（右手按掌）。那双阳贱婢（右手指出）已然追赶去了。

郎天印　这也是她的报应。

海飞云　啊伯父，我兵虽然大败，未伤元气（摆右手）。侄女要趁双阳未归，杀往鄯善（右手指出），闻听鄯善王正在有病，教那双阳首尾不能相顾，我将那鄯善王杀死（右手做刀砍状），亦算报了大仇矣！（右手抚胸）

郎天印　依我之见，养得兵精粮足（足手按掌），再报仇不晚。（欲拦）

海飞云　伯父不要拦阻（摆右手），侄女心志已定（右手抚胸），带了侄女本部人马去了。（站起施礼告辞）众番兵，杀往鄯善国去者！

〔四下手、四番将“合龙口”【急急风】一下手抬枪带马，海飞云上马，四下手、四番将“插门”从“下场门”下，海飞云捋枪从“下场门”下。

〔【冲头】郎天印站起归至台中。

郎天印　飞云此去胜负未定，众将暗暗打听消息，回报我知，不得违误！掩门。

〔【大锣打下】郎天印率众人从“下场门”下。

第二十四场

〔【快长锤】四长枪手引季青、刘庆，拿旗、马从“上场门”上“站门”。狄青从“上场门”上，至台中。

〔西皮摇板〕

狄　青　（过门同前）3 5 5 5͟ 3͟ 7͟ 6 6. 5 5 6 7 – 7 7 6
闯 开 玉 笼 飞 彩 凤，

（6͟5͟ 3͟5͟ 6͟5͟ 3͟2͟ 1͟2͟）3 6 5 i 6 5 – 6 6 5 ‖【大锣住头】
扭 断 金 锁 走 蛟 龙。

咳！（叹气）二位，如今旗马到手，又用金脸吓退了公主，倘若将她吓坏（右手指出），我狄青自己问心（右手抚胸）何以对她呀？

刘　庆　呃，俗语云，为得国来难顾家，这也不算你负心。

季　青　（点头）着哇！

狄　青　我们逃出国境，那张李二位贤弟，不知哪里去了？（双手摊掌）

刘　庆　他二人自然有法子逃出来！【撕边一击】

〔张仁、李义内白：“大哥慢走！”

〔【大锣水底鱼】张仁、李义从“上场门”上，刘庆归到“大边”，张仁、李义站“小边”。

张　仁
李　义　参见大哥。（施礼）

狄　青　二位怎样逃了出来？

李　义　（向张）你说吧。

张　仁　我二人正在找寻大哥，路上遇见公主，狼狈极了。（摇手）告诉我们正追你，遇见一金脸大汉，吓得逃回，才把你放跑了（双手一扬）。大概又是用那个玩艺儿吧！（拿手做面具状）

狄　青　正是（点头）。后来怎样？

张　仁　后来送我们干粮路费（右手按掌），还告诉我们，须要子午两时才能饮水等等的话，也打发我们俩个回来了。

狄　青　那时公主对你二人讲些什么？（关心地）

李　义　您问公主说什么来着，（向张）你学得上来，你说说吧。

张　仁　我问她，见了狄大哥，给他带什么话？嫂子就说了，此番回去，见了你那狄大哥，就说我在这儿（学双阳腔调）……

狄　青　一定是想我呀！（右手抚胸）

张　仁　骂你哪！（指狄青鼻子）

刘　庆　这样的话别带了。大哥，我们五人聚齐了快走！

狄　青　好，大家一同回朝。

〔【四击头】众人造型亮相，【急急风】众人从“下场门”下。

第二十五场

〔【纽丝】四太监从“上场门”上，“站门”。大太监扶鄯善王、宫女扶王后“上场门”上，走至台中。

鄯善王　【纽丝凤点头】

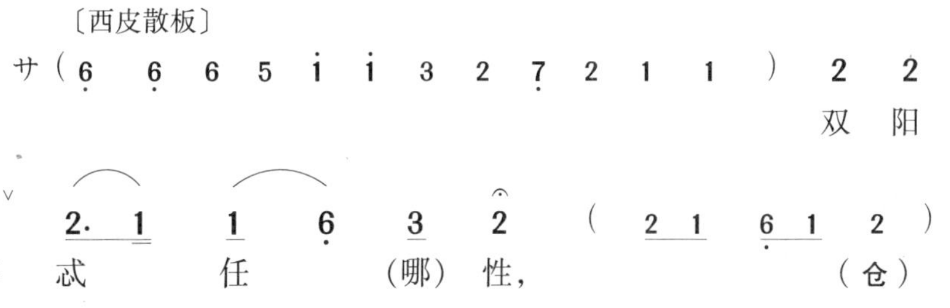

王　后　6 1 2 2 2· 1 6 1 － （7 6 2 1）
气 得 二 老 病 缠 身。（仓）

（右手扶胸）

鄯善王　2 2 1 2 1 2 2 2· 1 1 2 －
闻 听 探 马 来 报 信，
（右手指出）

〔【纽丝】太监扶鄯善王、宫女扶王后入座。

王　后　1 3 2· 1 1 2 2 （7 6 1 2 2）3 2 2· 1 1 －
狄 青 得 宝 转 朝 门。
（右手指出）

〔【冲头】一太监从“上场门”上。

太　监　启主公、国母，公主带病回朝。

王　后　哦！【撕边一击】公主带病还朝，宣她进宫！

太　监　公主进宫啊！

〔【纽丝】二宫女搀扶双阳公主从“上场门”上。

〔西皮散板〕

双阳公主　サ（7 6 6 5 i 3 2 7 2 1 1）3 5 5 3 5 5
驸 马 做 事

5 6 3 5 6 （6 5 3 3 5 6）3 5 5 5 3 5
忒 无 情，（仓）旗 马 到

6 5 6 5 3 5 （2 3 6 5）3 5 5 7
手 转 朝 门。（仓）进 得 宫
（二宫女搀扶进宫）

7 5 6 （3 5 6 6）7 6 3 5 － 5 － 6
来 珠 泪 滚，

（过门）3 5 5 5 3 5 6 5 6 5 3 3 5 【大锣住头】
父 母 驾 前 问 安 宁。

参见父王、母后千岁！（二宫女扶向前稍欠身）

鄯善王　平身，坐下。（二宫女扶双阳坐下后侍立椅后）

双阳公主　谢坐。父王、母后，儿闻父母龙体欠安，不知可痊愈否？（右手摊掌）

鄯善王　为父病体略见痊愈。

王　后　为娘也稍减轻。

鄯善王　儿啊，闻得你保定驸马与上乘、印唐二国，调换旗马，好助驸马成功。听说旗马到手，杀败二国人马，你为何带病而归？不知驸马往那里去了？

双阳公主 父王若问此事么……

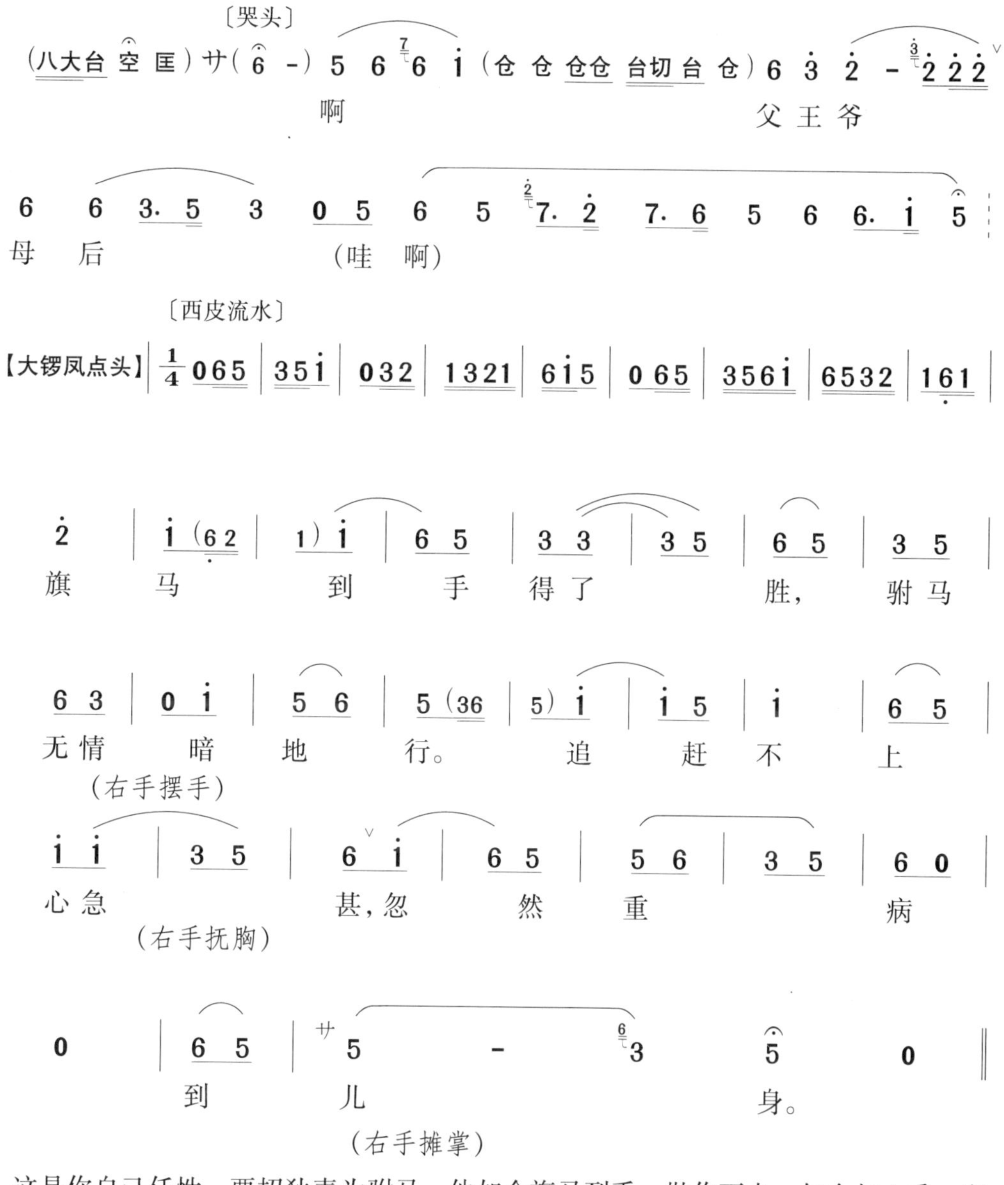

鄯善王 这是你自己任性，要招狄青为驸马。他如今旗马到手，抛你而去。如今与上乘、印唐同盟之国失和，皆你一人之罪也。（向双阳甩袖）**【撕边一击】**

双阳公主 这个……（**嘟** **–**）（焦急地无言以对昏厥过去）（**仓**）

王 后 大王如今埋怨女儿也是无益了。宫女搀公主回宫养病去吧！（向二宫女）

二宫女 领旨。

〔**【大锣原场】**二宫女扶双阳公主从“下场门”下。

王 后 内侍过来，传旨太医进宫，与公主调治病症。

太 监 领旨。（“下场门”下）

〔**【冲头】**探子从“上场门”上。

探 子 启报大王；今有海飞云复兴人马，将我国团团围住，索要狄青。

鄯善王 再探！

探　子 啊！

〔【冲头】探子从“上场门”下。

鄯善王 海飞云欺我太甚，待孤亲自会她！（仓）

王　后 且慢！快快告知公主，大家从长计议。大王病体将好，千万不可出马。

鄯善王 （向王后摆手）不要告知公主。

〔【冲头】探子从“上场门”上。

探　子 启报大王：海飞云攻城大骂，单要大王出马！

鄯善王 再探！

探　子 啊！【冲头】（从“上场门”下）

鄯善王 海飞云欺我太甚，真真气煞孤也！

〔西皮散板〕

【纽丝】（过门同前）サ 3 3 4 3 3 2 1 2 3 （6 1 2 3）

可 恨 飞 云 欺 人 甚，（仓）

（右手指出）

6 2 1 2 2 2 3. 2 1 （7 6 2 1） 2 2

全 然 不 念 是 同 盟。（仓） 扶 病

（摆右手）

1 3. 1 2 （6. 1 2 -） 2 - 2. 3 1 2 4 - 3

出 马 （顷 仓） 去 会 阵，

（右手翻折水袖）

王　后 大王，你，你，你，千万去不得！【大锣凤点头】（二人出桌站起）

鄯善王 呃！

3 2 2. 1 1 2 2 （21 6 61 2 2） 3 2. 1 1 1 - ‖（八 大 仓）

你 又 何 必 （大 大） 阻 我 行。

（指王后）

（示意太监快搀扶从“下场门”下）

〔【纽丝】鄯善王下，王后向“下场门”一望，抖袖。

王　后（过门同前）1 2 2 3 1 2 2 1 1 3 2 （2 1 6 1 2 2）

大 王 有 病 火 气 盛，（仓）

（右手抚胸）

6 2 1 2 2 3 2 1 1 6 3 2. 6 1 -

要 点 人 马 把 阵 临。

（右手指出）

1 2　2　6 2　1　2　2　2. 1　1　2　-

内　侍快　快　把　路　引，

（双手平抬）

〔【纽丝】四太监“插门”从“下场门”下，宫女扶王后至左台口向右转身站定。

（过门同前）6 2　1　6 6 2　1　2　2　1　2　2　1　-‖

拦　阻大　王　莫　出　征。

（摆右手）

〔【纽丝】宫女扶王后从“下场门”下。

第二十六场

〔亮弦〕

〔【快纽丝】波罗从“上场门”上摇头、捶腰、喘气，（7 6 2 1）【纽丝凤点头】至台中。

（匝 匝 匝）

〔西皮散板〕

波罗　（过门同前）5　5　3. 5　5　-　3　6. 5　4（3 2 1 2 3）

听　说　大　王

（右手翻折水袖绕圈抖动）

5　3 5　6　5.　6　5 6 5　0 3　5　-

要　出　兵　（哪　呃），

【撕边一击】适才闻得海飞云复兴人马，将我国团团围住，大王（双手拱请式）要带兵出征，不免赶上拦阻便了！

【纽丝凤点头】（6　5　i　3　2　7　2　1　1）1　1　3　2　3

吓　得　三　魂　少

（抖右袖）

2. 1　6　1（7 6 2 1）1　2　3. 1　2　2　2　1　1　2　-

二　魂，　（仓）将　身　去　往　宫　门　等，

（左手撩袍）

【大锣凤点头】1　1　6 2　1　2　2（21 6 61 2 2）1　2　2　1　-‖

拦　阻　大　王　莫　出　征。

（摆双手摇头）

走！（嘟 大 八 仓）（向左甩髯，右手抓袖亮相从“下场门”下）

第二十七场

〔【三通鼓】【冲头】【大锣导板头】

〔鄯善王内唱〔西皮导板〕

サ（6 5 6 762 2 7 6 5 i 3 2 7 6 2 1）3 5
一

5 3 6 5 - 3 6. 5 4. 5 3 0（3 2. 1. 2 3）
声 将 令

5 3 5 6 5 - - 6 565 0 3 5 -
山 岳 动，

〔【急急风】四兵、四将从"上场门"上"站门"。太监扶鄯善王从"上场门"上，一兵抬枪带马。鄯善王推开太监。【撕边一击】左整袖。【撕边一击】右整袖。（嘟 大 八 仓）上马，走一跌步。

鄯善王 哎呀！

〔西皮散板〕

【凤点头】（过门）3 3 1 2 3 1 2 1（7 6 2 1）2 2
四 肢 疼 痛 为 何 情？（仓） 勉 强
（左掖枪右摊掌）

1. 2 1 2 （2 2） 2 2. 3 2. 1 1 2
挣 扎 足 踏 镫，
（左转身击枪镈）

〔【快纽丝】王后急上，双手拉枪柄。

王 后 （过门）1 1 2 2 3 2 1 6 1（7 6 2 1）2 2 1 2 1 2 2 2. 1 1 2
大 王 不 可 自 出 兵。 这 样 病 体 怎 临 阵？
唉，大王啊……（哭）

〔【大锣凤点头】波罗急从"上场门"上。

波 罗 （过门）2 5 3 2. 1 1 2 2（2 2）1 3 2. 1 6 1（7 6 2 1）1 1
大 王 息 怒 暂 消 停。 （仓）须 与
（右手按掌）

3 2 2. 1 1 2（7 6 1 2）3 2 2 6 1 2 2（0）1 2 1. 6 1
公 主 从 长 论，（仓） 商 量 一 计 退 敌 兵。
（右手指出）

鄯善王 呀呀呸！

【大锣凤点头】(过门) 3 3 4 3 5 3. 2 1 2 3 (6 1 2 3)
自 古 生 死 皆 是 命，(仓)
(左掖枪右握拳)

3 2 1 1 3 1 2 2 3 2 1 6. 1 6 1 (7 6 2 1)
孤 要 学 薛 礼 显 奇 能。
(右手赞美指)

3 1 2 1 2 3 1 2 - (1 6 1 2) 6 2
独 木 关 病 挑 安 殿 宝，(仓) 何
(右手按掌)

1 2 1 2 2 2 3 2 1 1 - (7 6 2 1) 2 2 1. 5
惧 那 贱 婢 海 飞 云。(仓) 怒 气 不
(右手指出)

3. 1 2 (6. 1 2 -) 2 - 2. 3 2 1 1 2 - 2 -
息 跨 金 镫，
(亮相)

马来！(抬右手上马)

〔【急急风】鄯善王捋枪从"下场门"下，众人随下。

王　后 (双手摊掌) 哎呀！

〔散板〕
【快纽丝】(过门) 1 1 3 2 2.1 6 1 (7 6 2 1) 3 2 2.1 1 6 2 1 2 2
看 这 光 景 痛 碎心。(仓) 回 头 我 对 丞 相 论，(白) 丞相啊！
(右手抚胸)

【凤点头】(过门) 6 2 1 1 3. 3 2 1 2. 1 6 1 - ‖
你 守 皇 宫 我 守 城。
(向波罗示意)

波　罗 遵命。

〔【冲头】波罗从"上场门"下；王后从"下场门"下。

第二十八场

〔在"下场门"拉城门。【急急风】四番将、四番兵从"上场门"上，在右台侧站"一条鞭"，海飞云举枪上。望城上一指。

海飞云 【大锣叫头】呔！城上儿郎听着：快叫那鄯善王献出狄青见我，稍若迟延，攻进城去，将你全国踏为齑粉！

〔鄯善王内白：“呔！（仓）开城迎敌者！”

〔【急急风】城门开，四马童、四将引鄯善王出城。两边“二龙出水”会阵，鄯善王用枪架住海飞云枪。【大锣叫头】

鄯善王 呔！海飞云，我与你乃是同盟之国，有话可以从长计议。兴此无名之师，是何道理？

海飞云 【大锣叫头】鄯善王，你为何纵女私通狄青，骗去旗马，做此无耻之事，快快献出狄青，饶尔不死！【撕边一击】

鄯善王 （怒）一派胡言，放马过来！

〔二人枪头一磕，以枪头扎头。【急急风】双方“钻烟筒”，海人马从“小边”下；鄯人马从“大边”下。

〔【急急风】二人枪镈一磕，同时向右转一个身，鄯善王归“下场门”；海飞云归右台口，二人一扯两扯、一“过合”、两“过合”，鄯善王归“大边”；海飞云归“小边”一兜，二人打“十六枪”半套，往里一盖两盖，往外一盖两盖，海飞云用枪盖鄯善王的枪，打鄯善王“腰封”，鄯善王向左转身，接海飞云扎过来的枪，打上下，右手向左甩枪镈；左手提枪头（八大仓）鄯善王亮败相，海飞云捋枪亮相。【急急风】鄯善王“下场门”败下，海飞云急追下。

第二十九场

〔【快纽丝】四太监从“上场门”引王后上。

〔西皮散板〕

王　后 サ(过门)2 2 1 2 1 2(6̣ 1 2)2 2· 1 1 2 -【快 纽 丝】

内 侍 引 路 敌 楼 进，(四太监引太后进城上城楼后城门关闭)

(右手指出)

〔（咚咚咚）内喊：“杀！”王后惊。

王　后 哎呀！

【快纽丝】1 1 2 2 （2 1 6̣ 1 2 2）1 2· 1 1 - 6̣ 1̇ -‖

炮 火 连 天 吓 煞 人。

(双手摊掌)

〔【乱锤】四马童、四将引鄯善王从“上场门”上。

王　后 王爷回来了，快快开城。（王后下，城门开）

〔王后下，四马童、四将急进城从“下场门”下，鄯善王欲进城。

〔海飞云内：“哪里走！”

〔【急急风】海飞云率众追上，鄯善王回身决心抵抗，鄯善王提枪刺海飞云，海飞云用枪头一盖两盖，用枪镈打鄯善王下马，鄯善王走一“抢背”，海飞云走一“提枪花”（嘟……八大仓），海飞云用枪刺死鄯善王。【急急风】四番兵、四番将领海飞云进城从“下场门”下。

第三十场

〔【乱锤】王后双手摊掌抖动着从“上场门”急上，四太监紧随上场。【急急风】海飞云举枪上，漫王后头、一盖王后跌地，海飞云用枪刺死王后。四太监逃，海飞云追杀；波罗从右侧幕一望，急下。海飞云将众太监刺死。【急急风】四番兵、四番将追“过场”。海飞云耍“枪下场”。【四击头】在左台口亮相，随即走至右台口，向“下场门”疾走下。

第三十一场

〔【纽丝】二宫女扶双阳公主从“上场门”上。

〔西皮散板〕

双阳公主（过门同前）サ 3 5 5 7 7 5 6 5 6 3 5 6（6 5 3 3 5 6）

驸 马 为 人 忒 薄 情，（仓）

（站“九龙口”）

3 5 5 6 6 5 6 5 3 5（2 3 6 5 -）3 5 7 7 5 6

骗 去 旗 马 转 朝 门。（仓） 一 病 恹 恹

（缓步向前走）

5 6 3 5 - 6 6 5 6 7 - 7 - 6 -

难 扎 挣。（内喊杀声）

（走至台中右转身归大座静听）

啊！

【大锣凤点头】3 5 5 6 6 5 6 5 3 3 5 - ‖

喊 杀 连 天 为 何 情？

（右手摊掌）

〔【冲头】波罗从“上场门”急上。

波　罗　【大锣叫头】哎呀公主呀！大事不好了！【撕边一击】（双手摊掌）

双阳公主　（惊）何事惊慌？

波　罗　那海飞云突然复兴人马，索要狄青，大王扶病出战，国母守城，竟被那海飞云双双刺死，如今杀进都城来了！

〔（嘟 -）双阳公主急惊得浑身颤抖。（八大仓）双手推桌昏厥。

波　罗　（急叫）公主醒来！公主醒来！

〔西皮导板〕

双阳公主　【大锣导板头】（3. 5 6 6 6 5 5 i 3. 1 2 7 6 2 1 -）

3 5 7 7 5 6 ( ) 2̇ i̇. i̇ 6 i̇ 2̇ - 2̇ 2̇ i̇

父王国母　　俱丧　　命，

（搓手拭泪）

【大锣叫头】父王！母后！喂呀……

〔西皮散板〕

【快纽丝】（过门）3 5 i̇ 6 i̇ 5 6. i̇ 5 (2 3 6 5) 3 5 5 3 5

箭刺胸膛血泪淋。（仓）指　定战

（右手在右颊前托掌）

5 5 6 3 5 6 (6 5 3 3 5 6 2) 3 5 5 5 3 5 6 5

场咬牙　根，（仓）　骂　声贱　婢海

6 5 3 3 5 (2 3 6 5) i̇ 3 3 6 5 5 6 3 5 6 (6 5 3 3 5 6)

飞　云。（仓）　我若不　能报仇　恨，（仓）

（右手恨指出）　　（右手握拳）

2 2 3 4 3 4 6 3 4 6 7 4 3 2 3 5

枉　活　人　间　二　　十　春。

（右手摊掌）

（白：丞相！）

〔散板〕

【大锣凤点头】（过门同前）3 5 5 7 7 5 6 (6 6) 2̇ i̇ i̇ 6 i̇ 2̇ 2̇ i̇ -

快　点亲兵　去临　阵，

（右手指出）

波　罗　遵命。（“下场门”下）

〔【大锣凤点头】双阳公主左手拉右斗篷下角，右手拉右斗篷握拳。

〔西皮散板〕

双阳公主　（过门同前）3 5 5 5 3 i̇ 6 6 5 5 - 3 5 ‖

要　与　贱　人　把　命　拼！

〔（嘟八大仓）右手甩斗篷山膀亮住相。【急急风】急从“下场门”下，二宫女追下。

第三十二场

〔【急急风】海飞云从“上场门”上，四将从“下场门”上，“一扯两扯”，盖一将、刺死，盖二将刺死，抽第三将“抢背”刺死，扎死第四将，双阳公主从“下场门”冲出，架住海飞云枪。【大锣叫头】

海飞云　呔！双阳婢子，如今你国破家亡，还不下马受捆！【撕边一击】

双阳公主 父母之仇，不共戴天！你休想活命，看枪！

〔【急急风】二人“一过合”，“两过合”，打“大快枪”，【四击头】海飞云亮败相。【急急风】海飞云从“下场门”急下。双阳公主追下。【急急风】四番将从“上场门”上，海飞云追上，接打“群档子”，【四击头】双阳公主在台中亮相，四番将造型亮相。【急急风】双阳公主将四番将打下。【急急风】海飞云从“上场门”上，与双阳公主打半套“五腰封”，往里一盖两盖，往外一盖两盖，双阳公主用枪镈抽海飞云“抢背”（八大仓）。海飞云败，从“下场门”急下。【急急风】双阳公主追下。

第三十三场

〔【急急风】四番兵、四番将引海飞云急从城内逃出，双阳公主从城内追上。四番将用枪打双阳公主“封头”，双阳公主向上举枪将四番将拱下。【急急风】双阳公主与海飞云打“幺二三”，勾海飞云“走马腰封”，漫海飞云头，海飞云亮败相，急从“上场门”下；波罗急从城内出，四马童随上，抬手急拦。【急急风】切住。

波　罗 且住！【撕边一击】啊，公主如今正在有病，自古穷寇莫追，请公主（双手拱请式）回城，暂且登基，掌理国政，再报此仇不晚！【撕边一击】

双阳公主 （略思）如此人马回城者！

〔【急急风】四马童进城，波罗进城。【大锣叫头】双阳公主缓枪，成“斜提”枪式。

双阳公主 父王！母后！唉！爹娘啊……

〔【四击头】双阳公主左背枪、右握拳亮相。【急急风】落幕。

——剧　终